Horst Eckert, 1959 in Weiden/Oberpfalz geboren, lebt seit vielen Jahren in Düsseldorf. Er studierte Politische Wissenschaft und arbeitete fünfzehn Jahre als Fernsehjournalist. 1995 erschien sein Debüt «Annas Erbe». Seine Romane gelten als «im besten Sinne komplexe Polizeithriller, die man nicht nur als spannenden Kriminalstoff lesen kann, sondern auch als einen Kommentar zur Zeit» (Deutschlandfunk). Sie sind in mehrere Sprachen übersetzt sowie preisgekrönt (u. a. Friedrich-Glauser-Preis für «Die Zwillingsfalle», Krimi-Blitz für «Schwarzer Schwan»). Bei Wunderlich erschienen bisher seine Politthriller «Schwarzlicht», «Schattenboxer» und «Wolfsspinne» um den Düsseldorfer Ermittler Vincent Che Veih.

ro
ro
ro

«In diesem Genre gibt es aktuell keinen, der Horst Eckert das Wasser reichen könnte. Unfassbar spannend.» (Westfälische Nachrichten)

«Die Moderatorin und der Staatssekretär: eine auch ethisch brisante Mischung. Das ist ein Reiz des Buches. Und dann schreibt der Autor so wunderbar schnörkellos, erzählt sehr realistisch und alltagsnah. Das schafft viel Nähe zu den Figuren.» (WDR 2)

«Eckert hat sich als einer der großen deutschen Krimiautoren etabliert. Seine Polizeithriller sind populär und packend.» (Die Welt Kompakt)

«Wer spannungsreiche, deutsche Polizeiromane von hoher Qualität sucht, der kann an Horst Eckert nicht vorbeikommen.» (krimi-couch.de)

HORST ECKERT

DER PREIS DES TODES

THRILLER

Rowohlt Taschenbuch Verlag

Veröffentlicht im Rowohlt Taschenbuch Verlag,
Reinbek bei Hamburg, Februar 2019

Umschlaggestaltung Hafen Werbeagentur, Hamburg
Umschlagabbildungen moodboard; Chris Ryan;
Comstock Images/Getty Images
Satz aus der Linotype Palatino (OTF) bei
Dörlemann Satz, Lemförde
Druck und Bindung CPI books GmbH, Leck, Germany
ISBN 978 3 499 27306 3

TEIL EINS

**Und dann eines Morgens geht die Sonne auf,
und alles bricht in Stücke.**

Paul Auster, 4 3 2 1

Dadaab – Dienstag, 14. Juni

1

Sie war gekommen, um Gewissheit zu erlangen – sechseinhalbtausend Kilometer von ihrem gewohnten Leben entfernt.

Nachdem sie mehr als eine Stunde lang über nichts als Sand und Dornbüsche geflogen waren, hielt sie die Stadt beim ersten Anblick für eine Fata Morgana. Am Horizont zeichnete sie sich als großes Rechteck ab. Im Näherkommen zerfiel es in unzählige weiße Punkte – Zelte, endlose Reihen von Zelten, die in der Mittagssonne leuchteten.

Sie erkannte eine unbefestigte Straße und einen Lkw-Konvoi an der Spitze einer langen Staubfahne – er hielt auf eine zweite, noch größere Zeltansammlung zu.

Dann überflogen sie das Hauptlager.

Behelfshütten unter hellgrauen Schutzplanen bildeten eine Siedlung gewaltiger Ausdehnung und Eintönigkeit, durchzogen vom gleichmäßigen Karomuster brauner Straßen. Größere Zelte und Baracken bildeten so etwas wie Stadtteilzentren: Verwaltung, Schulen, Ladenzeilen. Ein abgetrennter Bezirk gemauerter Häuser. Und dort drüben – war das die Klinik?

Endlich zog der Pilot die Propellermaschine tiefer. Er machte eine Bemerkung, die im Lärm unterging. Das Flugzeug schreckte eine Ziegenherde auf. Unter ihnen gab es etwas Grün entlang eines Bachlaufs, der vermutlich Wasser führte, wenn es mal etwas ausgiebiger regnete. Aber wann gab es hier überhaupt Regen?

Jetzt erblickte sie Menschen. Kinder, die auf harter Erde Fußball spielten, innehielten und zu ihr hochwinkten. Hagere Männer vor dem Eingang einer Behausung. Viele Frauen in farbenfrohen Gewändern, das Haar bedeckt. Sie standen für etwas an – die Schlange ging über mehr als einen Kilometer, schätzte sie.

Die Stadt gab es seit fünfundzwanzig Jahren. Mehrere hunderttausend Menschen waren in dieser Zeit hierhergezogen, denn hinter der nahen Grenze herrschten Krieg, Willkür, Mord und Vergewaltigung. Und wenn die Regenperiode ausfiel, auch Hunger. Die Überlebenden kamen völlig mittellos an. Die Milizen von al-Shabaab hatten ihnen das Vieh geraubt und die letzten Vorräte geplündert.

Nur wenige Menschen schafften es, von hier weiterzureisen. Die Behörden verboten ihnen die Ansiedlung im Rest des Landes. Andere Nationen verschlossen ihre Grenzen. Sie versuchte sich vorzustellen, wie es war, ohne Hoffnung zu sein.

Dadaab.

Das größte Flüchtlingslager der Welt. Zwei Drittel der Bewohner waren Kinder und Jugendliche – wer hier geboren war, besaß nicht einmal die Erinnerung an ein Leben außerhalb des Camps.

Und nun hatte die Regierung beschlossen, die Stadt aufzulösen und ihre Bewohner hinter die Grenze zurückzuschicken.

Ein Ort, den es nicht geben sollte. Surreal und gottverdammt.

Ihre Reise galt zu Hause als Routinebesuch. Sie sollte die sogenannte Realität vor Ort kennenlernen. Doch was der Klinikarzt in seiner rätselhaften Mail angedeutet hatte, beunruhigte sie in höchstem Maße.

Vielleicht hatte sie die Zeilen auch nur falsch interpretiert. Aber sie musste den Mann finden. Ihn dazu bringen, Klartext zu reden. Um den Schatten eines Verdachts zu verjagen, damit sie ihren Job weiterhin mit gutem Gewissen tun konnte.

Die Landebahn geriet in ihr Sichtfeld, und ihr Herz schlug heftiger.

Berlin – Sonntag, 18. September

2

Sarah hasste es wie die Pest, in Menschenansammlungen festzustecken. Vor ihr stauten sich die ersten Gäste des Hauptstadttreffs der ARD, aufgekratzt und erwartungsfroh. Hinter ihr drängten viele weitere nach, und als ihr ein schwerer Typ im regennassen, muffigen Mantel auf den Fuß stieg und sich nicht einmal entschuldigte, verfluchte sie Berlin, den kalten Septemberabend und die berufliche Verpflichtung, Teil dieser Menge zu sein.

Einzig die Aussicht, ihren Liebsten zu treffen, ließ sie davon absehen, kehrtzumachen und gegen den Strom aus dem Hauptstadtstudio zu fliehen.

Für die meisten der rund fünfhundert Gäste galt die Einladung zu dem alljährlichen Event als Ausweis ihres Ranges, eine Bestätigung ihres Egos. Nur die Wichtigen und Mächtigen des Landes fanden sich hier ein, Spitzenkräfte aus Politik, Wirtschaft und Medienbetrieb. Keiner wollte die Kanzlerin verpassen, die, wie es hieß, auch in diesem Jahr dem Hauptstadttreff ihre Reverenz erweisen würde, wenn auch nur für ihre üblichen dreißig Minuten.

Eine Kirmes der Eitelkeiten, dachte Sarah.

Heilloses Geschiebe vor der Ausweiskontrolle und an der Garderobe. Die Frau, die sich unmittelbar vor Sarah aus ihrem rattengrauen Kaschmir-Poncho wickelte, rammte ihr ohne ein Wort des Bedauerns den Ellbogen in die Seite. Am liebsten hätte Sarah sie angeblafft, doch sie musste auf ihr Image achten, gerade hier.

Auch das hasste sie wie die Pest: ständig auf die Erwartungen der anderen Rücksicht zu nehmen. Denn alles, was sie tat und sagte, könnte sich womöglich auf die Einschaltquoten auswirken – in ihrem Metier die einzige Währung.

Seit Januar moderierte sie ihre eigene Sendung. *Sarah Wolf* – eine weitere politische Talkshow, das jüngste derartige Angebot im Abendprogramm der ARD.

Sarah liebte die seltenen Momente, in denen sie ihren Zuschauern neue Impulse geben konnte. Wenn es mehr gab als nur vorgestanzte Meinungen. Wenn Mächtige einen Fehler eingestanden. Oder ein Verantwortlicher einen Missstand nicht länger schönreden konnte.

Weil die Wahrheit ans Licht kam, zumindest eine Ahnung davon.

Dafür machte sie ihren Job.

Dafür lebte sie dieses Leben.

Sarah war sich bewusst, dass ihre Karriere in jedem Moment eine Gratwanderung war, und sie wollte sich dennoch nicht verbiegen. Wie sich Kollegen unter dem Druck des Medienalltags veränderten, hatte sie in den Sendern, für die sie in den letzten Jahren gearbeitet hatte, oft erlebt. Und immer wieder fragte sie sich: Habe ich meine persönliche Grenze selbst schon überschritten? Werde ich es spüren, wenn es so weit kommt?

Endlich konnte sie die Security passieren und ihren Mantel loswerden. Sie zupfte den Kragen ihrer Bluse zurecht und hoffte, dass ihre Zähne keinen Lippenstift abbekommen hatten. Dann betrat sie den Teppich, der zur Fotowand mit den Logos des Senders und der Sponsoren führte und blau war, nicht rot – dem *Corporate Design* der ARD entsprechend.

Das momentane Blitzlichtgewitter galt dem Vizekanzler. Der Mann war Wirtschaftsminister und zugleich Chef seiner Partei, hager, graues Haar, randlose Brille. Es hieß, er interessiere sich für Literatur und Film, was ihm im politischen Berlin bereits die Aura des Intellektuellen verlieh und ihn von anderen Spitzenpolitikern abhob. Die drei Gastgeber genossen es sichtlich, mit ihm vor den Kameras zu stehen.

Dann war Sarah dran – das erst sechsunddreißigjährige «neue Gesicht der ARD», wie sie im Januar zum Start ihrer Talkshow der Öffentlichkeit präsentiert worden war.

Händeschütteln mit den Gastgebern. Der Leiter des Hauptstadtstudios gab ihr eine schlaffe Flosse. Die Intendantin des Rundfunks Berlin-Brandenburg nickte freundlich und fasste auch mit der Linken zu. Sarah kannte die Frau von früher und mochte sie.

Schließlich der Programmchef des Ersten Deutschen Fernsehens. Sein Lächeln wirkte verkniffen, er sagte kein Wort und vermied den Blickkontakt.

Mit dem Vizekanzler hatte er eben noch fröhlich gescherzt.

Sarah fragte sich, warum der ARD-Boss so auf sie reagierte. Lag es an den Quoten ihrer Sendung, die nach der Sommerpause geschwächelt hatten? Zudem bemäkelten Kommentatoren der schreibenden Zunft immer lauter, dass es zu viele Polittalks im Ersten gebe. Muss ich das als schlechtes Vorzeichen für die anstehende Vertragsverlängerung werten? Plant man das kommende Jahr womöglich ohne mich?

Sarah zeigte ihr schönstes Lächeln, hinter dem sie ihre Zweifel und Ängste verbarg.

Die Fotografen rangelten um die besten Plätze an der Barriere. «Frau Wolf, bitte hierher schauen! Frau Wolf!»

Sarah wandte sich jeder einzelnen Kameralinse zu und strahlte mit jener Andeutung feiner Ironie, die als ihr Markenzeichen galt.

«Viel Spaß!», sagte die RBB-Intendantin, nickte ihr kurz zu und hatte schon den nächsten prominenten Gast im Blick.

Sarah wandte sich der Treppe zu und spürte ein Ziehen im Bauch.

Die Redaktionshalle im ersten Stock war der eigentliche Ort der Party. Über Treppen und Aufzüge strömten die Gäste herbei und umlagerten Stehtische, Bühne und Buffet.

Sarah begegnete Ministern, Staatssekretären, Fraktions- und Parteichefs – einige von ihnen waren bereits in ihrer Sendung zu Gast gewesen. Wirtschaftsbossen und Verlegern. Chefredakteuren, Ressortleitern und Korrespondenten. Einer Schauspielerin, die für ihr soziales Engagement ebenso bekannt war wie für ihre Rolle als Tatort-Kommissarin. Einem renommierten Maler, der neulich den Bundespräsidenten porträtieren durfte.

Die schwarzen Anzüge waren in der Mehrheit. Auch die meisten Frauen trugen dunkle Kostüme, nur ab und zu ein Farbfleck. Sarah erwiderte Grüße fast im Sekundentakt.

Mittendrin die Kanzlerin.

Und irgendwo auch Christian, schätzte Sarah.

Aus dem Ziehen im Bauch wurde ein Schmetterlingsschwarm. Sie hatten telefoniert. Er würde kommen.

Sarah nahm einer Kellnerin ein Glas Wasser ab und nippte daran. Eine männliche Bedienung in weißer Schürze hielt ihr ein Tablett hin. Sarah griff nach einer frittierten Garnele im Teigmantel.

Vor gut zehn Jahren, kurz nach ihrem Volontariat beim WDR, hatte sie ihren ersten Job vor der Kamera übernommen, für eine landespolitische Sendung im Dritten, die kaum jemand guckte. Holger Diepenbrock, der damalige Leiter der Redaktion, fand, dass dem Programm etwas Frischfleisch guttun würde. Ohne jedes Training musste sich Sarah als Moderatorin beweisen. Im wöchentlichen Wechsel mit ihrem wesentlich älteren Chef präsentierte sie die Beiträge der Kollegen und fühlte sich, als schubse man sie vom Fünfmeterbrett ins kalte, tiefe Becken. Es hätte schiefgehen können.

Wie stolz sie damals gewesen war, als alle ihr bescheinigten, dass sie eine gute Figur mache. Und wie naiv sie gewesen war. Seitdem hatte sie vieles erlebt. Aus Kollegen waren Konkurrenten geworden, aus Freunden Neider, aus Mitstreitern Feinde. Wie gern hätte sie sich einen Schutzpanzer zugelegt. Verletzungen taten nach wie vor weh.

Inzwischen zeigten sich die ersten Fältchen um die Augen, und sie musste jede Kalorie zählen. Der Betrieb war gnadenlos, und sie wusste, dass sie ihre Karriere nicht nur inneren Werten verdankte. Sie winkte ab – keine zweite Garnele.

Stattdessen Smalltalk mit einem Fraktionsgeschäftsführer, der ihr in den Weg trat. Der ihr Komplimente machte, die sie schon tausendmal gehört hatte. Diese Typen wollten alle nur das Eine: als Gast in ihre Sendung kommen, und das möglichst oft.

In Berlin hatte sie schon einmal länger gearbeitet und während jener Zeit sogar ihre Düsseldorfer Wohnung aufgegeben. Als ausgerechnet ihr damaliger Freund ihr eine interessante Stelle in Köln vor der Nase weggeschnappt hatte, auf die sie sich beworben hatte, war sie in die Hauptstadt gezogen. Ein paar Jahre lang hatte sie hier die Abendschau moderiert. Zu der Zeit war sie noch zu unbedeutend gewesen, um zum Hauptstadttreff eingeladen zu werden

Dann holte sie Holger Diepenbrock, ihr ehemaliger Chef bei der Landespolitik, zum WDR zurück. Diepi, wie man ihn hinter seinem Rücken nannte, war inzwischen zum Chefredakteur aufgestiegen, und sie präsentierte nun das ARD-Morgenmagazin – plötzlich erste Liga.

Auch schon wieder fast drei Jahre her.

Der große Raum war rappelvoll. Das Gemurmel der Gäste und der Widerhall von allen Seiten verstärkten sich zu einem Tosen. Diepenbrock tat sich den Hauptstadttreff nicht mehr an, wie Sarah wusste. Er stand kurz vor seiner Pensionierung und hatte es nicht nötig, sich für solche Empfänge in den Flieger zu setzen.

Diepi war ihr Mentor, sie lagen auf gleicher Wellenlänge. Er war nach wie vor ihr größter Fürsprecher und würde sie schützen, selbst wenn sich die Quote nicht so rasch erholte wie erhofft.

Keine fragt die Leute so schlau und bissig wie die Wölfin – im Mut-Zusprechen war er besser als ihre Mutter.

Sarah wurde ungeduldig.

Ihr Blick suchte Christian in der Menschenmenge.

Wo bleibt er nur, mein Staatssekretär?

Düsseldorf – Sonntag, 18. September

3

Simon radelte hastig den Unterbacher See entlang. Es begann bereits zu dämmern, die Zeit war knapp. Sein Ziel war der abgelegene Teil des Nordufers jenseits des Strandbads. Er strampelte quer über den Parkplatz, an den Wiesen vorbei, bog auf einem unbefestigten Pfad in den Wald ab und erreichte das Wasser. Hier wurde der Untergrund sumpfig, und das Gelände war für seinen Zweck zu dicht bewachsen. Nachdem er es noch zwei Mal an anderen Stellen versucht hatte, kehrte er zum asphaltierten Weg zurück, hielt an der ersten Lichtung an und legte sein Fahrrad im Gras ab.

Ein guter Ort, um seinen Schatz zu testen, fand Simon.

Er nahm den Rucksack ab und hob vorsichtig den Quadrocopter heraus. Eine *Phantom 3* des Herstellers DJI. Wie stolz er auf das Gerät war!

Simon hatte die Drohne von dem Geld gekauft, das er in den Sommerferien als Zeitungsausträger verdient hatte. Es ärgerte ihn, dass ihm die Eltern verboten hatten, sie daheim in der Reihenhaussiedlung zu starten. Beim ersten Testflug hatte sich die Nachbarin über das Brummen beklagt, das höchstens ein sanftes Schnurren war, wie Simon fand. Die fette Schmitz von nebenan, die oben ohne hinter der Hecke in der Herbstsonne gedöst hatte, sollte sich nicht so haben.

Er steckte sein Smartphone auf den Controller – es konnte losgehen.

Der Quadrocopter hob langsam ab, das Handydisplay zeigte das Bild der fest installierten Kamera. Simon wusste, dass er noch viel üben musste, um Flugbahn und Filmaufnahme zufriedenstellend steuern zu können.

Einen Kilometer betrug der maximale Radius, gut zwanzig Minuten die Flugdauer. Als Erstes steuerte Simon den Quadrocopter senkrecht in die Luft. Das Display zeigte eine Aufsicht der Wiese, den Wald ringsum sowie das Seeufer. Darauf steuerte er die Drohne nun zu und bewegte die *Phantom 3* in immer wilderen Flugmanövern.

Hier im Naturschutzgebiet gab es keine Menschenseele, die sich gestört fühlen konnte. Nur den See und Gestrüpp. Im Sommer sonnten sich in einigen Sandbuchten manchmal Nacktbader, aber heute war es zu kalt dafür.

Simon ließ die Drohne tiefer zwischen die Wipfel sinken, bis er den Blickkontakt verlor. Er hörte das leise Schnurren aus der Distanz. Das Bild auf dem Display raubte ihm schier den Atem. Das Fluggerät raste knapp über dem Wasser und jagte Enten und Haubentaucher.

Plötzlich bekam er Angst, dass die Funkverbindung abbrechen könnte. Er ließ sein Spielzeug steigen und in großem Bogen zurückkehren. Er konnte mit bloßem Auge sehen, wie es näher kam. Als die Propeller um ein Haar eine Baumkrone streiften, setzte fast sein Herz aus.

Sofort ließ er das teure Ding weiter an Höhe gewinnen, um

es in Sicherheit zu bringen. Seine Eltern würden ihm garantiert keinen Ersatz spendieren. Sie hielten seine Leidenschaft ohnehin für Spinnerei.

Simon glaubte fest daran, eines Tages Geld damit verdienen zu können. Luftaufnahmen von Sportereignissen oder Familienfesten – wer sich Fotografen leistete, würde ihn als Videofilmer erst recht engagieren. Nichts ging über bewegte Bilder einer Drohne, sofern man sie beherrschte.

Simon sah den Quadrocopter taumeln, weil aufkommende Windböen dem Gerät zu schaffen machten. Sein Vater hatte ihn davor gewarnt. Aber der hatte an moderner Technik immer etwas auszusetzen.

Plötzlich klang auch das Brummen anders. Womöglich leerte sich bereits der Akku. Höchste Zeit für die Landung, beschloss er.

Doch dann war das kleine weiße Teil plötzlich vom Himmel verschwunden, und auch das Schnurren war nicht mehr zu hören.

Mist, dachte Simon.

4

Sarah fiel auf, dass die Musik abgedreht worden war. Der Blick auf ihre Omega zeigte Punkt achtzehn Uhr – jeden Moment würden die Ansprachen beginnen. Sie gab es auf, weiter in die Halle vorzudringen.

Sie wich vor einem Kellner zurück, der ein Tablett über dem Kopf balancierte, und rempelte dabei einen Anzugträger an. Wasser schwappte aus ihrem Glas über seinen Ärmel.

Sie setzte zu einer Entschuldigung an – und musste grinsen.

«Guten Abend, Herr Staatssekretär», sagte sie.

«Frau Wolf», antwortete Christian. «Schön, Sie zu hier zu treffen.»

Der Dicke neben ihm war Bundesgesundheitsminister Werremeyer. Den Graumelierten mit dem Klobrillenbart, der ebenfalls zur Gruppe gehörte, kannte Sarah nicht. Christian stellte ihn vor, sie schüttelten Hände, doch Sarah vergaß den Namen sofort. Sie hatte nur Augen für Christian.

Heute trug er einen graublauen Anzug, eng geschnitten, der seine Figur zur Geltung brachte. Und die konnte sich sehenlassen, eine Rarität im Politikbetrieb. Er überragte Sarah, was ihr ebenfalls gefiel. Doch er sah nicht nur gut aus, er hatte auch Charisma. Sobald Christian einen Raum betrat, fesselte er die Aufmerksamkeit der Anwesenden. Und mit Humor und seinem scharfen Intellekt verstand er es, jeden für sich einzunehmen.

Der Stoff, aus dem Ausnahmepolitiker gebacken werden.

Sarah verstand nicht, warum er ihr nicht sofort als Mann aufgefallen war. Zum ersten Mal waren sie sich im Juni begegnet. Der Staatssekretär hatte als Gast in ihrer Sendung gesessen. Sie erinnerte sich, dass die Quote damals recht hoch gewesen war. Thema: *Ist unsere Gesundheit in Zukunft noch bezahlbar?*

Christians Hand strich verstohlen über ihren Rücken, während der Minister einen Witz wiedergab und der Graue schon vor der Pointe lachte.

Ihr Herz hüpfte.

Krieg dich ein, sagte sich Sarah. Du bist kein Teenager mehr.

Sie setzte ihr ironisches Lächeln auf und wandte sich Gesundheitsminister Werremeyer zu, der eine unerschütterliche Gemütlichkeit ausstrahlte.

«Na, was macht das dritte Pflegestärkungsgesetz?», fragte sie.

«Schreitet voran wie der Eckpunkteplan zur Krankenhausreform.»

«Gratulation.»

«Und trägt den Stempel unserer Partei, die Sie vermutlich nicht gewählt haben.»

«Weiß man's?», erwiderte Sarah und zwinkerte.

Die Herren lachten.

Sie rieb Wassertropfen von Christians Ärmel und flüsterte: «Du hast mir gefehlt.»

Sie hatte vor dem Abflug noch schnell eine Zigarette geraucht und hoffte, er würde es nicht bemerken. Zuletzt hatten sie sich am Montag letzter Woche gesehen, nachdem er Termine in seinem Wahlkreis Recklinghausen sowie beim SPD-Landesvorstand in Düsseldorf absolviert hatte. Kurz vor Mitternacht klingelte er an ihrer Tür – sechs gemeinsame Stunden, bevor er wieder zum Flieger musste, zurück nach Berlin. Wenn es doch nicht so kompliziert wäre, sich zu treffen!

Während sich der Minister dem Graumelierten zuwandte, ging Sarah auf die Zehenspitzen und brachte ihre Lippen an Christians Ohr. «Neben dem Konferenzraum im zweiten Stock gibt es eine Teeküche.»

Der Staatssekretär nickte zur Bestätigung.

Sarah spürte erneut das Kribbeln. Er sah nicht nur blendend aus, sondern war auch ein Mann, der Ziele hatte, die sie teilte. Der auch Skrupel kannte und sich nicht um der Karriere willen verbiegen lassen wollte.

Einer wie ich, dachte Sarah.

Sie trank den Rest aus ihrem Glas. Das waren keine Schmetterlinge im Bauch.

Das war ein Geschwader wildgewordener Kolibris.

Im zweiten Stock befanden sich die Büros der Hörfunkredakteure des Hauptstadtstudios. Der Konferenzraum am Ende des Flurs erstreckte sich hinter einer gläsernen Wand. Dort hatten sich einige Anzugträger versammelt und tranken Kaffee aus großen Bechern. Sarah bemerkte kurzgeschorenes Haar, ausgebeulte Sakkos, ein Spiralkabel hinter einem Ohr – es waren Fahrer und Personenschützer, die lieber im Warmen warteten als bei ihren Fahrzeugen.

Ein Typ glotzte herüber, als sie die Teeküche erreichte.

Sarah machte sofort kehrt, griff nach ihrem Handy und rief ihre Kurznachrichten auf. Rasch tippte sie eine SMS für Christian.

Im dritten Stock, nicht im zweiten.

Sie ging zurück zum Aufzug und fuhr noch eine Etage höher. Von hier an aufwärts befanden sich die Büros der Korrespondenten, die fürs Fernsehen arbeiteten. Kein Licht hinter der Glaswand am Ende des Flurs, der Konferenzraum auf dieser Etage war leer, keine Zeugen.

Auch hier gab es eine Teeküche.

Sarah lauschte für einen Moment. Dann drückte sie die Klinke und trat ein. Die Tür ließ sie angelehnt – als Zeichen für Christian.

Der enge Raum war fensterlos. Ein Kopiergerät zeichnete sich ab. Ein Tisch mit einem Monitor darauf. Neben der Spüle ein Kaffeeautomat, der noch eingeschaltet war. Zwei LEDs glommen gelblich.

Von unten tönte bereits die Stimme der Kanzlerin herauf.

Endlich öffnete sich der Türspalt, Christian schlüpfte herein und zog die Tür fest hinter sich zu. Sarah roch sein Rasierwasser.

«Bist du's?», fragte er.

«Finde es heraus», antwortete sie.

Er tastete nach dem Lichtschalter.

«Lass.» Sie zog ihn zu sich heran.

«Macht dich das an? Ein Fremder im Dunkeln?»

«Halt den Mund, mein Staatssekretär.»

Er lachte. «Hauptsache, ich habe dich endlich für mich, mein Engel.»

Sarah löste sich aus der Umarmung. «Nenn mich nicht so.»

«Warum?»

«Mein Vater hat immer ‹mein Engelchen› zu mir gesagt. Dann war er verschwunden. Von einem Tag auf den anderen.»

«Das wird dir mit mir nicht passieren.»

«Versprochen?»

Christian küsste sie zart. Sie küsste heftiger zurück. Er drückte seinen Körper gegen ihren und stieß sie gegen den Tisch. Der Monitor knallte gegen die Wand.

Sarah ertastete Christians Gesicht und kratzte ihn mit dem Daumennagel unterhalb des Grübchens am Kinn. Er zuckte zurück.

«Du hast mich zehn Minuten warten lassen», flüsterte sie. «Mach das nie wieder.»

«Ich habe Stress mit den Medien», antwortete Christian.

«Dafür sind wir da. Um Politiker in Stress zu versetzen. Aber nur wer Mist baut, muss uns wirklich fürchten.»

«Danke für dein Mitgefühl.»

«Gern geschehen.»

Ihre Hände umfassten seinen Hintern. Sie stellte sich vor, er wäre nackt. Das Zimmer schien zu vibrieren.

Als seine Finger in ihre Bluse und unter den BH glitten, empfand sie die Berührung zu ihrer eigenen Überraschung als unangenehm. Sie zog seine Hände weg.

«Liebst du mich?», fragte er.

«Das weißt du doch.»

«Wann hören wir mit dem Versteckspiel auf?»

«Die kritische Journalistin und der kommende Star der Politik – es wird den Leuten nicht gefallen, wenn das rauskommt. Sie werden glauben, ich wäre nicht mehr unabhängig.»

«Manchmal wünschte ich mir ein Leben ohne Rücksichtnahme.»

«Ich mir auch. Das kannst du mir glauben.»

Christians Handy gab einen zirpenden Laut von sich. Er zog es aus der Innentasche seines Sakkos. Das Display erhellte sein Gesicht, während er die Nachricht las. Im blauen Schein zuckte seine Kiefermuskulatur.

«Ich muss kurz telefonieren», sagte Christian.

«Aber nicht jetzt.»

«Sarah, bitte.»

Sie begriff: Ihr Liebhaber erwartete tatsächlich, dass sie den Raum verließ.

«Hast du eine andere?», fragte Sarah, nur halb im Scherz.

«Unsinn!»

Sie wandte sich zur Tür und kontrollierte beim Hinausgehen den Sitz ihrer Bluse. Der Mann hat Geheimnisse vor mir, dachte sie.

5

Simon machte sich auf die Suche.

Er kämpfte sich durch die Brennnesseln am Rand der Lichtung und prallte gegen einen rostigen Drahtzaun, den man vor langer Zeit errichtet hatte, um im Frühjahr brütende Vögel zu schützen. Tränen der Verzweiflung rannen ihm über die Wangen. Wo zum Teufel war die *Phantom 3* abgestürzt?

Er machte kehrt und versuchte es weiter hinten. Dornen

zerkratzten seine Arme. Simons Blick scannte den Boden, checkte die Baumwipfel und schweifte über das Gestrüpp, das rundum wuchs.

Nichts. Und allmählich schwand das Tageslicht.

Ich darf nicht ohne Drohne nach Hause zurückkehren, ermahnte er sich. Sie war das Coolste, was er je besessen hatte. Wenn sich herumspricht, dass ich sie gecrasht habe, bin ich der Loser von Unterbach.

Simon besann sich. Er rannte zum Controller zurück, den er neben seinem Fahrrad abgelegt hatte. Er nahm das Smartphone aus der Halterung und überprüfte die letzten Aufnahmen der *Phantom 3*.

Sie hatte sich in den Ästen eines mächtigen Baums verfangen und war zu Boden gefallen. Am Ende des Films schoben sich Farnblätter vor den Himmel und zitterten im Wind. Simon blickte sich um.

Er entdeckte den Baum, der alles ringsum überragte. Nun wusste er genauer, wo er zu suchen hatte. Nach einer Weile fand er eine Stelle, an der die Maschen des Zauns bis auf den Boden heruntergedrückt waren. Er war mit Stacheldraht versehen – vorsichtig stieg Simon darüber.

Hier war der Boden feucht und schmatzte unter seinen Sohlen. Und wieder kratzten ihn die Dornen.

Links vom dicken Stamm des Baumriesen ragten Farne auf. Sie reichten Simon bis zur Hüfte und bildeten eine Art Feld. Er begann, es zu durchkämmen.

Dabei stieß er gegen ein Hindernis und wäre fast gestolpert.

Unter der Sohle seines Sneakers knackte es. Etwas Dünnes, Hartes war zerbrochen.

6

Als die Aufzugtür sich öffnete, stand ein hagerer Grauhaariger in der Kabine, der Nachrichten auf seinem Smartphone las, wie zuvor Christian in der Teeküche. Es war der Vizekanzler. Gemeinsam fuhren sie nach unten.

Heinz Benrath ließ das Handy sinken. Seine Augen wirkten groß hinter der randlosen Brille. «Also jetzt, Frau Wolf, wo ich *Sie* sehe, bedaure ich's, ehrlich gesagt, dass ich schon gehen muss.»

«Guten Abend, Herr Benrath.» Sie deutete auf sein Handy. «Ist das Arbeit, oder surfen Sie gerade auf einem Flirtportal?»

Er lachte.

Die meisten Politiker in Berlin lebten fernab ihrer Familie. Journalistinnen galten den Männern als Freiwild. Sarah wusste ein Lied davon zu singen. Doch Benrath fuhr fort, eine Nachricht zu tippen, und ihr wurde klar, dass sie dem Vizekanzler unrecht tat.

Im ersten Stock verabschiedete sie sich und ließ den SPD-Chef allein. Ihr fiel ein, dass Benrath mit seiner Frau in Berlin lebte. Sie war Lehrerin und deutlich jünger als er, mehr wusste man nicht über sie. Das Ehepaar schirmte sein Privatleben ab, so gut es ging. Was für Benrath spricht, dachte Sarah.

In der Redaktionshalle lief bereits wieder Musik, doch der Lärm der Stimmen überlagerte die Melodie fast völlig. Drüben beim Buffet hielt die Kanzlerin Hof. Sie stellte einen neuen Rekord auf. Die Dreißig-Minuten-Marke war bereits durchbrochen.

Sarah behielt Treppe und Fahrstuhl im Blick, um Christian nicht zu verpassen.

Der Chefredakteur einer Wirtschaftszeitung sprach sie an. Der Kollege redete ohne Pause und hielt sich für besonders schlau. Sein Themenvorschlag für ihre nächste Sendung: *Reformstau in Deutschland* – wegen der geringen Arbeitslosigkeit stiegen die Löhne der einfachen Angestellten zu kräftig. Was Sarah anders sah.

Der Kellner kam vorbei. Sie schnappte sich nun doch eine zweite Garnele.

Endlich erblickte sie Christian.

Er stand an der Treppe und sprach mit einer jüngeren Frau im grauen Anzug. Die vertrauliche Art, wie sie miteinander umgingen, hielt Sarah davon ab, hinüberzugehen. Die Frau flüsterte Christian etwas zu. Sie war klein, er musste sich zu ihr hinunterbeugen.

Dabei hielt sie seinen Arm fest und steckte ihm einen gemusterten Umschlag zu – übersät mit roten Punkten. Christian ließ den Brief in der Innentasche seines Sakkos verschwinden. Die Unbekannte blickte ihn beschwörend an, große Augen unter dunklen Brauen, dann verließ sie die Etage nach unten.

Christian schaute sich suchend um.

Sarah winkte, ließ den Schlaumeier vom Wirtschaftsblatt stehen und kam ihrem Staatssekretär entgegen. Die Frage, wer die Kleine gewesen war, lag ihr auf der Zunge, aber sie wollte nicht schon wieder als eifersüchtig erscheinen.

«Lass uns abhauen», sagte sie. «Ich halt's hier nicht mehr aus.»

«Aber zuerst muss ich noch kurz ins Büro.»

«Ist nicht dein Ernst.»

«Ich hab dir doch gesagt, dass es im Moment Stress gibt. Darauf muss ich reagieren, damit da nichts ausufert. Du kennst das ja.»

«Nein, kenne ich nicht.» Sie warf einen Blick auf ihre Uhr. Den Abend hatte sie sich anders vorgestellt. Auf ihr Hotelzimmer hatte sie keine Lust. Darauf, im Hilton allein an die Bar zu gehen, erst recht nicht.

«Nur für zwanzig Minuten.»

«Aus denen dann zwei Stunden werden. Nein, danke.»

«Du könntest mir helfen.»

«Wobei?»

«Ich muss den richtigen Ton treffen.»

«Soll ich dir meinen Stundensatz nennen?»

«Kann ich auch in Naturalien bezahlen?»

Plötzlich stand der Gesundheitsminister neben ihnen. Offenbar hatte er noch etwas mit Christian zu bereden.

Sarah verabschiedete sich.

Die Stahltür zur Tiefgarage fiel hinter ihr ins Schloss. Sie hörte Schritte, ohne jemanden zu sehen. Ein Porsche brummte vorbei. In den Kurven quietschten die Reifen. Dann war es still und leer, was Sarah wohltuend fand.

Sie lehnte sich gegen die kühle Betonwand und nahm ihr Handy aus der Tasche. Sie tippte eine Nachricht für Christian: *Ich warte bei deinem Wagen. Beeil dich.*

Wenn sie sich richtig erinnerte, benutzte der Staatssekretär einen schwarzen Audi A8 als Dienstfahrzeug. Fragte sich nur, wo die Limousine stand. Die Garage war hell beleuchtet, aber verschachtelt. Treppenaufgänge, Zwischenwände und Säulen beschränkten die Sicht.

Sarah ging in Richtung Ausfahrt und ließ ihren Blick schweifen.

Plötzlich vernahm sie eine leise Stimme. «Auf die Dosierung kommt es an.»

Jemand flüsterte eine Antwort.

Die Heimlichtuerei ließ Sarah innehalten. Die beiden Männer standen irgendwo hinter der nächsten Säule.

Dann verstand sie den zweiten, als er mit tiefer, kratziger Stimme sagte: «Ein Streich unter Kollegen. Junggesellenabschied, verstehst du?»

Die Tür eines Treppenaufgangs krachte, Schritte schallten durch die Etage. Ein Motor sprang an, ein dunkler Mercedes fuhr vorbei. Die beiden Männer hatten ihr Gespräch unterbrochen.

Die Neugier drängte Sarah danach, um die Ecke zu spähen. Es knirschte unter ihren Sohlen.

«Ist da jemand?», fragte die kratzige Stimme.

Sarah spürte, wie der Mut sie verließ. Rasch ließ sie sich hinter einem Volvo-Geländewagen in die Hocke nieder. Jemand patrouillierte auf der anderen Seite vorüber. Sie erspähte sportliche, halbhohe Schnürstiefel aus schwarzem Leder und stramme Waden in schwarzem Jeansstoff.

Die Stiefel kehrten zurück und hielten auf ihrer Höhe an. Sarah wagte nicht zu atmen. Zum Glück setzte sich der Kerl gleich wieder in Bewegung und verschwand zu dem anderen.

Getuschel hinter der Säule.

Sarahs Handy vibrierte. Sie versuchte, das Gerät lautlos aus der Tasche zu angeln, und entsperrte es mit einem Wischer ihres Daumens.

Christian. Eine neue Nachricht.

Bin ohne Wagen da. Stehe am Ausgang Wilhelmstraße. Und du?

Schritte von hinten.

Sarah erschrak.

Eine Frau hob ihre Hand. In Sarahs Rücken klackte die Verriegelung des Volvos. Die Frau steckte den Funkschlüssel im Näherkommen weg.

Sarah tat, als binde sie einen Schuh. Dann erhob sie sich und steuerte rasch die nächste Tür an. Dabei warf sie einen Blick hinter die Säule.

Die beiden Männer waren verschwunden.

7

Simon hielt den Atem an. Er spürte, wie sein Herz klopfte.

Das war nicht seine Drohne.

Das waren Knochen.

Ein paar davon kamen ihm riesig vor. Von welchem Tier mochten sie stammen? Mit den Händen bog Simon die Farnblätter zur Seite.

Fast ein komplettes Gerippe lag auf dem Boden, fauliges Zeug daran, Maden und Würmer – ekelhaft und faszinierend zugleich. Dann erkannte Simon das Große, Helle, über das er gestolpert war.

Ein menschlicher Schädel.

Wirre, blonde Haare hingen daran wie Fetzen einer Haloweenperücke, Fleischreste und Zähne – ein grässlicher Zombie grinste ihn an. Beim Zurückweichen stieß Simons Fuß erneut gegen ein Hindernis.

Er drehte sich um. Zum Glück, sein Fluggerät!

Er hob es auf und begann zu rennen. Die Dornen zerrissen sein Sonntagshemd. Er sprang über den Stacheldraht und rutschte auf dem weichen Boden aus.

Auf der Heimfahrt trat Simon in die Pedale, als sei eine ganze Armee von Zombies hinter ihm her. Die Kette seines Fahrrads rasselte. Das Schutzblech klapperte. Seine Lunge brannte. Es wurde dunkel, aber der verdammte Dynamo funktionierte mal wieder nicht.

Scheißegal. Weiter.

Endlich: Unterbach, die Vennstraße. Sein Zuhause – scheinbar völlig unberührt vom Grauen im benachbarten Wald.

Seine Mutter wässerte gerade den Vorgarten, als er schlitternd vor dem Haus anhielt.

«Was hast du denn?», wollte sie wissen. Entsetzt registrierte sie seine verdreckten Klamotten.

Simon berichtete aufgeregt und wild gestikulierend von seinem Leichenfund.

«Du und deine blühende Phantasie», sagte seine Mutter und schüttelte den Kopf.

8

Das sogenannte Jakob-Kaiser-Haus hinter dem Reichstagsgebäude war ein ganzes Ensemble unterirdisch miteinander verbundener Bauten, die das Medienzentrum des Bundestags beherbergten, mehrere Sitzungssäle sowie das Casino, vor allem aber Hunderte von Abgeordnetenbüros. Es lag nur ein paar Schritte vom ARD-Studio an der Wilhelmstraße entfernt. Der Regen hatte zum Glück aufgehört. Auf der nahen Spree tuckerte ein Boot, der Wind trieb Dieselabgase durch die Straße.

«Worin besteht denn dein Stress mit der Presse?», fragte Sarah.

«Hast du nicht mal für den *Blitz* geschrieben?», wollte Christian wissen.

«Ein Schülerpraktikum in der Düsseldorfer Lokalredaktion vor ewigen Zeiten. Und ein bisschen freie Mitarbeit als Zeilenknecht während des Studiums. Wieso fragst du?»

«Kennst du einen Udo Venn?»

«Den Namen höre ich zum ersten Mal.»

Ein paar Stufen, Christian öffnete die Glastür. Das Foyer war um diese Uhrzeit menschenleer, ihre Schritte hallten auf dem Marmorboden. Das Geräusch erinnerte Sarah an die Tiefgarage, in der sie eben gewesen war, und der Unterhaltungsfetzen fiel ihr ein, dessen Zeugin sie geworden war. Flüstern und Heimlichtuerei. Beim Wort «Dosierung» musste sie an Drogen denken.

Der Aufzug brachte sie nach oben. Christian schloss die Tür zu seinem Büro auf. Sarah bemerkte, dass im Zimmer nebenan noch gearbeitet wurde. Die Verbindungstür stand offen, jemand telefonierte.

Sie blieb stehen und hob die Hände. «Sarah Wolf ist nicht hier. Und sie geht erst recht nicht da hinein.»

«Ach, komm!»

«Schon gar nicht hilft sie einem Politiker bei seiner Pressearbeit.»

«Irgendwann erfährt es die Öffentlichkeit ohnehin, dass wir zusammen sind.»

«Aber nicht heute.»

«Du musst wirklich keine Sorge haben», beschwichtigte Christian. «Lisette ist sehr diskret, sonst hätte ich sie nicht eingestellt.»

Zögernd trat Sarah ein und legte ihren Mantel ab.

Christian fuhr seinen Rechner hoch und beugte sich über die Tastatur auf seinem Tisch. Er öffnete den Browser und gab etwas in die Suchmaske ein. Dann vergrub er die Fäuste in den Hosentaschen und trat zurück. «Was hältst du davon?»

Sie setzte sich auf Christians Drehsessel und musterte den Monitor. Es handelte sich um die Online-Ausgabe der Boulevardzeitung *Blitz*. Die Überschrift des Artikels lautete: *Umstrittene Elefantenhochzeit im Gesundheitssektor – Staatssekretär macht gegen alle Bedenken Druck.*

Der Text war vor etwa zwei Stunden ins Netz gestellt worden, und man konnte davon ausgehen, dass er auch in der morgigen Printausgabe stehen würde. Als Autor firmierte der erwähnte Udo Venn. Drei Fotos zierten die Seite. Die Porträts von Christian sowie von Heinz Benrath, seinem Parteichef. Zudem der Schriftzug der Samax AG an einem Verwaltungsgebäude – der Firmensitz in Köln, wie die Unterzeile erklärte.

Sie las, dass die Samax AG, der größte private Krankenhausbetreiber Deutschlands, ihren wichtigsten Konkurrenten, die Ikarus-Kliniken, schlucken wolle. Das Kartellamt hege Einwände und plane ein Verbot der Fusion wegen der zu befürchtenden Wettbewerbsverzerrung. Samax hoffe nun, dass Benrath sich als Wirtschaftsminister darüber hinwegsetzen und den Kauf per Ausnahmeerlass absegnen werde. Ein Politiker, der dem Konzern eng verbunden sei, habe sich in dem Zusammenhang besonders vehement für den Erlass eingesetzt: Christian Wagner, SPD-Abgeordneter aus Recklinghausen und parlamentarischer Staatssekretär beim Gesundheitsminister.

Der Artikel zitierte aus einer vertraulichen E-Mail Christians an seinen Parteichef: *Chancen auf dem globalisierten Markt … Nur ein starker privater Sektor … Im Interesse Deutschlands …*

Schließlich wurde der *Blitz* persönlich, und Sarah verstand, warum Christian die Veröffentlichung an die Nieren ging. Die Bande zwischen ihm und der Samax AG seien vielfältig und erstaunlich eng, hieß es da. Schon seinen früheren Posten beim Bundesverband der Pharmaindustrie habe Christian allein der Gunst des Samax-Chefs zu verdanken.

Nach seinem Wechsel in die Politik habe ihn die Klinikgruppe mit Nebenjobs ausgestattet. Aufsichtsrat hier, Berater dort. Gutdotierte Posten. Noch heute ziehe Christian die Strippen für seinen alten Gönner.

Einmal Lobbyist, immer Lobbyist, so die Botschaft.

Sarah lehnte sich zurück. «Wetten, dass dieser Venn im Berliner Büro des *Blitz* arbeitet und du ihn gerade beim ARD-Hauptstadttreff nur knapp verpasst hast?»

«Sein Glück.» Christians Blick verdunkelte sich. «So eine Arschgeige!»

«Hast du tatsächlich diese E-Mail geschrieben?»

«Aber deshalb bin ich doch kein Handlanger der Samax!»

«Man könnte schon glauben, du seist gekauft.»

«Fällst du mir jetzt auch in den Rücken?»

«Nein, aber ich möchte, dass du ehrlich zu mir bist.»

«Bevor ich parlamentarischer Staatssekretär wurde, habe ich sämtliche Nebentätigkeiten niedergelegt. Christian Wagner ist nicht bestechlich!»

«Hier steht, du wärst noch Beirat einer Stiftung der Samax AG.»

«Mein Gott, das ist ein Ehrenamt! Da geht es um Hilfsprojekte in der Dritten Welt. In enger Zusammenarbeit mit dem UNHCR, den *Ärzten ohne Grenzen* et cetera. Was soll daran verwerflich sein?»

«Manchmal ist ein solcher Artikel nur der Anfang einer Kampagne. Möglicherweise kommt da noch mehr.»

«Toll, wie du mir Mut machst!»

«Jeder weiß, dass sich der *Blitz* gern auf deine Partei einschießt. Was könnte Venn noch in petto haben?»

«Da gibt es nichts.»

«Denk nach.»

«Mensch, Sarah, was unterstellst du mir?»

«Beruhig dich. Mir geht es doch nur darum, dass du vorbereitet bist.»

Er schüttelte den Kopf. «Nein, da ist nichts. Nada. Niente.»

«Also nur diese Empfehlung per E-Mail. Sie stammt von dir persönlich?»

«Wie ich schon sagte.»

«Dann hoffe ich, du hattest dafür gute fachliche Gründe.»

«Ausschließlich fachliche Gründe! Welche denn sonst?»

«Sobald sich Benrath in deinem Sinn äußert, bist du aus der Schusslinie, denke ich.»

«Das wird er tun, daran gibt es überhaupt keinen Zweifel.»

Christians Mitarbeiterin, eine blonde Brillenträgerin von

erst etwa dreißig Jahren, erschien in der Verbindungstür. Sie erblickte Sarah und riss die Augen auf.

«Sind *Sie* das, Frau Wolf?»

Sarah gab ihr zur Begrüßung die Hand. «Ich bin nicht da.»

«Verstehe.»

«Lisette Hanke, sie leitet mein Büro hier», stellte Christian sie vor. «Was gibt's Neues, Lisette?»

«Benraths Referent weigert sich, Stellung zu beziehen.»

«Wie bitte?»

«Muss sich erst noch mit seinem Chef kurzschließen, meint er.»

Christian schüttelte den Kopf, dann holte er sein Handy hervor und begann, eine SMS zu tippen.

«Haben Sie schon einen Pressetext?», fragte Sarah.

«Einen Entwurf.»

Die Büroleiterin druckte ihn aus. Sarah überflog den Text und lobte ihn, dann griff sie zum Stift und formulierte einige Stellen konkreter und klarer.

Christian war fertig mit seiner SMS und spähte über Sarahs Schulter. Zu Lisette sagte er: «Schick das über den großen Verteiler nach draußen. Und morgen früh um halb sechs hakst du bitte beim Deutschlandfunk nach. Ich stehe jederzeit für ein Interview zur Verfügung.»

«Vielleicht versuchen Sie es auch beim *ARD-Morgenmagazin.*» Sarah schrieb ihr die Durchwahlnummer des Chefs vom Dienst auf, die seit ihrer dortigen Zeit vermutlich unverändert geblieben war.

Lisette verschwand damit in ihrem Zimmer.

Christian streckte sich und blickte auf die Uhr. Er schien sich beruhigt zu haben.

«Fertig?», fragte Sarah.

Ein Funkeln trat in seine Augen. «Gehen wir zu mir?»

9

Am nächsten Morgen nahm Sarah bereits den 7:35-Uhr-Flug nach Düsseldorf. Mit einem Packen Zeitungen setzte sie sich auf ihren gebuchten Platz in der Business-Class. Sie ließ sich einen Kaffee geben und knöpfte sich zuerst den *Blitz* vor. Auf der zweiten Seite fand sie den Artikel über Christian und die Samax AG – bis auf einige Kürzungen im Wortlaut identisch mit der Online-Version, die sie bereits kannte.

Arschgeige – sie musste lachen, als ihr Christians Kommentar einfiel.

Der vergangene Abend glich einer durchwachsenen Konzertdarbietung. Misstöne im ersten Akt. Der Mittelteil zog sich. Das Finale dagegen ein Genuss, der den Rest fast vergessen ließ. Und wieder musste sie daran denken, wie alles begonnen hatte.

Zwei Wochen nachdem Christian in ihrer Sendung zu Gast gewesen war, hatte er sie zu einem Musikabend in der Tonhalle eingeladen. Die Düsseldorfer Symphoniker spielten das dritte Klavierkonzert von Rachmaninoff. Der brillante Solist war Christians jüngerer Bruder Daniel. Nach dem Finale und einem nicht enden wollenden Applaus fragten sie sich zur Garderobe durch, um Daniel zu gratulieren. Wer weiß, wie der Abend verlaufen wäre, wenn der Bruder und dessen Freunde mit ihnen zum Essen gegangen wären. Stattdessen speisten sie zu zweit in dem Restaurant am Rand der Altstadt und unterhielten sich sehr angeregt. Erst als das Personal ringsum die Tischdecken abzog und die Stühle hochstellte, realisierten sie, dass sie die letzten Gäste waren.

Wenige Tage später fand ihre nächste Talkshow in Berlin-Adlershof statt. Sie nutzte ihren Aufenthalt in der Hauptstadt für ein weiteres Treffen mit Christian am Morgen nach der Sendung. Sie besuchten eine Ausstellung im Gropiusbau, anschließend lud er sie noch zum Mittagessen ein. Am liebsten hätte sie ihren Rückflug nach Düsseldorf noch weiter aufgeschoben.

Zu Beginn der Sommerpause, als Sarah durch Java und Bali reiste, ertappte sie sich bei dem Gedanken, dass es schön sei, mit diesem Mann mehr Zeit zu verbringen. Gleich nach ihrer Rückkehr meldete er sich. Er hatte wieder in Nordrhein-Westfalen zu tun, und sie landeten zum ersten Mal im Bett. Seitdem hatten sie sich so häufig es ging gesehen und täglich telefoniert.

Sarah erinnerte sich an ihre Unterhaltung in jener ersten Nacht. Christians Worte – fast schon ein Antrag: *Ich glaube, ich wäre gern der Mann an deiner Seite.*

Die Stewardess goss Kaffee nach. Sarah musste gähnen. Die Nacht war viel zu kurz gewesen. Tatsächlich hatte sich der Deutschlandfunk gemeldet und Christian um eine Stellungnahme gebeten. Leider lief das Interview gerade, als Sarah zum Flughafen aufbrechen musste. Sie hätte gern mitbekommen, wie ihr Liebster sich schlug. Kurzzeitig war ihr übel gewesen, vermutlich lag es an der Hektik.

Sie überflog die übrigen Zeitungen. Nirgendwo sonst eine Notiz über die beabsichtigte Fusion der beiden Klinikgruppen und über Christians Intervention. Noch hatte der *Blitz* das Thema exklusiv.

Der Flieger landete pünktlich. Sarah hatte nur Handgepäck dabei und war unter den Ersten, die ausstiegen. Um Punkt neun Uhr saß sie bereits im Taxi zu ihrer Wohnung in Düsseldorf-Oberkassel.

Ihr Handy summte, eine SMS von Christian.

Ich liebe dich! Wann kriege ich mehr?

Lächelnd tippte Sarah ihre Antwort.

Komm nach Düsseldorf!

Das Taxi geriet in einen Stau. Die rechte Spur war wegen

Bauarbeiten gesperrt. Sarah blickte sich um. Sie hatten noch nicht einmal den Rhein überquert. Sie klopfte nervös mit den Fingern auf den Vordersitz.

«Da hat das städtische Amt für Verkehrsbehinderung mal wieder zugeschlagen», erklärte der Fahrer in rheinischem Tonfall. «Überall richten sie jetzt Radwege ein, das reine Chaos.» Er nahm über den Rückspiegel Blickkontakt auf. «Sie kenn isch doch. Schauspielerin, hab isch recht?»

«Sarah Wolf.»

«Aus dem *Tatort*, stimmt's?»

Sarah widmete sich dem Handy, ihr Staatssekretär hatte geantwortet.

Hab Sitzungswoche. Kann nicht weg.

Schade.

Komm du. Wenigstens für eine Nacht.

Rasch überlegte sie: Falls es keine Komplikationen bei der Themenfindung und beim Einladen der Gäste gab, könnte sie es sich leisten.

Mittwoch geht es.

Sie erreichten eine der Rheinbrücken. Unter ihnen zog ein langgestreckter Frachter seine Bahn mühsam stromaufwärts. Kurz darauf hielt das Taxi vor dem weiß gestrichenen Jugendstilbau, in dem Sarah eine Maisonette unter dem Dach gemietet hatte.

Ein Summen. Christians Antwort.

Großartig. Kann es kaum erwarten.

Der Fahrer stieg aus und hievte Sarahs kleinen Rollkoffer aus dem Kofferraum.

«Marita Wolf, sagten Sie?»

«So ähnlich.»

Der Mann runzelte die Stirn. «Isch kenn Sie, aber isch komm nit auf Sie.»

Sarah musste lachen.

Zu Hause machte sie sich frisch, verschlang einen Apfel sowie einen Becher Joghurt. Sie rauchte eine Zigarette auf dem Balkon, die sie nach der Hälfte ausdrückte, dann rief sie ein weiteres Taxi und griff nach ihrer Laptoptasche.

Als sie aus der Tür trat, fuhr der cremefarbene Mercedes bereits vor. Der Fahrer, ein junger Türke oder Araber, sprang heraus und hielt ihr die Tür auf. Sarah nannte ihm die Adresse ihrer Produktionsfirma im Osten der Stadt.

Unterwegs checkte sie auf dem Smartphone die neuesten Nachrichten. Der Gesundheitsminister hatte erklären lassen, dass das Zusammengehen der beiden wichtigsten Klinikbetreiber Synergieeffekte bringe. Zudem ermögliche es Investitionen in verbesserte Versorgungsleistungen, ohne die Kosten für die Krankenkassen nach oben zu treiben.

Rückendeckung für seinen Staatssekretär.

Vizekanzler Heinz Benrath, der als Wirtschaftsminister über die Fusion entscheiden musste, hatte sich dagegen noch nicht geäußert.

Christians Name fiel in den Meldungen kein einziges Mal.

Was Sarah als positiv bewertete.

Sarah Wolf Media belegte die zweite Etage eines ehemaligen Fabrikgebäudes in einem Gewerbegebiet an der Lierenfelder Straße. Es war vor einigen Jahren saniert worden und beherbergte neben Sarahs Firma ein Fotostudio, Künstlerateliers sowie mehrere Loft-Wohnungen im obersten Stockwerk. Nebenan ein Baumarkt und eine Autowerkstatt. In regelmäßigen Abständen ratterte die S-Bahn vorbei. Schön war die Gegend nicht, aber vergleichsweise preiswert, und es gab ausreichend Parkplätze für ihre Angestellten.

Sarahs gesamte Ersparnisse sowie ein Kredit in sechsstelliger Höhe waren in Videotechnik und Büroausstattung geflossen, denn als sie das Angebot erhielt, eine Talkshow zu moderieren, die unter ihrem Namen lief, hatte sie beschlossen, das nicht länger als WDR-Angestellte zu tun, sondern als selbständige Unternehmerin. Sie wurde pro Sendung bezahlt, die sie mit eigenen Leuten produzierte. Lediglich für die Ausstrahlung der Show ging es nach Köln in ein Studio des WDR oder nach Berlin, wenn das für wichtige Gäste günstiger lag.

Eine Sekretärin, eine Pressesprecherin und zehn Redakteure arbeiteten für Sarah, alle mit einem Zeitvertrag über ein Jahr entsprechend der Laufzeit ihrer Vereinbarung mit dem WDR. Dazu kamen Max Sperling, den sie als Redaktionsleiter aus der Firma ihrer Vorgängerin übernommen hatte, sowie als Produzent Thorsten Prange, verantwortlich für alles Geschäftliche.

Ihn suchte sie zuerst auf. Er telefonierte gerade, beendete das Gespräch aber, während sie ihm gegenüber Platz nahm. Auf dem Tisch lag ein Kugelschreiber mit dem WDR-Logo.

Sarah nahm den Stift und hielt ihn hoch. «Wegen deines Termins bei unserer Lieblingsanstalt.»

«Welchen Termin meinst du?»

«Dein Gespräch mit dem WDR-Produktionsleiter heute Nachmittag. Ich finde, wir sollten ein paar Punkte nachverhandeln, bevor wir den Vertrag verlängern.»

Thorsten schüttelte den Kopf. «Es gibt keinen Termin. Er wurde verschoben.»

«Warum das denn?»

«Sieht nach Hinhaltetaktik aus. Wird schwer sein, bessere Konditionen zu erreichen, wenn du mich fragst.»

Ihr fiel der ARD-Koordinator auf dem blauen Teppich ein. Der verkniffene Gesichtsausdruck beim gestrigen Händeschütteln vor den Kameras.

Mist, dachte sie.

«Vielleicht rufst du Diepi mal an», schlug ihr Produzent vor.

«Er soll mit dem WDR-Intendanten reden. Oder triffst du den ohnehin bei der Jahrespressekonferenz?»

Sarah schüttelte den Kopf. Ihr Auftritt in diesem Rahmen war nicht geplant.

«Jedenfalls wird es höchste Zeit, dass wir Klarheit bekommen. Wir alle müssen langsam wissen, wie wir im nächsten Jahr unsere Brötchen verdienen.»

«Was ist los mit dir, Thorsten? Warum so pessimistisch?»

Thorsten zuckte mit den Schultern und guckte ernst.

«Auf wann wurde der Termin denn verschoben?»

«Man hat mir noch kein neues Datum genannt.»

Sarah schleuderte den Kugelschreiber durch das Zimmer. «Arschgeigen!», entfuhr es Sarah.

Thorsten senkte den Blick. «Ich sag's doch, der WDR hält uns hin.»

Düsseldorf – Montag, 19. September

10

Kriminalhauptkommissar Paul Sellin musterte mit verschränkten Armen die Fotos und Dokumente an der Pinnwand des verlassenen Besprechungsraums. Man hatte ihn, den Sachbearbeiter für Vermisstenfälle im KK12, am Morgen gebeten, die Mordkommission zu verstärken, wie es größere Fälle regelmäßig erforderten. Erfahrene Kollegen aus verschiedenen Dienststellen standen hierfür zur Verfügung, und er hatte sofort eingewilligt, weil er bereits eine Ahnung hatte, wer die Tote sein könnte. Nicht die erste Mordermittlung für Sellin, aber diesmal berührte sie ihn mehr als sonst.

Ein vierzehnjähriger Schüler, der mit seiner Drohne unterwegs war, hatte ihre Leiche am Unterbacher See im Südosten Düsseldorfs entdeckt. Weitgehend skelettiert. Weiblich, erwachsen – das genauere Ergebnis der Obduktion lag zur Stunde noch nicht vor.

Für jeden erkennbar war das Loch über dem rechten Schläfenbein. Das dazugehörige Geschoss hatte im Schädel gelegen. Statt ihn noch einmal zu durchschlagen, war es an der gegenüberliegenden Innenseite abgeprallt und hatte mit Sicherheit wesentliche Teile des Gehirns zerstört.

Kleinkaliber – klingt harmlos, ist es aber nicht, wusste Sellin.

Suizid oder Mord, das war die Frage.

Letzteres wurde mit jeder Stunde wahrscheinlicher, in der die Kollegen der Tatortgruppe, die das Gelände rund um die Fundstelle durchkämmten, weder auf die Waffe noch auf die Kleidung der Frau stießen.

Der nächste Punkt war die Liegezeit.

An der frischen Luft schritt die Skelettierung acht Mal schneller voran als unter der Erde, so die Faustformel. Zur Fäulnis und Verwesung kam der Tierfraß. Die Temperatur spielte eine Rolle. Die erste Septemberhälfte war sehr warm und feucht gewesen.

Der tödliche Schuss war vor mindestens vier Wochen abgefeuert worden, schätzten die Experten. Möglicherweise auch früher im Sommer, also schon vor zwei oder drei Monaten.

Passt zu meinem Vermisstenfall, dachte Sellin.

Er machte sich auf den Rückweg zu seinem Büro. Gleich beim ersten Schritt geriet er ins Straucheln. Es gelang ihm, Halt an einer Stuhllehne zu finden. Zum Glück war er allein im Raum.

Sellin schaffte es, unbeobachtet in sein Zimmer zu kommen. Dort zog er die Schuhe aus und massierte seine Füße. Wieder musste er an die junge Frau denken, deren Eltern vor einigen Wochen Vermisstenanzeige erstattet hatten. Hier in diesem Büro – sie hatten ihm gegenübergesessen.

In Sellin keimte ein Schuldgefühl auf, von dem er wusste, dass es falsch war. Ein reflexhafter Gedanke, gegen den er machtlos war: Hätte ich den Mord verhindern können?

Vielleicht lag er mit seiner Vermutung auch falsch, und bei dem Opfer handelte es sich nicht um Johanna Kling.

Er hoffte es.

11

Um Punkt zehn Uhr rief Sarah ihr Team zur Konferenz im großen Eckraum zusammen. Vier Tische waren hier zu einer großen Tafel zusammengeschoben, an einer Wand prangte übergroß das Logo der Sendung, der Schriftzug *Sarah Wolf*, und daneben standen ein Monitor sowie ein Flipchart. Sarah glaubte zu spüren, dass Nervosität in der Luft lag – die schwache Quote vom letzten Mal, die ungewisse Zukunft.

Sie bat um Vorschläge für das Thema der kommenden Sendung. Max Sperling, der Redaktionsleiter, resümierte die jüngsten Nachrichten. Der größte innenpolitische Aufreger des Tages schien tatsächlich die Fusionsabsicht von Samax und Ikarus zu sein. Die Gewerkschaften befürchteten einen drastischen Stellenabbau im Fall einer Elefantenhochzeit auf dem Gesundheitsmarkt – was die Aktionäre «Synergieeffekte» nannten und mit Hoffnung auf Kurssteigerungen verbanden. Die Kassen prophezeiten wie das Kartellamt eine monopolähnliche Stellung einer fast doppelt so starken Samax AG und damit einen Preisanstieg für Gesundheitsleistungen. Weitgehend einhellige Meinung: Die Bundesregierung befinde sich auf dem Holzweg, falls sie die Ausnahmegenehmigung erteilte.

Sarah trug Christians Gegenargumente vor, doch sie stieß auf Skepsis. «Okay», lenkte sie ein. «Aber wie relevant ist das Thema wirklich?»

«Jeder ist mal krank, jeder braucht mal ein Krankenhaus», antwortete Max. Nach einem Blick in die Gesichter der überwiegend jüngeren Kollegen ergänzte er: «Zumindest in reiferem Alter.»

Gelächter in der Runde.

Max sagte: «Tim, du wolltest die Zahlen recherchieren.»

«Es gibt in Deutschland rund zweitausend Krankenhäuser», vermeldete der Angesprochene, Hipster-Vollbart und Hornbrille. «Ein gutes Drittel davon in privater Hand, mit steigender Tendenz. Die im Fall einer Fusion entstehende Klinikgruppe besäße einen Marktanteil von fünfzehn Prozent und hätte fünf Mal so viel Umsatz wie der nächstgrößte Konkurrent.»

Sarah seufzte. «‹Ist unsere Gesundheit in Zukunft noch bezahlbar› – das Thema hatten wir erst vor einem Vierteljahr.»

«Wozu brauchen wir überhaupt private Krankenhäuser?», fragte Laura, eine Kollegin, die zuvor frei bei *Monitor* gearbeitet hatte und Sarah als clevere und sorgfältige Rechercheurin empfohlen worden war.

Tim zuckte mit den Schultern. «Weil Privatunternehmen oft besser geführt werden und sich auf dem Finanzmarkt leichter Kapital besorgen können.»

Laura klemmte sich eine Strähne ihres rot gefärbten Haares hinters Ohr. «Aber sobald Krankenhäuser der privaten Konkurrenz unterworfen sind, hört der Rationalisierungsdruck niemals auf. Kapital muss verzinst werden. Aktionäre erwarten Dividende. Zugleich dürfen die Preise nicht steigen, also geht die Entwicklung auf Kosten der medizinischen Qualität. Die Kranken bezahlen für die Gewinne der Investoren, so schaut's doch aus!»

Max verzog den Mund. «Wenn es nach dir ginge, Laura, sollten wir vermutlich in jeder Sendung zur Überwindung der kapitalistischen Wirtschaftsweise aufrufen.»

Die junge Redakteurin grinste. «Das wäre doch mal etwas.»

Sarahs Handy vibrierte. Eine neue SMS. Holger Diepenbrock hatte geschrieben, der Chefredakteur des WDR.

Habt ihr schon ein Thema?

Sarah legte das Smartphone weg. «Wir sollten zu Potte kommen. Die Klinikgeschichte erscheint mir bei Licht betrachtet nicht groß genug. Alternativen?»

Ratlose Gesichter. Max blätterte im Boulevardblatt *Blitz*. Tim bearbeitete den Laptop, den er vor sich aufgeklappt hatte. Heide, die Sekretärin, stellte eine weitere Kanne Kaffee auf den Tisch.

«Wie wäre es mit Lobbyismus?», fragte Laura.

Max blickte hoch. «Wie meinst du das?»

«Die Klinikgeschichte als ein Beispiel dafür, wie sich Partikularinteressen durch penetrante Lobbyarbeit auf Kosten von Steuerzahlern und Verbrauchern durchsetzen. Da finden sich noch jede Menge weitere Beispiele. Autoindustrie, Banken …»

«Windkrafterzeuger», warf Tim ein.

«Meinetwegen auch die.»

«Warum nicht», befand Max. «Was meinst du, Sarah?»

«Es könnte funktionieren. Hängt aber von den richtigen Gästen ab. Es muss krachen, richtig kontrovers, sonst stürzen wir mit einem dermaßen abstrakten Thema ab.»

«Wir könnten *Abgeordneten-Watch*, *Lobbycontrol* oder *Transparency International* anfragen», schlug Elli vor, die noch studierte, irgendetwas mit Sprachen, und nebenher frei für die Redaktion arbeitete.

Laura reckte ihren Stift in die Luft. «Und auf der anderen

Seite Leute wie diesen parlamentarischen Staatssekretär, der sich so sehr für den Krankenhauskonzern ins Zeug legt. Wie heißt der Typ noch mal?»

«Auf keinen Fall», widersprach Sarah.

«Warum nicht?»

Sie musste sich räuspern. «Christian Wagner … den Mann hatten wir erst vor der Sommerpause in der Sendung.»

«Da treten andere aber noch öfter auf.»

«Sarah hat völlig recht», sagte Max entschieden. «Wagner geht gar nicht. Wenn dieser aalglatte Fatzke seine einstudierten Floskeln absondert, zappt sofort die Hälfte des Publikums weg.»

Einige Mitarbeiter lachten.

«Wir brauchen Gäste aus dem obersten Regal», fügte Max hinzu. «Minister, Fraktionsvorsitzende.»

Wieder das Handy. Sarah blickte auf das Display. Erneut Diepenbrock.

Melde dich! Mein Intendant will Bescheid wissen.

Sarah stand auf und sammelte Smartphone, Stift und Notizblock ein. «Macht euch schon mal Gedanken über die möglichen Gäste, falls wir bei diesem Thema bleiben.»

Ehe sie sich bei Diepenbrock meldete, überflog sie auf dem PC in ihrem Büro die Nachrichten der letzten Stunde. Natürlich gab es weitere Themen von allgemeinem Interesse, aber die waren bereits zur Genüge abgegrast worden, von ihr selbst oder anderen Talkshows. Auch brachte nicht alles, was relevant war, gute Quoten.

Je länger Sarah überlegte, desto größeren Gefallen fand sie an Lauras Vorschlag.

Wir müssen meinen Staatssekretär ja nicht in die Pfanne hauen, sagte sie sich.

Sarah wählte Diepenbrocks Nummer.

«Und?», fragte er.

«Morgen, Holger. Seit wann erkundigt sich der Intendant des WDR persönlich nach meinem Thema, und das schon am Montagvormittag?»

«Rate mal.»

«Alles nur, weil die Quote mal unter den Erwartungen lag?»

«Drei Wochen in Folge. Schindhelm meint neuerdings, dass eine Frau von Mitte dreißig dem Publikum vielleicht doch nicht die nötige Seriosität vermittelt.»

«Wie bitte?»

«Und ein Moderator müsse seinen Gästen auf Augenhöhe gegenübertreten können, auch Bundesministern oder der Kanzlerin.»

«Wieso sollte das bei mir nicht der Fall sein? Muss ich mir etwa graue Strähnen färben lassen, um seriöser zu wirken?»

«Werd jetzt bitte nicht polemisch.»

«Als dein Intendant zu Jahresbeginn meine Show der Presse präsentiert hat, konnte ich ihm gar nicht jugendlich genug sein.»

«Er hat gehofft, du würdest die jungen Leute vor den Bildschirm locken. Aber Fakt ist, dass sich die Altersstruktur unserer Zuschauer in der Late Prime nicht geändert hat.»

«Moment mal. Ich soll also seriös für die Alten sein und zugleich flippig für die Jungen?»

«Eine gute Moderatorin sollte beide Gruppen erreichen.»

«Blödsinn. Talk ist nun mal alt. Wozu das Theater?»

«Auch die Jungen bezahlen den Rundfunkbeitrag. Müssen wir darüber diskutieren?»

«Was ist mit meiner Vertragsverlängerung? Rede lieber darüber mit dem Intendanten!»

«Wenn du dir überlegst, wie du deine Show wieder zum Ereignis machst.»

Klingt fast, als sei der kommende Donnerstag meine letzte Chance, dachte Sarah.

«Also, hast du ein Thema?», fragte der Chefredakteur.

Sarah registrierte, dass sie mit ihrem Stift Kreuze auf die Schreibunterlage kritzelte, und legte ihn weg. «Wir packen die Leute da, wo sie am schnellsten durch die Decke gehen.»

«An den Eiern?»

«Beim Gerechtigkeitsgefühl.» Ihre freie Hand fuhr durch die Luft, als unterstreiche sie eine Schlagzeile in Plakatgröße. «Der Staat im Griff der Lobbyisten – das Ende unserer Demokratie?»

Sie hatte sich den Titel spontan ausgedacht. Noch zu Jahresanfang hätte sie sich über eine dermaßen reißerische Formulierung mokiert. Inzwischen sah sie das etwas anders.

Ihr Mentor schien nachzudenken.

«Bist du sprachlos, oder was?»

«Ist das eure erste Wahl?»

Die einzige, dachte Sarah.

«Schon wieder Lobbyismus?», fragte er.

«Meine Show hatte das Thema noch nicht. Das wüsste ich.»

Diepenbrock seufzte. «Ende der Demokratie, schon klar.»

«Also, was ist?», fragte Sarah.

«Ich muss darüber nachdenken.»

Sarah starrte nach dem Telefonat für einen Moment reglos vor sich hin. Das Aus einer Sendung ist schnell beschlossen, ging es ihr durch den Kopf. Mündliche Vereinbarungen geraten in Vergessenheit, und bis Jahresende verschwindet *Sarah Wolf* womöglich in das Nachtprogramm des Dritten.

Von einem solchen Karriereknick würde ich mich nie mehr erholen. Was wäre mit der Firma, mit den Kollegen?

Beim erneuten Blick auf den Bildschirm stellte Sarah fest,

dass *Spiegel Online* die Geschichte weitergedreht hatte: Die Samax AG habe bei der griechischen Regierung ein Kaufangebot für zahlreiche Kliniken des Landes abgegeben. Die EU-Kommission dränge auf deren Privatisierung, und Athen brauche jeden Euro. Der gebotene Preis liege weit unter dem Wert, doch die Bundesregierung mache sich auch in diesem Fall für den deutschen Konzern stark.

Sarah glaubte zusehen zu können, wie das Thema an Größe gewann. Warum zum Teufel lehnte sich Christian für Samax aus dem Fenster? Ich muss ihn warnen, dachte sie.

Gerade als sie ihn anrufen wollte, klingelte das Telefon. Diepenbrocks Nummer auf dem Display. Das war ja schnell gegangen. Sarahs Pulsschlag beschleunigte sich. Einmal tief durchatmen, dann ging sie ran.

«Ja?»

«Okay», sagte er.

«Was heißt das?»

«Schindhelm findet das Thema akzeptabel, dann soll es auch so sein. Wölfin, mach das Beste daraus!»

12

Sarah klopfte an die Tür und betrat Max Sperlings Büro. Hier spürte sie stets eine starke Aura professioneller Effektivität. Zeitungsstapel türmten sich neben dem Schreibtisch. Darüber das gerahmte Foto, das Max zu seinem jüngsten Geburtstag vom gesamten Team geschenkt bekommen hatte und das ihn im Kreis der Mitarbeiter zeigte. Eine selbstgebastelte Papiergirlande war darüber drapiert, zwei Ziffern bildeten die Zahl 47.

Max stand vor der großen Korkwand und befestigte daran Artikel über Lobbyismus, die er frisch ausgeschnitten hatte.

Sarah erkannte den Zweispalter aus dem heutigen *Blitz* über Christian und die Samax AG. Auch im digitalen Zeitalter schwor Max auf den Umgang mit Papier und Schere – seine Art der Annäherung an ein Thema.

Ihn als Redaktionsleiter einzustellen, war Diepenbrocks Vorschlag gewesen. Max besaß Erfahrung mit dem Format der politischen Talkshow, und Sarah hatte ihre Entscheidung in keinem Moment bereut, obwohl Max vergleichsweise teuer war. Sie schätzte seine Urteilskraft und seine Loyalität sowie die ruhige Art, in der er das Team führte.

«Wir haben das Okay des Senders», sagte sie.

«Sehr schön», antwortete Max. «Mit dem Thema Lobbyismus hattest du genau den richtigen Riecher.»

«Es war Lauras Idee», korrigierte Sarah.

«Unsere linksgrün versiffte rote Socke. Aber auch ein blindes Huhn …» Max hielt Sarah eine Zeitung hin, die *Süddeutsche* vom vergangenen Freitag. «Zieh dir das mal rein: ‹Regierung streicht heikle Passagen aus Armutsbericht›.»

«Gib mir eine Kurzfassung.»

«Vermögende haben bessere Möglichkeiten, in der Politik Gehör zu finden.»

«Haben wir das nicht schon immer vermutet?»

Max hob den Zeigefinger. «Aber jetzt ist es wissenschaftlich erwiesen. In der Mehrzahl der Entscheidungen besteht eine Schieflage zulasten der Armen. Stellt eine Studie der Bundesregierung fest. Wurde aber aus dem amtlichen Bericht gestrichen. Und den Professor, der das belegen kann, will man jetzt mundtot machen. Weil nicht sein kann, was nicht sein darf.»

Sarah spürte, wie sich ihr Jagdfieber regte. «Dazu machen wir den ersten Einspieler. Als Einstieg ins Gespräch. Und den Professor laden wir natürlich ein.»

«Hoffentlich lässt er sich darauf ein. Und womöglich ist

Christian Wagner doch eine gute Wahl. Als Bösewicht, verstehst du?»

Sarah spürte, wie ihr Hals eng wurde.

«Was ist?», fragte Max.

«Ich kenne Wagner ... privat.»

«Du machst Witze.»

«Wir gehen miteinander aus. Ganz im Ernst.»

«Heißt das, ihr seid ein Paar?»

«Könnte man behaupten.»

Max begann, unruhig mit seinem Stift zu spielen. «Wer weiß davon?»

Sarah überlegte. Christians Mitarbeiterin im Abgeordnetenbüro. Taxifahrer, Kellner ...

«Niemand», behauptete Sarah.

«Ihr solltet das auf keinen Fall vor der kommenden Sendung öffentlich machen. Dein Ruf wäre dahin. Sarah Wolf und der Lobbyist – wie sähe das denn aus?»

«Lobbyist? Du übertreibst. Christian hat seine bezahlten Nebenämter aufgegeben, als er Staatssekretär wurde.»

«Wie es das Gesetz verlangt.»

«Warum schießt ihr euch alle auf ihn ein?»

«Gegen ihn persönlich hab ich gar nichts, aber du weißt genau, was ich meine.»

«Jedenfalls möchte ich ihn nicht als Studiogast ...»

«Ist mir schon klar.»

Es klopfte. Die Tür ging auf. Laura Kirsch streckte den Kopf herein.

Sie zögerte, einen Fuß ins Zimmer zu setzen. «Stör ich?»

«Komm rein», antwortete Sarah.

Laura trat näher, blieb aber stehen.

«Wegen der Sendung.»

«Wir reden gerade darüber.»

«Ich hätte einen Vorschlag für einen Einspieler.»

«Lass hören», sagte Sarah.

«Wir porträtieren drei Politiker, die besonders offensichtlich Konzerninteressen in die Regierung tragen. Vertreter aller drei Koalitionsparteien, also CDU und CSU sowie von der SPD diesen Staatssekretär Wagner.»

Sarah und Max blickten sich an.

«Für die CDU denke ich an …»

«Drei Beispiele?», unterbrach Max. «Das wird zu lang.»

«Ich krieg das locker in zweieinhalb Minuten hin.»

«Trotzdem. Lass den Staatssekretär weg.»

«Ausgerechnet ihn? An Wagner hat sich die Diskussion doch entzündet. Im Meeting haben wir gerade noch … Was ist los? Woher der plötzliche Sinneswandel?»

«Als Staatssekretär steht der Mann bloß in der zweiten Reihe. Er ist nicht bekannt genug.»

Sarah dachte nach. Man schätzte sie für ihre kritische Distanz, die sie jedem Gast gegenüber einnahm. Für ihr Nachhaken, auch wenn es wichtigen Akteuren weh tat. Ihre Unbestechlichkeit war ihr Kapital.

Dein Ruf wäre dahin.

«Max», sagte sie.

«Ja?»

«Lass sie. Laura hat völlig recht.»

«Bist du dir sicher?»

«Wir müssen zuspitzen und den Standpunkten Gesichter geben. Und wir werden unter den Gästen einen Vertreter der Regierungskoalition haben, den ich dann als Erstes auf den Einspielfilm reagieren lasse. Der kann Christian und die anderen Beispiele verteidigen.»

Max rieb sich den Hinterkopf. «Okay, du bist die Chefin.»

Sarah wandte sich um. «Danke, Laura.»

Die junge Kollegin ging mit federndem Schritt und schloss die Tür hinter sich.

Max schüttelte den Kopf. «Deine Unbestechlichkeit in Ehren, aber willst du wirklich zulassen, dass wir deinen Freund grillen?»

«Es soll keiner behaupten, ich würde aus privaten Motiven meine Unabhängigkeit als Journalistin aufgeben. Auch wenn ich in Bezug auf Christian Wagner anderer Meinung als Laura bin.»

«Vielleicht sollte besser Tim den Film zusammenstellen.»

«Nein, lass Laura nur machen.»

«Auf die rote Socke lässt du nichts kommen, oder?»

Sarah zuckte mit den Schultern.

«Wenn das mal gutgeht.»

Sarah lachte. «Mit mir und Wagner?»

Max runzelte die Stirn. «Das auch.»

Zurück in ihrem Büro, wählte sie Christians Handynummer und ließ es klingeln, bis sich die Mailbox einschaltete. Sie legte auf und blickte aus ihrem Fenster auf den Parkplatz, auf die fast leere, graue Straße. Wie mochte sich Christian gerade fühlen? Ihres Wissens hatte er noch nie im Fokus bundesweiter Berichterstattung gestanden.

Am liebsten hätte sie ihn jetzt in den Arm genommen.

Ihr Handy vibrierte auf dem Tisch. Eine SMS von Christian.

Bin in einer Sitzung und kann nicht raus. Was gibt's?

Wie geht's dir?

Alles gut. Die Aufregung ebbt ab. Und bei dir?

Du solltest auch den ehrenamtlichen Posten für diese Stiftung aufgeben.

Warum?

Nichts ebbt ab. Meine Sendung wird auf Samax eingehen.

Ihr macht mich zum Thema?

Nicht dich. Lobbyismus allgemein.

Okay.

Freu mich auf Mittwoch.

Hab für uns im Borchardt reserviert.

Bitte nichts Öffentliches vor der Sendung.

Sorry, muss leider sein.

Verstehe.

Jetzt bist du sauer.

Gar nicht.

Sie legte das Mobiltelefon zur Seite. Ich war nicht ehrlich zu ihm, dachte sie. Nach der Sendung werden Millionen von Zuschauern Christians Namen kennen und ihn verachten, weil ich das so entschieden habe.

Es tat ihr weh.

13

Sellins Handy klingelte. Er nahm das Gespräch an und hatte den Zahnarzt an der Strippe, dem er das Zahnschema der Toten vom Seeufer zum Abgleich geschickt hatte. Das ging aber schnell, dachte er.

Es gebe keinen Zweifel, erklärte der Anrufer. Vollständige Übereinstimmung mit Johanna Kling, der Vermissten.

Also doch.

Er bedankte sich und steckte sein Handy weg. Seine Befürchtung hatte sich bestätigt. Er würde den verzweifelten Eltern die Tochter nie mehr zurückgeben können. Aber zumindest hatte ihre quälende Ungewissheit ein Ende.

Als die Klings am 28. Juni in sein Büro gekommen waren, um das Verschwinden ihrer Tochter anzuzeigen, hatten sie ihm Fotos mitgebracht.

Sellin kramte die Bilder aus der Schublade. Sie zeigten eine auffallend hübsche junge Frau, wie er fand. Er nahm die dazugehörige Akte aus dem Schrank.

Johanna Kling hatte als Referentin beim deutschen Ableger der Hilfsorganisation *Humanity First International* gearbeitet, der in Düsseldorf ansässig war. Im kommenden Frühjahr wäre sie achtundzwanzig Jahre alt geworden.

Erwachsene mussten auf sich selbst aufpassen, und weil in Johannas Fall bislang kein Anzeichen eines Verbrechens vorgelegen hatte, war Sellin nicht sonderlich aktiv geworden. Er hatte lediglich ein paar Leute befragt, als es ihm die Zeit erlaubte. Die Sorge der Eltern hatte ihn gerührt. Auch die ihres Freundes. Johanna hatte sich vor längerer Zeit von ihm getrennt, aber in den Wochen vor ihrem Verschwinden wieder begonnen, sich mit ihm zu treffen.

Die junge Frau auf dem Foto erinnerte ihn an seine eigene Tochter, die seit Jahren nicht mehr mit ihm sprach. Als er sie zuletzt bei der Beerdigung seiner Mutter gesehen hatte, war sie etwa in Johannas Alter gewesen.

Sellin mailte alles, was er über Johanna Kling auf seinem Rechner hatte, an die Leiterin der *Mordkommission Drohne*. In die Betreffzeile schrieb er: *Identität des Opfers geklärt*.

Danach ging er mit den Aufnahmen in die Etage des KK11. An der Pinnwand im Besprechungsraum hängte er die Fotos der skelettierten Leiche tiefer. Ihm entglitt eine Nadel, und er fluchte beim vergeblichen Versuch, sie mit den Fingern zu greifen.

Er befestigte die Bilder der lebenden Johanna Kling in Augenhöhe. Die Gesichtsform war rund, fast ein Püppchen. Mittellanges blondes Haar, seitlich gescheitelt – das und die Augen waren alles, worin sie seiner Tochter ähnelte. Johanna Kling war kleiner, nur knapp über eins sechzig groß. Alle, die er im Sommer gefragt hatte, beschrieben sie als Energiebündel, tatkräftig und von ansteckender Fröhlichkeit.

Hätte ich den Mord an ihr wirklich nicht verhindern können?

Sein Handy klingelte wieder. Er spürte es kaum in seiner Hand und hielt es vermutlich fester, als nötig war. «Ja, bitte?»

«Praxis Dr. Abramovic, spreche ich mit Paul Sellin?»

Es geht nicht um Johanna, sondern um mich, stellte Sellin fest, für einen kurzen Moment irritiert, dann beunruhigt, als er an den Grund dachte, warum er den Arzt neulich aufgesucht hatte. Gelegentliche Stiche in der Bauchgegend – wochenlang hatte er sie ignoriert, bis seine Furcht überhandnahm, sie könnten mit der bedrohlichen Krankheit in Verbindung stehen, die er vor drei Jahren überwunden zu haben glaubte.

«Am Apparat», antwortete er.

«Ihre Laborwerte sind da.»

«Und, alles in Ordnung?»

«Können Sie morgen Vormittag in die Praxis kommen? Der Herr Doktor möchte das Ergebnis persönlich mit Ihnen besprechen. Sagen wir um zwanzig vor zehn, geht das für Sie?»

Sellin schlug halb acht vor, und sie einigten sich auf neun Uhr. Nachdem er aufgelegt hatte, packte ihn für einen kurzen Moment die Panik.

Er wandte sich Johannas Bild zu und schwor, ihr seine ganze verbliebene Kraft zu widmen. Er würde die Tage vor ihrem Verschwinden möglichst lückenlos rekonstruieren. Gut möglich, dass sich darin ein Hinweis auf ihren Mörder verbarg.

Plötzlich war ihm, als gelte der Blick der jungen Frau ihm persönlich und nicht bloß der Kamera.

Ich werde deinem Mörder Handschellen anlegen, Johanna. So lange will ich noch leben.

14

Im Lauf des Dienstags nahm die kommende Sendung Gestalt an.

Ein Teil ihrer Redaktion war hauptsächlich mit dem Einladen befasst. Nicht jeder Wunschkandidat hatte Zeit, und mancher äußerte Ansprüche, je hochrangiger, desto kapriziöser. Die Kanzlerin sowie die Chefs von SPD und CSU weigerten sich sogar generell, an einer kontroversen Runde teilzunehmen.

Das Zusammenstellen der Gästeliste verglich Sarah mit einem Strategiespiel. Generell galt: Der ideale Talk-Gast war prominent, polarisierend, eloquent und zugleich robust genug, um den Schlagabtausch vor einem Millionenpublikum durchzustehen. Sarah bestand zudem darauf, dass mindestens zwei der fünf Diskussionsteilnehmer weiblich waren.

Darüber hinaus musste die Mischung stimmen, und dafür hatte sie mit ihrer Redaktion Regeln vereinbart. Sie brauchte einen Angreifer sowie einen Verteidiger. Die beiden wurden jeweils durch eine Person unterstützt, die einen weiteren inhaltlichen Aspekt einbrachte, weil sie einer anderen Partei angehörte oder von außerhalb des Politikbetriebs kam. Sarah nannte diesen Gast den Adjutanten des Angreifers oder Verteidigers.

Wenn es als fünfte Person jemanden gab, der die konträren Positionen von einer neutralen Warte aus abwägen und einordnen konnte, war für Sarah die ideale Konstellation erreicht. Max hatte dafür die ironische Bezeichnung «weise Eule in der Mitte» eingeführt.

Zum Thema der Woche besetzte Sarah die Rolle der Eule mit dem Wissenschaftler, der am Armutsbericht der Bundesregierung gearbeitet hatte und dessen Forschungsergebnisse unterdrückt worden waren. Zu ihrer Freude klappte es bei der ersten Kontaktaufnahme. Der Mann war unabhängig und sagte spontan zu.

Sarah war sich darüber im Klaren, dass der Professor in den Augen der Regierungsparteien nicht ganz neutral war. Aber als Mann der objektiven Zahlen würde man ihn nicht ignorieren können. Laut seiner Studie hing der Einfluss der Bürger eindeutig von ihrem Reichtum ab. Ärmere Menschen besaßen nun mal keine nennenswerte Lobby.

Mehrmals am Tag setzten sich die Redakteure zusammen, um die Gästeliste zu komplettieren. Ab Dienstagnachmittag nahm daran auch Solveig Schneider teil, die beim WDR zuständige Redakteurin für *Sarah Wolf*. Sie mischte sich nur wenig ein – offenbar hatte Chefredakteur Diepenbrock ihr dieses Mal keine Vorgaben gemacht.

Als Angreifer entschied sich Sarah für einen bekannten Europaabgeordneten der Linkspartei, der die Sache der Armen vertreten würde und zum Aspekt des Lobbyismus in Brüssel befragt werden konnte – vermutlich ein besonders weites Feld. Seine Adjutantin würde die Geschäftsführerin von *Abgeordneten-Watch* geben. Der Verein galt als besonders lobbykritisch. Doch wer sollte die Gegenseite vertreten?

Max drängte darauf, einen hochrangigen Vertreter einer Regierungspartei einzuladen. Die Gästeredaktion versuchte es bei den Fraktionsvorsitzenden von SPD und Union, biss jedoch zunächst auf Granit. Im Klartext: Die Fraktionschefs ließen ihre Sprecher pokern.

Anscheinend missfiel ihnen die Konstellation der bis jetzt eingeladenen Gäste. Natürlich äußerte das niemand offen. Max tippte darauf, dass vor allem der Professor ein rotes Tuch war.

Sarah dachte nicht daran, auf ihn zu verzichten. Kein Politiker sollte ihr jemals die Gästeliste diktieren.

Daraufhin plädierte Max dafür, die Frau von *Abgeordneten-Watch* zu opfern. Sarah sperrte sich auch dagegen.

«Ich lasse mich nicht erpressen», sagte sie. «Es geht auch ohne die großen Köpfe.»

Sie beauftragte die Redaktion mit der Suche nach Alternativen. Laura kam mit einer Liste von Abgeordneten, die in diversen Jobs beachtliche Summen nebenher verdienten. Tim steuerte eine Riege ehemaliger Minister bei, die unmittelbar nach dem Ausscheiden aus ihrem Regierungsamt bei einem Industrieverband oder einer anderen Interessenvertretung angeheuert hatten. Leute, die in erster Linie private Interessen verfolgten und sich dafür fürstlich entlohnen ließen. Solche Gäste fand Sarah interessanter. Sie würden den Zuschauern die Augen öffnen, wie Regierungsentscheidungen in vielen Fällen zustande kamen.

«Wir werden die Schmarotzer vorführen», beschloss sie deshalb im darauffolgenden Meeting.

Max verschränkte die Arme. «Damit polarisierst du zu sehr. Es wird Ärger geben.»

«Das stehe ich durch.»

«Aber ohne einen Minister oder Fraktionschef fehlt es der Sendung an Gewicht.»

«Wenn die mir vorschreiben wollen, gegen wen sie antreten, dann können sie mir gestohlen bleiben. Wir machen keine Propagandaveranstaltung.»

Laura strahlte. Tim rieb sich den Hipster-Bart.

Max zuckte resigniert mit den Schultern.

Am späten Abend telefonierte Sarah mit Christian. Sie schmiedeten Pläne für ihren ersten gemeinsamen Urlaub. Rasch stellten sie fest, dass sie beide gern tauchten. Malediven, schlug Christian vor. Weihnachten sei die beste Reisezeit.

Hauptsache, Privatsphäre, überlegte Sarah. Möglichst wenige deutsche Urlauber, die sie erkennen würden und Handyfotos an die Boulevardpresse vertickten.

Sie fand, dass Christian am Telefon anders klang als sonst. Als sei er mit seinen Gedanken weit weg.

«Ist etwas?», fragte sie.

«Wie kommst du darauf?»

«Hast du Stress? Wegen der Samax-Geschichte?»

«Ach was, ich habe alle Argumente auf meiner Seite, und das weiß inzwischen auch die Partei.»

«Und sonst, alles in Ordnung?»

«Weißt du schon, wann du morgen Abend bei mir sein wirst?», erwiderte ihr Staatssekretär, ihrer Frage ausweichend.

«Gegen zwanzig Uhr, früher werde ich es nicht schaffen.»

«Passt. Und wenn wir schon nicht ausgehen können, kommt das feine Essen zu uns. Ich kenne da einen tollen Lieferservice!»

Nach dem Gespräch kämpfte Sarah wieder mit Gewissensbissen wegen des Einspielers, der Christian als Lobbyisten brandmarken würde. Sarah beschloss, ihn morgen darauf vorzubereiten, wenn sie ihm dabei in die Augen blicken konnte.

Er würde es verstehen, dessen war sie sich sicher.

Sie googelte die Malediven. Mein Liebhaber wird einen guten Tauch-Buddy abgeben, dachte sie. Und möglicherweise kehren wir aus dem Urlaub als dauerhafte Lebensgefährten zurück.

Dann werde ich mich auch öffentlich zu meinem Staatssekretär bekennen.

15

Die Hilfsorganisation *Humanity First International* hatte ihre Büros am Worringer Platz, gleich neben der Haltestelle, an der er die Straßenbahn verließ. Ein hässliches Nachkriegsgebäude an einer lauten Kreuzung – immerhin verschwenden sie nicht allzu viel Geld für die Miete, dachte Paul Sellin.

Seit Montag beschäftigte er sich mit kaum etwas anderem als der Toten vom Unterbacher See. Johanna Kling beherrschte seine Gedanken. Selbst in seinen Träumen war sie gegenwärtig.

Er sprach ausführlich mit einer Abteilungsleiterin, dann mit drei weiteren Angestellten. Eine von ihnen, eine pummelige Frau mit kurzgeschnittenem Haar, hatte mit Johanna seit Mai das Büro geteilt. Die anderen beiden waren oft mit von der Partie, wenn man in der Mittagspause im Café um die Ecke auf eine Bio-Rhabarberschorle oder einen fair gehandelten Caffè Latte einkehrte.

Johanna Kling war erst im Frühjahr zum Team gestoßen, als Vertretung für eine Kollegin, die ein Kind bekommen hatte. Ihr Aufgabengebiet war Ostafrika gewesen, die Koordination und Kontrolle der dortigen Projekte und Hilfseinrichtungen sowie die Unterstützung der Pressearbeit und Spendenakquise. Alle wussten nur Nettes über sie zu berichten und priesen ihr großes Herz, ihr Mitgefühl, ihren Gerechtigkeitssinn. Johanna hatte sich wie die meisten Beschäftigten in diesem Haus nach ihrem Studium und ersten Erfahrungen in der Wirtschaft den Job in der Hilfsorganisation ausgesucht, weil sie Gutes tun wollte, auch wenn das Gehalt nur mäßig war.

Eine Idealistin, so schien es.

Im Lauf der Unterhaltung wurde die Pummelige mit den kurzen Haaren mehr und mehr einsilbig. Sellin gewann den Eindruck, sie wolle vor den anderen nicht über das reden, was ihr wirklich auf dem Herzen lag.

Deshalb sprach er sie an: «Sie erwähnten gerade Rhabarberschorle. Darauf hätte ich jetzt Lust. Könnten Sie mir das Café zeigen, in dem Sie so oft mit Johanna waren? Ihre Chefin hat bestimmt nichts dagegen.»

Das Lokal lag in einer Seitenstraße. Es war klein, voller Grünpflanzen und wirkte auf Sellin wie ein Relikt aus früheren Zeiten in dieser durchökonomisierten Stadt. Der Kellner duzte ihn trotz seines Alters. Nach einem Blick auf die Karte orderte Sellin frischen Minztee.

Die Kurzhaarige erzählte ihm, dass Johanna im Juni eine Dienstreise nach Kenia unternommen hatte. Nach ihrer Rückkehr habe die Kollegin nervös gewirkt, unkonzentriert und irgendwie verwandelt. Einen Grund für diese Veränderung konnte sie nicht nennen.

«Haben Sie Johanna darauf angesprochen?»

«Sie ist mir ausgewichen. Hat abgestritten, dass etwas sei.»

«Klingt geheimnisvoll.»

«Ja, so kannte ich sie gar nicht. Plötzlich hatte ich das Gefühl, sie würde mir misstrauen. Dabei war zwischen uns nichts vorgefallen.»

«Von ihren Eltern weiß ich, dass Johanna kurz vor ihrem Verschwinden auch eine Reise nach Berlin unternommen hat.»

«Ja. Ich habe mitbekommen, wie sie im Internet den Flug gebucht hat.»

«Was hat sie dort gemacht?»

«Darüber hat sie auch nicht geredet. Als sie am Freitag wieder da war, kam sie mir fast wieder wie früher vor. Wie wenn sich etwas Schlimmes, wovor sie Angst hatte, als falscher Alarm herausgestellt hat, verstehen Sie, was ich meine?»

«Sie müssen erleichtert gewesen sein.»

«Zuerst schon. Der Freitag war allerdings das letzte Mal, dass ich sie gesehen habe.»

An jenem Wochenende ist sie ihrem Mörder begegnet, überlegte Sellin.

Düsseldorf – Mittwoch, 21. September

16

Was sind wir doch für hormongesteuerte Wesen, dachte Sarah im Flieger nach Berlin. Sie spürte ein Ziehen im Unterleib und eine Spannung in ihren Brüsten, als spiele sich die Vorfreude auf das Wiedersehen mit Christian nicht nur im Kopf ab. Wahrscheinlich waren ihre Tage fällig.

Sie hatte die Redaktion vorzeitig verlassen und war in bester Stimmung. Für die weitere Vorbereitung hatte sie den gesamten morgigen Tag, das musste reichen.

Das Konzept der Sendung stand. Der einzige Vertreter der Regierungskoalition war ein völlig Unbekannter, zumindest außerhalb seines Wahlkreises. Ein adliger Hinterbänkler der CSU, der als Aufsichtsratsmitglied mehrerer Aktiengesellschaften sowie als Großbauer eine gute Million im Jahr verdiente – zusätzlich zu seinen Diäten.

Max haderte noch immer damit. Ihm wäre es lieber gewesen, Sarah hätte sich den Wünschen der ursprünglich angefragten Fraktionschefs gebeugt.

Bei der Ankunft am Flughafen Tegel das übliche Bild: Mindestens zehn Reisende rangelten um ein einziges Taxi, und bis endlich ein zweites vorfuhr, wuchs die Schar der Möchtegern-Fahrgäste bereits weiter an. Gut, dass Heide ihr eine Limousine gebucht hatte. Ein schwarzer Mercedes stand bereit. Der Fahrer trug einen dunklen Anzug mit Krawatte, begrüßte Sarah und hielt ihr die Tür auf.

Auf der Fahrt ins Zentrum überfiel sie das schlechte Gewissen.

Morgen Abend führe ich meinen Liebsten auf die Schlachtbank. Wie bringe ich es ihm möglichst schonend bei?

Dass auch andere auf Christian herumhackten, machte es nicht besser. Und dass er am Telefon nicht über seine Probleme sprach, musste nicht bedeuten, dass er sie für geringfügig hielt. Bis auf den Gesundheitsminister hatte sich niemand öffentlich an seine Seite gestellt. Wie es wohl in Christian aussah?

Es gehört zum Job eines Staatssekretärs, dass man ihm auf die Finger schaut, versuchte Sarah sich einzureden. Christian ist kein Neuling im Politikbetrieb und souverän genug, kritische Fragen nicht persönlich zu nehmen.

Die Limousine hielt vor dem schicken Altbau in der Nähe des Kurfürstendamms, in dessen drittem Stockwerk sich Christians Wohnung befand. Als Sarah aussteigen wollte, hielt der Fahrer ihr eine ältere Ausgabe der *Hörzu* hin, die er aufgeschlagen hatte. Das Blatt hatte sie zu Jahresanfang interviewt, Sarahs Foto ging über die ganze Seite. Ihr fiel auf, dass es retuschiert worden war. Sie wirkte jedenfalls jünger, als sie sich momentan fühlte.

Der Fahrer räusperte sich. «Bitte, Frau Wolf, … meine Frau würde sich riesig freuen.»

Er reichte ihr einen Stift. Sonst war ihr eine solche Aufmerksamkeit eher lästig oder peinlich, doch dieses Mal nahm Sarah es als Kompliment, das ihr guttat. Sie malte die Kringel ihrer Unterschrift auf eine helle Stelle des Fotos und spürte, dass ihre Wangen glühten – wie bei einem errötenden Teenager.

Ihr Staatssekretär wohnte noch nicht lange in dem Haus, das erst vor einem Jahr saniert und in Eigentumswohnungen aufgeteilt worden war. Laut Christian hatten sich manche Investoren hier eingekauft, ohne das Objekt jemals in Augenschein genommen zu haben. Apartments standen leer, weil die Besitzer nur selten in der Stadt weilten. Oder ausschließlich auf Wertsteigerung spekulierten. Immobilien als Renditeobjekt für Reiche, während sich Normalbürger in Ballungsräumen keine eigenen vier Wände mehr leisten können – ein Thema für eine der nächsten Sendungen, dachte Sarah.

In der Nähe der Haustür parkte ein weißer VW Polo mit laufendem Motor. Vom Fahrer war nichts zu sehen. Sarah ärgerte sich darüber, dass hier sinnlos die Luft verpestet wurde. Auf dem Heck klebte das Logo einer Mietwagenfirma.

Dann entdeckte Sarah ein Mädchen, das auf der Rückbank des Polos kniete und sich an der Scheibe die Nase platt drückte. Die Kleine war süß. Sie hatte dunkle Haut, und ihre Haare waren zu kurzen Zöpfen geflochten, die in alle Richtungen abstanden.

Sarah betrat das Haus und nahm den Aufzug in den dritten Stock. Es war ein langsam ratternder Kasten aus der Entstehungszeit des Gebäudes, wahrscheinlich stand er unter Denkmalschutz. Als oben die Tür aufglitt, bemerkte sie einen Mann, der auf dem Fliesenboden vor Christians Wohnungstür kauerte. Er sprang sofort auf.

Im ersten Moment dachte Sarah, er habe auf sie gewartet.

17

Mit beiden Händen presste er eine Aktentasche aus weinrotem Kunstleder gegen seinen Leib. Seine Haut war ebenso schwarz wie die des Mädchens unten im Auto. Er trug zur Jeans eine grüne Sportjacke, drei weiße Streifen liefen die Ärmel entlang. Und eine Kappe mit dem Logo der *New York Yankees*, den übereinandergelegten Initialen N und Y.

Für die Jahreszeit war der Mann entschieden zu dünn gekleidet. Auch im Treppenhaus war es kalt und zugig.

«Was machen Sie hier?», entfuhr es Sarah.

«Christian Wagner?», fragte der Unbekannte mit starkem Akzent zurück.

«Ja, der wohnt hier.»

Der Mann wich einen Schritt zurück, während sie die Klingel drückte.

«I also tried», sagte er.

«Can I help you?»

Der Mann wedelte hektisch mit einer Hand. «Only speak to Mr. Wagner.»

Sarah klingelte noch einmal, dieses Mal zählte sie bis fünf, bevor sie den Knopf losließ. Christian, mach endlich auf!

«Not here», sagte der Typ mit der Tasche, leise, als spreche er zu sich selbst.

«He should be», erwiderte Sarah.

Er wühlte in seiner Tasche, dann zeigte er Sarah Visitenkarten. Sie erkannte Christians Adressen im Jakob-Kaiser-Haus, im Gesundheitsministerium, in seinem Wahlkreisbüro in Recklinghausen – auf einer Rückseite handschriftlich ergänzt um den Ort, an dem sie sich befanden.

«Maybe another address?»

Sarah schüttelte heftig den Kopf. «Not now.»

«Dorotheenstraße 100?», las der Mann mühsam ab.

«No.» Sie presste noch einmal den Messingknopf der Klingel. Mit trotziger Bestimmtheit wiederholte sie: «Mr. Wagner should be at home tonight.»

«Maybe Recklinghausen – Sozialdemokratische ...» Er verhaspelte sich bei dem Wort.

«Tomorrow, maybe», antwortete Sarah. «I really don't know. You better call his office. One of these numbers.»

«Only speak to him. Face to face. Very important. Tomorrow Recklinghausen?»

Sarah zuckte mit den Schultern. Sie war nicht weniger ratlos als dieser Mann.

Er verlagerte das Gewicht vom einen aufs andere Bein, dann rückte er sich die Kappe zurecht und rannte die Treppe hinunter. Die Holzstufen polterten, unten fiel die Haustür schwer ins Schloss.

Auf ihrem Smartphone wählte Sarah Christians Festnetznummer. Gedämpft drang das Klingeln durch die Tür. Niemand hob ab.

Wie lange mochte der Unbekannte mit der roten Tasche hier gewartet haben? War das Mädchen draußen im Polo seine Tochter? Und warum machte ihr Liebster nicht auf? Wo zum Teufel steckte er?

Sie klopfte, bis sie fürchtete, die Nachbarn zu nerven. Dann versuchte sie es mit Christians Handynummer. Nach dem fünften Klingeln schaltete sich die Mailbox ein.

«Wo steckst du?», fragte sie. «Ich steh vor deiner Tür. Mach auf, Christian, falls du da bist. Oder ruf mich wenigstens zurück!»

Sarah ließ sich zu Boden sinken, wo gerade noch der Unbekannte gesessen hatte. Sie wählte nacheinander die weiteren Nummern, die sie von Christian im Speicher ihres Smartphones hatte.

Berlin, Recklinghausen – nichts. Seine Mitarbeiter in den diversen Büros hatten längst Feierabend.

Für einen Rückflug war es inzwischen zu spät. Sarah hatte geplant, bei Christian zu übernachten. Wo sollte sie stattdessen schlafen? Sonst buchte Heide ihr immer ein Zimmer im Hilton Berlin beim Gendarmenmarkt. Aber heute wollte Sarah die Rechnung nicht über die Firma laufen lassen, und privat war ihr das Luxushotel zu teuer.

Sie stand auf und klingelte ein letztes Mal Sturm – aus schierer Ratlosigkeit.

Du Mistkerl, dachte Sarah. Was ist nur los mit dir?

Sie fror. Auf ihrem Smartphone googelte sie nach Unterkünften, die sich in der näheren Umgebung befanden. Sie rief ein Drei-Sterne-Haus am Ku'damm an und hatte

Glück, es war noch etwas frei. Sarah machte sich auf den Weg.

Der Polo stand nicht mehr vor dem Haus.

Im Hotelzimmer roch es nach Klebstoff, als sei der Teppichboden erst heute frisch verlegt worden. Sie rief die osteuropäische Rezeptionistin an und erfuhr, dass alle anderen Zimmer belegt seien.

Das Fenster ließ sich nicht öffnen. Als Sarah die Klimaanlage aufdrehte, um für bessere Frischluftzufuhr zu sorgen, dröhnte und klapperte es. Vom Kleber-Gestank wurde sie mehrfach wach und fand schließlich gar keinen Schlaf mehr – ausgerechnet in der Nacht vor der Sendung.

Morgen muss ich fit sein, dachte sie. Und gut aussehen. Bloß keine Ringe um die Augen. Während Sarah in ihrem Bett auf den Tag wartete, kam es ihr vor, als würde die Sonne nie wieder aufgehen.

Wehe, Christian, du präsentierst mir keine überzeugende Erklärung für dein Verhalten. Den gemeinsamen Urlaub in der Strohhütte auf der Palmeninsel kannst du dann vergessen.

Beim Aufstehen musste sich Sarah übergeben.

Düsseldorf – Donnerstag, 22. September

18

Der Fall hielt ihn am Leben. Seit seinem Besuch bei Dr. Abramovic war Paul Sellin klar, dass ihm darüber hinaus kaum eine Perspektive blieb.

Das fremde Tier, das in seinen Eingeweiden hauste und angeblich schon besiegt gewesen war, hatte sich zurückgemeldet. Metastasen im Bauchfell. Der kleine Bierbauch war in Wirklichkeit eine übermäßige Ansammlung von Bauchwasser. Der Doktor hatte ihm Chancen und Risiken dargelegt, was Sellins schlimmste Ängste bestätigte.

Als er sich gefangen hatte, fragte er: «Kann man die zwei Liter Wasser aus dem Bauch absaugen?»

«Würden sich rasch wieder bilden. Nein, wir gehen folgendermaßen vor.»

Abramovic unterbreitete ihm eine Strategie. Doch Sellin lehnte ab. Er hatte sich entschieden.

Nie wieder Chemo.

Um sicherer zu laufen, besorgte sich Sellin einen Stock, was er schon längst hätte tun sollen. Er beschloss, sich so gut es ging von den Kollegen fernzuhalten. Dass man ihn deshalb für einen Eigenbrötler halten würde, nahm er in Kauf. Wenn ihn trotzdem jemand fragte oder mit einer dummen Bemerkung kam, würde er eine Sportverletzung vortäuschen.

Sport klang immer gut.

Die Behörde durfte auf keinen Fall von seiner Erkrankung erfahren. Wenn man ihn in die vorzeitige Pensionierung schickte, konnte er auch gleich von der Brücke springen.

Die Stimmung in der Morgenbesprechung konnte Sellins Laune nicht bessern. Keiner rechnete mehr mit einem raschen Erfolg. Die engsten Angehörigen und Freunde waren mehrfach vernommen worden, jedoch ohne Erfolg.

Johannas Freund galt im Moment als der Hauptverdächtige. Er hieß Timo Kerber und arbeitete in einem Start-up-Unternehmen, irgendetwas mit Computersoftware für den Versandhandel. Eine Bekannte der Ermordeten hatte ihn als aufbrausend und notorisch eifersüchtig geschildert, weshalb der junge Mann für diesen Nachmittag erneut vorgeladen war. Doch obwohl es sich bei den meisten Gewaltverbrechen um Beziehungstaten handelte, mochte kaum ein Kollege auf eine Schuld Kerbers wetten. Um die Vernehmung wollte sich die Leiterin der Mordkommission persönlich kümmern. Sellin war auf das Ergebnis gespannt. Auch die Eltern mussten weiterhin unter die Lupe genommen werden – ausgerechnet jene Menschen, die am tiefsten um Johanna trauerten.

Spurensicherung und Obduktion waren vier Tage nach dem Leichenfund noch nicht abgeschlossen. Aufgrund der langen Liegezeit gab es kaum brauchbare Hinweise auf einen Täter, wenn man von einigen Textilfasern in den Dornen nahe dem Fundort und einem winzigen Rest eingetrockneten Bluts am Stacheldraht absah. Die Herkunft der beiden Spuren war bislang ungeklärt – von dem Jungen mit dem Fluggerät stammten sie jedenfalls nicht. Weil die gleichen Fasern auch am Ufer entdeckt worden waren, suchten Taucher nun den See ab. Vielleicht hatte der Mörder die Tatwaffe und Johannas Handy dort entsorgt, so die Spekulation der Ermittler.

In den Zeitungen wurde über einen Sexualmord schwadroniert. Was man tatsächlich nicht ausschließen konnte. Johannas Mörder hatte ihre Leiche unbekleidet zurückgelassen, weshalb es zwei Theorien gab.

Eine sexuell motivierte Tat, so die eine.

Es sollte nur so aussehen, lautete die andere.

Nach der Sitzung besuchte Sellin Felix May, den Aktenführer der *Mordkommission Drohne*. In dessen Büro befand sich eine Kiste mit persönlichen Gegenständen aus Johannas Wohnung, darunter ihr Taschenkalender. Sellin schlug ihn auf und blätterte zum 28. Juni.

An dem Tag, einem Dienstag, hatten die Eltern ihn aufgesucht, weil sie seit drei Tagen kein Lebenszeichen ihrer Tochter mehr empfangen hatten. Sellin blätterte Seite für Seite zurück und fand keinen Eintrag, der Berlin betraf.

«Nichts», sagte er zu dem Kollegen.

«Hab ich dir doch gesagt.»

«Befindet sich noch etwas in ihrer Wohnung?»

«Natürlich haben wir nicht die gesamte Einrichtung hergeschafft. Aber sämtliche Datenträger. Nur ihr Handy fehlt. Wir gehen davon aus, dass Johanna Kling ihre Notizen und Termine dort eingetragen hat und ihr Mörder das Handy entsorgt hat. Übrigens: schicker Stock, den du da hast!»

Sellin ging nicht darauf ein und kehrte rasch in sein Dienstzimmer zurück, von wo aus er die Eltern anrief.

Keine halbe Stunde später stand er vor Johannas Haus. Ihre Mutter öffnete ihm, sie leitete einen ambulanten Pflegedienst der Caritas. Er hatte eine Heidenangst, sie könnte ihm Vorwürfe machen, die Vermisstenanzeige zu wenig ernst genommen zu haben. Aber Sabine Kling äußerte nichts dergleichen.

Die Spurensicherung hatte keine Anzeichen dafür gefunden, dass Johanna in diesen Räumen erschossen worden wäre. Keine Spuren eines Kampfes. Die Kriminaltechniker hatten unzählige Faserproben mitgenommen, um nach der Festnahme des Täters prüfen zu können, ob er sich hier einmal aufgehalten hatte. Dann waren sie abgezogen.

Sellin ging zuerst in das große Zimmer, das Johannas Wohn- und Schlafraum gewesen war. Sein Blick strich über Regale voller Bücher und CDs. In einem Fach stand ein Plattenspieler, in einem anderen waren zahlreiche Vinyl-Alben aufgereiht – Sellin staunte, dass die junge Frau so etwas besessen hatte. Das meiste war Musik aus den Siebzigern, als Johanna noch gar nicht geboren war. Er zog *Dark Side of the Moon* hervor. Als Jugendlicher hatte er das Album monatelang fast täglich gehört.

Unter dem Sofatisch stapelten sich mehrere Exemplare einer Fachzeitschrift. Auf einem Hocker lag eine Zeitung, ordentlich gefaltet. Es war die Wochenendausgabe der *Morgenpost* vom 25. Juni – Sellin fragte sich, ob die junge Frau noch dazu gekommen war, die Zeitung durchzublättern.

Die Mutter rieb ihre Wangen mit beiden Händen. «Die ganzen Sachen. Was sollen wir damit bloß tun?»

Sellin gewann die Überzeugung, dass Johanna nicht die Sorte Mensch gewesen war, die ihr gesamtes Leben nur mit dem Smartphone organisiert hätte. Eher der Typ für Notizen analoger Art. Vielleicht gab es irgendwo einen zweiten Kalender. Selbst über den Kassenzettel einer Berliner Kneipe oder über eine Telefonnummer, hingekritzelt auf den Rand einer gebrauchten Bordkarte, wäre er dankbar.

Er öffnete den Kleiderschrank und begann, sämtliche Jacken und Mäntel zu durchsuchen.

«Da waren Ihre Kollegen schon dran», sagte Frau Kling.

«Und hier?» Er deutete auf einen Stapel Wäsche auf dem Stuhl neben dem Bett.

«Das war die Schmutzwäsche in ihrem Korb. Ich hab sie in die Maschine getan, als Johanna vermisst war.»

Zuunterst im Stapel lag eine sorgfältig zusammengelegte, noch recht neu aussehende schwarze Jeans. Als Sellin an die Gesäßtasche fasste, konnte er etwas fühlen.

Ein größerer Zettel, zweifach gefaltet. An den Kanten war das Papier brüchig, ansonsten hatte es die Waschmaschine erstaunlich gut überstanden. Er klappte das Blatt auf. Auf den ersten Blick erkannte Sellin, was es war – auch er hatte sich so auf Reisen vorbreitet. Als er noch auf Reisen ging.

Es handelte sich um einen Ausdruck von *Google Maps*, ein Stück von Berlin-Mitte. Die Gegend rund um das Brandenburger Tor.

Ein blaues Kreuz bezeichnete den U-Bahnhof Bundestag.

Ein zweites markierte ein Gebäude in der Nähe.

Sellin drehte das Blatt um und las eine etwas verwischte

Notiz in der gleichen blauen Kugelschreiberfarbe, die noch gut zu lesen war.

Christian Wagner, Dorotheenstraße 100, 13 Uhr.

«Kennen Sie einen Herrn Wagner?», fragte er die Mutter.

«Da fallen mir jetzt nur Lohengrin ein und der Ring der Nibelungen.» Sie zeigte ein Lächeln, das hilflos wirkte. «Sorry.»

«Ich glaube, dieses Stück Papier könnte uns trotzdem weiterhelfen.»

«Das wünsche ich mir, Herr Kommissar. Ich habe keine Ruhe, bevor ich nicht weiß, was mit unserer Johanna geschehen ist.»

Geht mir nicht anders, dachte Sellin.

«Finden Sie heraus, warum meine Tochter sterben musste.»

«Ich verspreche es Ihnen, Frau Kling. Wir kriegen den Kerl, der das getan hat.»

19

Als Sarah in Düsseldorf aus dem Flieger stieg, rief sie erneut Christians sämtliche Nummern an. Die Mitarbeiterinnen und Referenten, die sie an die Strippe bekam, wussten angeblich nicht, wo er steckte. Sie klangen, als komme er häufig spät, falls keine Termine drängten. Sarah kam sich vor wie das Klischeebild einer misstrauischen Ehefrau und beschloss, nicht weiter nachzuhaken.

Ihr fiel die Dunkelhaarige im grauen Anzug ein. Die junge Frau hatte Christian auf der ARD-Party in Berlin einen Umschlag zugesteckt.

Seine Frage, kurz zuvor in der dunklen Teeküche: *Liebst du mich?*

Wehe, du hintergehst mich.

Melde dich, sonst drehe ich durch!

Als Sarah gegen zehn Uhr in ihrer Redaktion eintraf, begab sie sich sofort in Klausur. Sie versuchte, den Gedanken an ihren Staatssekretär auszublenden und sich ausschließlich auf ihre Sendung zu konzentrieren.

Die Kollegen hatten wie immer aufgrund von Vorgesprächen, die sie mit den Eingeladenen oder deren Sprechern geführt hatten, umfangreiche Gästepapiere erstellt. Jeweils ein gutes Dutzend Seiten, ergänzt um Funde aus dem Internet – Zeitungsartikel, Interviews, Porträts.

Max brachte ihr den Fragenkatalog, den er mit einigen Redakteuren angelegt hatte. Er umfasste mehr als zwanzig Blätter. Sarah ergänzte Aspekte, die ihr bei der Lektüre der Gästedossiers auffielen, strich Fragen, die nur in Sackgassen führen würden, stellte um und überarbeitete den Katalog erneut.

Am Nachmittag fragte sie Heide, wer für sie angerufen hatte.

Ein Christian Wagner war nicht darunter.

Gemeinsam mit Max und der WDR-Redakteurin nahm sie die beiden Einspielfilme ab, die Tim und Laura erstellt hatten. Gute Arbeit, fanden alle. Danach fuhr das Team nach Köln.

Chefredakteur Diepenbrock schaute im Studio vorbei. Er benahm sich ruppig, als sei ihm eine Laus über die Leber gelaufen, und wollte die Einspieler vor der Sendung sehen, als traue er seiner Redakteurin nicht. Solveig Schneider stand mit verschränkten Armen dabei und sagte kein Wort. Sarah blieb ebenfalls im Technikraum, um notfalls die Arbeit von Laura und Tim zu verteidigen.

Diepenbrock bestand darauf, ein «mutmaßlich» in den Text aufzunehmen sowie ein «dem Vernehmen nach», um auf der sicheren Seite zu sein. Sarah war damit einverstanden, denn an Schärfe verloren die Beiträge dadurch nicht.

Als ihr Christian auf dem Monitor entgegenblickte, ging ihr ein bitteres Lied von Herbert Grönemeyer durch den Kopf. Ihre Mutter hatte es zu Hause gesungen, als sie zehn Jahre alt gewesen war. Ihr Vater war wegen einer anderen Frau ausgezogen.

Flugzeuge im Bauch …

Inzwischen war Sarah überzeugt davon, dass die Vorwürfe gegen Christian zutrafen. Warum sonst verweigerte Vizekanzler Benrath nach wie vor jede Stellungnahme zur umstrittenen Konzernfusion? Es gibt keine fachlichen Gründe, dem Kartellamt zu widersprechen, dachte Sarah. Ausschließlich die Gewinninteressen eines expansionswütigen Klinikkonzerns.

«Verwechsle Biss nicht mit Verbissenheit», mahnte Diepenbrock, bevor er in sein Büro im WDR-Filmhaus zurückkehrte. «Immer schön die Balance halten. Du weißt, wie leicht es Ärger geben kann.»

«Warum sagst du mir das?»

«Bald werde ich dich nicht mehr gängeln und mahnen. Hast du die Einladung zu meiner Ausstandsparty nicht erhalten?»

«Wann wirst du …» Ihr stockte die Stimme.

«Ab dem ersten Oktober bin ich ein glücklicher Pensionär. Schluss mit dem Weckerklingeln um halb sechs. Aber ich bin mir sicher, dass wir uns noch hin und wieder über den Weg laufen werden. Keine Angst, Wölfin, ich bleibe dem WDR als freier Mitarbeiter verbunden. Euer Diepi gehört noch lange nicht zum alten Eisen.»

20

An seinem Rechner im Büro öffnete Sellin den Internetbrowser und gab die Adresse von dem Zettel, den er in Johannas Hosentasche gefunden hatte, in die Suchmaschine ein. Das Jakob-Kaiser-Haus befand sich dort, ein Bürokomplex der Bundestagsabgeordneten, gleich hinter dem Reichstagsgebäude.

Er tippte den Namen in die Tastatur: *Christian Wagner*.

Der Mann, den Johanna offenbar an seiner Dienstadresse besucht hatte, entpuppte sich als SPD-Kreisvorsitzender und Abgeordneter aus dem Wahlkreis Recklinghausen I. Zugleich fungierte er als parlamentarischer Staatssekretär des Gesundheitsministers – mit siebenunddreißig Jahren bereits Mitglied der Bundesregierung.

Da schau an.

Sellin wählte die Nummer von Wagners Abgeordnetenbüro, die auf seiner Homepage angegeben war.

Die angenehme Stimme einer jungen Frau meldete sich: «Büro Christian Wagner, Lisette Hanke am Apparat, was kann ich für Sie tun?»

Sellin nannte seinen Namen. «Ich hätte gern Herrn Wagner.»

«Den geben wir nicht her.»

Ein Scherz, über den Sellin nicht lachen konnte. Nicht heute.

«Kann ich ihn sprechen?», fragte er.

«Er ist gerade nicht im Haus, aber vielleicht kann ich Ihnen weiterhelfen?»

«Am 23. Juni dieses Jahres hatte Herr Wagner ein Treffen mit einer gewissen Johanna Kling. Sie war doch an dem Tag bei Ihnen, oder?»

Er hörte ein Rascheln, wie ein hastiges Blättern in einer Kladde. «Juni, sagten Sie?»

«Richtig.»

«Ja, hier habe ich einen Termin am 23. für dreizehn Uhr eingetragen.»

«Wissen Sie, worum es ging?»

«Nein, tut mir leid.»

«Auf jeden Fall müssen wir Herrn Wagner dazu befragen. Wann passt es ihm?»

«In der nächsten Woche ist es schwierig, aber danach …»

«Wie wäre es morgen?» Ob er selbst hinfliegen oder einen Kollegen der Berliner Kripo zu Wagner schicken würde, muss der Staatsanwalt entscheiden, dachte Sellin.

Wieder das Rascheln. «Zwölf Uhr», sagte Lisette Hanke. «Aber länger als dreißig Minuten darf es nicht dauern.»

Sellin bestätigte den Termin und legte auf. Er stand vor einem Rätsel. Ein Bundestagsabgeordneter aus Recklinghausen.

Was wolltest du von dem Kerl, Johanna?

Was hat er mit dir gemacht?

21

Nach der Ablaufprobe nahm Sarah in der Maske Platz. Privat trug sie kaum Make-up, nur etwas Wimperntusche und gelegentlich Lippenstift. Doch hier ließ sie sich ganz auf die professionelle Kunst der Maskenbildnerin ein. Malika wusste, dass Sarah in dieser Phase gern auf Unterhaltung verzichtete. Eine halbe Stunde, um Ruhe zu finden und sich auf ihre Fragen zu fokussieren.

Danach trafen die Gäste ein. Sarah begrüßte sie. Etwas Smalltalk, ohne dabei das Thema der Sendung anzuschneiden. Der Linke aus dem Europaparlament war noch eitler, als sie es vermutet hatte. Ein Gockel, der sie zu umgarnen versuchte. Der Graf aus Bayern gab sich ebenfalls charmant, doch seine Höflichkeit wirkte aufgesetzt, aus seinen Augen blickte Kälte. Die anderen hielten sich zurück – was sich nachher hoffentlich ändern würde.

Während der Aufnahmeleiter die Gäste in die Maske führte, korrigierte Sarah noch einmal die letzte Fassung des Fragenspiegels. Nur einen Teil der Punkte würde sie ansprechen können, aber sie wollte möglichst alles im Kopf behalten, um je nach Situation flexibel reagieren zu können. Mit Stichwortkärtchen mochte sie nicht auftreten. Solche Hilfsmittel hatte sie noch nie benötigt.

Ein Techniker platzierte ihren In-Ear-Kopfhörer und klebte das Kabel am Nacken mit hautfarbenem Tape ab, was Malika mit Schminke kaschierte, obwohl es unwahrscheinlich war, dass eine Kamera sie von hinten erwischte.

Max stand in der Tür. Er nickte ihr zu und hielt beide Daumen hoch. Sarah stand auf und straffte sich. Das Publikum saß bereits in der Kulisse von Studio A.

Sarah übernahm das Warm-up selbst. Die Leute sollten nicht nur in Stimmung kommen, sondern nachher, wenn sie ihre Gäste befragte, das Gefühl haben, sie tue dies als Anwältin ihrer Zuschauer.

Ein Witz über das Wetter. Dann die Frage, wer von außerhalb Nordrhein-Westfalens gekommen sei. Vier Hände gingen hoch. Abfrage des Wohnorts. Gespieltes Erstaunen, als die Leute behaupteten, nur wegen ihrer Sendung nach Köln gefahren zu sein. Sarah lud die Weitgereisten zur After-Show-Party ein und freute sich über dankbare Gesichter.

Alle Übrigen müssten nach der Sendung mithelfen, die Kulisse abzubauen, scherzte sie. Das könne dauern, allerdings sei das Erreichen des ersten Zuges des kommenden Tags garantiert. Nur wer fleißig applaudiere, werde von der Arbeitspflicht befreit. Die Leute begriffen und klatschten zur Übung frenetisch.

Die Gäste standen bereits im Durchgang. Sarah stellte sie einzeln dem Publikum vor, das wiederum mit Applaus nicht geizte. Fängt gut an, dachte sie.

Der Aufnahmeleiter führte die Gäste zu ihrem jeweiligen Sessel. Letzte Korrekturen an Make-up und Frisur. Die *Tagesthemen* liefen im Hintergrund.

Sarah bat den Aufnahmeleiter, ihr während der Sendung anzuzeigen, wenn nach fünfundvierzig Minuten der sogenannte Umschaltpunkt erreicht sein würde. Zu diesem Zeitpunkt würde im ZDF ein Fernsehkrimi zu Ende gehen, und wer dann herüberzappte, den wollte sie an ihre Talkshow fesseln. Die richtige Frage zur richtigen Zeit, damit die Fernsehzuschauer nicht zur Show von Markus Lanz verschwanden.

Kameraleute und Kabelträger nahmen ihre Positionen ein. Es gab drei Kameras auf Pumpenstativen, einen kräftigen Mann, der die frei bewegliche Steadycam umgeschnallt hatte, sowie einen Kran. Der Aufnahmeleiter zählte die Sekunden herunter.

Noch dreißig …

Noch zehn …

Dann war Sarah auf Sendung, und der Nachrichtensprecher fragte sie, worum es gleich bei ihr gehen werde, was sie mit dem reißerischen Titel beantwortete, der ihr in diesem Moment etwas albern vorkam: *Der Staat im Griff der Lobbyisten – das Ende unserer Demokratie?*

Die Schlussfanfare der *Tagesthemen* ertönte. Darauf folgten zwei Programmtrailer, die hoffentlich nicht die Einschaltquote einbrechen ließen. Der Aufnahmeleiter hob wieder zehn Finger, dann fünf.

Die Krankamera begann über der Sitzgruppe zu kreisen.

Die Titelmelodie von *Sarah Wolf* schallte durchs Studio.

Sie blickte in die Kamera vor ihr, und das Rotlicht ging an.

22 Schon wenige Minuten nach der Vorstellungsrunde und dem ersten Einspieler hatte Sarah ein gutes Gefühl. Der Armutsforscher nahm kein Blatt vor den Mund. Der CSU-Graf entlarvte sich selbst und brachte das Publikum mit deftigen, antisozialen Sprüchen gegen sich auf. Die zweite Vertreterin der Verteidigung war eine ehemalige Ministerin, die nach dem Ausscheiden aus ihrem Amt nahtlos auf einen hochdotierten Posten im Bundesverband der Energiewirtschaft gewechselt war. Sie geriet ins Stottern, als sie sich fragen lassen musste, ob sie die Interessen ihres Verbands nicht schon als Regierungsmitglied vertreten hatte. Sarah hakte nach und spürte, dass sie das Saalpublikum mehr denn je auf ihrer Seite hatte.

Nach einer Dreiviertelstunde zeigte der Aufnahmeleiter den Umschaltzeitpunkt an. Gerade schoss sich sogar die ehemalige Ministerin auf den CSU-Abgeordneten ein, und der Mann wurde nervös. Sarah versuchte ihn mit einer scheinbar harmlosen Frage aus der Schusslinie zu nehmen.

Sofort fühlte sich der Graf wieder auf sicherem Terrain. Und bestätigte erneut sein Image als Lobbyist landwirtschaftlicher Großbetriebe, dem das Schicksal von Kleinbauern, Verbrauchern, Tieren und Umwelt egal war. Der Linke konterte schlagfertig mit einer bösen Bemerkung.

Gelächter und Applaus.

Zeit für den zweiten Einspieler, dachte Sarah und nannte noch einmal das Thema der Sendung, damit alle, die jetzt vom ZDF zu ihr geschaltet hatten, Bescheid wussten: *… das Ende unserer Demokratie?*

«MAZ noch nicht fertig», tönte in ihrem Ohr die Stimme von Max, der im Regieraum saß.

Sarah geriet für einen Moment außer Fassung. Was zum Teufel musste an Lauras Film noch herumgeschnitten werden?

Dann wandte sie sich an die Vertreterin von *Abgeordneten-Watch* und gab ihr das Stichwort, das eigentlich erst für später vorgesehen war.

«Was muss geschehen, damit der Politikbetrieb transparenter wird?»

Die Frau war nun in ihrem Element. Sie zählte drei Punkte auf und drückte sich knapp und präzise aus. Sogar die anderen Gäste hörten zu. Als sie jedoch begann, sich zu wiederholen, wusste Sarah, dass sie eingreifen musste.

In diesem Moment hörte sie wieder Max in ihrem Ohr: «MAZ liegt vor.»

Sarah legte der Frau die Hand auf den Unterarm. «Bevor wir das vertiefen, wollen wir den Wirtschaftsinteressen, über die wir hier diskutieren, mal ein Gesicht geben. Wer sind die einflussreichsten Gruppen in diesem Land, und wer sind ihre wichtigsten Ansprechpartner in der Bundesregierung?»

Sarah lehnte sich zurück. Der Film begann so, wie sie ihn am Nachmittag gesehen hatte. Der Verkehrsminister und die Autoindustrie. Die Landwirtschaftsministerin und die Massentierhaltung. Sarah bemerkte, wie der CSU-Abgeordnete mit den Füßen scharrte. Sie konnte sich ein Grinsen nicht verkneifen. Lauras Beitrag brachte die Stimmung im Publikum zum Kochen, wie Sarah feststellte.

Und gleich kommt das Beispiel Christian Wagner. Sie hielt unwillkürlich die Luft an.

Doch der Einspieler war zu Ende. Max hatte also gegen ihren Willen den Staatssekretär entfernen lassen. Sarah wusste nicht, ob sie verärgert oder erleichtert sein sollte.

Die ehemalige Bundesministerin protestierte nun gegen eine angebliche Verunglimpfung der parlamentarischen Demokratie. Der linke Europaabgeordnete fiel ihr ins Wort. Sarah fand in ihr Konzept zurück und brachte die Sendung zu einem guten Ende. Sie erhob sich aus ihrem Sessel, ging auf die Kamera zu und verabschiedete sich mit ihrem bewährten Lächeln – ein feiner Hauch von Ironie.

Das rote Lämpchen an der Kamera erlosch. Das Publikum applaudierte noch eine ganze Weile. Sarah ließ sich vom Aufnahmeleiter den Ohrstecker, das Mikro und den kleinen Sender abnehmen. Die Gäste scherzten miteinander, als hätten sie nie gestritten.

Sarah schritt durch die Lücke in der Kulisse und verließ das Studio. Im Flur musste sie zwei Frauen ausweichen, die ihr mit Tabletts voller Häppchen entgegeneilten – der Imbiss für die After-Show-Party. Die WDR-Redakteurin kam aus dem Regieraum und strahlte.

Sarah lief an ihr vorbei durch die Tür. Laura und Max saßen am Pult. Sie fuhren herum, als habe Sarah sie erschreckt.

«Was war das?», fragte sie lauter, als sie es beabsichtigt hatte. «Warum habt ihr den Film gekürzt?»

«Sie weiß es noch nicht», bemerkte Laura.

Max blickte zu Boden. «Woher auch.»

«Was fällt euch ein, Christian Wagner herauszuschneiden? Die ganze Welt wird glauben, ich hätte das veranlasst!»

Laura blickte Max an. «Sag du's ihr.»

«Was denn zum Teufel? Klärt mich endlich jemand auf, was hier gespielt wird?»

Max räusperte sich. «Der Staatssekretär lebt nicht mehr.»

«Bitte?»

«Die Meldung kam vor einer Stunde. Selbstmord, heißt es.»

«Selbstmord?» Sarah setzte sich auf einen freien Sessel. Sie versuchte zu begreifen, was Max gesagt hatte.

«Tut mir sehr leid», ergänzte er leise.

Sarah fühlte sich wie in einem Fahrstuhl, der sich mit durchtrennten Stahlseilen im freien Fall befand.

«Man vermutet, er habe die Attacken auf seine Person nicht mehr ausgehalten», erklärte Laura. «Da mag was dran sein. Parteichef Benrath hat ihm bis heute nicht den Rücken gestärkt, und die Kanzlerin soll sich von ihm distanziert haben. Sogar aus der eigenen Fraktion hat es Angriffe gegeben. Als wir von dem Selbstmord erfuhren, dachten wir, es wäre einfach nicht richtig, dem Toten noch einen Tritt zu verpassen. Das verstehst du doch, Sarah, oder?»

Sarah raste in ihrer Fahrstuhlkabine durch den Schacht und erwartete den Aufprall, der sie aus einem bösen Traum wecken würde.

Aber das war kein Traum.

«Du hast die Verzögerung prima überspielt. Große Klasse, Gratulation!»

Max stand auf und legte seinen Arm um sie. «Es tut mir so leid, Sarah», flüsterte er.

Sie schüttelte ihn ab, stürzte hinaus und rannte durch die Katakomben des Studiokomplexes, bis sie die Treppe fand, die zwei Stockwerke höher zu einem Seitenausgang ins Freie führte.

Eine Gasse unweit der Fußgängerzone. Sarah stand im Regen und ließ ihren Tränen freien Lauf. Passanten kamen vorüber und glotzten. Sie wandte ihnen den Rücken zu.

Ihr ging durch den Kopf, wie verzweifelt Christian gewesen sein musste.

Sie kam sich so mies vor.

23

Sarah lag unruhig im Bett. Sie hatte sich nach Hause fahren lassen, ohne die After-Show-Party zu besuchen. Keine Verabschiedung von ihrem Team, kein Dankeschön, was ihr jetzt leidtat.

Sie machte sich Vorwürfe. Was bin ich für ein Arschloch? Denke nur an meine Sendung und habe Christian im Stich gelassen. Sie ließ ihre letzten Telefonate Revue passieren. War sie eine kalte Egoistin, weil sie nicht schon früher nach Berlin geflogen war, um ihrem Freund beizustehen?

Dann redete sie sich ein, dass sie keine Schuld an Christians Tod traf. Er hatte mit keinem Wort signalisiert, wie es um ihn stand. Warum hatte er sich ihr nicht anvertraut?

Mistkerl, wie kannst du dich aus der Welt schleichen, ohne mir etwas zu sagen? Hat dir unsere Liebe so wenig bedeutet?

Sie stand auf und las noch einmal Christians SMS der letzten Wochen. Sie klappte ihren Laptop auf und starrte auf E-Mails voller liebevoller Worte. Sie betrachtete Selfies von sich und Christian als glückliches Paar, bis die Bilder verschwammen und Tränen auf die Tastatur tropften.

Sie legte sich wieder hin.

Und heulte weiter.

Im Morgengrauen nahm sie eine Schlaftablette, die sie mit einem Schluck Rotwein hinunterspülte, und fand endlich ein paar Stunden Ruhe.

Sie erwachte mit einem Gefühl der Leere. Die Welt würde sich immer weiterdrehen, aber etwas in ihr war stehengeblieben. Dann wandte sie ihren Blick zum Nachtkästchen und stellte fest, dass sie den Wecker überhört hatte.

Es war bereits kurz nach halb neun, seit ein paar Minuten waren die Quoten des Vortags online nachzulesen. Sarah stieg umständlich aus dem Bett, versuchte ihren Tabletten-Kater zu ignorieren und begab sich an ihren Schreibtisch, wo sie den Laptop aufklappte.

Ihre Freitagsmorgenroutine. Heute ein mühsamer Versuch, sich selbst Normalität vorzugaukeln. The show must go on. Musste sie das wirklich?

Sie tippte: *www.ard-text.de*

Die Startseite baute sich auf. Sarah gab die *448* in die Maske ein und erhielt die Zahlen für den gestrigen Abend: 2,43 Millionen Zuschauer hatten im Schnitt während ihrer Sendung eingeschaltet, enorm viel für die Uhrzeit, ein Anteil von siebzehn Prozent.

Das drittbeste Ergebnis, das *Sarah Wolf* bislang erreicht hatte.

Doch sie konnte sich darüber nicht freuen. Die Luft schmeckte bitter und fremd, wie mit giftigen Kristallen durchsetzt. Nichts würde sein wie früher.

24

Sarah duschte, nahm die erstbesten Klamotten aus ihrem Schrank und schnappte sich einen Apfel, um ihn unterwegs zu essen. So schwer es ihr auch fiel, sie wollte in die Redaktion fahren. Zu Hause würde sie verrückt werden.

Nachdem sie ein Taxi bestellt hatte, ging sie in den Keller. Soweit sie sich erinnerte, lagerte dort eine Kiste Champagner, die sie einmal geschenkt bekommen hatte. Sie wurde fündig: keine Kiste, aber immerhin ein verstaubter Karton, der eine Magnumflasche *Bollinger Rosé* enthielt.

Egal wie ihr selbst zumute war, ihre Mitarbeiter hatten sich eine Geste verdient.

Der Fahrer startete den Motor, als Sarah auf die Straße trat.

Sie nahm auf dem Rücksitz Platz, nannte ihr Ziel und holte das Handy aus der Tasche, um Laura anzurufen, die bereits in der Redaktion eingetroffen war.

«Gratulation zur Quote», sagte die junge Kollegin begeistert.

«Eine Bitte, Laura. Kannst du mal in Berlin die Pressestelle der Polizei anrufen? Ich wüsste gern Genaueres zum Tod von Staatssekretär Wagner.»

«Denkst du schon an die nächste Sendung?»

«Nein, reine Neugier als Privatperson. Machst du's trotzdem?»

«Klar.»

Sarah verstaute das Telefon. Der Taxifahrer nahm über den Rückspiegel Blickkontakt auf. Sarah registrierte dunkle Augen und buschige Brauen. Mehrmals sah der Mann sie an.

«Was ist?», fragte sie.

«Hab Ihre Sendung gesehen. Denen da oben haben Sie es aber so richtig gezeigt!»

Strahlende Gesichter empfingen sie in der Redaktion. Hochgestreckte Daumen, Jubel und Applaus. Sarah bat Heide, den Schampus kalt zu stellen. Dann besuchte sie Thorsten, den Produzenten, an seinem Platz.

Er kalkulierte gerade den Preis einer Dreiminutenreportage – eine Anfrage des WDR-Landesstudios Düsseldorf für das Lokalprogramm. *Sarah Wolf Media* arbeitete nebenher als ganz normaler Dienstleister, erstellte Fernsehbeiträge, vermietete freie Schnittkapazitäten und vermittelte Kamerateams. Jeder Euro war willkommen.

«Gratuliere, Sarah», sagte Thorsten. «Fast zweieinhalb Millionen Zuschauer. Das sollen dir die anderen erst einmal nachmachen.»

Sarah bemühte sich um ein Lächeln.

«Wir haben dich bei der Party vermisst.»

«Hab mich nicht wohlgefühlt. Ich hoffe, Max hat mich gut vertreten und allen gedankt.»

«Hat er.»

«Was ist mit dem WDR und der Vertragsverlängerung?»

Thorsten zog eine Grimasse und schüttelte den Kopf.

«Mist!», rief sie. «Die sollen endlich Nägel mit Köpfen machen!»

«Sarah …»

«Ja?»

Er kratzte sich am Nacken. «Mir liegt ein ziemlich gutes Angebot vom Mitteldeutschen Rundfunk vor.»

«Verstehe.»

«Produktionschef im Studio Bautzen.»

«Bautzen – dein Ernst?»

«Sie haben mir eine Woche Bedenkzeit gegeben.»

«Danke, dass du offen mit mir redest. Du weißt, ich brauche dich.»

«Es geht nicht nur mir so. Frag Max.»

«Der auch?»

«Nein, aber er kennt die Stimmung in der Redaktion am besten.»

«Gerade kam sie mir noch gut vor.»

«Die Freude über den gestrigen Erfolg ist das eine, aber …»

«Ich rufe Diepi an.»

Zurück in ihrem Büro, wählte sie die Nummer des noch amtierenden Chefredakteurs. Um diese Zeit war er am besten zu erreichen. Seine Sekretärin stellte durch.

«Ich gratuliere», sagte Diepenbrock.

«Das höre ich heute von jedem.»

«Deine zweitbeste Quote.»

«Die drittbeste.»

«Egal, was andere sagen, ich fand die Sendung gelungen.»

«Keiner sagt etwas anderes.»

«Na, warte mal ab, bis die Reaktionen aus Berlin kommen. Den Bauern aus Bayern hast du regelrecht vorgeführt. Stellenweise war das durchaus grenzwertig.»

Heute fehlte Sarah die Geduld für den Schlagabtausch mit dem Chefredakteur. «Wie wär's mit einer Reaktion deines Hauses auf den Quotenerfolg? Stichwort Vertragsverlängerung. Hast du endlich mit dem Intendanten geredet?»

«Ich treffe ihn gleich nachher.»

«Druck die Zahlen aus und halte sie ihm unter die Nase.»

Diepenbrock lachte.

«Das meine ich verdammt ernst, Holger. Ich brauche den Vertrag bis Montag.»

«So schnell geht das nicht.»

«Die Details können wir meinetwegen nachverhandeln. Aber ich muss es schriftlich haben, dass es mit *Sarah Wolf* über die Weihnachtspause hinaus weitergeht. Sonst gehen mir die besten Leute von der Stange. Dann kann ich nämlich den Laden zumachen.»

«Wölfin, vertrau mir.»

«Schriftlich und bis Montag!»

«Wie redest du mit dem Chefredakteur des Westdeutschen Rundfunks?»

«Wie jemand, der dir in der Schiene nach 22:45 Uhr fast zwanzig Prozent aller Zuschauer eingebracht hat.»

Sarah legte auf und schloss die Augen.

Sie musste wieder an Christian denken.

25

Sarah ging ins Großraumbüro und entdeckte Laura allein in einem ruhigen Eck. Sie setzte sich zu ihr und fragte: «Wie gehst du mit unserer Situation um?»

«Was meinst du, Sarah?»

«Dass ich noch keinen Vertrag fürs nächste Jahr habe.»

Laura zuckte mit den Schultern. «Ehrlich gesagt, man schaut sich um.»

«Es wäre ein großer Verlust, wenn du uns verlassen würdest.»

«Ich? Das glaub ich nicht.»

«Wieso, was hast du?»

«Für Max Sperling bin ich hier doch nur die ‹rote Socke›.»

«Das darfst du nicht so ernst nehmen, Laura. Und wegen unserer Zukunft – ich habe die mündliche Zusage, dass es weitergeht, und am Montag sollte ich es auch schriftlich haben, spätestens am Dienstag. Bitte unterschreib bis dahin auf keinen Fall woanders. Versprichst du mir das?»

«Okay.»

«Hast du mit der Berliner Polizei gesprochen?»

«Ja, hab ich.» Laura ließ verlegen ihren Blick über den Tisch wandern, als wisse sie nicht, wie sie beginnen sollte.

«Und?»

Laura räusperte sich. «Staatssekretär Wagner wurde gestern Nachmittag in seiner Wohnung von seiner Putzfrau entdeckt, sagt die Pressestelle. Er scheint da eine Art Fitnessraum zu haben. Unter anderem mit einer Sprossenwand.»

Sarah nickte. Sie erinnerte sich an das Zimmer am Ende des Flurs.

«Dort hat er sich offenbar erhängt», fuhr Laura fort. «Heute findet die Obduktion statt. Die Beamtin von der Pressestelle konnte mir nur verraten, dass Wagner bereits einen Tag lang tot war, als man ihn fand.»

«Also ist es am Mittwoch passiert.»

«Scheint so.»

Sarah wurde flau im Magen.

Ihr vergeblicher Trip nach Berlin – sie hatte an der Tür eines Toten geklingelt.

Dass sich Christian das Leben genommen hatte, konnte sie noch immer nicht begreifen. Er hatte sich auf sie gefreut. Oder hatte Christian schon seinen Tod geplant, während sie sich am Telefon einen gemeinsamen Urlaub ausmalten?

Unmöglich, dachte Sarah.

Aber Fakt war, dass er nicht mehr lebte.

«Danke», sagte sie und stand auf.

Laura räusperte sich wieder.

Sie weiß es, erkannte Sarah in diesem Moment.

«Hat Max es dir erzählt?»

Laura nickte. «Mein herzliches Beileid, Sarah. Du und Wagner ... Das Ganze muss schrecklich für dich sein.»

Sarah spürte, dass sie gleich heulen würde, und machte, dass sie zurück in ihr Büro kam.

Die Konferenz begann mit einem kleinen Umtrunk. Heide hatte Altbiergläser in ausreichender Zahl gefunden. Sarah hatte ihre verwischte Wimperntusche entfernt und neu aufgetragen. Sie hoffte, dass niemand ihr etwas ansah.

Sie schenkte jedem Mitarbeiter Champagner ein und dankte allen für ihren Anteil am Erfolg. Sie selbst begnügte sich mit Wasser, denn ihr Magen machte noch keinen belastbaren Eindruck.

Nachdem die Gläser geleert waren, besprachen die Kollegen wie an jedem Freitag die gestrige Talkshow in allen Facetten. Die Gäste, die Fragen. Was war gut, was nicht? Heide protokollierte mit, um die sogenannten Merkpunkte zu formulieren – aus jeder Sendung Lehren ziehen, so lautete Sarahs Devise.

Sie lobte die Einspieler von Tim und Laura, ohne auf das Umschneiden des zweiten Films einzugehen. Max präsentierte die Einschaltquote in Minutenschritten. Tatsächlich hatten sie dem ZDF Zuschauer abgejagt.

«Du solltest ab jetzt immer zum Umschaltpunkt noch einmal das Thema der Sendung zitieren», schlug Max vor. «War eine gute Idee von dir.»

Als externen Kritiker hatten sie den Leiter des Medienressorts der Düsseldorfer *Morgenpost* eingeladen. Ein Kollege mit grauer Künstlermähne, der auffallend bedächtig sprach, als ringe er in jedem Satz um den richtigen Ausdruck. Er fand kaum ein Haar in der Suppe, fast klang seine Besprechung wie die hymnische Laudatio einer Preisverleihung. Insbesondere lobte er die Auswahl der Gäste – keiner der üblichen Parteienlautsprecher, wie er es nannte, denen man sonst alle naslang auf dem Bildschirm begegnete.

Sarah registrierte, wie Max die Augen verdrehte. Sie wusste, dass er anders darüber dachte.

«Wenn ich jemanden vermisst habe», sagte der Zeitungsmann, «dann allenfalls Christian Wagner, den parlamentarischen Staatssekretär beim Gesundheitsminister. Auch ein gutes Beispiel für den Einfluss der Lobbys. Und eine schillernde Figur.»

Offenbar ist die Information über Christians Tod noch nicht bis zum Medienredakteur der *Morgenpost* gedrungen, dachte Sarah.

«Werden Sie über unsere gestrige Sendung für Ihr Blatt schreiben?», fragte Max.

«Selbstverständlich.»

«Und was halten Sie von der angeblichen Flut an Polit-Talks, die manchmal beklagt wird?»

«Mit Verlaub, es ist in der Tat schrecklich. Immer die gleichen Themen, immer die gleichen Köpfe.»

«Also sollte man mindestens eine Sendung streichen.»

«Natürlich nicht *Sarah Wolf.*»

«Danke», antwortete Max. «Es würde uns sehr freuen, das morgen zu lesen. Die Programmverantwortlichen hören nämlich auf die öffentliche Meinung, auch wenn es Ihnen manchmal nicht so vorkommen mag.»

Sarah fand es peinlich, wie ihr Redaktionsleiter um lobende Erwähnung bettelte. Sie sagte: «Jetzt haben wir Sie aber genug in Anspruch genommen. Danke, dass Sie den Weg zu uns auf sich genommen haben.»

Heide brachte den Mantel des Zeitungskollegen. Max wollte ihn zum Ausgang begleiten, doch Sarah übernahm das dieses Mal.

«Eines noch», begann sie auf dem Weg nach unten.

«Ja, bitte?»

«Warum haben Sie Christian Wagner eine schillernde Figur genannt?»

«Es gibt da ... eine seltsame Koinzidenz», antwortete der Grauhaarige zögernd. «Wie Sie wahrscheinlich wissen, ist in dieser Stadt vor ein paar Monaten eine junge Frau verschwunden. Vergangenen Sonntag wurde ihre Leiche gefunden. Sie verfolgen sicher die Berichterstattung in der *Morgenpost.*»

«Und?»

«Ich sehe, Sie haben heute noch nicht in unser Blatt geschaut. Wie unsere Redaktion nämlich aus Polizeikreisen erfuhr, hat sich Johanna Kling unmittelbar vor ihrem Verschwinden mit Staatssekretär Wagner in Berlin getroffen.»

«Tatsächlich?»

«Die Polizei tappt bezüglich der Mordsache noch im Dunkeln. Möglicherweise liegt die Lösung in der Sphäre der Politik.»

«Sie meinen, es gibt einen Zusammenhang zwischen der schrecklichen Tat und dem Staatssekretär?»

«Natürlich ist das nur Spekulation, aber …» Er hob die Schultern.

Händeschütteln. Der Mann mit der grauen Mähne schlug den Kragen hoch. Sarah schloss hinter ihm die Tür.

Und drei Tage nach dem Fund der toten Frau stirbt Christian, dachte sie.

Ebenfalls eine seltsame Koinzidenz.

26

An diesem Freitag dauerte die Morgenbesprechung der *Mordkommission Drohne* länger als üblich. Die Neuigkeit, dass sich das Opfer wenige Tage vor seinem Verschwinden mit einem Mitglied der Bundesregierung verabredet hatte, wurde als Sensation aufgenommen. Endlich eine Wendung im Mordfall Kling.

Sie nannten es die Berliner Spur.

Manchen Kollegen galt der Staatssekretär bereits als möglicher Mörder.

Dass die *Morgenpost* in ihrer heutigen Ausgabe über Johannas Besuch bei Wagner berichtet hatte, ärgerte Sellin. Natürlich hatte er gleich gestern einige Kollegen sowie den Staatsanwalt über seine Entdeckung informiert, und die Nachricht hatte sich offenbar im Präsidium verbreitet.

Manch ein Kommissar pflegte ein gutes Verhältnis zu den Medien, doch wichtige Informationen hatten über die Pressestelle zu laufen. Ihre Weitergabe sollte den Ermittlungen dienen, nicht dem Geltungsbedürfnis eines schwatzhaften Beamten, fand Sellin.

Der Staatsanwalt hatte sich ohne großes Überlegen dagegen entschieden, Sellin in die Hauptstadt zu schicken – aus Kostengründen. Stattdessen sollten die Berliner Kollegen

Christian Wagner auf den Zahn fühlen. Was Sellin gern selbst übernommen hätte.

Er stand gerade im Paternoster, als sein Handy klingelte. Auf dem Display eine Nummer des Berliner Landeskriminalamts. So früh schon? Wagners Vernehmung konnte noch nicht stattgefunden haben, denn die Büroleiterin hatte zwölf Uhr als einzig möglichen Termin genannt.

Sellin nahm das Gespräch an, hatte den Leiter der Abteilung «Delikte am Menschen» an der Strippe und war nach wenigen Worten so schockiert, dass er völlig vergaß, im Stockwerk des KK12 auszusteigen.

Mit einem Mal war alles anders.

Der SPD-Abgeordnete und parlamentarische Staatssekretär Christian Wagner war tot, erdrosselt in seiner eigenen Wohnung. Keine Spuren eines Kampfes. Kein bekannter Besuch, kein Streit, der vorausgegangen war. Zur Stunde gingen die Kollegen von Selbstmord aus.

Die Paternosterkabine rumpelte im Keller zur Seite, für einen Moment wurde es dunkel und laut, dann fuhr sie im Nachbarschacht wieder aufwärts.

Wir müssen die Berliner Spur neu bewerten, überlegte Sellin.

Suizid – ein verkapptes Schuldeingeständnis im Mordfall Johanna Kling?

Wenige Minuten später rief ihn Lisette Hanke an, die Büroleiterin. «Ich muss den Termin mit dem Angeordneten leider absagen.»

«Ich hab's schon gehört, Frau Hanke.»

Die Frau begann zu schluchzen. Sie schaffte es gerade noch, sich zu entschuldigen, dann legte sie kurzerhand auf.

Sellin blickte auf Johannas Konterfei, das über seinem Schreibtisch hing. Noch immer war ihm unklar, worum es bei ihrem Treffen mit dem Staatssekretär gegangen war. Um Politik? Oder war es etwas Privates?

Sellin versuchte, etwas in den Zügen der hübschen Frau zu lesen. Hast du ihn gegen dich aufgebracht?

27

Innerhalb knapp einer Woche flog Sarah zum dritten Mal nach Berlin, diesmal Hals über Kopf.

Besondere Umstände erforderten außergewöhnliche Maßnahmen. Sie musste mit Menschen reden, die vielleicht Antworten auf ihre Fragen wussten.

Sarah erkannte Christians Büroleiterin schon, während sie mit ihrem kleinen, laut rumpelnden Rollkoffer auf den Eingang des Cafés in Berlin-Schöneberg zusteuerte, das sie am Telefon als Treffpunkt vereinbart hatten. Lisette Hanke saß hinter der großen Fensterscheibe und winkte ihr zu.

Drinnen herrschte eine freundliche Atmosphäre. Dielenboden, helle Holztische, leise Musik. Es war nicht voll zu dieser Stunde. Der Kellner glotzte Sarah unverhohlen an.

Sie bat Lisette, an einen der hinteren Tische zu wechseln, und platzierte sich mit dem Rücken zu den übrigen Gästen. Der Typ mit der langen Schürze war sofort bei ihnen. Sarah bestellte einen doppelten Espresso.

Lisette zog die Stirn in tiefe Falten. «Christians Selbstmord – ich kann es nicht fassen.»

Für einen Moment war Sarah irritiert darüber, dass die Büroleiterin ihren Chef beim Vornamen nannte. «Geht mir genauso», antwortete sie.

«Nichts hat darauf hingedeutet. Kein Anflug einer Depression, nicht wahr?»

«Nein, nichts.»

«Er hat auch kein Abschiedsschreiben hinterlassen. Zumindest hat die Polizei nichts dergleichen gefunden. Es ist unbegreiflich.»

Sarah dachte an den Druck, den die Medienberichterstattung auf Christian ausgeübt hatte. «Er stand unter Beschuss», erwiderte sie. «Und ihm fehlte offenbar die Rückendeckung, die er sich von seiner Partei erhofft hatte, insbesondere von Heinz Benrath.»

«Christian war trotzdem die ganze Zeit so zuversichtlich!»

«Wer könnte Ihrer Meinung nach die vertrauliche E-Mail an Benrath bezüglich der Fusion der Klinikkonzerne dem *Blitz* weitergeleitet haben?»

«Ich wüsste da einige Kandidaten, aber was bringt das noch, darüber zu spekulieren?»

«Beim ARD-Hauptstadttreff hat jemand Christian einen Brief zugesteckt. Eine junge Frau, etwa Ende zwanzig, klein, dunkelhaarig, im grauen Anzug. Wer könnte das gewesen sein?»

Lisette lachte. «Die Beschreibung passt auf Jana Bergowitz.»

«Wer ist das?»

«Eine von Werremeyers Sekretärinnen in der Friedrichstraße.»

«Den Brief hätte ich gern. Meinen Sie, er liegt vielleicht in Christians Büro?»

«Ich kann ja mal in seinem Schreibtisch nachschauen.»

«Das wäre nett.»

Lisette legte einen Ausdruck auf den Tisch. «Wegen der anderen Person, nach der Sie am Telefon gefragt haben. Die Frau aus Düsseldorf, die Ende Juni bei uns war. Vielleicht interessiert Sie das in dem Zusammenhang.»

Sarah erkannte, dass es sich um einen Bericht der *Mor-*

genpost handelte. Zuerst dachte sie, es sei der von heute, den sie inzwischen gelesen hatte, doch er entstammte der Online-Ausgabe vom Dienstag. Die Überschrift ließ Sarah die Stirn kräuseln.

Skelettfund am Unterbacher See – ein Sexualmord?

Lisette erklärte: «Am Dienstag hat sich Christian noch im Büro blickenlassen.» Ihre Augen schimmerten feucht. «Ich habe die Chronik in Christians Computer aufgerufen, um nachzusehen, auf welchen Internetseiten er an dem Tag war. Und da bin ich auf diesen Artikel gestoßen, für den er sich offenbar interessiert hat. Ich weiß, das ist schrecklich indiskret, aber ich wollte wissen, was ihn zuletzt beschäftigt hat. Was womöglich der Grund war, warum er sich das Leben ...» Lisette presste ihre Hände vors Gesicht.

Sarah musste an ihr Telefonat mit Christian am Dienstag denken. Er hatte angespannt geklungen, aber abgestritten, dass es an der Samax-Affäre gelegen hätte. War stattdessen die Mordnachricht der *Morgenpost* der Grund gewesen?

Sie las, dass die weitgehend skelettierte Frauenleiche, die am Sonntag an einem Seeufer nahe der nordrhein-westfälischen Landeshauptstadt gefunden worden war, identifiziert worden sei – Johanna K., eine Angestellte von *Humanity First International,* die seit Monaten vermisst wurde. Dreißig Beamte umfasse die Mordkommission.

Der Autor deutete an, die Ermittler gingen von sexuellem Missbrauch und anschließendem Mord aus. Was aber offiziell nicht bestätigt wurde.

Sarah hätte zu gern gewusst, welche Bedeutung diese Nachricht für Christian gehabt hatte.

Sie schüttelte irritiert den Kopf. «Weshalb kam diese Frau damals zu Ihnen?»

«Christian hat sich mit ihr etwa anderthalb Stunden in seinem Büro unterhalten. Das konnte ich dem Kalender entnehmen. Worum es ging, ist mir unklar. Die Polizei findet das Treffen ungewöhnlich, weil die beiden sich anscheinend nicht kannten und auch im Umfeld der Frau keiner weiß, warum sie zu uns kam.»

«Die Polizei interessiert sich also auch dafür?»

«Ein Kommissar aus Düsseldorf hatte sich für heute angesagt, um mit Christian zu sprechen, aber das hat sich ja erledigt», sagte Lisette, der erneut die Tränen in die Augen stiegen.

Verdächtigte man Christian als perversen Triebtäter? Absurd, dachte Sarah.

Aber in ihr keimte ein anderer Gedanke, nicht zum ersten Mal.

«Christian und die Frauen …»

Lisette lächelte. «Es gab nur Sie, Frau Wolf.»

«Sie können offen mit mir sprechen, ich bitte Sie darum.»

«Nein, wirklich. Wenn Christian und diese Johanna Kling ein Techtelmechtel gehabt hätten, wären beide extrem gute Schauspieler gewesen. Zwischen den beiden war garantiert nichts dergleichen.»

«Und die Sekretärin des Gesundheitsministers?»

Lisette wirkte belustigt. «Jana Bergowitz wäre allerdings gern mit ihm in die Kiste gestiegen. Aber da lief erst recht nichts. Christian hat Jana höchstens ausgenutzt, um an Informationen zu gelangen, die Werremeyer ihm gelegentlich vorenthielt. Wir nannten sie ‹Miss Moneypenny›.»

«Verstehe.»

«Was ich mich allerdings frage …» Sie zögerte fortzufahren.

«Ja?»

«Warum haben Sie Ihre Beziehung über so lange Zeit geheim gehalten?»

«Es lief erst seit dem Sommer.»

«Ach.»

«Wir haben uns in meiner Talkshow kennengelernt, vor etwa drei Monaten.»

Lisette wirkte, als glaube sie kein Wort.

«Stimmt etwas nicht?», fragte Sarah.

«Wissen Sie, ich arbeite seit 2013 für Christian. In all dieser Zeit musste ich immer wieder rote Rosen besorgen, Konzertkarten für zwei, ein Doppelzimmer in einem verschwiegenen Hotel, solche Dinge. Als Sie am Montagabend mit ihm im Büro aufkreuzten, war ich mir deshalb sicher, dass Sie diese langjährige Freundin seien.»

«Wollen Sie damit sagen …» Sarah spürte, wie ihre Kehle eng wurde, und setzte noch einmal an: «Wollen Sie damit sagen, es gibt noch eine andere?»

Lisette hob die Schultern. «Ich würde Christian nie unterstellen …»

Sarah unterbrach sie. «Wann haben Sie das letzte Mal einen romantischen Dienst geleistet, Rosen oder so?»

«Kurz vor der Sommerpause. Karten für ein Konzert in Düsseldorf, bei dem auch sein Bruder aufgetreten ist, ein bekannter Pianist.»

Sarah musste lächeln. Ihre erste Verabredung mit Christian.

«Und davor?», fragte sie.

«Im März oder im Februar. Ein Essen in einem Feinschmeckerlokal bei Münster und kurz darauf ein Wochenende in Nizza. Die genauen Daten weiß ich nicht auswendig, aber eventuell finde ich noch irgendwo eine Buchungsbestätigung.»

«In das Konzert ging er mit mir, das Restaurant und der Trip nach Nizza waren definitiv vor meiner Zeit.»

Wahrscheinlich hatte er eine heimliche, langjährige Geliebte, aber mit ihr Schluss gemacht, bevor wir uns kennenlernten, überlegte Sarah und beruhigte sich. Sie dachte an das Konzert und das Kribbeln im Bauch beim anschließenden Essen in der Düsseldorfer Altstadt. Dann fiel ihr die Nacht zum Montag ein. Tränen traten ihr in die Augen, und sie versuchte, sie wegzublinzeln.

Liebst du mich?

Das weißt du doch.

Warum hatte sie nicht einfach *Ja* gesagt?

Lisettes Handy klingelte.

«Gehen Sie ruhig ran», forderte Sarah sie auf und kramte ein Taschentuch hervor, um sich zu schnäuzen.

Christians Büroleiterin nahm ihre Tasche von der Stuhllehne und angelte nach dem Telefon. Sie meldete sich, hörte kurz zu, dann deckte sie es mit der anderen Hand ab.

«Kriminalpolizei. Sie wollen sich mit mir treffen, im Jakob-Kaiser-Haus. Am liebsten gleich, meint der Typ.»

Sarah nickte. «Nur zu.»

Lisette hob das Handy wieder ans Ohr. «Okay, in zwanzig Minuten.»

Sarah stand auf, winkte dem Kellner und schnappte ihre Jacke vom Haken.

«Ich komme mit», sagte sie.

28

In der Zeit, die Sarah mit Christian zusammen gewesen war, hatte er über sein Vorleben nicht besonders viel gesprochen. Aber zu Beginn ihrer Beziehung, nach dem zweiten oder dritten Date, hatte sie einiges recherchiert, was über ihren neuen Freund im Netz zu finden war. Wobei sie sich weniger für seine gesundheitspolitischen Äußerungen oder die Parteiaktivitäten seines Recklinghäuser Kreisverbands interessiert hatte als für sein Privatleben. Sie hatte erfahren, dass Christian schon mit zweiundzwanzig seine Freundin Britta geheiratet hatte, eine Sandkastenliebe. Er studierte damals in Münster, Pharmazie wie sein Vater, wollte aber nach dem Staatsexamen nicht in dessen Apotheke arbeiten. Stattdessen zog es Christian nach Berlin, wo er eine Stelle beim Bundesverband der pharmazeutischen Industrie antrat.

Im zarten Alter von sechsundzwanzig kandidierte er zum ersten Mal im Wahlkreis Recklinghausen I für den Bundestag und gewann auf Anhieb das Direktmandat – in einer sozialdemokratischen Hochburg keine Kunst. Irgendeine Partei-Homepage listete Hobbys auf: Tennis, Motorradfahren, Tauchen. Im gleichen Jahr, in dem er Abgeordneter wurde, trennten sich Britta und er.

Keine Erwähnung einer Partnerin in der Zeit nach der Scheidung. Rosensträuße und romantische Wochenenden – war es dabei tatsächlich jahrelang um ein und dieselbe Frau gegangen?

Das Taxi hielt in der Dorotheenstraße hinter dem Reichstagsgebäude. Sarah bezahlte und ließ sich eine Quittung ausstellen. Der Fahrer ging ans Heck und lud ihren Rollkoffer aus. Vor dem Haus, in dem sich Christians Büro befand, konnte Sarah keinen Streifenwagen entdecken. Dann fiel ihr ein, dass Kripobeamte wahrscheinlich zivil lackierte Fahrzeuge benutzten.

Lisette Hanke ging voraus. Im Foyer sprachen zwei Männer sie an. Es waren die Polizisten, die sich angekündigt hatten. Beide sportlich gekleidet, Jeans, Turnschuhe, praktische Jacken. Der Jüngere hielt eine Art Collegemappe unter seinem Arm geklemmt. Sarah fragte sich, ob sie auch Waffen trugen. Sichtbar waren sie nicht.

Die Beamten stellten sich vor. Karsow war mindestens fünfzig, Bierbauch und Stiernacken, kahler Kopf. Wernicke war etwa in Sarahs Alter, kleiner als sein Kollege, fast zart. Blaue, unruhige Augen hinter einer randlosen Brille – Sarah hätte ihn nie für einen Cop gehalten.

«Das ist übrigens Christian Wagners Freundin», erklärte die Büroleiterin. «Sarah Wolf.»

«*Die* Sarah Wolf?» Der Ältere lächelte überrascht, seine Stimme klang angenehm, er hätte als Synchronsprecher arbeiten können.

«Wenn Sie die Tante aus dem Fernsehen meinen», antwortete Sarah, «dann ja.»

Karsow wandte sich an seinen Kollegen. «Hättest du dir gedacht, dass einem Staatssekretär ein solcher Fang ins Netz geht?»

«Damit hatte er das Fernsehen auf seiner Seite.»

Sarah ärgerte sich über die beiden Beamten. Hatte die Berliner Polizei keine sensibleren Leute, um sich des Selbstmords eines Regierungsmitglieds anzunehmen?

«Bitte verschonen Sie mich mit Ihren unangebrachten Kommentaren», sagte sie kalt und bestimmt. «Sagen Sie mir lieber, ob es etwas Neues gibt.»

Karsow grinste. «Wie wäre es, wenn Sie vorher uns einige Fragen beantworten würden, Frau Wolf?»

«Gern. Aber was Christian zum Suizid getrieben haben soll, kann ich Ihnen beim besten Willen nicht sagen.»

Die beiden Beamten zeigten plötzlich ernste Mienen. Sie wechselten einen Blick, dann sagte der jüngere: «Uns liegen inzwischen die Ergebnisse der Obduktion vor, auch die der toxikologischen Untersuchung.»

«Und?»

«Um es kurz zu machen: Es war kein Selbstmord.»

«Heißt das …»

Karsow nickte. «Wir müssen davon ausgehen, dass Herr Wagner ermordet wurde.»

«Ermordet?», wiederholte Lisette Hanke fassungslos.

Sarah packte den Griff ihres Rollkoffers fester, als finde sie daran Halt. In ihrem Kopf schlugen die Gedanken Purzelbäume. So viele Fragen, die sie am liebsten gleichzeitig gestellt hätte.

Ich weiß zu wenig über Christian, stellte sie fest.

«Haben Sie etwas dagegen, wenn wir die Unterhaltung in Ihrem Büro fortsetzen?», fragte Karsow.

Wernicke drückte den Knopf neben der Aufzugtür.

29

Das Gespräch dominierte Karsow, der ältere der beiden Kripomänner, und zunächst drehte es sich um die Frage, ob der Staatssekretär Feinde hatte.

«Natürlich gab es hin und wieder Spannungen, das ist in der Politik doch normal», sagte die Büroleiterin.

«Mit wem?»

Lisette blickte zu Boden. «Vor allem mit Werremeyer, dem Minister.»

«Um was ging es da?» Karsow wurde lauter. «Jetzt lassen Sie sich doch nicht jedes Wort einzeln aus der Nase ziehen, Frau Hanke!»

Sie nickte zu Wernicke hinüber, der sich Notizen machte. «Geht das an die Öffentlichkeit, was wir hier bereden?»

Karsow verdrehte die Augen. «Solange der Staatsanwalt keine Mordanklage gegen den Minister erhebt, bleibt alles unter uns.»

Sarah musste an Polizeibeamte denken, die Insiderwissen verkauften, aus politischem Interesse oder purer Eitelkeit Interna der Presse steckten, aber sie hielt den Mund. Sie wollte, dass Lisette weitersprach. Sie platzte fast vor Neugier.

«Fast jeder, der im Gesundheitsministerium mit Werremeyer zu tun hat, hält ihn für … na ja, nett, aber eher inkompetent. Christian hat sich beste Chancen ausgerechnet, ihn noch vor Ablauf der Legislaturperiode im Amt zu beerben.»

«Christian?», fragte Karsow, obwohl er sich denken konnte, wen die Büroleiterin meinte.

«Herr Wagner.»

«Diese Rivalität spielte sich vermutlich auch auf Parteiebene ab, oder?»

«Beide stammen aus Nordrhein-Westfalen, und natürlich hat der Landesvorstand in Düsseldorf ein Wörtchen mitzureden. Soviel ich weiß, gilt Werremeyer auch dort als Auslaufmodell.»

«Und im Bundesvorstand?»

«Keine Ahnung.»

«Aber wegen eines Postengerangels …», warf Sarah ein.

«Es sind schon wegen geringerer Dinge Menschen getötet worden», erwiderte Karsow.

Sarah war es neu, dass es eine Rivalität zwischen Christian und dem Minister gegeben hatte. Ihr gegenüber hatte ihr Freund nie eine gravierende Differenz erwähnt. Nicht einmal die üblichen Sticheleien gegen Vorgesetzte hinter deren Rücken, die sie aus ihrem Metier zur Genüge kannte.

Sie wandte sich an Wernicke. «Christian ist also vergiftet worden?»

«Habe ich das gesagt?»

Karsow fasste sich an den Hals. «Nein, der Staatssekretär starb tatsächlich aufgrund einer Strangulierung.»

«Aber Ihr Kollege erwähnte die toxikologische Untersuchung. Was ist damit?»

«Frau Wolf, Sie sind Journalistin, oder?»

Sie zeigte ihr Lächeln, vielleicht eine Spur kälter als sonst.

«Viele Leute halten Sendungen wie meine für reine Show, aber ich sehe mich als Journalistin. Das ist richtig.»

«Dann müssen jetzt wir das Thema Vertraulichkeit ansprechen.»

«Ich habe kein Interesse daran, Ihre Ermittlungen zu torpedieren.»

«Das genügt uns nicht, Frau Wolf.»

«Herr Karsow, ich werde keine Dienstgeheimnisse ausplaudern. Aber je mehr Sie mir verraten, desto eher kann ich Ihnen vielleicht helfen.»

Die beiden Männer blickten sich an, dann nickte der ältere und sagte: «Das Leichengewebe weist Rückstände von sogenannten K.-o.-Tropfen auf.»

«Und die Konzentration war hoch genug, um …?»

«Richtig. Herr Wagner wurde betäubt, bevor man ihn an der Sprossenwand in seiner Wohnung aufknüpfte. Er dürfte es nicht gespürt haben, falls Sie das beruhigt.»

Sarah fiel die leise Unterhaltung ein, die sie am Sonntagabend in der Tiefgarage belauscht hatte: *Ein Streich zwischen Kollegen. Junggesellenabschied, verstehst du?*

«Ich weiß nicht recht, ob es da einen Zusammenhang gibt, aber …»

«Was meinen Sie?»

Sarah berichtete von dem Gespräch in der Tiefgarage.

«Wie haben Sie diese Sätze gedeutet?», fragte Karsow.

«Ganz spontan?»

«Ja.»

«Ich dachte an einen Deal und daran, dass es dem Käufer in Wahrheit nicht um einen Kollegen ging, sondern darum, wie man eine Frau wehrlos macht und aus einer Diskothek abschleppt.»

«Und können Sie die beiden Männer beschreiben?»

«Wie ich schon sagte, ich sah nur die Füße des einen. Er

trug halbhohe Schnürstiefel, so ähnlich wie Wanderschuhe, aber ganz aus schwarzem Leder.»

Wernicke und Karsow tauschten erneut Blicke.

Draußen hatte vorzeitig die Dämmerung eingesetzt, dunkle Wolken schoben sich zusammen. Lisette schaltete das Deckenlicht ein. Im gleichen Moment klopfte es, und eine Gruppe uniformierter Beamter stand vor der Tür.

«Wir müssen sämtliche Datenträger mitnehmen», sagte Karsow. «Festplatten und andere Speichermedien, auch analoge, also Akten, Terminkalender und so weiter.»

«Das geht nicht», widersprach Lisette Hanke.

«Sie bekommen alles so schnell wie möglich zurück, keine Sorge.»

«Dürfen Sie das überhaupt?», fragte Sarah.

Wernicke zog ein Schreiben aus seiner Mappe und zeigte ein schiefes Lächeln. «Richterlicher Durchsuchungsbeschluss.» Er überreichte die Ausfertigung der Büroleiterin. «Wir müssen wissen, in was sich Herr Wagner eventuell verstrickt hat.»

Als Erstes schnappten sich die Beamten Christians Bürocomputer. Sarah fiel ein, dass er auf diesem Rechner laut Lisette am Dienstag die Berichterstattung über den Leichenfund in Düsseldorf verfolgt hatte – den angeblichen Sexualmord.

Sie ballte unwillkürlich die Fäuste. «Christian Wagner ist das Opfer, kein Verbrecher.»

Wernicke lächelte gönnerhaft. «Das behauptet jeder über den Menschen, den er liebt, Frau Wolf. Aber wer kann dem anderen schon in die Abgründe schauen? Glauben Sie mir, wir haben schon alles erlebt.»

«Das ist doch absurd!»

Wernicke drehte sich von ihr weg.

Sarah beschloss, dass sie nicht länger zusehen wollte, wie die Polizei in Christians Schubladen wühlte und beschlagnahmtes Material hinaustrug. Sie verabschiedete sich von Lisette.

Karsow stellte sich ihr in den Weg. «Bitte beruhigen Sie sich, Frau Wolf. Das alles dient nur der Suche nach dem Mörder Ihres Freundes. Das ist doch auch in Ihrem Interesse. Falls Ihnen also noch etwas einfällt, wenden Sie sich bitte an mich persönlich.»

Er reichte ihr eine Visitenkarte.

Sarah verließ das Büro und fuhr mit ihrem Koffer nach unten. Im fahlen Licht des Aufzugs betrachtete sie das Kärtchen mit dem Berliner Wappen: *Ferdinand Karsow, Erster Kriminalhauptkommissar. Dezernat LKA 11, Keithstraße 30, 10787 Berlin ...*

Kein ganz hohes Tier, aber vielleicht der Leiter seiner Dienststelle.

Kann ich Ihnen trauen, Herr Hauptkommissar?

Auf die Rückseite hatte er handschriftlich seine Handynummer notiert, nur schwer zu entziffern.

Draußen vor dem Eingang parkte ein blau-silbern lackierter Transporter. Uniformierte luden eine Kiste ein. Sarahs Blick fiel auf ihre Stiefel. Schwarze Schnürschuhe, die denen ähnelten, die sie in der Tiefgarage des ARD-Hauptstadtstudios bemerkt hatte.

Sie nahm sich vor, ihre eigenen Nachforschungen anzustellen. Sie wusste nicht, ob sie Karsow und Wernicke trauen konnte. Außerdem schienen sie nicht die hellsten Lichter zu sein. Sexistisch und vorurteilsbeladen.

Die Sache ist zu wichtig, als dass ich sie diesen Leuten überlassen könnte.

TEIL ZWEI

And you run, and you run
to catch up with the sun,
but it's sinking.

Roger Waters, Time

Dadaab – Dienstag, 14. Juni

30

Mit einem polternden Geräusch aus den Eingeweiden des Flugzeugs rastete das Fahrwerk ein. Die Propellermaschine beschrieb einen weiten Bogen, um ein paar Ziegen von der Landebahn zu vertreiben, dann setzte sie auf der harten Erde auf.

Willkommen in Dadaab.

Momentan dreihundertfünfzigtausend Einwohner. Die viertgrößte Stadt des Landes. Die sich in Luft auflösen sollte, wenn es nach der Regierung ging. Was die Vereinten Nationen nicht wahrhaben wollten. Noch stand nicht fest, wer sich durchsetzen würde.

Eine Handvoll Familien hatten ihre Zelte schon in Richtung Somalia verlassen, wie Johanna wusste. Zweihundert US-Dollar zahlte Kenias Regierung als *go home package*. Wie lange kam man damit hinter der Grenze aus, wo es ebenfalls kaum etwas zum Leben gab?

Hitze schlug Johanna entgegen. Staub reizte ihre Augen. Sie setzte ihre Sonnenbrille auf und stieg die Leiter herab, die jemand gegen die Maschine gelehnt hatte. Dabei begann sie bereits zu schwitzen.

Sie sah eine Holzbank, die als Schalter fungierte. Polizeibeamte saßen träge im Schatten des einzigen Baums und starrten herüber. Stacheldraht zäunte das Gelände ein.

Eine füllige Frau namens Janet stellte sich vor, Psychologin und Sozialarbeiterin. Die Einheimische arbeitete für dieselbe Hilfsorganisation wie Johanna, *Humanity First* versorgte und verwaltete die Flüchtlingsstadt im Auftrag der Vereinten Nationen. Janet war vor allem für die Versorgung der frisch eingetroffenen Schutzbedürftigen zuständig.

Verrückt, dachte Johanna. Es gab noch immer Neuankömmlinge. Während Janet ihre zahlreichen Fragen beantwortete, wurde Johanna klar, dass Dadaab ein Ort voller Unwägbarkeiten und Überraschungen war.

Surreal und gottverdammt.

Auf der Fahrt zur Hauptverwaltung sah Johanna die Armut. Unterkünfte, die nur aus aufgespannten Plastikplanen bestanden. Wellblechbehausungen, Hütten aus Holz oder getrocknetem Lehm. Halbwilde Hunde wühlten in einer Müllhalde. Kinder spielten im Staub.

Nach langer Fahrt erreichten sie die Registrationsstelle. Janet zeigte ihre Wirkungsstätte. Flüchtlinge kauerten vor der Tür auf der Erde und warteten, darunter Mütter, die ihre Babys stillten. Drinnen wurden sie erfasst und ihre Daumen mit fluoreszierender Tinte markiert. Janet erklärte, dass sich viele Menschen erst nach Tagen des Hungerns zu ihr trauten, weil sie nicht wussten, dass es hier die Grundversorgung aus Getreide, Salz und Bohnen gratis gab.

Johanna fragte nach dem Arzt, den sie unbedingt treffen wollte. Janet kannte ihn nicht, versprach ihr aber, sie morgen zum Krankenhaus zu fahren.

«Pass gut auf dich auf», sagte Janet, als sie Johanna zum Gästehaus von *Humanity First* brachte, wo sie in den kommenden Tagen wohnen würde. «Du hast den Security Advice gelesen?»

«Ja, klar.»

Die Sozialarbeiterin berührte Johannas Arm. «Du solltest die Bestimmungen ernst nehmen. Geh nie allein durchs Lager, schon gar nicht bei Dunkelheit. Denn in weiten Teilen Dadaabs herrscht das Recht des Stärkeren, und die Gewalt bestimmt das Leben – Raub, Entführungen, Vergewaltigungen.»

«Und die Polizei?»

Janet verdrehte die Augen.

«So schlimm?»

«Jeden Morgen liegt irgendwo eine Leiche im Staub.»

«Mein Gott.»

«Willst du wirklich nach diesem Arzt suchen?»

Johanna nickte.

Berlin – Freitag, 23. September

31

Vom Abgeordnetengebäude an der Dorotheenstraße bis zum Hilton Berlin war es nur eine gute Viertelstunde zu Fuß, schätzte Sarah. Die Bewegung würde ihr guttun. In diesem Teil der Hauptstadt fühlte sie sich auch nach Einbruch der Dämmerung sicher.

Sie zog ihren Trolley hinter sich her, der über den gepflasterten Gehweg polterte, bog hinter der britischen Botschaft in die ruhigere Behrensstraße ein und wählte mit der freien Hand die Nummer von Christians zweitem Berliner Büro – im hiesigen Amtssitz des Bundesministeriums für Gesundheit, zu dessen Führung er als parlamentarischer Staatssekretär gehört hatte. Auch dort arbeitete eine Sekretärin oder Referentin für ihn, wie Sarah wusste.

Eine Frauenstimme meldete sich, kühl und distanziert, die Ansage eines Anrufbeantworters. Ein Piepton, danach Stille. Sarah hinterließ ihren Namen, die Bitte um Rückruf und ihre Handynummer.

Im Weitergehen rekapitulierte sie, was sie in den letzten zwei Stunden erfahren hatte, und konnte es noch immer nicht fassen: Jemand hatte Christian in dessen eigener Wohnung betäubt, ihn zu Tode stranguliert und es wie Selbstmord aussehen lassen.

Laut seiner Büroleiterin Lisette Hanke hatte es Spannungen mit dem Gesundheitsminister gegeben. Eine Mitarbeiterin Werremeyers, die in Christian verknallt war, spionierte für ihn im Ministerbüro. Und der Staatssekretär hatte eine langjährige Beziehung zu einer Frau gepflegt, die keiner in seinem Umfeld kannte.

Vor meiner Zeit, sagte sich Sarah.

Die Kripo in Düsseldorf wiederum interessierte sich für Christian wegen einer weiteren Frau, die im Sommer ermordet worden war. Zuvor hatte sie sich mit ihm getroffen, und angeblich wusste keiner, warum. Am letzten Sonntag hatte man ihre Überreste in einem Waldstück gefunden.

Wie hatte es der Medienredakteur der *Morgenpost* heute Vormittag ausgedrückt?

Seltsame Koinzidenz.

Auf der Friedrichstraße herrschte der übliche Trubel. Horden von Touristen aus aller Welt. Vor ihr stoppte urplötzlich ein Mann im Pelzmantel und entfaltete einen Stadtplan – um ein Haar wäre sie gegen ihn geprallt. Auf der Fahrbahn stauten sich schwarze Limousinen, viele davon mit Chauffeur, im Fond telefonierten Politiker, Diplomaten, Wirtschaftsbosse.

Als Sarah an den Schaufenstern einer Hermès-Boutique vorbeikam, verharrte sie für einen Moment und musterte die Auslagen und die phantasievolle Dekoration. Hier war sie einmal mit Christian gewesen. Spontan war er in den Laden gestürmt, um ihr ein Parfüm zu schenken, das sie seitdem am liebsten benutzte.

Andere Männer hatten versucht, ihr die Welt zu erklären, und waren verstimmt, sobald sie eine eigene Meinung vertrat. Oder sie ergriffen die Flucht, wenn sie erkannten, dass sie nicht das hübsche Dummchen war, das manche zunächst in ihr sahen. Von der ersten Begegnung an war Christian anders gewesen. Kein Narziss, der ihre Schwächen nutzte, um sich stark zu fühlen. Kein Angeber, der es schick fand, sich mit einer Talkshowmoderatorin blickenzulassen. Christian war souverän genug gewesen, ihr den Erfolg nicht zu neiden. Er hatte ihr zugehört, auch wenn sie von ihren Ängsten sprach. Zum ersten Mal seit Jahren hatte sie sich in den Armen eines Mannes frei gefühlt.

Sie lächelte bei der Erinnerung daran, wie er ihren Namen scherzhaft auf der zweiten Silbe betonte, nachdem sie ihm verraten hatte, dass sie von einem Haus in der Provence träumte. Er dagegen schwärmte leidenschaftlich für New York City. In solchen Momenten vergaßen sie die Mühle des Alltags, ihre Rollen, die der Beruf ihnen auferlegte. Sie waren Kinder, die spielten. Jugendliche, die sich neu erfanden.

Er würde ihr immer fehlen, und es schmerzte sie, wenn missgünstig über ihn geredet wurde. Wie es diese Idioten Karsow und Wernicke getan hatten.

Die Tür der Boutique wurde aufgerissen, und zwei großgewachsene Schwarze in modischen Anzügen verließen das Geschäft, im Schlepptau drei Frauen, die als Models durchgehen würden. Sarah fiel plötzlich der Afrikaner ein, den sie am Mittwoch vor Christians Wohnungstür getroffen hatte.

Only speak to Mr. Wagner.

Sie hatte das Bild des Mannes vor Augen: Die Baseballkappe der *New York Yankees* und eine Trainingsjacke, die zu dünn für das nasskalte Herbstwetter war. Ein scheu wirkender Mann von Anfang vierzig, der seine Tasche gegen seinen Leib presste, als enthalte sie etwas Wertvolles.

Maybe Recklinghausen …

Warum hatte sie nicht früher daran gedacht, in der dortigen SPD-Geschäftsstelle anzurufen, wo ebenfalls Leute für Christian arbeiteten? Es war bereits fast zwanzig Uhr – unwahrscheinlich, dass sie im Wahlkreisbüro noch jemanden erreichen würde. Sarah versuchte es trotzdem.

Sie fand die Nummer im Speicher ihres Handys, hielt das Ding ans Ohr und setzte sich wieder in Bewegung, im Slalom den entgegenkommenden Passanten ausweichend.

Das Freizeichen, dann eine Männerstimme.

«Büro Christian Wagner, was kann ich für Sie tun?»

«Sarah Wolf.»

«Ach Sie sind's.» Die Stimme des Mannes klang betroffen. «Ich weiß Bescheid, Lisette hat mir von Ihnen erzählt. Mein herzliches Beileid, Frau Wolf. Wir sind hier alle ganz schockiert. Christian war unser Kreisvorsitzender und guter Freund.»

«Mit wem spreche ich?»

«Ach, sorry, Lutz Maihofer. Christians persönlicher Referent im Wahlkreis.»

«Und ich dachte schon, er hätte nur Frauen eingestellt. Schön, dass ich Sie noch erreiche.»

«Erst hieß es Selbstmord, jetzt soll es Mord sein – schrecklich! Seit Lisettes Anruf brüte ich über einer Liste von möglichen Verdächtigen, falls die Polizei mich danach fragt.»

«Und welche Namen fallen Ihnen ein?»

«Null. Ich glaube, das nennt man Schreibblockade. Kein Mensch scheint ernsthaft in Frage zu kommen. Er war beliebt. Der Bezirksverband war stolz auf ihn. Er war die Hoffnung aller Genossen, nicht nur im westlichen Westfalen.»

«Trotz des Artikels im *Blitz* über Christian und die Samax AG?»

«Ein lauer Wind im Wasserglas, darüber hat er doch nur gelacht. Die Medien müssen eben am laufenden Band Skandale kreieren, um auf sich aufmerksam zu machen, damit der Rubel rollt. Sorry, Frau Wolf, ist doch so.»

«Sehe ich anders, aber egal.»

«Jedenfalls hatte Christian die volle Rückendeckung des Parteichefs.»

«Davon hat man leider nicht viel gemerkt.»

«Mag sein, aber Heinz Benrath hat Christian erst vor wenigen Tagen den nächsten Karriereschritt zugesichert.»

«Etwa das Amt des Bundesgesundheitsministers?»

«Am Telefon möchte ich nur ungern in die Details gehen.»

«Hatten Sie in den letzten Tagen Besuch von einem Afrikaner, der ihn sprechen wollte?»

«Sie meinen diesen fürchterlich aufdringlichen Typen? Da ist einer aufgekreuzt, gestern früh. Ich war zu dieser Uhrzeit noch nicht im Büro. Der Mann war ziemlich aufgebracht, meinte Fatma, unsere Sekretärin. Hat sich partout geweigert, das Büro zu verlassen. Fatma musste sogar die Polizei rufen. Zu dem Zeitpunkt wussten wir noch gar nicht, dass Christian bereits tot war.»

«Wo ist der Mann jetzt?»

«Keine Ahnung, wieso fragen Sie?»

«Weil ich ihn am Mittwoch in Berlin getroffen habe. Im Treppenhaus vor Christians Wohnung. Mit mir wollte er nicht reden, nur mit Christian.»

«Das war der Tag …»

«Richtig. Der Tag, an dem Christian ermordet wurde.»

«Glauben Sie, der Randalierer hat etwas mit dem Mord zu tun?»

«Ich würde ihn jedenfalls gern befragen.»

«Dann hör ich mich mal um, wo er abgeblieben ist», sagte Lutz – seinen Nachnamen hatte sich Sarah nicht gemerkt. «Mein Schwager arbeitet hier bei der Polizei.»

«Hat Lisette Hanke Ihnen auch von dem Mordfall in Düsseldorf erzählt und dass die Berliner Polizei …?»

«Ja. Und uns hat man in diesem Zusammenhang mal wieder vergessen. Kein Polizeibesuch, keine Durchsuchung.» Lutz lachte kurz auf. «Jeder denkt nur an die glamouröse Hauptstadt! Welche Rolle spielt schon die westfälische Provinz!»

Sarah musste lächeln. «Die Büros von Christian arbeiten vermutlich arbeitsteilig.»

«Anders ginge es auch gar nicht. Wir sind für den Wahlkreis zuständig, also für die Parteiarbeit an der Basis. Lisette und ihre Leute kümmern sich um die Regierungsdinge.»

«Und das Büro im Gesundheitsministerium?»

«Kennen Sie seine dortige Referentin, Frau Stindel?»

«Ich hatte noch nicht das Vergnügen.»

«Die Dame gestaltet jede Zusammenarbeit als echte Herausforderung.» Wieder dieses Lachen, das wenig lustig klang. «Wir sind uns sicher, dass sie Werremeyers U-Boot ist.»

«Wie dessen Sekretärin Jana Bergowitz das U-Boot Christians war.»

«Sie wissen ganz gut Bescheid, Frau Wolf.»

«Ich würde mich gern mal in Ihren Büroräumen in Recklinghausen umsehen, bevor auch zu Ihnen die Polizei kommt.»

«Trauen Sie den Beamten etwa nicht?»

Dieser Lutz war ein heller Kopf. Sarah dachte wieder an die Polizeistiefel in der Tiefgarage. Bloß nicht paranoid werden, ermahnte sie sich.

Sie erreichte die Mohrenstraße und registrierte die glamourös beleuchtete Fassade ihres Hotels. Sie sagte: «Ich könnte morgen am frühen Nachmittag da sein.»

«Nicht am Samstag, Frau Wolf. Bei aller Liebe, und sosehr mir auch der Mord an Christian an die Nieren geht. Aber ich habe Familie.»

«Verstehe.»

«Aber Sie können den Schlüssel gern bei uns zu Hause abholen. Wir wohnen in Oer-Erkenschwick, das liegt gleich nebenan. Kennen Sie den Stimbergpark?»

Sarah ließ sich die Adresse geben.

32

Beim Betreten der Lobby mit ihren kubischen, braunen Sitzmöbeln, den hohen Säulen und der Freitreppe zur Galerie fühlte sie sich fast heimisch – so oft hatte sie in diesem Jahr hier schon übernachtet. Ein junger Kerl mit Wuschelhaar klimperte am Flügel. In der Bar flackerte das Kaminfeuer.

Der Concierge reichte Sarah die Schlüsselkarte. Ein Kopfnicken als Andeutung einer Verneigung. «Dürfen wir Ihnen ein kostenfreies Upgrading anbieten, Frau Wolf?»

Was Sarah nicht ausschlug.

Die Junior-Suite lag im sechsten Stockwerk. Kein störender Geruch wie neulich in der Absteige am Kurfürstendamm, kein Autolärm von unten. Sarah zog die Vorhänge auf, und ihr Blick fiel auf den abendlich beleuchteten Kuppelturm des Deutschen Doms.

Es mochte ein paar edlere Hotels in dieser Stadt geben, aber Sarah liebte die Lage und die Freundlichkeit des Personals. An der Blumenvase, die auf dem Schreibtisch stand, lehnte eine Karte – der Manager hieß sie mit einem handschriftlichen Gruß willkommen.

Wenn nur die ARD sie so wertschätzen würde.

Sarah ließ den Koffer mitten im Zimmer stehen, nahm erschöpft auf dem Sofa Platz, das vor dem Fußende des Bettes stand, und orderte beim Zimmerservice ein Clubsandwich sowie einen Viertelliter Chablis. Sie nahm sich vor, heute keine Kalorien zu zählen, und überlegte, wie schön es wäre, anschließend noch ein paar Bahnen im Hotelpool zu ziehen. Sie hatte stets einen Badeanzug im Koffer dabei, aber seit sie ihre Talkshow im Ersten moderierte, kein öffentliches Schwimmbad mehr besucht. Geschweige denn eine Sauna. Der Preis, den sie für ihre Prominenz bezahlen musste.

Ihr Handy gab Laut. Kölner Vorwahl auf dem Display.

Sarah erkannte Diepenbrocks Büronummer und nahm das Gespräch an.

«Das nenne ich Pflichtbewusstsein», sagte sie. «So kurz vor der Pensionierung an einem Freitagabend noch am Schreibtisch.»

«Du weißt gar nicht, was heute alles los war. Der Intendant ist hochgradig sauer auf dich.»

Sarah streifte die Schuhe ab und legte die Füße hoch. «Sehr witzig, Holger.»

«Witzig? Du hast keine Ahnung, wie sehr ich für dich gekämpft habe!»

«Jetzt sag endlich, was los ist.»

«Die Fraktionsvorsitzenden von Union und SPD haben sich beide in aller Form über dich beschwert.»

«Wie bitte?»

«Sarah, du hast den expliziten Auftrag, Woche für Woche die wichtigsten politischen Akteure auftreten zu lassen.»

«Wir haben beide angefragt, aber sie haben gekniffen.»

«Du hättest sie gekriegt, das weißt du genau.»

«Wenn ich den Rest der Gästeliste ihren Wünschen angepasst hätte.»

«Na und?»

«Bitte?»

«Sie hätten die Zusammenhänge allemal besser erklären können als dieser CSU-Bauer. Einen unbeholfenen Hinterbänkler zu grillen, ist jedenfalls keine journalistische Meisterleistung.»

«Ich soll mir die Inhalte der Sendung von der Regierung vorschreiben lassen?»

«Das habe ich nicht gesagt. Aber du musst zugeben, dass deine Gästeliste alles andere als ausgewogen war. Wir machen Fernsehen für die große Masse unserer Zuschauer, nicht für irgendeine Anti-Lobby-Agenda!»

Sie stand auf und suchte den Regler der Klimaanlage, um mehr Wärme ins Zimmer zu bekommen. «Die Quote …»

«Hör mir damit auf! Wenn wir die Entscheidungsträger in Berlin verärgern, kürzen sie dem öffentlich-rechtlichen Fernsehen das Geld. So einfach ist das.»

«Soll ich dir das Wort ‹Rückgrat› buchstabieren?»

«Beide Koalitionsfraktionen erwägen einen Boykott deiner Sendung. Weißt du, was das bedeutet? Deine Sendung steht vor dem Abgrund.»

«Das kann wirklich nur ein Witz sein.»

«Begreif endlich den Ernst der Lage! *Sarah Wolf* hängt am seidenen Faden. Wenn du keine Politiker der Regierungsfraktionen mehr in deine hübschen Sessel bekommst, kannst du in deiner Firma das Licht ausknipsen.»

«Haben die Arschgeigen eigentlich schon mal etwas von Pressefreiheit gehört?»

«Du hast den Bogen überspannt.»

«Der Intendant macht also den Kotau?»

«Der steht noch in diesem Jahr zur Wiederwahl an. Ist doch klar, auf wessen Seite er sich schlägt.»

Ein weiteres Schimpfwort lag auf Sarahs Zunge. Aber Diepenbrock kann nicht anders, dachte sie. Er ist nie ein Kämpfer gewesen.

«Wie steht es um meine Vertragsverlängerung?»

«Vergiss es.»

«Bitte?»

«Wir müssen die Entwicklung der nächsten Tage abwarten.»

Es klopfte an der Tür. Sie ließ den Kellner herein. Der Mann in der weißen Schürze richtete ihr Sandwich auf dem Beistelltisch an. Ins Telefon sagte sie: «Mein Essen kommt gerade.»

Und mein Freund wurde ermordet, dachte Sarah. Macht mir das Leben nicht noch schwerer, als es ist.

Der Chefredakteur sprach ungerührt weiter: «Lass dir etwas einfallen, Wölfin. Söhn dich vor allem mit den Fraktionschefs aus. Und denk vielleicht mal über eine Neuausrichtung deiner Sendung nach.»

«Unsinn, die Leute lieben sie, wie sie ist!»

«Schlaf ein Wochenende darüber. Am Montag sehen wir weiter.»

Sarah beendete das Gespräch, ohne sich zu verabschieden.

Der Kellner war gegangen, der kleine Tisch vollgestellt. Die Karaffe mit dem kalten Weißwein stand auf einer Stoffserviette, Kondenswasser lief herab. Zum mehrstöckigen, mit kleinen Holzspießen zusammengehaltenen Sandwich gab es knusprige Pommes und zwei verschiedene Soßen in kleinen Porzellanschalen. Dazu duftete es nach gebratenem Schinken. Sarah machte sich über das Essen her.

Sie beschloss, sich von Diepenbrock keine Angst einjagen zu lassen. Nicht vom Intendanten oder von Fraktionschefs, deren Parteifreunde in den entscheidenden Gremien der ARD-Anstalten saßen.

Von niemandem.

33

Viel zu früh war sie am Samstagmorgen wach. Als der Pool öffnete, war sie die Erste im Wasser – einsam zog sie ihre Bahnen und ließ ihre Gedanken treiben.

Was war nur mit dem Sender los? Man wollte sie an die Leine legen, weil der Intendant auf dem Weg in die Chefetage sein Rückgrat verloren hatte. Und Diepenbrock war keinen Deut besser. *Denk mal über eine Neuausrichtung nach.*

Sarah nahm sich vor, seinen Anruf von gestern Abend zu ignorieren.

Am Frühstücksbuffet machte sich ihr Appetit bemerkbar. Drei Mal lud sie sich Kleinigkeiten auf den Teller – Obst, eine Scheibe gebeizten Lachs und danach noch etwas Asiatisches mit Gemüse, scharf und heiß aus dem Wok. Und offenbar nicht bekömmlich, denn oben in ihrem Badezimmer kotzte sie alles wieder aus.

Während sie ihren Mund abwischte, klingelte das Handy.

Eine Frauenstimme, die ihr bekannt vorkam.

«Sylvia Stindel. Sie haben um Rückruf gebeten, Frau Wolf?»

Christians Referentin im Gesundheitsministerium. Live klang sie noch kühler als auf ihrem Anrufbeantworter. Die Zusammenarbeit mit ihr sei eine Herausforderung, erinnerte sich Sarah an die Worte von Lutz aus Recklinghausen.

«Sie wissen, wer ich bin?», fragte sie zurück.

«Lisette sagte mir, dass Sie und Herr Wagner …» Den Rest ließ sie unausgesprochen.

«Ja, wir waren seit einiger Zeit ein Paar.»

«Mein Beileid. Ein schlimmer Schock, auch für uns im Ministerium.»

«War die Polizei bei Ihnen?»

«Gestern Nachmittag. Zwei Kommissare und zwei Uniformierte, die den Rechner von Herrn Wagner beschlagnahmt haben, obwohl er damit nur selten gearbeitet hat. Mord – ich kann es nicht begreifen. Wir sind alle sehr schockiert.»

«Haben Sie eine Ahnung, wer …?»

«Nein, es ist unbegreiflich.»

«Sein größter politischer Rivale war Minister Werremeyer, nicht wahr?»

«Was wollen Sie damit sagen?»

«Okay, schon gut. Fällt Ihnen vielleicht ein privates Motiv ein?»

«Über das Privatleben von Herrn Wagner weiß ich nichts. Ich hatte ja nicht einmal von Ihnen eine Ahnung, Frau Wolf.»

«Verstehe.»

«Ihre Sendung vorgestern – starker Tobak, Sie trauen sich was. Muss man schon sagen.»

«Wissen Sie etwas über ein Treffen, das Christian Ende Juni mit einer Mitarbeiterin von *Humanity First International* hatte?»

«Meinen Sie die junge Frau aus dem Rheinland?»

«Ja, genau.»

«Die Polizei hat mich gestern auch danach gefragt, und ich konnte im Kalender die Notiz finden, die ich nach ihrem Anruf angelegt habe. Sie wollte den Staatssekretär sprechen. Ich gab ihr die Nummer des Abgeordnetenbüros, wo sich Herr Wagner öfters aufgehalten hat, vor allem während der Sitzungswochen.»

«Hat sie erwähnt, worum es ihr ging?»

«Nur, dass sich ihre Institution um Flüchtlinge in Afrika kümmert. Der Staatssekretär war im letzten Jahr auch dort unten. In Kenia, glaube ich. Als Mitglied einer Delegation des Ministers für wirtschaftliche Zusammenarbeit.»

«Das war doch gar nicht sein Ressort, oder?»

«Der Staatssekretär war in seiner Eigenschaft als Beiratsvorsitzender der *Samax-Blue-Planet-Stiftung* unterwegs. Die Stiftung leistet wertvolle Arbeit in vielen Regionen der Welt. Dabei spielen Fragen der Gesundheitsversorgung eine große Rolle.»

Der ehrenamtliche Posten, erinnerte sich Sarah. Sie hatte Christian geraten, ihn aufzugeben, um seine Unabhängigkeit vom Klinikkonzern Samax AG zu demonstrieren.

«Ging es der Anruferin um die Arbeit der Stiftung?»

«Vielleicht hat sie Afrika auch nur erwähnt, weil sie dachte, ich stelle dann eher durch. Die Leute greifen oft zu solchen Tricks und täuschen irgendwelche Gemeinsamkeiten vor, wenn sie …»

Christians Referentin unterbrach sich und schimpfte kurz mit jemandem. Dann hatte Sarah die Stimme der Frau wieder am Ohr. «Mein Hund muss jetzt raus. Haben Sie noch Fragen?»

«Mochten Sie Christian?»

«Man soll über Tote nichts Böses sagen.»

«Aber?»

«*Sie* mochten ihn, Frau Wolf, das genügt doch. Sie kannten seine privaten Seiten sicher besser als ich. Mir gefiel bloß nicht, wie er die Leute gegeneinander aufgewiegelt hat. Vielleicht kehrt nun etwas Ruhe ins Ministerium ein. Hängt natürlich davon ab, wer ihm als Staatssekretär nachfolgen wird.»

Das ist nicht *mein* Christian, von dem sie da spricht, wunderte sich Sarah.

34

Mit dem Air-Berlin-Flug um elf Uhr zehn verließ Sarah die Hauptstadt. Nach der Ankunft in Düsseldorf mietete sie sich einen Einser-BMW und gab die Adresse von Lutz, Christians persönlichem Referenten, ins Navi ein: *Oer-Erkenschwick, Am Stimbergpark.*

Eine gute Stunde dauerte die Fahrt quer durchs Ruhrgebiet. Ein ruhiger Samstag, nur zwei kurze Staus an Baustellen. Erste gelbe Tupfen in den Baumkronen und Sträuchern längs der Autobahn kündigten bereits das Ende der Vegetationsphase an.

Sarah graute vor dem Winter, einem Winter ohne Christian. Für einen Moment sah sie alles verschwommen. Sie blinzelte die Tränen aus den Augen und fuhr sich mit dem Ärmel übers Gesicht.

Dreizehn Uhr, die Nachrichten im Autoradio.

Gleich die erste Meldung handelte von den offiziellen Reaktionen auf den Mord an Christian. Die Kanzlerin äußerte ihre Betroffenheit. Dito der Vizekanzler. Der Innensenator von Berlin versprach rasche Aufklärung. Einen politischen Hintergrund schließe die Staatsanwaltschaft aus, hieß es.

Sarah hätte gern gewusst, wie man in der Hauptstadt so rasch zu diesem Ergebnis kam.

Schließlich parkte sie vor einem Reihenhäuschen am Stadtrand. Die Ruhe fiel ihr auf. Meisen zwitscherten in einem Strauch. Der Carport neben dem Haus war leer.

Sarah überprüfte das Klingelschild: *Astrid, Emilia, Antonia und Lutz Maihofer.*

Sie drückte den Schalter. Niemand öffnete, sie wartete, dann probierte sie es wieder.

Keine Reaktion.

Enttäuscht wandte sich Sarah ab, um zu ihrem Wagen zurückzukehren. Dabei fiel ihr ein Zettel auf, den der Wind über die Betonfliesen trieb. Sie hob ihn auf.

Ein Stück Tesafilm klebte daran, mit dem das Papier vielleicht an der Tür befestigt gewesen war. An der schmutzigen, feuchten Oberfläche hatte der Zettel offensichtlich nicht gehalten. Sarah entzifferte krakelige Druckbuchstaben.

Liebe Frau Wolf, wir treffen uns am Herbert-Wehner-Haus. Die Cops sind ebenfalls da. Bis gleich! L. Maihofer.

Also wurde die westfälische Provinz keineswegs ignoriert.

Als Sarah vor dem schmucken, alten Gebäude im Südwesten Recklinghausens eintraf, das der Kreisverband der Sozialdemokraten als Geschäftsstelle nutzte, waren die Polizeibeamten bereits wieder abgezogen, und Lutz Maihofer wartete als Einziger auf Sarah. Der Referent erwies sich als stämmiger Endvierziger, Jeans und Pullover, Geheimratsecken, ein rundes Gesicht mit kleinen Augen, die ihr entgegenblitzten.

«Ich hab den Freunden und Helfern in Blau erklärt, dass Christian hier keinen eigenen Computer besaß. Sie haben sich deshalb nur ein wenig im Zimmer umgesehen.» Der Referent machte eine ausholende Handbewegung. «Alles noch da.»

Zwei Tische standen zusammengeschoben in der Mitte des Raums, es gab drei Stühle, Schrank und Regal. Die Einrichtung wirkte billig, fast wie vom Trödel. Kein Vergleich zu Berlin. Sarah wusste nicht, wo sie anfangen sollte, um Christian kennenzulernen und Antworten auf ihre Fragen zu finden.

«Das hier hab ich übrigens gesichert, bevor die Polizei eingetroffen ist.» Maihofer legte einen USB-Stick auf den Tisch. «Hab ich in der Schublade von Christians Schreibtisch gefunden. Und das hier ist sein Rechner.»

«Ich dachte …»

«Hab den Cops gegenüber behauptet, es wäre meiner. Mein Gefühl sagt mir, dass Christians Geheimnisse bei Ihnen besser aufgehoben sind als bei der Polizei.»

«Ihr Schwager wird sauer sein, wenn das herauskommt.»

Christians Referent lachte.

«Haben Sie ihn schon wegen des Afrikaners fragen können?»

«Nein, aber ich treffe ihn gleich.» Maihofer angelte einen Parka samt Schalke-Fanschal vom Garderobenhaken an der Tür. «Heimspiel. Wir haben Dauerkarten und sitzen jeden zweiten Samstag nebeneinander. Deshalb muss ich Sie leider allein lassen.»

«Eine Frage noch. Gab es wirklich eine so große Rivalität zwischen Christian und dem Gesundheitsminister?»

«Schauen Sie sich Werremeyer nur einmal an. Was strahlt der Mann denn aus? Wer traut ihm noch zu, die Probleme im Gesundheitswesen zu lösen, die auf uns zurollen? Die Personalnot in den Pflegeheimen, die Kostenexplosion? Werremeyer fehlt jegliche Vision.»

«Und Ihr Parteichef hat Christian den Ministerposten in Aussicht gestellt?»

«Klar. Hat Christian mir selbst erzählt. Benrath hat endlich eingesehen, dass mit dem Dicken kein Staat mehr zu machen ist. Der Joghurt ist über das Datum, wie Christian immer so schön sagte.»

«Er hat den Minister, für den er arbeitete, mit einem vergammelten Joghurt verglichen? Nicht gerade charmant.»

«Politik ist kein Ponyhof, vor allem, wenn man ganz nach oben will. Mit Christian hat unsere Partei ihren Mann der Zukunft verloren, Frau Wolf.»

Ganz nach oben – ihr gegenüber hatte Christian diese Ambitionen nie offenbart, dachte Sarah. Seine kämpferische Seite blieb mir verborgen, vielleicht besser so.

«Ich muss jetzt los», sagte der Referent. «Aber nehmen Sie sich Zeit, so viel Sie wollen. Ziehen Sie einfach die Tür hinter sich zu, wenn Sie gehen.»

«Vielen Dank.»

Der Referent räusperte sich. «Unser Kreisvorsitzender und Sie – das war was Ernstes, nicht wahr?»

Sarah nickte. «Ich glaube schon.»

Er guckte traurig, nickte ebenfalls, dann ließ er sie allein.

Ihr war wieder ganz elend zumute.

35

Sie fuhr Christians Rechner hoch. Der Zugang war passwortgesichert, aber seitlich am Monitor pappte ein rötlicher Post-it-Zettel mit mehreren Codes, von denen der letzte der richtige war.

Sarah öffnete das E-Mail-Programm und las sich durch die Korrespondenz. Auch Geschäftsmäßiges klang vertraulich,

Plauderton durchsetzt mit Anglizismen und Politikerfloskeln, die Sarah aus zahlreichen Gesprächen geläufig waren. Die Sozis duzten sich, selbst einen Parteichef und Vizekanzler Benrath sprach man mit «lieber Heinz» an. Nach einiger Zeit bemerkte Sarah, dass sie sich an Nebensächlichem festlas und nur ihre Zeit vertrödelte. Gib Gas, sagte sie sich und scrollte durch die Liste der Mails.

Nichts, was auf einen echten Streit hinwies.

Keine Verbindung zu der Toten vom Unterbacher See.

Auch nichts über die Stiftung oder andere Aktivitäten in Zusammenhang mit der Samax AG. Sarah gab «Humanity First International» in die Suchmaske ein und fand kein einziges Resultat. Daraufhin versuchte sie es mit «Kenia» und erhielt einen Treffer.

Ein knapper Gruß an eine Parteigenossin namens Nicole, der Christian einen schönen Urlaub wünschte – das war alles.

Nicht die geringste Spur von Sarahs geheimnisvoller Vorgängerin. Worauf Sarah besonders gespannt gewesen wäre.

Sie rief die Chronik des Browsers auf, wie es Lisette Hanke am PC in Christians Berliner Abgeordnetenbüro getan hatte. Ein Fenster öffnete sich, eine schier endlose Abfolge von Internetadressen: Nachrichtenseiten, Parteikram, Google Maps, ein Forum von Schalke-Fans – alles zu durchforsten, würde Tage in Anspruch nehmen.

Ein paar Adressen klangen interessanter als andere. Sarah machte Stichproben.

Im Sommer hatte Christian nach ihr gegoogelt und sich ihr Porträt auf der ARD-Website angesehen. So, wie ich mich über dich schlaugemacht habe, dachte Sarah und erinnerte sich voller Wehmut an die Zeit ihrer ersten Verliebtheit.

Sie stieß auf eine Meldung von *Spiegel Online* über ein Flüchtlingslager in Kenia, das die Regierung schließen wolle, weil sie es nach blutigen Bombenanschlägen in einer Shopping-Mall in Nairobi und an der Universität von Garissa als Herkunftsort islamistischer Attentäter ausgemacht habe. Die Vereinten Nationen und etliche Hilfsorganisationen liefen Sturm gegen den Beschluss, denn die Bewohner besäßen keine Perspektive in ihrem Herkunftsland Somalia, in das man sie zurückschicken wollte.

Das Lager hieß Dadaab.

Sarah schloss die Chronik. Was ihr blieb, war der USB-Stick. Sie steckte ihn in die entsprechende Buchse des Rechners.

Auf dem Monitor öffnete sich ein Ordner, der eine Reihe von Dateien enthielt. Sarah klickte eine nach der anderen an. Listen und Abrechnungen. Fast alles auf Englisch. Lange Reihen von Wörtern, die sich wie Pseudogriechisch lasen.

Für Sarah böhmische Dörfer.

Waren das Namen von Medikamenten oder Inhaltsstoffen? Christian hatte Pharmakologie studiert. Er hatte vermutlich gewusst, was das bedeutete.

Sarah druckte die Seiten aus. Dann zog sie die Türen wie vereinbart hinter sich ins Schloss, öffnete den Kofferraum des BMW und steckte das Ausgedruckte in das vordere Fach ihres Trolleys.

Als sie losfahren wollte, klingelte das Handy.

«Frau Wolf?» Die Stimme von Lutz. «Wollen Sie nicht ins Stadion kommen? Bei uns ist noch ein Platz frei.»

Sarah lachte.

«Sagen Sie bloß nicht, dass Sie sich nicht für Fußball interessieren!»

«Haben Sie mit Ihrem Schwager über den Mann gesprochen, den er festgenommen hat?»

«Er meint, der Mann hieß Ambogo. Sie hätten ihn zum Abschiebeknast gebracht.»

«Abschiebeknast?»

«Gemäß der neuen Verordnungen kann das heutzutage ganz schnell gehen, sagt mein Schwager.»

«Wo ist dieser Knast?»

«Büren, Ostwestfalen … Mein Schwager korrigiert mich gerade. Man nennt es nicht Knast, sagt er, sondern ‹Unterbringungseinrichtung für Ausreisepflichtige›.»

«Und die Adresse?»

«Sie wollen doch nicht heute noch dort hinfahren?»

36

Kurz darauf hatte Sarah die Autobahn erreicht und wechselte im Kreuz Recklinghausen auf die A2, der sie bis zur Ausfahrt Dortmund-Nordost in Richtung Hannover folgte. Weiter südlich erreichte sie die nächste Autobahn, die sie nach Osten brachte. Weil sie letzte Nacht so schlecht geschlafen hatte, ließ ihre Konzentration zu wünschen übrig. Sie hielt sich wach, indem sie Kaugummi kaute.

Um sechzehn Uhr war die Meldung zur Causa Wagner bereits ans Ende der Nachrichten gerutscht. Der Sprecher vermeldete eine Kurzfassung – kein politischer Hintergrund laut Staatsanwaltschaft. Danach folgte der Wetterbericht.

Schließlich verließ Sarah die Autobahn und fuhr, der Stimme des Navigationssystems gehorchend, durch eine Ortschaft, über Felder und entlang eines Waldstücks, bis die Landstraße an einem Parkplatz endete. Dort stieg sie aus und trat vor das Tor des Abschiebegefängnisses.

Ringsherum Mauern, Stacheldraht, Videokameras.

Sarah hatte noch nie zuvor eine solche Einrichtung besucht und vermutete, dass sie große Überredungskunst aufbringen müsse, um nicht abgewimmelt zu werden. Sie drückte den Knopf der Gegensprechanlage und erläuterte ihr Anliegen.

Daraufhin lernte sie, dass hier andere Regeln herrschten als in einer Justizvollzugsanstalt. Wer hier interniert war, durfte sich frei auf dem Gelände bewegen und von neun bis neunzehn Uhr Besuch empfangen. Die Insassen waren keine Verbrecher, sondern zumeist abgelehnte Asylbewerber ohne Pass, die darauf warteten, Ersatzpapiere des mutmaßlichen Herkunftslandes zu erhalten. Man unterstellte den unerwünschten Ausländern, sie würden sich ihrer Abschiebung entziehen, wenn man sie nicht bis dahin einsperrte.

Sie fragte nach Ambogo und wurde an einen milchgesichtigen Beamten im hellblauen Hemd mit Schulterklappen und NRW-Wappen auf dem Ärmel verwiesen, der sich an ihn erinnerte, als sie erwähnte, dass er erst vorgestern eingewiesen worden sei.

«Meinen Sie den Kenianer mit der Kappe der *New York Yankees*?»

«Genau.»

«Kein Visum im Pass. Wie er ins Land kam, hat er uns nicht verraten. Auf jeden Fall illegal.»

«Ich muss mit ihm reden.»

Der Vollzugsbeamte verzog das Gesicht. «Das wird nicht so einfach sein.»

«Warum? Gerade hieß es noch, dass die Bewohner dieser Einrichtung Besuch empfangen dürfen.»

«Die Bewohner, ja, sicher.»

«Was soll das heißen?»

«Dass er nicht mehr hier ist.»

Sarah erfuhr, dass man den Mann zum Flughafen Düsseldorf gebracht hatte. Seine Maschine war gestern Abend kurz nach einundzwanzig Uhr mit Ziel Nairobi abgeflogen.

«Warum so schnell?»

«Isso», antwortete der Uniformierte mit einem trotzigen Schulterzucken.

«Soll das eine Erklärung sein?»

«Sein Fehler war, dass er keinen Asylantrag gestellt hat. Sonst könnte er jetzt das komplette Prozedere in Anspruch nehmen, inklusive des Klagerechts gegen einen Ablehnungsbescheid. Abgesehen davon standen ein paar unschöne Worte in seinem Vorgang.»

«Vorgang?»

«Die Akte, die in Recklinghausen angelegt wurde.»

«Was für Worte?»

«Potenzieller Gefährder, Islamischer Staat.»

«Wieso das denn?»

Der Beamte kratzte sich den Nacken. «Ich hab das nicht entschieden. Ich mach hier nur meine Arbeit.»

«Schöne Arbeit.»

«Wollen Sie meine ehrliche Meinung hören, Frau Wolf? Heutzutage kann man nicht vorsichtig genug im Umgang mit Muslimen sein. Können *Sie* in deren Kopf gucken? Von einem Moment auf den anderen verwandelt sich so einer von einem Hasch-Dealer in einen Attentäter, kapert 'nen Lkw und rast im Namen Allahs in eine Menschenmenge.»

Sarah unterdrückte den Impuls, mit dem Mann über unzulässige Verallgemeinerungen zu diskutieren. «Hat Herr Ambogo Drogen verkauft?»

«Ich mein ja nur. Wenn einer nichts Böses im Schild führt, reist er nicht ein, das liegt doch auf der Hand.»

«Wie heißt Herr Ambogo mit Vornamen?»

Der Mann seufzte und schlug in einer Kladde nach. «Emmanuel.»

«Muslimisch klingt das jedenfalls nicht. Also wird er kaum ein Dschihadist sein, oder?»

«Und wennschon. Wen stört's denn, dass er die Bundesrepublik Deutschland nicht dauerhaft bereichern kann?»

«Hat Ambogo sonst etwas gesagt?»

«Hören Sie, ich bin hier nur dafür zuständig, dass unsere Gäste nicht rausspazieren. Mit den Vernehmungen habe ich nichts zu tun.»

«Aber Sie haben mit ihm gesprochen, oder nicht?»

«Er hat lautstark nach einem ‹Mister Wagner› gefragt. Ich schätz mal, das ist wohl sein Anwalt gewesen.»

Sarah schwieg.

Der Uniformierte schlug die Kladde zu und verschränkte die Arme. «Hören Sie, selbst ein Rechtsbeistand hätte nichts gegen die Abschiebung ausrichten können.»

Auf dem Flur hielt Sarah inne. Sie lehnte ihren Kopf gegen die kühle Wand und schloss für einen Moment die Augen. Ambogo war bereits in Nairobi gelandet, mehr als sechstausend Kilometer entfernt. Wie sollte sie jetzt herausfinden, was er von Christian gewollt hatte?

Ihr fiel das Mädchen ein.

Wie es im Polo saß, der mit laufendem Motor in Christians Straße parkte. Wie es sich die Nase an der Seitenscheibe platt drückte. Große Kulleraugen, das Weiße leuchtete. Ein neugieriger Blick, der Sarah gefolgt war.

Sie rief Lutz Maihofer zurück. Der Lärmpegel im Stadion war noch weiter angestiegen. Maihofer klang kläglich, vermutlich lag sein Lieblingsclub zurück.

«Sitzt Ihr Schwager noch neben Ihnen?», fragte Sarah.

«Ja, klar.»

«Dann fragen Sie ihn doch bitte nach dem kleinen Mädchen, das Ambogo begleitet hat.»

«Ein Mädchen?»

«Acht Jahre alt, vielleicht auch neun.»

Sie wartete, dann war der Mitarbeiter des Wahlkreisbüros wieder in der Leitung. Er sagte etwas, das im Hexenkessel unterging.

«Bitte?», rief Sarah und presste das Handy fest ans Ohr.

«Da war kein Kind.»

«Wirklich nicht?»

«Der Schwatte war allein, als er bei uns aufkreuzte. Sagt mein Schwager, und der weiß, was Sache ist, nicht wahr, Kalle?»

Maihofers weitere Worte gingen in lautem Toben unter, plötzlicher Torjubel, schließlich brach die Verbindung ab.

Auf dem Weg zum Parkplatz rief sich Sarah das Bild des Mädchens in Erinnerung. Sie hatte sich die Kleine mit den Zöpfen nicht eingebildet.

Wo mochte sie jetzt stecken?

37

Sellin klingelte an der Wohnungstür eines unrenovierten Altbaus im Stadtteil Flingern, den die hiesigen Stadtplaner und Grundstücksspekulanten gern das «Notting Hill Düsseldorfs» nannten. Die Frau, die ihm öffnete, war groß und üppig gebaut. Sie trug Sweatshirt und Jogginghose sowie dicke Socken. Ihr Blick streifte den Stock, auf den er sich stützte.

Sie wirkte mürrisch, als störe er.

«Doris Falkenhahn?» Sellin zeigte seine Dienstmarke. «Paul Sellin, Kriminalpolizei Düsseldorf. Haben wir miteinander telefoniert?»

«Ach, *Sie* sind das.» Ihre Miene hellte sich auf. «Kommen Sie rein.»

Er folgte der Frau in eine Wohnküche. Auf der Anrichte röchelte die Kaffeemaschine. Auf dem Tisch zwei Porzellanbecher – sie hatte seinen Besuch erwartet. Sellin setzte sich, Frau Falkenhahn schenkte Kaffee ein. Er bemühte sich, nicht auf ihre vollen Brüste zu gucken, die der Ausschnitt ihres ausgeleierten Sweatshirts dabei sehen ließ.

Am Fenster stand ein Kinderbett, darin ein Baby. Es lag still auf dem Rücken und betrachtete ein buntes Mobile, das von der Decke hing – Figuren aus Papier kreisten in einem Luftzug, den Sellin nicht wahrnahm.

Er umfasste den Becher, um seine Hände zu wärmen. Dabei wurde er sich der Taubheit seiner Fingerspitzen bewusst.

Doris Falkenhahn hob die Augenbrauen.

«Es geht, wie gesagt, um Johanna Kling», begann er.

«Ja, schrecklich, was in der Zeitung steht.»

Hinter Sellin polterte etwas auf die Dielen. Das Baby hatte seine Rassel durch das Gitter aus dem Bettchen geworfen. Er bückte sich nach dem Ding, bekam es erst beim zweiten Versuch zu fassen und gab es dem Kind zurück, das mit winzigen Fingern zupackte und sein Lächeln fröhlich erwiderte.

Ihm fiel seine eigene Familie ein. Er fragte sich, wie schnell seine Tochter auflegen würde, falls er einmal bei ihr anriefe. Würde sie ihm die Zeit geben, sich zu rechtfertigen?

Vermutlich nicht.

Das Baby schüttelte die Rassel und war sichtlich zufrieden.

Sellin setzte sich wieder. «Wie gut haben Sie Frau Kling gekannt?»

«Wir haben vier Wochen lang das Büro geteilt. Ich habe sie eingearbeitet, bevor ich in Mutterschutz ging.»

«Sie waren für Afrika zuständig?»

«Das stimmt.»

«Wozu könnte Frau Kling eine Dienstreise nach Kenia unternommen haben?»

«Wegen Dadaab, nehme ich an.»

«Was ist das?»

«Dort befindet sich das größte Flüchtlingslager der Welt.

Humanity First leitet es im Auftrag des UNHCR, und natürlich musste Johanna es früher oder später einmal besichtigen.»

Sellin nickte. Sein Gegenüber wirkte entspannt. Kein Blinzeln, kein Verschränken der Arme. Wieder polterte es.

«Lassen Sie's liegen», sagte die junge Mutter.

Er hob die Rassel trotzdem auf und hielt sie dem Baby hin. Sie fiel ihm aus den Fingern, bevor es danach greifen konnte. Das Baby gluckste.

«Erzählen Sie weiter, Frau Falkenhahn. Vier Wochen. Haben Sie sich in dieser Zeit angefreundet?»

«Nein, das wäre zu viel gesagt. Da herrschte eher eine gewisse Spannung zwischen Johanna und mir. Verstehen Sie, Herr Kommissar, die Eine geht, die Andere kommt und meint, demnächst alles ganz anders und besser zu machen, und sie kann es gar nicht erwarten, bis sie endlich das Sagen hat. Und zugleich die Ungewissheit, was sein wird, wenn ich aus der Elternzeit zurückkehren werde. Das habe ich mir nämlich bis jetzt offengehalten.»

«Also eher ein kühles Verhältnis.»

«Nicht, dass Sie denken, wir hätten uns gestritten oder so. Aber irgendwann haben wir nur noch das Nötigste miteinander gesprochen, und ich habe die Tage gezählt, bis ich nicht mehr zur Arbeit gehen musste. Deshalb habe ich mich auch so gewundert, als sie mich vor einigen Monaten anrief.»

«Wann genau war das?»

«An einem Freitag, das weiß ich noch. Früher Abend.»

«Und das Datum?»

«Moment.» Sie nahm einen Monatskalender von der Wand, der aufgeklebte Familienfotos zeigte, und blätterte zurück. «24. Juni.»

«Sicher?»

«Ja, es war der Tag, an dem ich mit Klara bei der dritten Vorsorgeuntersuchung war.»

«Was wollte Frau Kling?»

«Sich mit mir treffen. Wir haben uns deshalb für den Sonntagnachmittag im *Café Hüftgold* verabredet.»

«Also für den 26. Juni.»

«Genau. Aber sie ist nicht aufgekreuzt und hat sich auch nicht mehr gemeldet.»

Sellin nippte vom Kaffee. Dabei packte er den Becher mit beiden Händen, um ein Malheur zu vermeiden. Eine dünne Plörre, zugleich bitter, als hätte sie schon viel zu lange auf der Wärmeplatte gestanden. Ein Schuss Milch würde den Geschmack erträglicher machen, aber Sellin sagte lieber nichts.

«Ich hoffe, Ihnen schmeckt der Koffeinfreie», sagte Doris Falkenhahn.

Wieder nickte Sellin. «Haben Sie später noch einmal versucht, mit Johanna Kling Kontakt aufzunehmen?»

«Nachdem sie mich versetzt hat? Nein, ich war einfach nur sauer. Ich konnte ja nicht wissen, dass ihr was passiert ist.»

«Als sie anrief …»

«Ja?»

«Sie muss Ihnen doch einen Grund genannt haben, warum sie sich mit Ihnen treffen wollte.»

«Das Lager, über das wir gerade sprachen. Dadaab.»

«Johanna Kling war gerade von ihrer Reise zurückgekehrt, stimmt's?»

Doris Falkenhahn zuckte mit den Schultern. «Irgendetwas muss dort vorgefallen sein. Sie klang ziemlich aufgebracht, wollte aber am Telefon nicht weiter darüber reden.»

«Am 23. Juni, also am Tag bevor sie bei Ihnen anrief, war sie in Berlin und hat einen Bundestagsabgeordneten besucht. Ging es dabei auch um dieses Flüchtlingslager?»

«Davon weiß ich nichts. Den Abgeordneten hat sie nicht erwähnt.»

«Sagt Ihnen der Name Christian Wagner etwas?»

Sie schüttelte den Kopf.

Das Baby quengelte.

«Klara ist hungrig», sagte die Mutter, hob das Baby aus dem Bett und lächelte es an.

Sellin wusste, dass er aufbrechen sollte. «Noch eine letzte Frage, Frau Falkenhahn. Soweit mir bekannt ist, hat Johanna Kling mit keiner einzigen Person bei *Humanity First* über Probleme in Zusammenhang mit ihrer Dadaab-Reise gesprochen.»

«Hat sie nicht?»

«Wenn dort etwas vorgefallen ist, dann hätte sie doch auch mit einer Kollegin oder ihrer Chefin reden können. Sie und eventuell der Abgeordnete waren aber die Einzigen, zu denen sie deshalb Kontakt aufgenommen hat. Wie erklären Sie sich das?»

Das ausdruckslose Gesicht der Frau war für Sellin eine klare Antwort. Es war ihr ebenfalls ein Rätsel.

«Wie haben Sie in Ihrer Zeit als Afrika-Referentin Dadaab erlebt?», fragte er.

«Darüber könnte ich stundenlang erzählen.»

«Und die Kurzfassung?»

«Hunderttausende von Menschen warten auf eine Gelegenheit, ihr Leben in eigene Hände zu nehmen, doch man lässt sie nicht. Aus ihrer Heimat sind sie aus guten Gründen geflohen, in Kenia verweigert man ihnen das Ankommen. Es ist, als lebten sie auf der Rückseite des Mondes.»

«Und *Humanity First*?»

«Wir versorgen die Leute mit dem Nötigsten, aber lösen können wir die Probleme dort natürlich auch nicht. Manche behaupten, wir seien ein Teil des Systems, das die Bewohner auf einem Stück Steppe interniert, aber immerhin können wir sie vor dem Verhungern bewahren.»

Sellin nickte und verabschiedete sich. Frau Falkenhahn begleitete ihn zur Tür, das Baby im Arm.

«Wenn mein Job so gefährlich geworden ist», sagte sie mit einem Stirnrunzeln, «kehre ich vielleicht doch nicht mehr zurück.»

Das Baby quietschte, die junge Mutter schaukelte es.

Man sagt, Kinder seien die Zukunft, dachte Sellin. Aber ihre Welt wird dieselbe sein wie die jetzige und jede zuvor.

Es wird nicht besser.

38

Es dämmerte bereits, als Sarah vor der Autobahnausfahrt vom Gas ging. Die Stimme aus dem Navi nervte, sie stellte es ab. Den restlichen Weg kannte sie ohnehin.

Erkrath – der Ortsname auf dem Schild wärmte ihr Herz. Erinnerungen an die Jugend verblassten und waren niemals nur angenehm, aber das Gefühl, in dieser kleinen Stadt zwischen Düsseldorf und dem Neandertal heimisch zu sein, war bei jedem Besuch sofort wieder da.

Nach einigen Minuten bog Sarah in das Viertel, in dem die Straßen Namen deutscher Dichter trugen. Sie machte sich darauf gefasst, ein paar Runden zu drehen, denn abends waren die Anwohner zu Hause, und die wenigsten von ihnen verfügten über einen Garagenplatz – die Straßenränder waren hoffnungslos zugeparkt.

Einst hatten ihre Eltern hier ein Reihenhaus gemietet. Nach deren Trennung war Sarah mit ihrer Mutter ein paar Schritte weiter in eine viel kleinere Wohnung gezogen. Am örtlichen Gymnasium hatte Petra Wolf unterrichtet, zuerst nur halbtags, als Sarah noch klein war. Seit dem Sommer befand sie sich im vorzeitigen Ruhestand, den sie genoss.

Sarah quetschte den kompakten BMW in eine Lücke. Sie wusste nicht, wann sie sich zuletzt so sehr auf ihre Mutter gefreut hatte. Sie wohnten keine zwanzig Kilometer voneinander entfernt, trotzdem schafften sie es nur alle zwei, drei Wochen, sich zu besuchen.

Sarah klingelte. Der Summer tönte, sie drückte die Tür auf. Ihre Mutter kam ihr entgegen. Sarah ließ ihren Koffer stehen und fiel ihr um den Hals.

In der Küche verteilte Petra Wolf den Inhalt einer Piccolo-Flasche auf zwei Sektflöten. Sie hob ihr Glas, um mit ihrer Tochter anzustoßen. «Du weißt ja, ich halte nicht besonders viel von dem ganzen Fernsehzirkus. Aber über deine letzte Sendung wurde neulich sogar beim Bäcker gesprochen.»

Statt einer Antwort brach Sarah in Tränen aus.

Beim Abendessen schüttete sie ihr Herz aus. Ihre Mutter war die einzige Person, der Sarah von Christian erzählt hatte, schon nach der ersten Verabredung. Von seinem Tod hatte Petra noch nichts gehört, obwohl seit heute Morgen die Medien voll davon waren. Sie erstarrte vor Schreck und drückte die Hand ihrer Tochter. Sarah erzählte weiter, es sprudelte aus ihr heraus: das herablassende Verhalten der Berliner Kripo, der Frust während ihrer eigenen Nachforschungen.

Sarah beschloss, ihre Schwierigkeiten mit dem Sender für sich zu behalten. Einen brauchbaren Rat konnte sie in dieser Hinsicht von ihrer Mutter nicht erwarten.

«Und wie läuft's sonst im Job?», fragte Petra prompt.

«Geht so.»

«Du arbeitest zu viel und vergisst dabei das Essen.»

Sarah seufzte. «Nimm mich einfach in den Arm, Mama.»

Gemeinsam räumten sie den Tisch ab. Danach öffnete Petra eine Flasche Rotwein und trug ihren Laptop herbei. Sie zeigte

Sarah einige Bilder, die Dirk, der Weltenbummler, ihr geschickt hatte.

Seit zwei Jahren waren ihre Mutter und Dirk ein Paar. Er pflegte entlegene Gegenden der Erde zu durchqueren und schoss dabei atemberaubende Fotos, mit denen er nach seiner Rückkehr auf Vortragstournee durch die Stadthallen der Republik zog, um die nächste Reise zu finanzieren. Nach dem Mauerfall hatte er damit begonnen. Dirk stammte aus Mecklenburg.

Ein sympathischer Naturbursche, dem man seine sechzig Jahre nicht ansah und der sich bestens zu vermarkten verstand. Mehrere Bücher hatte er bereits verfasst, und Sarah hatte dem WDR angeboten, eine Dokuserie mit Dirk in der Hauptrolle zu produzieren, leider bislang erfolglos.

Ihr gefielen die Aufnahmen einer fernen Wüste mit spanisch klingendem Namen. Dirk hatte sie unmittelbar nach einem äußerst seltenen Regenguss gemacht. Die Bilder zeigten zarte Blüten, wo sich sonst nur eine Ödnis aus Sand und Geröll erstreckte.

Mit strahlenden Augen erklärte ihre Mutter, dass sie Dirk in Zukunft begleiten werde – endlich habe sie die Zeit dazu und fühle sich fit genug. Dann schloss sie den Laptop.

Eine steile Falte grub sich in ihre Stirn.

«Was hast du, Mama?»

«Hat sich dein Vater nicht bei dir gemeldet?»

«Nein, warum sollte er?»

«Es geht ihm nicht gut.»

«Das ist nichts Neues, oder?»

«Sei nicht so herzlos.»

«Du telefonierst also mit ihm?»

Ihre Mutter verschränkte die Arme. «Einmal im Jahr ruft er an, um mir zum Geburtstag zu gratulieren.»

«Also ging es ihm im Februar schlecht.»

«Okay, wir haben vor ein paar Tagen miteinander gesprochen. Ist das verboten?»

«Verzeihst du ihm etwa?»

«Er hat auch nach dir gefragt.»

«Verschon mich bitte damit.»

«Seine Frau ist gestorben. Er hat niemanden mehr.»

«Und plötzlich erinnert er sich an dich? Wie kannst du vergessen, was er uns angetan hat?»

«Sarah. Das ist fast fünfundzwanzig Jahre her.»

«Damals wärst *du* um ein Haar gestorben. Wie hieß das verdammte Zeug, das du in deiner Verzweiflung geschluckt hast?»

«Das war nicht seine Schuld.»

«Wie bitte?»

«Da ist vieles zusammengekommen.»

«Damals hast du aber anders geklungen.»

«Ja, damals habe ich ihn gehasst.»

Sarah erinnerte sich an den Abschiedsbrief, den sie entdeckte, während die Sanitäter ihre Mutter ins Krankenhaus brachten. Er war an den Vater gerichtet. Ein Satz war in Sarahs Erinnerung haftengeblieben: *Du sollst nie wieder glücklich werden.*

Auch sie war voller Zorn auf den Mann gewesen, der sie und ihre Mutter verlassen hatte. Dem seine neue Freundin jeglichen Kontakt zu seiner Familie untersagt hatte und der monatelang zu feige gewesen war, sich darüber hinwegzusetzen. Vermutlich hatte er nie von dem Selbstmordversuch ihrer Mutter erfahren. Dafür hatte die elfjährige Sarah beschlossen, ihn zu bestrafen, indem sie jeglichen Kontakt vermied, als er sie endlich wiedersehen wollte. Und darin war sie bis heute konsequent.

Nie würde sie den Anblick ihrer Mutter vergessen, wie sie reglos auf den Badezimmerfliesen gelegen hatte. Wäre sie an dem Tag nicht vorzeitig aus der Schule gekommen, hätte Petra Wolf nicht überlebt.

Eine Weile herrschte Stille im Zimmer. Dann atmete Sarah tief durch. «Zeig mir dein neues Bild», schlug sie vor.

«Es ist noch nicht fertig.»

«Bitte, zeig's mir.»

Ihre Mutter führte sie in das Schlafzimmer, das auch als Atelier diente. Dort roch es deutlich nach Farbe. Der kleine Tisch war mit Tuben bedeckt. Pinsel lehnten in einem Topf. Folie bedeckte die Palette, damit die Farbe nicht eintrocknete. Sarah spürte den Blick ihrer Mutter auf sich ruhen, während sie das Gemälde betrachtete, das auf der Staffelei stand.

Es zeigte einen Birkenwald im Nebel, düster und geheimnisvoll. Die Rinde an den krummen Stämmen bildete ein Camouflage-Muster.

Das Bild traf Sarahs Gemütszustand. Fast hätte sie schon wieder heulen können.

«Du solltest dir eine Galerie suchen», sagte sie, nachdem sie sich gefasst hatte.

Petra Wolf lachte.

«Das mein ich ernst.»

«Ach, Schatz, dafür habe ich die falsche Ausbildung im Lebenslauf stehen.»

«Du warst auf der Akademie.»

«Lehramt ist nicht freie Kunst, das weißt du genau.»

Sarah hob ihr Glas, in dem noch ein Rest war. «Auf die beste Malerin, die ich kenne!»

«Soll ich noch eine Flasche aufmachen?»

Sarah schüttelte den Kopf und trug die Gläser in die Küche. «Mir ist nicht nach Feiern zumute, Mama.»

Petra folgte ihr. «Hat sich dein Staatssekretär womöglich mit Verbrechern eingelassen?»

«Wie kommst du darauf?»

«Kann doch sein. Im Grunde kanntest du ihn kaum. Wer weiß, was der für Leichen im Keller hatte. Am Ende hätte er dich noch in eine üble Nummer hineingezogen. Guck mich nicht so an. Ausschließen kannst du das nicht, oder?»

Erkrath – Sonntag, 25. September

39

Sonnenstrahlen bahnten ihren Weg durch die Baumkrone vor dem Fenster und zeichneten ein bewegtes Muster auf die Wand gegenüber, die eines von Dirks Landschaftsfotos zierte. Sarahs Rücken machte sich bemerkbar – das Sofa im Wohnzimmer ihrer Mutter ließ sich in ein Bett umwandeln, ersetzte aber keine richtige Matratze. Sarah stand auf, öffnete das Fenster und absolvierte auf dem Teppich einen zehnfachen Sonnengruß.

Zum Frühstück tischte ihre Mutter alles auf, was da war. Sarah ließ die übliche Litanei über sich ergehen. Sie esse zu wenig, jeden Donnerstagabend falle das der ganzen Welt auf. Und überhaupt: Ihr Job bringe sie um, langsam, aber sicher.

Später am Vormittag fuhren sie mit dem gemieteten BMW das Tal der Düssel entlang, bogen beim Museum ab und parkten vor einem Café. Ein kalter Wind pfiff von den Bergischen Hochflächen herunter, die Wolkendecke hatte sich wieder geschlossen, wenigstens regnete es nicht. Sie waren fast die einzigen Spaziergänger.

«Erzähl mir mehr über den Mord», sagte ihre Mutter, während sie dem Bachlauf folgten.

«Alle kreisen im Nichts», antwortete Sarah. «Die Polizei, Christians Mitarbeiter, keiner hat einen Anhaltspunkt. Es ist zum Verrücktwerden, aber ich werde nicht lockerlassen, bis ich weiß, wer Christian das angetan hat.»

Sie ging in die Details und erwähnte die K.-o.-Tropfen sowie die Strangulation an der Sprossenwand in Christians Fitnesszimmer. Petra konnte als leidenschaftliche Leserin blutrünstiger Kriminalromane nicht genug davon bekommen.

«Spuren eines Kampfes?», fragte sie.

«Nein.»

«Dann hat Christian also einem Bekannten die Tür geöffnet. Oder einer Bekannten.»

«Wenn du das sagst.»

«Immerhin kann man eine Beziehungstat ausschließen.»

«Ich war's nicht, falls du *das* meinst.»

«Aber jetzt im Ernst, wem war dein Freund im Weg, was meinst du?»

Sarah zog mit beiden Händen den Kragen ihrer Jacke zusammen. Sie hätte sich wärmer anziehen sollen.

«Gibt es womöglich mächtige Kreise, die verhindern wollen, dass der Fall gelöst wird?»

«Das würde erklären, warum die Polizei noch nicht einmal einen Verdächtigen hat.»

«Hat Christians Politik jemandem geschadet?»

Krankenkassen, Ärzten, Versicherten – Gesundheitspolitik eckt immer an, wenn sie zum Sparen verdonnert, dachte Sarah. Ihr fiel die geplante Konzernfusion ein. Aber Minister Werremeyer vertrat in dieser Frage den gleichen Standpunkt wie Christian. Also hätte man auch ihn ermorden müssen.

Unsinn, dachte Sarah.

«Oder wusste er zu viel über krumme Machenschaften?»

Sarah schüttelte den Kopf.

«Weil er womöglich selbst darin verwickelt war?»

«Mama, fang nicht schon wieder damit an.»

Petra Wolf blieb stehen und gestikulierte. «Du gehst wie

selbstverständlich davon aus, dass dein Staatssekretär einer von den Guten war, aber ganz gewiss bist du dir nicht, hab ich recht?»

«Was hast du gegen Christian? Du kanntest ihn ja nicht mal!»

«Es reicht mir zu wissen, dass einer Politiker war.»

«Ach ja?»

«So einem kann man schon aus Prinzip nicht trauen. Als Journalistin müsstest du das eigentlich besser wissen.»

«Es sind nicht alle so.»

«Dich hat die Liebe blind gemacht, gib's zu.»

Sarah missfiel die Richtung, in die ihre Mutter dachte.

«Lass uns umkehren», schlug sie vor. «Mir ist kalt.»

Sie setzte ihre Mutter im Dichterviertel ab. Vor der Haustür umarmten sie sich zum Abschied. Sarah wusste, was kommen würde, und tatsächlich: «Denk dran, mein Schatz, die Karriere ist nicht das Wichtigste.»

«Und denke du dran, dich nicht von meinem Vater um den Finger wickeln zu lassen», entgegnete Sarah.

«Er ist krank. Und er hat sonst niemanden.»

«Du bist mit Dirk zusammen. Und Dirk ist wirklich ein Netter.»

Petra lächelte und nickte.

Auf der Heimfahrt nach Düsseldorf gingen Sarah die Worte ihrer Mutter nicht aus dem Sinn.

Im Grunde kanntest du ihn kaum … Womöglich hat sich dein Staatssekretär mit Verbrechern eingelassen.

Wärst du Christian jemals begegnet, würdest du nicht so reden, sagte sie sich.

Zumindest eine Beziehungstat kann man wohl ausschließen.

Sarah fragte sich einmal mehr, wer Christians geheimnisvolle Exfreundin war.

40

Als Erstes drehte Sarah in ihrer Wohnung die Heizung auf. Während sie ihren Rechner hochfuhr und das Browserfenster öffnete, behielt sie zunächst ihre Jacke an. Die Nachrichten im Internet – nichts Neues zum Fall Wagner.

Auch Gesundheitsminister Werremeyer hatte inzwischen seine tiefe Bestürzung über den Mord an seinem Staatssekretär vermelden lassen. Heuchler, dachte Sarah.

Sie räumte ihren Rollkoffer aus und goss ihre Zimmerpflanzen. Dann leerte sie den Abfalleimer in der Küche, obwohl er kaum etwas enthielt, und brachte den Beutel zur Mülltonne. Vor ihrer Zeit mit Christian hatte sie die Sonntage gehasst. Jetzt, da er tot war, erst recht.

Sie suchte ihre Sachen nach der Visitenkarte von Hauptkommissar Karsow ab, fand sie in der Innentasche ihrer Jacke und gab seine Handynummer in ihr Telefon ein. Der Berliner Kripomann meldete sich sofort. Er klang gereizt, dabei hatte er sie gebeten, sich zu melden.

«Was machen die Ermittlungen?», fragte Sarah.

«Laufen unter Volldampf. Pausen legen wir nur zum Schlafen ein, nicht dass Sie einen falschen Eindruck von uns kriegen.»

«Der Mord hätte keinen politischen Hintergrund, hieß es in den Nachrichten.»

«Dann wird das wohl stimmen.»

«Und die Rivalität mit Gesundheitsminister Werremeyer?»

«Dass sich daraus ein Verdacht ableiten ließe, glauben Sie doch selbst nicht, wenn ich mich richtig an unser Gespräch am Freitag erinnere.»

«Trotzdem scheint mir die Festlegung der Staatsanwaltschaft etwas voreilig zu sein.»

«Bitte erwarten Sie nicht, dass ich das kommentiere.»

«Sie haben also nach wie vor keinen blassen Schimmer.»

«Wir gehen zahlreichen Spuren nach. Das ist die Formulierung, die ich bevorzugen würde.»

«Was hat die Auswertung von Christians Computer ergeben?»

«Ich werde den Teufel tun und Ihnen Ermittlungsdetails verraten. Und jetzt lassen Sie mich meine Arbeit machen, Frau Wagner.»

«Wolf.»

«Hab ich Wagner gesagt? Hören Sie, Frau Wolf, wenn Sie sich nur melden, um mir Druck zu machen, dann kann ich Sie beruhigen. Dafür sorgt schon meine Behördenleitung. Quasi stündlich. Und nicht nur die. Die Senatsverwaltung ruft hier an, die SPD, sogar das Kanzleramt. Sie haben keine Vorstellung davon, was derzeit hier los ist.»

«Ich will Sie nicht belästigen, sondern Ihnen helfen. Mir ist nämlich noch etwas eingefallen.»

Ein Moment der Stille, dann brummte Karsow: «Was denn?»

Sie berichtete von Ambogo.

«Und warum erzählen Sie mir das erst jetzt?»

«Ich glaube nicht, dass er Christian umgebracht hat. Sich nach der Tat vor die Wohnung zu setzen, ergäbe keinen Sinn. Aber vielleicht wollte er Christian vor etwas warnen.»

«Überlassen Sie die Schlussfolgerungen lieber den Profis.»

«Meinen Sie damit die Polizei?»

«Jedenfalls nicht die Medien, Frau Wolf.»

«Wenn Sie ein solcher Profi sind, dann fällt Ihnen sicher auch die Verbindung auf.»

«Welche Verbindung?»

«Ambogo kam aus Kenia. Aus dem Land, in dem sich das Flüchtlingslager befindet, das Christian im vergangenen Jahr besucht hat. Und damit hatte auch diese Frau aus Düsseldorf zu tun, die danach ermordet wurde.»

«Von welchem Lager sprechen Sie?»

Sarah hatte die Meldung auf Christians Rechner vor Augen. «Es heißt Dadaab.»

Der Hauptkommissar blieb länger stumm. Vielleicht notierte er sich etwas.

«Sind Sie noch dran?», fragte sie.

«Können Sie bitte gleich morgen früh Ihre Aussage zu Protokoll geben?»

«Das geht nicht. Morgen habe ich in Düsseldorf zu tun.»

«Dafür müssen Sie nicht zu uns kommen. Das können die Kollegen in Ihrer Stadt erledigen. Ich organisiere das, und man wird sich bei Ihnen melden.»

«Und Ambogo?»

«Wir werden uns seine Akte aus Büren kommen lassen und mit Interpol reden. Eventuell erhalten wir Amtshilfe von den Kollegen in Nairobi und mit deren Hilfe eine Aussage von dem Mann selbst.»

«Eventuell?»

«Erwarten Sie keine Wunder von der Zusammenarbeit über die Kontinente und Sprachgrenzen hinweg. Das kann Monate dauern.»

Resigniert beendete Sarah das Gespräch. Ist klar, dachte sie. Die Profis von der Polizei.

Sie blätterte die Sonntagszeitungen durch, die sie an der Tankstelle gekauft hatte. Morgen würde ihre Redaktion zur Themenkonferenz zusammenkommen, und Sarah war auf der Suche nach einem guten Vorschlag. In allen Blättern ging es um den Syrienkonflikt, um Doping im Sport und Beate Zschäpes Aussage im Münchner NSU-Prozess – nichts davon konnte sie auf Anhieb überzeugen.

Sarah überflog die neuesten SMS-Nachrichten und E-Mail-Eingänge auf ihrem Handy. Tim hatte ihr geschrieben, dass ihn eine Erkältung erwischt habe und er mit Fieber im Bett liege, weshalb er morgen nicht zur Arbeit erscheinen könne. Er hatte jedoch einige mögliche Themen aufgelistet, dazu Links zu Webseiten mit weiteren Informationen.

Sie schaute sich die Vorschläge an. Am relevantesten waren noch die unterschätzten Gesundheitsrisiken des Alkoholkonsums. Doch die Gefahren waren seit Jahrhunderten allgemein bekannt. Und jeder würde wegzappen, sobald sie versuchte, den Leuten ihr Bier auszureden.

Eine Schnapsidee, dachte Sarah.

Sie griff nach dem Telefon und wählte Lauras Nummer. Sie brauchte jemanden zum Reden. Der Anrufbeantworter sprang an.

Sarah hinterließ die Bitte um Rückruf und fügte hinzu: «Es gibt etwas, worüber ich gern mit dir sprechen würde. Vielleicht essen wir einen Happen, ich lade dich ein.»

Sie legte auf und bereitete sich einen Espresso. Mit der heißen Tasse in der Hand trat sie an die Balkontür. Sie liebte den Blick in den Hinterhof mit seiner großen Kastanie. Doch heute wirkte der Himmel trist, eine tiefhängende Wolkendecke, als würde es jeden Moment zu regnen beginnen.

Ein Eichhörnchen huschte vorbei, kehrte zurück und hielt inne. Es starrte Sarah durch die Glasscheibe an. Erwartungsvoll, so schien es ihr.

Im Sommer hatte sie manchmal Nüsse auf den Balkon gelegt. Vielleicht war die Tüte noch nicht leer. Rasch kramte sie in den Küchenschubladen, wurde fündig und öffnete die Tür. Von dem niedlichen Gesellen war nichts mehr zu sehen.

Sarah kauerte sich hin, streckte die Hand mit der Nuss aus und wartete.

Zwischen den Thuja-Stauden, die in drei Kübeln als Sichtschutz zum Nachbarbalkon wuchsen, raschelte es. Ihr war klar, dass die Wärme aus der Wohnung wich, je länger sie in der offenen Tür hockte, aber sie wollte jede Bewegung vermeiden, die das kleine Tier verschrecken würde.

Das Eichhörnchen ließ sich wieder blicken. Es hoppelte näher, wich ein paar Schritte zurück, dann schlich es immer weiter heran, verharrte unmittelbar an ihrer Hand und schnupperte.

Sarah hielt still. Das pelzige Ding wedelte hektisch mit dem Schwanz. Die Schnauze berührte für einen Moment Sarahs Haut. Doch sofort wich das Tier wieder bis zu den Thujen zurück.

Nach einer kurzen Weile wagte das Eichhörnchen einen zweiten Anlauf. Sarah hielt die Hand mit der Nuss weiterhin flach ausgestreckt. Sie wünschte sich, dass der kleine Gast ihr Geschenk akzeptierte.

Ein Knacken aus dem Inneren der Wohnung verjagte den Nager erneut. Sarah verfluchte, dass sie ihre Kaffeemaschine nicht ausgeschaltet hatte.

Und harrte weiter aus. Bloß nicht bewegen, auch wenn ihr die kauernde Haltung allmählich unbequem wurde.

Die dritte Annäherung, endlich war es so weit: Mit einer kühlen Vorderpfote stützte sich das Eichhörnchen auf Sarahs Hand ab. Die Berührung löste in ihr ein Glücksgefühl aus. Das Tier roch an der Nuss. Dann klemmte es sich das Ding mit den Pfoten zwischen die Zähne und drehte es so lange, bis es sie richtig packen konnte.

In der Wohnung klingelte das Telefon.

Wie ein Blitz war das Eichhörnchen über die Kübel hinweg in Richtung Nachbarbalkon verschwunden.

Sarah ging hinein, um das Gespräch anzunehmen.

41

Sellin holte eine gute Flasche Rotwein aus dem Keller, die er zum Essen trinken wollte. Viel zu lange hatte er auf jeden Schluck Alkohol verzichtet, um das böse Tier nicht zu wecken. Jetzt war es ihm egal.

Aber so was von scheißegal.

In der Küche entkorkte er die Flasche und goss sich einen Probierschluck ein. Der Wein hatte eine Ewigkeit im Keller gelagert. War er überhaupt noch genießbar?

Und wie, stellte Sellin fest. Seine verstorbene Frau hatte stets ein gutes Händchen beim Weinkauf bewiesen. Rebsorten, Anbaugebiete – für ihn oft nur böhmische Dörfer, aber sie kannte sich aus.

Er setzte Wasser für die Nudeln auf und dachte an Beate. Die Zeit mit ihr war es wert gewesen, auf der Welt zu sein. An guten Tagen hatten sie den Himmel berührt. Manchmal schien es ihm, als spüre er noch ihre Anwesenheit in dieser Wohnung.

Bis zuletzt war sie guter Dinge gewesen, und ihr Arzt hatte sie in ihrer Zuversicht bestärkt. Brustkrebs sei heilbar, solange er keine anderen Organe befallen habe, was bei ihr nicht der Fall war. Umso schrecklicher der Schock ihres Todes.

Sellin warf einen Blick auf das Telefon. Was hätte Beate ihm jetzt geraten? Ihre Stimme fehlte, ihre praktische Vernunft und Wärme. Mit ihrem Tod hatte sie auch in ihm das Licht ausgemacht. Was war ihm geblieben?

Sein Job.

Seine Tochter.

Er sah sie jeden Donnerstag im Fernsehen und dachte dabei an die Zeit zurück, als sie aufwuchs und er ihr jeden Abend Geschichten vorlas.

Ihre Mutter hatte ihm ihre Nummer gegeben.

«Ruf sie an, Paul», hatte sie gesagt.

«Sie wird mich nicht anhören.»

«Einfach wird es sicher nicht, aber einer muss endlich den ersten Schritt tun.»

«Was soll ich ihr sagen?»

«Du bist doch sonst nicht auf den Mund gefallen. Schließt endlich Frieden miteinander, wie es sich gehört. Wie lange willst du noch warten?»

Ihr toter Freund betrifft meinen Fall, dachte Sellin – die Berliner Kollegen hatten ihm gesteckt, dass Wagner mit der Fernsehmoderatorin Sarah Wolf verbandelt gewesen war. Damit war klar, wen Petra am Telefon gemeint hatte, als sie etwas nebulös von einer neuen Liebe ihrer gemeinsamen Tochter gesprochen hatte.

Es gibt also eine Verbindung, und daran kann ich anknüpfen. Werde ich mir eine Abfuhr einhandeln?

Ruf sie an.

Seine Finger berührten den Hörer und zuckten zurück.

Er konnte sich noch gut an den relativ jugendlich wirkenden smarten Gesundheitspolitiker erinnern, der irgendwann im Frühsommer zu Gast in Sarahs Sendung gewesen war. Etwa zu der Zeit verschwand Johanna Kling. Was die Tote vom Seeufer mit Wagner verband, war ein Flüchtlingslager in Kenia.

Johannas Arbeitgeber koordinierte die internationale Hilfe für Dadaab und organisierte die Versorgung der Bewohner. Wagner wiederum beaufsichtigte als Beiratsvorsitzender eine wohltätige Stiftung, mit deren Geldern dem Flüchtlingslager eine komplette Klinikausstattung spendiert worden war, wie Sellin inzwischen aus Berlin wusste.

Es hatte den Anschein, als sei der Staatssekretär ein Guter gewesen. Sellin wünschte sich für seine Tochter, dass es so war. Doch er war skeptisch, allein schon von Berufs wegen. Polizisten wissen zu gut, wozu Menschen fähig sind.

Petra hatte ihm erzählt, dass Sarah wegen des Mordes an Wagner eigene Ermittlungen anstellte. Dass sie schlecht schlief und nichts aß. Auch ihr Job mache sie fertig.

Vielleicht braucht sie Hilfe.

Ruf sie an.

Sellin gab sich einen Ruck und tat es. Er konnte sich nicht erinnern, wann er zuletzt so nervös gewesen war.

Besetzt.

Besser so, dachte er, legte auf und ging zum Herd, um eine Handvoll Spaghetti ins sprudelnd kochende Wasser zu werfen.

42

Laura hatte als Treffpunkt ein italienisches Lokal unweit ihrer Wohnung im Stadtteil Unterbilk vorgeschlagen. Als Sarah eintraf, saß die Kollegin bereits mit einem Cappuccino am Ecktisch und blätterte in einer Zeitschrift.

Sarah setzte sich zu ihr, zog einen Umschlag aus ihrer Tasche, entnahm den Inhalt und packte ihn auf den Tisch. Es waren die ausgedruckten Dateien des USB-Sticks aus Christians Schublade, den Lutz Maihofer ihr in Recklinghausen anvertraut hatte. Obenauf die Listen mit den Arzneimitteln.

«Was ist das?», fragte Laura.

«Das wollte ich dich fragen.»

Laura blätterte, dann schüttelte sie den Kopf. «Pharma-Latein.»

«Warst du nicht bei *Monitor* für Medizinthemen zuständig? Ich kann mich an deinen Beitrag über Schwangerschaft und riskante Schlafmittel erinnern.»

«Schon, aber das ist zu speziell für mich.»

«Schade.» Sarah wollte die Sachen zurück in die Tasche stecken.

Laura legte die Hand darauf. «Ich kenne jemanden, den ich fragen kann.»

«Vertrauenswürdig?»

«Ein guter Freund. Er arbeitet an der Uni, am Institut für Pharmazie. Er hat mich damals auf die Schlafmittel-Geschichte gebracht. Nur ist er momentan auf einem Kongress in Göteborg. Es wird ein paar Tage dauern.»

«Okay.»

«War's das schon? Du siehst müde aus. Geht's dir nicht gut?»

«Die Vertragsverlängerung verzögert sich weiter.»

«Verstehe.»

«Es gibt Beschwerden. Die Fraktionen von Union und SPD im Bundestag drohen mit einem Boykott unserer Sendung, und der WDR will, dass ich zu Kreuze krieche.»

«So offen läuft das?»

«Mhm.»

«Das darf doch nicht wahr sein!»

«Keine Sorge. Ich weiß schon, wie ich mich zu wehren habe. Aber dazu bräuchte ich ebenfalls deine Hilfe.»

Laura wischte sich eine Haarsträhne aus dem Gesicht. Ihre Augen funkelten neugierig. «Was soll ich tun?»

«Erinnerst du dich an den Medienredakteur der *Morgenpost*, der am Freitag bei uns in der Redaktion war?»

«Klar, ein großer Fan von dir.»

«Ich möchte, dass du ihn morgen früh anrufst und ihm alles erzählst. Leg ihm nahe, dass er sich mal umhört in Köln und Berlin, ob ihm jemand die Boykottdrohung bestätigt. Damit hätte er nämlich eine Riesenstory.»

«Offiziell wird das niemand bestätigen.»

«Ist klar, aber mir genügt es schon, wenn er mit ein paar

Fragen für Aufregung sorgt. Ein Warnschuss, verstehst du? Der Intendant soll spüren, dass es einen Riesenwirbel gibt, sobald er gegenüber der Politik einknickt und unsere Sendung einstampft.»

«Darf ich fragen, warum du die *Morgenpost* nicht selbst anrufen willst?»

«Du weißt, dass ich Holger Diepenbrock viel verdanke. Es gab Zeiten, da hat er mich enorm gefördert. Er wird mich natürlich fragen, ob ich die Zeitung auf seinen Intendanten gehetzt habe, und dann will ich ihn nicht anlügen.»

Laura grinste breit.

«Machst du's?», fragte Sarah.

«Mit Vergnügen.»

Sie bestellten Salat und Pasta. Beim Essen redeten sie über Gott und die Welt. Lauras Gesicht glühte – Sarah konnte ihr ansehen, wie stolz sie darauf war, von ihrer Chefin ins Vertrauen gezogen zu werden, und einmal mehr war Sarah froh, die junge Kollegin in ihr Redaktionsteam aufgenommen zu haben.

Als sie aufbrachen, nahm Laura den Umschlag an sich. «Darf ich fragen, was es damit auf sich hat?»

Sarah erwähnte den USB-Stick aus Christians Schreibtischschublade.

«Du meinst, darin steckt ein Hinweis, wer den Staatssekretär ermordet hat?»

«Im Unterschied zur Polizei will ich zumindest nichts unversucht lassen.»

«Traust du der Kripo etwa nicht?»

«Man sollte immer mit dem Schlimmsten rechnen. Vielleicht will jemand die Ermittler an die Leine legen. Christian war ein relativ wichtiger Politiker. Was er anfasste, hatte Konsequenzen für eine Menge Leute. Für Karrieren, für Profite.

Möglicherweise ist der Fall zu groß für das Berliner Landeskriminalamt.»

«Aber nicht zu groß für uns.» Laura zwinkerte ihr zu.

43

Der Montagmorgen begann mit blauem Himmel. Sarah streifte eine Strickjacke über und trank ihren Espresso in der Sonne auf dem Balkon. Die Luft war allerdings kälter als in den Tagen davor. Auch die große Kastanie im Hof zeigte erste gelbe Blätter, für Sarahs Geschmack zu früh.

In ihrer Tasche ertastete sie eine Zigarettenschachtel. Sie rauchte ein paar Züge, dann verlor sie plötzlich die Lust daran und drückte den Stängel auf der Brüstung aus. Wie so oft in den letzten Tagen war ihr nicht gut. Christians Tod schlug ihr auf den Magen.

Um Punkt acht Uhr meldete sich Sarah beim Pförtner des Polizeipräsidiums. Eine Frau holte sie ab, die sich als Hauptkommissarin Anna Winkler vom Kriminalkommissariat elf vorstellte, zuständig für Tötungsdelikte. Drahtig, Jeans und Pulli, rund zehn Jahre älter als sie, kurzes, blondes Haar, sichtlich gefärbt.

Händeschütteln, dann folgte sie der Polizistin durch das Foyer. In der hölzernen Kabine eines Paternosters ratterten sie nach oben. Der Flur, in dem sich Winklers Dienststelle befand, war verriegelt. Die Kommissarin tippte einen Code in ein Kästchen, dann hielt sie Sarah die Glastür auf.

In dem Büro, das für die Befragung vorgesehen war, saß bereits ein weiterer Kripobeamter. Er hieß Bruno Wegmann, sein kahler Schädel schimmerte wie frisch geölt. Sie platzierten sich um einen Tisch. Wegmann machte sich an einer Videokamera zu schaffen, die auf einem Stativ befestigt war.

«Sie zeichnen auf?», fragte Sarah.

«Die Berliner Kollegen haben darum gebeten, das macht die Angelegenheit für alle Beteiligten einfacher. Sie haben doch nichts dagegen, Frau Wolf? Kameraerprobt, wie Sie sind.» Der Kahlkopf grinste. «Eine Maskenbildnerin haben wir allerdings nicht für Sie. Brauchen wir auch nicht.»

Witzbold, dachte Sarah. Sie streckte den Rücken durch und zeigte der Linse ihr Halbprofil, indem sie sich der Kommissarin zuwandte.

«Zunächst der Hinweis, den jeder Zeuge erhält, bevor wir Fragen stellen», sagte Winkler. «Sie können die Antwort verweigern, falls Sie damit sich selbst oder einen nahen Angehörigen belasten würden. Ansonsten sollten Sie sich an die Wahrheit halten, andernfalls können Sie sich strafbar machen. Haben Sie mich verstanden?»

«Soll das ein Verhör werden?»

«Frau Wolf ...»

«Ich bin aus freien Stücken hier, um einen Hinweis an Ihre Berliner Kollegen zu Protokoll zu geben. Im Übrigen bitte ich Sie, sich kurzzufassen, denn ich habe gleich eine wichtige Besprechung in meiner Firma.»

«Es dauert so lange, wie es dauert, Frau Wolf, und je weniger Sie uns unterbrechen, desto rascher sind wir hier durch.»

Sarah verschränkte die Arme. «Stellen Sie Ihre Fragen.»

Sie unterhielten sich zunächst über Christian. Ob es eine Liebesbeziehung gewesen sei. Seit wann sie ihn kannte. Wie sie sich kennengelernt hatten. Was Sarah am Mittwoch vergangener Woche im Detail unternommen hatte, nachdem sie in Berlin gelandet war. Während Wegmann sich zurückhielt, führte Winkler das Wort.

«Wann hatten Sie den letzten Kontakt mit Herrn Wagner?»

«Am Dienstagabend haben wir telefoniert.»

«Um was ging es da?»

«Urlaubspläne für die Weihnachtszeit. Deshalb konnte ich es gar nicht glauben, als zuerst von Suizid die Rede war.»

«Wie spät war es, als Sie am Mittwoch bei ihm ankamen?»

«Etwa zwanzig Uhr.»

«Sie behaupten also, Sie hätten die Wohnung von Herrn Wagner nie betreten.»

«Das habe ich nicht gesagt. Zuletzt war ich in der Nacht von Sonntag auf Montag dort.»

«Was haben Sie empfunden, als er Ihnen am Mittwoch nicht aufmachte?»

«Ich war … verwundert.»

«An Ihrer Stelle wäre ich wütend gewesen.»

«Na ja, geärgert habe ich mich schon. Vor allem, als ich ihn auch am nächsten Morgen nicht an die Strippe bekam.»

«Haben Sie außer dem Afrikaner jemanden im Haus getroffen?»

«Nein.»

«Wie lange standen Sie etwa vor der Tür?»

«Als ich kam, wartete Herr Ambogo da, als sei auch er mit Christian verabredet, was mich ebenfalls sehr irritiert hat. Wir haben uns vielleicht zwei Minuten lang unterhalten, dann ging er. Ich habe noch ein paarmal geklingelt und auf dem Handy nach einer Unterkunft recherchiert. Das hat etwa noch weitere vier, fünf Minuten gedauert. Höchstens.»

«Keine Geräusche aus der Wohnung?»

«Nein.»

«Sie haben sicher das Ohr an die Tür gelegt.»

«Nein. Ich dachte, wenn er nicht aufmacht, ist er nicht da.»

«Verstehe.»

Wegmann mischte sich ein: «Hatte Ihr Freund noch andere Frauen?»

Wieder verschränkte Sarah die Arme. «Nein.»

«Sicher?»

«Wie sicher sind Sie sich, dass *Ihre* Frau keinen anderen hat?»

Wegmann senkte den Blick.

«Seine Frau hat ihn gerade verlassen», sagte Winkler.

«Aber sie lebt noch», erwiderte Wegmann lachend.

Sarah hob die Augenbrauen. «Finden Sie das angebracht?»

Winkler sagte: «Sie müssen uns entschuldigen, Frau Wolf, aber wir haben es nun mal sehr oft mit Beziehungstaten zu tun.»

«Falls Christian eine andere hatte …»

«Aha», unterbrach Wegmann.

«… dann hat die ihn vielleicht erdrosselt. Ich war es jedenfalls nicht.»

Für einige Sekunden herrschte Stille im Zimmer.

«Sind wir endlich fertig?», fragte Sarah.

Winkler warf einen Blick in die Unterlagen. «Ihr Freund wurde am Mittwoch vermutlich in seiner Küche mit einer Droge betäubt und durch den Flur bis in den Fitnessraum geschleift. So in etwa konnten die Berliner Kollegen den Ablauf rekonstruieren. Man fand den Hals des Opfers in einer Schlinge, die an der obersten Sprosse festgeknotet war. Dazu muss der Täter Herrn Wagner angehoben oder hochgezogen haben. Das erfordert eine Menge Kraft.»

«Sie sind groß und sportlich, Frau Wolf», sagte Wegmann.

Vielleicht hätte ich zur Unterstützung einen Anwalt mitbringen sollen, überlegte Sarah. «Lächerlich. Christian war größer und viel schwerer.»

Kommissarin Winkler fragte: «Seit wann kannten Sie diesen Herrn aus Kenia?»

«Emmanuel Ambogo», half ihr Kollege weiter.

«Überhaupt nicht. Ich habe ihn vor Christians Tür zum ersten Mal gesehen und danach nicht wieder.»

«Sie beide hatten sich also nicht verabredet?»

«Nein, wie kommen Sie darauf?»

«Laut der Spurenlage waren die Täter zu zweit.»

Wegmann rieb sich die Glatze. «Womöglich hat der Afrikaner Ihnen geholfen.»

Sarah rief sich zur Ruhe. «Es war, wie ich Ihnen gesagt habe. Die Tür war zu. Wie hätten wir in die Wohnung gelangen sollen?»

«Sie war nur zugezogen, nicht verriegelt. Da komme ich mit Dietrich und Haken innerhalb weniger Sekunden hinein.»

«Das deutet dann auf Sie als Mörder, Herr Wegmann.»

Seine Kollegin lachte.

Sarah stand auf. «Sie haben nun alles gehört, was ich weiß.» An Wegmann gewandt. «Ich habe Herrn Karsow aus freien Stücken angerufen, weil ich dachte, meine Informationen könnten hilfreich sein. Stattdessen grillen Sie mich hier wie eine Verdächtige. Diese Spielchen hätten Sie sich sparen können.»

Auch Anna Winkler erhob sich von ihrem Platz. «Vielleicht kommen wir noch einmal auf Sie zu, falls die Kollegen in Berlin weitere Fragen haben.»

«Richten Sie Herrn Karsow aus, er soll es in Zukunft unterlassen, auf diese Art Aktionismus vorzutäuschen. Er sollte lieber ernsthaft ermitteln. Einen schönen Tag noch.»

«Ich bringe Sie hinaus.»

Sarah folgte der Kommissarin auf den Gang. Dort stießen sie auf weitere Beamte in Zivil. Offenbar stand ein größeres Meeting bevor. Ein älterer Mann blieb stehen und musterte Sarah.

Sie erkannte ihn sofort.

Es durchfuhr sie wie ein Stromstoß.

Sein Gesicht wirkte grau, sein Rücken gebeugt, was vielleicht daran lag, dass er sich auf einen Stock stützte. Rasch wandte Sarah den Blick ab und schloss zu Winkler auf.

Sie hätte damit rechnen müssen, ihrem Vater hier zu begegnen, auch wenn er sich meist um vermisste Kinder kümmerte, soviel sie wusste. Ihr war, als spüre sie seine Blicke wie Nadeln in ihrem Rücken.

Die Kommissarin wies auf den Paternoster. «Finden Sie allein nach unten, Frau Wolf? Ich muss jetzt nämlich in eine Besprechung. Sicher haben Sie von dem Leichenfund am Unterbacher See gehört.»

44

Sarah erreichte rechtzeitig ihr Büro, um vor der Themenkonferenz noch ihre jüngsten E-Mails abzurufen und die aktuelle Nachrichtenlage zu überfliegen. Sie schaute sich Tims Vorschläge noch einmal an, folgte einigen Links, recherchierte weiter und fand heraus, dass an der Alkoholgeschichte weit mehr dran war, als sie zunächst angenommen hatte.

Auf dem Weg in den Sitzungsraum traf sie Laura.

«Läuft», sagte die Kollegin und zwinkerte.

«Psst», machte Sarah, denn sie sah Holger Diepenbrock die Treppe heraufkommen. Sie ließ Laura allein weitergehen und wartete auf den WDR-Chefredakteur. In seinem Schlepptau hatte er Solveig Schneider.

«Welch hoher Besuch in dieser bescheidenen Hütte, und das schon am Montagvormittag», sagte Sarah und wandte sich an Solveig. «Traut er uns etwa nicht?»

Diepenbrocks Miene zeigte kein Anzeichen von Aufhellung. «Wir beide wollten uns nachher zusammensetzen, Wölfin. Schon vergessen?»

«Hast du den neuen Vertrag dabei?»

Der Alte nickte Solveig zu, dass sie schon mal vorausgehen

sollte, und als sie weg war, senkte er die Stimme. «Versau es dir nicht.»

«Seit wann drohst du mir?»

«Ich versuche nur, dich zu retten. Es gibt möglicherweise einen Weg, den wir gemeinsam gehen könnten. Aber bevor ich mit dem Intendanten spreche, müssen wir über das Inhaltliche reden.»

«Das tun wir jeden Montag im großen Eckraum. Komm, Holger, die Redaktion wartet schon.»

Zu Sarahs Überraschung hatte Max Sperling bereits drei mögliche Themen auf dem Flipchart notiert – als habe er vorab von Diepenbrocks Besuch gewusst und wolle unter dessen Augen eine *bella figura* machen.

Sarah fragte sich, ob die beiden hinter ihrem Rücken telefonierten.

Doch keines der Themen, die Max vorschlug, überzeugte die Runde. Die Redaktionskollegen brachten Einwände an und unterbreiteten ihrerseits Ideen. Diepenbrock war anzusehen, dass er mit nichts davon zufrieden war. Sie auch nicht.

Sarah trug vor, was sie im Netz gefunden hatte. Volksdroge Alkohol – offenbar gab es bei der Bundesregierung bereits seit Jahren eine Arbeitsgruppe zur Eindämmung der Gesundheitsschäden. Insider hatten nun ausgeplaudert, wie groß der Druck der deutschen Bierbrauer, Weinerzeuger und Schnapshersteller auf die zuständigen Ministerien war, die daraufhin einknickten, Expertisen entschärften und bereits gefasste Beschlüsse kippten.

Wieder setzten sich Wirtschaftsinteressen gegen jede Vernunft durch, wie es schien.

«Nicht schon wieder Lobbyismus», widersprach Diepenbrock mit erhobenen Händen.

Sieh an, dachte Sarah. Die erste Wortmeldung meines einstigen Mentors – und schon sucht er die Konfrontation mit mir.

«Vierzig Tote am Tag durch Alkoholkonsum», begann Sarah aufzuzählen. «Sechzig Milliarden Euro an Gesundheitskosten. Seit Jahren werden Warnhinweise auf Flaschen diskutiert, eine Einschränkung der Verkaufszeiten oder ein Verbot der Werbung. All das würde helfen, doch nichts geschieht. Und jetzt gibt es erstmals Beweise, wie die Wirtschaft konkret ihre Interessen gegenüber einer allzu willfährigen Regierung durchsetzt.»

«Klingt, als stünde dein Urteil wieder einmal fest», sagte der Alte.

«Nein, das ist meine Fragestellung. Und darauf verlange ich Antworten.»

«Wir brauchen aber einen Spitzenpolitiker als Verteidiger», gab Max zu bedenken. «Einen echten Entscheider.»

«Drei Bundesminister sind zuständig. Wirtschaft, Ernährung und Gesundheit. Einen davon werden wir sicher kriegen.»

«Benrath schon mal nicht. Der SPD-Chef verweigert sich aus Prinzip.»

«Bleiben zwei», sagte Sarah.

«Da bin ich gespannt», murmelte der Chefredakteur des WDR.

In dem Moment brummte das Handy, das vor ihm auf dem Tisch lag. Er packte es, sah aufs Display und verließ den Raum.

Sarah ließ sich nicht beirren. «Sind wir uns also einig, dass wir unser Thema für diese Woche gefunden haben, oder hat jemand von euch einen besseren Vorschlag?»

Sie ließ ihren Blick schweifen, dann fixierte sie Max, der mit den Schultern zuckte.

«Das ist nicht der Fall. Dann bitte ich darum, dass ihr euch kluge Gedanken über die Gäste macht.»

Die Zusammenkunft löste sich auf. Sarah bemerkte das Titelbild des *Sterns*, den ein Kollege als Schreibunterlage für seine Notizen benutzt hatte – es zeigte eine nackte Hochschwangere, die sich den Bauch hielt. Sarah hielt für einen Moment den Atem an.

Sie winkte Laura zu sich. «Kommst du bitte zu mir ins Büro?»

Sie ließ Laura eintreten und schloss die Tür. «Es ist mir unangenehm, aber ich habe noch eine Bitte.»

«Gern.»

«Kannst du mir in der Mittagspause aus der Apotheke einen Schwangerschaftstest besorgen?»

«Einen … wie bitte?»

Sarah zog aus ihrem Portemonnaie einen Zehner und gab ihn Laura. «Wenn ich mir selbst einen kaufe, steht das wahrscheinlich morgen schon im *Blitz*.»

«Verstehe.»

«Danke, Laura. Mir ist in letzter Zeit ständig schlecht, verstehst du? Das kann natürlich auch an dem Stress wegen Christians Tod liegen, aber ich möchte einfach eine Erklärung ausschließen, die mir momentan gar nicht in den Kram passen würde.»

«Ich danke dir, Sarah.»

«Wofür?»

Die Kollegin lächelte. «Für dein Vertrauen.»

45

Sarah saß vor ihrem Monitor und durchforschte das Netz. Ein prominenter Alkoholiker wäre als Gast nicht schlecht, dachte sie. Jemand, den alle mochten. Dem die Zuschauer Respekt zollten, weil er seine Krankheit überwunden hatte.

Sie gab neue Kombinationen von Suchbegriffen bei Google ein, ging Treffern nach, folgte Links. Bald hatte sie ihn – und fragte sich, warum sie nicht gleich auf ihn gekommen war.

Benno Knappersbusch, der berühmte Schauspieler. Fernsehkommissar seit ewigen Zeiten. Nebenher als Entertainer und Theatermime unterwegs. Ein Publikumsliebling, charmant und immer noch gut aussehend. Der Mann war bekannt für wüste Alkoholexzesse. Und dafür, dass er seit Jahren trocken war.

Auf einer Internetseite des Norddeutschen Rundfunks stand, dass bald ein TV-Drama ausgestrahlt werde, in dem er einen Trinker spielte. Wie treffend, dachte Sarah. Und ein toller Synergieeffekt: Mit seinem Auftritt bei mir könnte er zugleich für seine Schmonzette werben.

Knappersbusch würde nicht nein sagen.

Und die ARD-Intendanten würden das lieben.

Sarah wollte zum Telefon greifen, um Max zu instruieren, als es klingelte. Es war Heide aus dem Zimmer nebenan. «Kennst du eine Lisette Hanke?»

«Was will sie?»

«Mit dir sprechen.»

«Du kannst durchstellen.»

Gleich darauf hatte sie die Leiterin von Christians Abgeordnetenbüro an der Strippe. Sie klang aufgekratzt.

«Frau Wolf, ich habe den Brief gefunden, der Christian auf der Medienparty zugesteckt wurde. Unter der Schreibunterlage auf seinem Tisch. Die Polizei hat ihn übersehen.»

«Gut, dass Sie nachgeschaut haben.»

«Und jetzt kommt's: Jana Bergowitz hat den Briefumschlag mit Filzstift bemalt. Dicke rote Herzen. Die Frau muss einen gewaltigen Sprung in der Schüssel haben.»

Bis über die Ohren verliebt, schlussfolgerte Sarah. Und sie hat sich nicht gescheut, es Christian deutlich zu zeigen.

«Was enthält der Umschlag?», fragte sie.

«Schauen Sie selbst. Ich habe das Schreiben eingescannt und Ihnen gerade per Mail geschickt.»

Sarah bedankte sich und legte auf.

In diesem Moment klopfte es an ihrer Tür, und Diepenbrock stürmte herein. Wutschnaubend.

«Das geht auf deine Kappe, gib's zu!»

«Was denn?»

«Tu nicht so unschuldig. Du hast die *Morgenpost* auf meinen Intendanten gehetzt! Du hast den WDR beschädigt!»

«Krieg dich ein, Holger.»

«Deine Vertragsverlängerung kannst du jetzt vergessen.»

«Ich habe nichts Unrechtes getan.»

«Wer sonst sollte ein Interesse daran haben, das Verhältnis meines Senders zur Politik zu einem angeblichen Skandal hochzukochen?»

«Erstens *ist* es ein Skandal, was da abgeht. Zweitens könnte die undichte Stelle ebenso gut im WDR selbst zu suchen sein. Drittens ist in dieser Hinsicht auch den Leuten in Berlin nicht zu trauen. Da hat immer jemand ein Interesse, einen anderen in die Pfanne zu hauen. Lass also deine Wut nicht an mir aus.»

«Sarah, du …»

Sie hob ihre Hände. «Hör zu, ich verspreche dir, dass ich der *Morgenpost* gegenüber nicht bestätigen werde, dass ich Opfer eines Erpressungsversuchs der Koalitionsfraktionen werden sollte, dem du und deine tolle Anstalt nachgeben wollten. Aber dafür lässt du mich mit deiner beschissenen Neuausrichtung in Ruhe, und wir machen weiter wie bisher, okay?»

Diepenbrock atmete schwer.

«Okay?», wiederholte sie etwas lauter. «Und vergiss nicht meinen Vertrag!»

Der Alte machte kehrt und verließ türenschlagend ihr Büro.

Sarah stand auf, öffnete die Tür wieder und lauschte seinen Schritten hinterher, die auf dem Flur verklangen. Laura stand da und hielt etwas in der Hand.

«Das sah jetzt aus, als hättest du jemanden verärgert», sagte die Kollegin.

Sarah musste grinsen. Sie klatschten sich ab.

«Aber freuen wir uns nicht zu früh», sagte Sarah. «Das Imperium ist stark genug, um irgendwann zurückzuschlagen.» Dann senkte sie die Stimme. «Hast du das, worum ich dich gebeten habe?»

Laura gab ihr eine kleine, raschelnde Tüte.

46

Lisette Hankes Mail ging vor. Sarah fand sie in ihrem Postfach und öffnete den versprochenen Anhang – den Inhalt des Briefs mit den Herzchen, die Jana Bergowitz für Christian gemalt hatte.

Es war die Buchungsbestätigung eines Flugs.

Der Name der Passagierin lautete Nadine Fischer. Bezahlt worden war mit einer American-Express-Kreditkarte, die auf den Namen Karsten Werremeyers lief, des Bundesgesundheitsministers. Die Reise ging am 5. April dieses Jahres, einem Dienstag, von Münster-Osnabrück mit Lufthansa nach Frankfurt und abends weiter mit Condor nach Mombasa sowie rund vier Wochen später, am Montag, 2. Mai, wieder zurück. Jeweils in der Businessklasse.

Klingt nach einem ausgedehnten Urlaub, dachte Sarah.

Die Gegend um Mombasa war für schneeweiße Sandstrände bekannt, und es gab jede Menge Ferienhotels. Die Korallenriffe entlang der Küste boten gute Tauchreviere, wie Sarah wusste.

Was war an dieser Rechnung so interessant, dass Werremeyers Sekretärin Christian klammheimlich eine Kopie davon zusteckte? Was wollte er damit anfangen?

Vielleicht sollte der Beleg als Munition im Ringen um den Ministerposten dienen. War Karsten Werremeyers Beziehung zu Nadine Fischer unstatthaft? Konnte das Papier ihn kompromittieren?

Immer wieder Kenia, überlegte Sarah.

Sie rief Lisette Hanke zurück, die sich gleich nach dem ersten Klingeln meldete. In ihrer Stimme schwang eine gehörige Portion Neugier mit.

«Da ist offenbar eine Frau im vergangenen Frühjahr auf Werremeyers Kosten nach Mombasa gereist», fasste Sarah zusammen. «Werden Sie daraus schlau?»

«Ich nehme an, dass Jana Bergowitz den Flug im Auftrag des Ministers gebucht hat. Und aus irgendeinem Grund hat sich Christian für den Beleg interessiert.»

«Das ist offensichtlich. Aber wer ist Nadine Fischer?»

«Soll ich Bergowitz danach fragen?»

Sarah überlegte. Drei Tage nachdem Christian die Buchungsbestätigung zugespielt worden war, hatte man ihn erdrosselt. Gab es da einen Zusammenhang? Lebte man gefährlich, wenn man aus Nadine Fischer und ihrer Reise die richtigen Schlüsse zog?

Ich sollte Lisette nicht in die Bredouille bringen, dachte Sarah.

«Vorerst wecken wir besser keine schlafenden Hunde», antwortete sie. «Sollte Ihnen aber der Name der Passagierin noch einmal begegnen, dann geben Sie mir bitte sofort Bescheid.»

Kurz darauf verriegelte Sarah die Toilettentür und ließ sich auf der Klobrille nieder. Sie überflog den Beipackzettel, nahm das Teststäbchen aus der Schutzfolie und zog die blaue Kappe ab. Dann hielt sie den Stab mit der Spitze nach unten in den Urinstrahl. Das Ende färbte sich sofort rosa. Was noch nichts bedeutete.

Sie las die Gebrauchsanweisung ein zweites Mal. Bis jetzt hatte sie alles richtig gemacht. Sie legte das Stäbchen auf dem Rand des Waschbeckens ab. Nach ein paar Sekunden erschien im Testfenster eine horizontale Linie. Was auch noch nichts bedeutete.

Sarah wartete. Im kleineren Kontrollfenster zeigte sich ebenfalls eine Linie. Was lediglich hieß, dass das Stäbchen funktionierte.

Jemand rüttelte an der Klinke der Toilettenkabine und gab auf.

Sarah blickte auf die Uhr. Immer nervöser werdend, begann sie zu überlegen, welche Konsequenzen es haben würde, falls –

Im Testfenster tauchte ein vertikaler Strich auf, schwach, aber deutlich. Zusammen mit der ersten Markierung ergab das ein Plus. Ein klares Zeichen.

Positiv.

Sie starrte auf das Fenster, doch das Kreuz verschwand nicht. Der Test sei zu neunundneunzig Prozent zuverlässig, stand auf der Packung. Dass sie das eine Prozent sei, glaubte Sarah in keinem Moment, denn sie hatte das Ergebnis geahnt. Jetzt konnte sie sich nicht mehr einreden, dass die Symptome, die ihr Körper seit Tagen zeigte, einen anderen Grund hätten.

Mit zitternden Knien stand Sarah auf, zog die Hose hoch und betätigte die Spülung.

Dann setzt sie sich erst einmal wieder hin.

Sie dachte an Christian, der es nie mehr erfahren würde.

Wie hätte er die Nachricht aufgenommen? Mit Freude? Oder hätte ihn der Gedanke an ein Kind verschreckt, in diesem frühen Stadium ihrer Beziehung?

Sarah rief sich die Männer in Erinnerung, mit denen sie bis jetzt zusammen gewesen war. Einen Vater hatte sie in keinem von ihnen gesehen, auch nicht in Albert, mit dem die Beziehung am längsten gedauert hatte. Sie hatten sich während des Volontariats kennengelernt. Ein hübscher Kerl mit großem Mundwerk, auf den die Frauen standen. Es waren fünf schöne Jahre gewesen.

Als sich Albert auf die gleiche Stelle bewarb wie sie und sie das erst erfuhr, als er die Zusage erhielt, war es aus. Dass er ihr nichts davon erzählt hatte, empfand sie als einen Vertrauensbruch, der noch weit schwerer wog als die Kränkung, bei der Postenvergabe den Kürzeren zu ziehen.

Danach hatte es nur ein paar kurze und eher oberflächliche Beziehungen gegeben. Der Gedanke, ein Kind haben zu wollen, war in weitere Ferne gerückt. Sie hatte sich auf ihre Karriere konzentriert.

Und nichts vermisst, dachte sie.

In diesem Job musst du hundertprozentig funktionieren, sonst solltest du ihn lassen.

Moderatorin zu sein und Mutter zugleich – unmöglich, ging es Sarah spontan durch den Kopf.

47

Paul Sellin beschloss, vorzeitig Feierabend zu machen. Er fuhr den Bürorechner herunter und verstaute seine Unterlagen in der Schreibtischschublade, die er verschloss. Als er aufstand, um seinen Mantel anzuziehen, durchfuhr ein Stechen seinen Körper und stieß ihn auf den Stuhl zurück.

Das fremde Tier.

Sellins Welt schwankte für einen Moment. Er lauschte dem Echo des Schmerzes hinterher, der eine Weile nachklang. Sollte er morgen seinen Arzt aufsuchen? Dr. Abramovic würde ihm wieder mit dem Vorschlag einer Chemotherapie in den Ohren liegen. Und damit bei Sellin auf Granit beißen.

Er dachte an die Krankheit seiner Frau – ein ähnliches Tier, ein anderes Organ. Beate hatte von Chemos nicht genug bekommen können. Sie wertete die brachiale Behandlung mit Zellgiften als Zeichen, dass die Ärzte noch an ihre Heilung glaubten. Zuletzt war sie abgemagert, aber voller Optimismus, denn ihre Blutwerte hatten sich tatsächlich gebessert.

Dann fing sie sich eine Lungenentzündung ein und war nach zwei Tagen tot. Aus heiterem Himmel. Die Chemo hatte ihr sämtliche Abwehrkräfte geraubt.

Sellins Blick traf das Foto an der Wand. Keine Sorge, Johanna. Ich habe nicht vor zu sterben, bevor dein Fall gelöst ist.

Immerhin gab es neue Anhaltspunkte. Aus dem getrockneten Blut vom Stacheldraht nahe dem Fundort hatte das Labor Fragmente von Genmaterial isolieren können. Es stammte von einem Mann. Leider konnte keine Datei eine Übereinstimmung mit einer polizeibekannten Person liefern.

Dafür hatten die Taucher im schlammigen Grund des Sees die Tatwaffe gefunden. Eine P22Q der Firma Walther. Über den Hersteller versuchten die Kollegen nun zu ermitteln, an wen die Pistole verkauft worden war.

Nach wie vor war das Handy der Toten verschollen. Doch endlich lagen der Mordkommission die Verbindungsdaten vor, die der Mobilfunkbetreiber gespeichert hatte. Sie brachen am Samstag, 25. Juni, kurz vor acht Uhr am Morgen ab. Zu diesem Zeitpunkt hatte sich das Handy in der Funkzelle befunden, in der auch Johannas Wohnung lag.

Fünfhundertdreißig weitere Mobiltelefone waren zum gleichen Zeitpunkt in derselben Zelle eingewählt. Sie gehörten den Hausnachbarn, den Bewohnern umliegender Gebäude, ihren zufälligen Besuchern oder Verkehrsteilnehmern sowie Passanten in den Straßen ringsum.

Und womöglich Johannas Mörder.

Sellin hatte sich in der Besprechung am Nachmittag vehement dafür eingesetzt, von allen männlichen Handybesitzern der Liste Speichelproben zu nehmen und deren DNA mit der vom Stacheldraht zu vergleichen. Doch er war auf taube Ohren gestoßen. Zu aufwendig, beschied der Staatsanwalt, zu wenig erfolgversprechend. Außerdem hielt er immer noch den Freund Johannas für verdächtig.

Zwar hatten sie keine konkreten Hinweise erhalten, dass Timo Kerber und Johanna sich in letzter Zeit gestritten hätten, und insbesondere Johannas Eltern legten für ihn die Hand ins Feuer. Was den meisten Kollegen allerdings aufstieß, war der Umstand, dass der junge Mann den Gentest verweigerte. Ein klares Indiz, dass er etwas zu verbergen hatte, so die vorherrschende Meinung.

Sellin hatte die Suchanzeigen mit Johannas Konterfei vor Augen, die Kerber in den Wochen nach dem Verschwinden seiner Freundin in der ganzen Stadt verteilt hatte. Auf ihn hatte der Junge einen ehrlichen Eindruck gemacht. Sellin hielt es zumindest für fahrlässig, sich allein auf die Version der Beziehungstat zu konzentrieren.

Ich werde nicht lockerlassen, sagte er sich.

Er musste an die Vernehmung seiner Tochter denken, die er am Morgen live in seinem Dienstzimmer vor dem Computermonitor mitverfolgt hatte. Eigentlich hatte Karsow, der in Berlin die *Mordkommission Staatssekretär* leitete, ihn darum gebeten, die Freundin des Ermordeten zum Ablauf des vergangenen Mittwochs zu befragen. Aus Gründen, die Karsow nicht kennen konnte, hielt sich Sellin für ungeeignet, weshalb er das Gespräch an Winkler und Wegmann delegiert hatte.

Sarah hatte gut ausgesehen, auch ohne Schminke und Studiolicht. Toll, was aus ihr geworden war, trotz einer problematischen Jugend. Sellin konstatierte ihre Ähnlichkeit mit Petra in jungen Jahren. Es hatte ihm missfallen, dass Wegmann sie blöd angequatscht hatte, als sei Sarah in irgendeiner Weise verdächtig.

Petras Worte verfolgten ihn: *Ruf sie an.*

Vielleicht die einzige Sache, bei der sein Mut ihn verließ.

48

Im Lauf des Nachmittags hatte die Zusammensetzung der Talkrunde Konturen angenommen. Die Geschäftsführerin der Deutschen Hauptstelle für Suchtfragen sowie ein Professor aus Heidelberg, der schon in den Achtzigern nachgewiesen hatte, dass Alkohol Krebs verursachen kann, hatten bereits zugesagt. Für die Gegenseite war der Sprecher des Deutschen Brauer-Bunds bereit anzutreten.

Von den drei involvierten Regierungsmitgliedern hatte die Redaktion zunächst die Bundesernährungsministerin Lore Manz angesprochen, eine Frau der CSU, doch ihr Büro reagierte nicht. Sie boykottiert mich, war Sarahs erster Gedanke.

«Macht ihrem Sprecher klar, dass wir andernfalls Karsten Werremeyer einladen», empfahl Max. «Das kann ihr nicht gefallen, zumal er der SPD angehört.»

«Weiß sie, dass wir für die Sendung nach Berlin gehen werden?», fragte Sarah.

«Haben wir das schon festgelegt?»

«Nein, aber wenn es unsere Chancen erhöht, Manz zu bekommen, dann sollten wir das tun. Der Brauer-Bund sitzt auch in Berlin. Und die Hauptstelle für Suchtfragen …»

«Hamm, Westfalen.»

«Trotzdem. Wir gehen nach Berlin.»

«Vielleicht ist die Ministerin Fan von Benno Knappersbusch», warf Solveig Schneider ein, die WDR-Redakteurin. Der Schauspieler galt als Frauenschwarm, obwohl er die sechzig schon längst überschritten hatte.

Im gleichen Moment leuchtete das Display von Max' Handy auf, das vor ihm auf dem Tisch lag. Er griff danach. «Immerhin, den haben wir. Seine Agentin simst mir gerade. Knappersbusch freut sich auf dich, Sarah.»

Im Eingangsordner ihres E-Mail-Programms fand Sarah eine Nachricht von Laura. Ihr Freund hatte bestätigt, dass es sich in den Listen um Medikamente handelte, zumindest auf den Seiten, die in englischer Sprache verfasst waren. Er wolle sich die Sache genauer ansehen und sich wieder melden, sobald er von seinem Kongress zurück sei.

Was noch einige Tage dauern wird, dachte Sarah enttäuscht.

Bevor sie die Redaktion verließ, stattete sie dem Großraumbüro einen Abstecher ab. Laura arbeitete noch immer an ihrem Platz. Ihr Monitor zeigte eine Nachrichtenseite. Sarah erkannte Knappersbuschs Foto. Trug die Kollegin bereits Informationen für das Gästedossier zusammen?

«Die *Emma*», kommentierte Laura.

«Dann geht es um nichts Gutes, wenn unser Großschauspieler dort das Thema ist.»

«Wusstest du, dass er angeblich vor Jahrzehnten eine Minderjährige missbraucht hat? Ein Freund von ihm, ein reicher Filmproduzent, soll ihrer Familie viel Geld bezahlt haben, damit sie Gras über die Geschichte wachsen ließ.»

«Keine Anzeige, kein Prozess?»

«Es wurde nie etwas in die Wege geleitet. Aber die Kleine musste sich fühlen, als sei sie von den eigenen Eltern verkauft worden.»

«Wie verlässlich ist die Story?»

Laura hob die Hände. «Mir ist schon klar, dass sie in der Sendung keine Rolle spielen wird. Aber mir ist äußerst unwohl bei dem Gedanken, dass Knappersbusch in der Beliebtheitsskala noch höher aufsteigen wird, wenn er dir gegenüber den trockenen und reuigen Alkoholiker spielt, Trinkeranekdoten zum Besten gibt und womöglich die Ministerin und den Bierfuzzi beschuldigt, Deutschland in die Sucht zu treiben.»

«Ich hoffe, er tut genau das», antwortete Sarah, obwohl sie die Kollegin sehr gut verstand.

«Manche Aspekte hasse ich an unserem Job.»

«Ich auch», gab Sarah zu.

Laura klickte die *Emma* weg. Leise sagte sie: «Und? Darf man gratulieren?»

Sarah zuckte mit den Schultern. Natürlich hatte sie die Schwangerschaft nicht beabsichtigt. Es ist womöglich schon beim ersten Mal passiert, dachte sie und verfluchte ihre Schlampigkeit im Umgang mit der Pille. Die auch daher rührte, dass sie eigentlich an ihrer Fruchtbarkeit gezweifelt hatte, seit nach einer Blinddarmoperation ein Eileiter mit dem Narbengewebe verwachsen und funktionsuntüchtig geworden war.

«Dein Freund hätte sich sicher gefreut», sagte Laura leise.

«Keine Ahnung. So gut kannte ich ihn noch nicht.»

«Was hast du jetzt vor?»

«Wenn ich das wüsste.»

Laura nickte verständnisvoll.

Sarah sagte: «Neulich habe ich ein Schlafmittel genommen.»

«Welche Sorte?»

«Vivinox.»

«Das schadet nicht.»

«Sicher?»

Laura bejahte. «Weiß die Polizei etwas Neues?»

«Wegen des Mordes?» Sarah schüttelte den Kopf. «Sie kommt nicht voran. Oder sie will oder darf nicht.»

Sie musste daran denken, dass Sellin offenbar zur Mordkommission zählte, die im Fall der Toten vom Unterbacher See ermittelte. Ob er wusste, warum Johanna Kling Ende Juni ihren Staatssekretär aufgesucht hatte? Ob er ahnte, wer Christian auf dem Gewissen hatte?

Ihr fiel ein, was ihre Mutter gesagt hatte: *Deinem Vater geht es nicht gut. Er hat niemanden mehr.*

Seit einem Vierteljahrhundert nannte Sarah ihn nur noch bei seinem Nachnamen. Seit er sie und ihre Mutter verlassen hatte.

Und sie hatte sich bis heute geweigert, auch nur ein Wort mit ihm zu wechseln, weil sein Verhalten ihre Mutter dazu gebracht hatte, sich mit Schlaftabletten zu vergiften.

Wann verjährte diese Tat?

49

Zu Hause wärmte Sellin den Rest Spaghetti mit Soße auf, der von gestern übrig geblieben war. Danach setzte er sich an seinen privaten Rechner. Von hier aus hatte er zwar keinen Zugriff auf die Dateien der Polizei, aber um sich etwas Hintergrundwissen anzueignen, würden Google und Co. genügen, schätzte er.

Die Hilfsorganisation beschäftigte ihn.

Die Programme fuhren mit einem Surren hoch. Sellin gab

Humanity First International in die Suchmaske des Browsers ein.

Gegründet nach dem Zweiten Weltkrieg, als in Europa Hunger herrschte. Amerikaner schickten Lebensmittelpakete in die ausgebombten Städte Deutschlands. Heute arbeiteten weltweit Tausende von Mitarbeitern an der Armutsbekämpfung. UNO, Weltbank, zahlreiche Regierungen und private Spender statteten die Organisation mit einem Etat von jährlich rund einer halben Milliarde Euro aus.

Der deutsche Ableger war als Verein organisiert. Hauptsitz in Düsseldorf. Die Mitarbeiter leisteten Öffentlichkeitsarbeit, sammelten Spenden und organisierten Nothilfe in Krisengebieten. Unter anderem wurden von hier aus Projekte in Kenia betreut: Wasserversorgung in Dürregebieten, HIV-Prävention, Flüchtlingsarbeit – Dadaab war nur eines von mehreren Camps.

Die Generalsekretärin hieß Sigrid von Hagen.

Sellin gab ihren Namen ein.

Die ersten Treffer führten zu Presseerklärungen von *Humanity First* sowie zu Interviews, die von Hagen in den letzten Jahren diversen Medien gegeben hatte. In den aktuelleren Artikeln ging es um den Schutz der Zivilbevölkerung in Syrien, um frierende Flüchtlinge auf der Balkanroute, um den Aufbau der Trinkwasserversorgung in den vom IS befreiten Gebieten im Norden Iraks.

Vor drei Jahren war vermeldet worden, dass Sigrid von Hagen ihren Posten bei der Hilfsorganisation angetreten hatte. Zuvor hatte sie bei einem Klinikkonzern namens Samax AG gearbeitet, als Assistentin des Vorstands. Ein Foto zeigte ein breites Gesicht, Stupsnase, gewelltes Haar, Mittelscheitel.

Weitere Informationen waren rar. Einen Wikipedia-Eintrag hatte die Frau nicht. Auf Facebook nannte sie sich *Sigrid Ha* – Sellin konnte sie anhand des Profilbilds identifizieren. Ihre

Chronik war so eingestellt, dass man mit ihr befreundet sein musste, um die Postings mitzulesen.

Samax – da war doch was?

Sellin erinnerte sich: Christian Wagner war Beiratsvorsitzender von *Samax Blue Planet* gewesen, einer wohltätigen Stiftung, mit deren Hilfe der Krankenhausbetreiber sein Image aufpolierte. Gut möglich, dass von dort auch Geld an *Humanity First* geflossen war. Hatten sich Sigrid von Hagen und der Staatssekretär gekannt?

Sellin musste gähnen. Die Buchstaben auf dem Monitor verschwammen. Er schaltete den Rechner aus – endgültig Feierabend.

Seine Tochter fiel ihm wieder ein.

Ruf sie an.

Er griff nach dem Telefon und wählte die Nummer, die Petra ihm gegeben hatte. Ich bin verrückt, dachte er beim ersten Freizeichen und beschloss, spätestens nach dem dritten Klingeln aufzugeben.

«Sarah Wolf.»

Ihre Stimme an seinem Ohr – der erste Kontakt seit Jahren.

«Hallo?», fragte sie, hörbar genervt.

Er verfluchte, dass er sich keine Begrüßungsworte zurechtgelegt hatte.

50

Als Sarah bereits auflegen wollte, antwortete eine Männerstimme, deren Klang in ihr alte Erinnerungen weckte.

«Sarah. Ich bin's.»

Sellin.

«Hallo», antwortete sie widerwillig – eine vertrauliche Anrede wollte ihr nicht über die Lippen. «Woher hast du meine Nummer? Von Mama?»

«Sie meinte, wir sollten uns endlich versöhnen.»

«Seit wann hörst du auf sie?»

«Wenn sie doch recht hat. Es ist höchste Zeit.»

Sarah dachte daran, dass ihr Vater heute Morgen älter ausgesehen hatte, als er in Wirklichkeit war. Der Stock, das graue Gesicht. Anders als in ihrer Erinnerung. Wann bin ich ihm davor zuletzt begegnet? Auf der Beerdigung von Oma Sellin, schon etliche Jahre her.

«Wie geht es dir?», fragte er.

«Könnte besser sein.»

«Tut mir leid, dass dich meine Kollegen so aggressiv angegangen sind.»

«Gehörst du auch zur Mordkommission im Fall der Toten vom Unterbacher See?»

«Ja.»

«Ich war mit Christian Wagner zusammen, dem Staatssekretär, der in Berlin …»

«Ich weiß. Mein Beileid, Sarah.»

«Gibt es da etwas Neues?»

«Die Berliner Kripo zählt dich zumindest nicht zu den Tatverdächtigen.»

«Ich glaube, die haben überhaupt niemanden, den sie dazu zählen könnten. Zu sagen, sie tappen im Dunkeln, wäre ein Euphemismus. Dafür müssten sie überhaupt erst einmal tappen!»

«Du tust ihnen unrecht.»

«Ach, ja?»

Für einen Moment war es still in der Leitung, dann sagte Sellin: «Ich habe eine Menge falsch gemacht. Das ist mir in letzter Zeit klargeworden.»

Sarah erinnerte sich daran, wie innig ihr Verhältnis einmal gewesen war. Je nachdem, wann er Schichtdienst hatte, brachte er sie zur Schule, fuhr sie zum Reiten und zum Gitarrenunterricht oder las ihr abends vor. Mehr als ihre Mutter war er für sie da gewesen. Von einem Tag auf den anderen hatte das aufgehört.

Ihr Vater schniefte. Heulte er, war das Theater?

«Warum hast du den Kontakt mit mir abgebrochen?», fragte sie.

«Deine Mutter hat mich rausgeworfen.»

«Das ist kein Grund. Ich hätte dich an deinen freien Tagen besuchen können.»

«Meine damalige Freundin war dagegen. Sie wollte mich ganz für sich haben.»

«Ja, aber wie konntest du dich darauf einlassen?»

«Ich sag doch, ich hab viel falsch gemacht. Es war eine schlimme Phase auch für mich, glaub mir, Sarah.»

Dein Vater hat dir immer nur etwas vorgemacht, hatte ihre Mutter damals gesagt.

In Wirklichkeit liebt er dich nicht.

Zuerst hatte Sarah den Grund bei sich selbst gesucht.

«War das die Frau, die du später geheiratet hast?»

«Nein. Beate war ganz anders. Aber dann hast du dich geweigert, mich zu treffen.»

«Wusstest du, dass Mama nach eurer Trennung versucht hat, sich umzubringen?»

Für einen Moment war es still in der Leitung. Dann sagte Sellin: «Das höre ich zum ersten Mal.»

«Wir waren dir völlig egal. Du hast uns nicht mal finanziell unterstützt, das wäre das Mindeste gewesen.»

«Ich hatte Schulden.»

«Du hast alles verzockt und versoffen.»

«Hat das deine Mutter behauptet?»

«Ja.»

«Es stimmt, dass ich viel Geld an der Börse verspekuliert habe. Ich hatte einen todsicheren Tipp und wollte euch den Gewinn überlassen. Ihr hättet das Haus behalten können. Hat leider nicht geklappt.» Wieder ein Schniefen. «Es war nicht so, dass die ganze Schuld allein bei mir lag. Petra und ich hatten uns schon länger … auseinandergelebt. Das Einzige, was uns noch verbunden hat, bist du gewesen. Das mit dem Suizidversuch tut mir schrecklich leid. Ich wusste wirklich nichts davon. Aber ich hab mich mit Petra ausgesöhnt.»

«An den Gedanken muss ich mich erst noch gewöhnen.»

«Es wäre mein größter Wunsch, dass wir das auch versuchen. Uns wieder vertragen.»

Sarah schwieg.

«Bist du noch dran, mein Engel?»

«Nenn mich nicht so.»

«Wegen des Staatssekretärs, es tut mir wirklich sehr leid, dass das passiert ist.»

Sarah atmete tief durch. «Danke.»

«Petra meint …»

«Falls du es noch nicht weißt: Mama hat einen sehr netten Freund und ist glücklich mit ihm.»

«Glaubst du ernsthaft, ich würde mich in Petras Leben drängen wollen?»

«Dann ruf sie nicht ständig an.»

«Tu ich gar nicht.»

«Sag mir lieber, was du über die Ermittlungen weißt. Wer hat deiner Meinung nach Christian umgebracht?»

«Misch dich da nicht ein, Sarah. Überlass das den Profis.»

«Du redest wie Karkow.»

«Dann muss er wohl recht haben.»

Sarah zögerte. Schließlich sagte sie: «Ich weiß nicht, ob ich ihm trauen kann.»

Sie berichtete ihrem Vater von dem Gespräch in der Tiefgarage des ARD-Hauptstadtstudios, das sie mitbekommen hatte. Von den Stiefeln, die denen von Polizisten ähnelten. Beamte der Einsatzhundertschaften trugen so etwas, Spezialeinsatzkommandos, oft auch normale Uniformierte auf der Straße.

«Das muss nichts bedeuten», meinte Sellin.

«Und wenn doch?»

«Ach, Sarah. Eine Verschwörung, gedeckt von der Polizei? Ich glaube, da geht dein journalistischer Enthüllungseifer mit dir durch.»

«Dann erzähl mir deine Version.»

«Hast du die Zeitungsberichte zum Fall Johanna Kling gelesen, der Toten vom Unterbacher See?»

«Wen verdächtigt ihr da?»

«Das unterliegt dem Dienstgeheimnis.»

«Komm schon, Sellin!»

Sie hörte ein Gluckern – er schenkte sich etwas zu trinken ein.

«Natürlich steht Johannas Umfeld im Fokus. Zum Beispiel ihr Freund. Eine komplizierte Beziehung, wie es scheint. Wer weiß, ob ...»

«Daran glaubst du aber nicht», unterbrach sie ihn.

«Stimmt.»

«Also?»

«Hast du von Dadaab gehört?»

Sarah hielt unwillkürlich die Luft an.

«Johanna Kling kommt von ihrer Dienstreise nach Kenia zurück und ist wie verwandelt. Sie vereinbart einen Termin mit dem Beiratsvorsitzenden der Stiftung, die in Dadaab aktiv ist, und ruft einen Tag später eine Exkollegin an, um sich auch mit ihr zu treffen. Wozu es dann aber nicht mehr kommt.»

«Und weiter?»

«Ich frag mich, warum sie nicht mit ihrer Chefin über Dadaab gesprochen hat oder mit der Kollegin, die mit ihr im gleichen Büro saß. Irgendetwas ist in dieser Hilfsorganisation faul.»

Sarah dachte darüber nach, hatte aber keine Erklärung.

«Bist du noch dran?», fragte ihr Vater.

«Ihr müsst mit Ambogo reden», erwiderte sie.

«Meines Wissens haben die Berliner Kollegen über Interpol eine Bitte um Amtshilfe nach Nairobi übermittelt.»

«Was ewig dauern wird. Warum fährst *du* nicht hin?»

«Wohin?»

«Nach Kenia. Nach Dadaab.»

«Den Staatsanwalt, der das auf seine Kappe nimmt, müsste man sich erst einmal backen», antwortete Sellin. «Fremder Kontinent, viel zu weit, viel zu teuer. Auch die Polizei muss betriebswirtschaftlich kalkulieren.»

Sarah überlegte, ihrem Vater von dem Mädchen mit den Zöpfen zu erzählen, das vielleicht Ambogos Tochter war und sich womöglich noch in Deutschland aufhielt. Von einer gewissen Nadine Fischer, die auf private Rechnung des Bundesgesundheitsministers nach Mombasa gereist war. Von den Medikamenten-Listen auf Christians USB-Stick.

Aber all das kam ihr auf einmal selbst sehr vage vor.

Sie spürte, wie müde sie war.

«Du ahnst nicht, wie gut es mir tut, endlich mal mit dir zu reden, nach so vielen Jahren», sagte Sellin. «Ich seh dich sonst nur im Fernsehen. Hör zu, was hältst du davon, wenn wir uns mal treffen?»

«Wie bitte?»

«Auf einen Happen, vielleicht morgen Abend? Nenn mir ein Restaurant deiner Wahl, meinetwegen bei dir in Oberkassel.»

Sarah erstarrte.

Mama hat ihm sogar verraten, in welchem Stadtteil ich lebe.

Ihr war, als falle ihr das Atmen schwer. Das ging ihr alles viel zu schnell.

«Sarah?»

Sie legte auf und schloss für einen Moment die Augen. In ihrer Erinnerung hatte sie ihren elften Geburtstag. Sie versuchte mehrfach, ihren Vater im Dienst anzurufen, bekam aber immer nur einen Kollegen an die Strippe. Endlich meldete er sich selbst – und legte sofort auf, als sie ihn ansprach.

Sarahs Tag war verdorben. Mama nahm sie in den Arm, doch statt sie mit irgendeiner Geschichte zu trösten, die Papas Verhalten erklärte, sagte sie böse Dinge über ihn.

In Wirklichkeit liebt er dich nicht.

An dem Tag hatte Sarah das Wort «Papa» aus ihrem Wortschatz gestrichen.

51

Am Dienstag sagte die Ernährungsministerin endgültig ab. Die Redaktion bemühte sich nun um Karsten Werremeyer, den Gesundheitsminister.

Gegen ihn sprach zwar Sarahs Quotierungsregel, denn mit der Geschäftsführerin der Deutschen Hauptstelle für Suchtfragen war erst eine Frau als Gast geplant, und eine weibliche Alternative zum Vertreter des Brauereiverbands gab es nicht. Ob Bier, Wein oder Schnaps – die Lobbyvereine der Alkoholproduzenten hatten offenbar nur Männer in ihre führenden Ämter berufen. Ausnahmsweise würden Frauen dieses Mal unterrepräsentiert sein. Die anderen Talkshows machten das ständig.

Dann rief Werremeyers Pressesprecher zurück. Es gebe

Terminprobleme. Die nur vorgetäuscht sind, argwöhnte Sarah und überlegte, ob nun der Punkt erreicht sei, dem Medienredakteur der *Morgenpost* ein Statement zu liefern, damit er den Boykott ihrer Sendung durch die Regierungsparteien öffentlich zum Skandal erklären konnte – ihr größtes und letztes Geschütz.

Aber konnte sie mit Gewissheit behaupten, dass das Terminproblem nur vorgeschoben war? Sie griff zum Telefon und rief den Minister selbst an.

Eine Vorzimmerdame meldete sich. «Büro Minister Werremeyer, was kann ich für Sie tun?»

Sarah fragte sich, ob das Jana Bergowitz war, die für Christian Herzchen auf einen Briefumschlag gemalt hatte. In letzter Zeit musste sie oft an diesen kindischen Liebesbeweis denken. Niemand, der älter als fünfzehn ist, tut so etwas. Bergowitz tickt nicht richtig, schlussfolgerte sie.

«Sarah Wolf. Kann ich bitte den Minister sprechen?»

«*Die* Sarah Wolf von der ARD?»

«Richtig.»

«Einen Moment, bitte.»

Unmittelbar darauf hatte sie Werremeyer persönlich am Ohr. Die Stimme voluminös wie sein Bauch. Garantiert war der Mann ein Genussmensch, wenn es um flüssige Nahrung ging. Sarah erklärte ihm, was sie vorhatte.

«Verstehe», erwiderte er. «Die Deutschen sollten lieber fasten und enthaltsam leben.»

«Wäre das die bessere Wahl für unsere Gesundheit?»

Werremeyer lachte. «Meine Oma aus dem Rheingau trank täglich ihr Gläschen Riesling und wurde dreiundneunzig.» Sie plauderten eine Weile über Großmütter, über Genuss und Lebenslust. Fast hatte Sarah den Eindruck, der Minister wolle mit ihr flirten. Auf jeden Fall würde er einen unterhaltsamen Gast abgeben.

Schließlich sagte er ohne weitere Umstände zu, ins Berliner Studio zu kommen. Von Terminschwierigkeiten war keine Rede mehr.

«Sagen Sie mal ... Stimmt es, dass Sie mit meinem parlamentarischen Staatssekretär liiert waren?»

«Ja. Wir hatten es nur noch nicht publik gemacht.»

«Mein tief empfundenes Beileid, Frau Wolf.»

«Danke.»

«Was ist das für eine komische Geschichte mit dem Mann aus Kenia vor Wagners Tür? Haben Sie eine Ahnung, was der wollte?»

«So wenig wie Sie.»

«Schon seltsam, oder?»

«Was hat die Kripo Ihnen noch erzählt?»

«Nichts, die treffe ich erst morgen. Angeblich soll jetzt der Personenschutz für alle Regierungsmitglieder aufgestockt werden. Sie glauben nicht, was momentan hier los ist. Die Sicherheitsbehörden sind in Aufruhr, als sei die gesamte Regierung von Mördern bedroht. Rechnen Sie also mit einer gewissen Entourage, Frau Wolf. Damit meine ich Fahrer und Polizisten, die von Ihrer Redaktion mit Kaffee und Brötchen versorgt werden wollen, während sie auf mich warten.»

«Ist bei uns Standard, Herr Minister.»

«Das ist schön. Als Sozialdemokrat darf ich nämlich auch solche Leute nicht aus dem Auge verlieren.»

Nachdem sie aufgelegt hatte, fragte sie sich, woher Werremeyer von Emmanuel Ambogo wusste, wenn nicht durch die Polizei, die er angeblich erst morgen treffen würde.

52 Sie besuchte Max in dessen Büro. Neu an seiner Pinnwand hing eine Seite aus einer alten Satirezeitschrift, die Verballhornung einer Likörwerbung aus den Achtzigern. Ein derangierter Typ hielt eine Flasche in die Kamera. Darunter stand: *Ich trinke Leberkleister, weil ich ein armer Schlucker bin.*

Den Satz muss ich mir merken, dachte Sarah.

«Wir haben Karsten Werremeyer», sagte sie.

Max blickte sie an, ernst und sorgenvoll, statt sich mit ihr zu freuen.

«Was ist?», fragte sie.

«Knappersbusch.»

«Sag bloß, er hat uns einen Korb gegeben?»

«Nein, aber ich habe aus zuverlässiger Quelle erfahren, dass er nicht so trocken ist, wie wir angenommen haben. Als eine Regieassistentin ihm in der Garderobe seine Flasche wegnehmen wollte, soll er sogar handgreiflich geworden sein.»

«Mist.»

«Wenn wir Knappersbusch als moralische Instanz präsentieren …»

«Nein, das geht nicht.»

«Seh ich auch so.»

«Was schlägst du vor?»

Max hob die Schultern. «Er könnte sich in der Sendung als rückfällig outen. Damit würden wir natürlich ein riesiges Medienecho generieren. Aber das müssten wir vorher mit ihm abklären.»

«Nein, das will ich nicht. Das Privatschicksal von Knappersbusch würde das gesamte Gespräch dominieren und unser Sachthema beiseitedrängen. Fehlte nur noch, dass er betrunken im Studio aufkreuzt und ausfällig wird.»

«Stimmt auch wieder.»

«Wir brauchen eine Alternative.»

Max gab etwas in den Rechner ein. «Da gäbe es noch jemanden, allerdings nicht so prominent.» Er drehte den Monitor.

Sarah erkannte die abgebildete Person sofort. Miriam Moll, ebenfalls vom Schauspielfach.

Ihr Redaktionsleiter zählte auf: «Schon mit zwanzig Jahren in der DDR ein Leinwandstar. Hat nach der Wende nicht mehr daran anknüpfen können und wäre fast am Schnaps krepiert. Dann kriegte sie die Kurve und in den letzten fünfzehn Jahren auch wieder Rollen.»

«‹Der Preis des Lebens› – war der Film nicht sogar für den Oscar nominiert?»

Max nickte. «Miriam Moll hat in Interviews freimütig über ihre Sucht gesprochen und sogar ein Buch darüber geschrieben. Sie lebt in Berlin, und ich habe für alle Fälle schon bei ihrer Agentin vorgefühlt. Aber natürlich kein Vergleich mit Knappersbusch.»

«Trotzdem perfekt.»

«Es gibt nur einen Haken.»

«Welchen?»

«Frau Moll gehörte bei der letzten Bundespräsidentenwahl zu den Wahlleuten, die von der Linkspartei in die Bundesversammlung geschickt wurden. Wie wird Werremeyer darauf reagieren?»

«Wir sagen es ihm nicht.»

«Wie bitte?»

«Miriam Moll wird unser Überraschungsgast. Und dem Minister wird es gefallen, mit ihr gemeinsam aufzutreten. Ich denke, Werremeyer wird ihr gegenüber den Charmebolzen geben.»

«Das könnte Ärger geben. Die Angreifer sind zu stark, Sarah. Und am Ende wird man dich wieder als einseitig anprangern.»

«Und die Einspieler?», fragte sie, seinen Einwand ignorierend.

«Der erste Film nach der Vorstellungsrunde sollte in das Thema einführen. Wirtschaftsfaktor Alkohol, Gesundheitskosten durch Missbrauch, mögliche Maßnahmen, die im Gespräch sind. Den macht Tim, wenn er morgen wieder auf dem Damm ist.»

«Gut.»

«Und im zweiten Film zeigen wir Werremeyer, wie er Volksfeste eröffnet, immer ein Glas oder einen Maßkrug an den Lippen. Das übernehme ich, wenn du nichts dagegen hast.»

«Aber war das in der Konferenz nicht Lauras Idee?»

«Bei ihr kriegt das zu viel Schärfe.»

«Nein, sie bringt es auf den Punkt.»

«Diepi wird das nicht gefallen.»

«Du machst stattdessen den dritten Einspieler und porträtierst Miriam Moll. DDR-Ruhm, Absturz, Comeback. Drei Minuten über unseren Kinostar, damit bist du für den Glamour in der Sendung zuständig.»

Max machte sich eine Notiz.

«Und lass Diepenbrock meine Sorge sein.»

53

Sarah ging die ominöse Nadine Fischer nicht aus dem Kopf, deren Buchungsbestätigung die verliebte Miss Moneypenny Christian zugesteckt hatte. Sie startete kurzerhand eine Internetrecherche und fand auf einer Telefonbuchseite drei Personen dieses Namens im Raum Münster und Osnabrück. Sie wählte die Nummern eins und zwei. Beide Male ging niemand ran.

Die dritte Nummer.

«Ja?»

«Sind Sie Nadine Fischer?»

«Ja, was gibt's?»

«Gesine Stetter, Firma Condor. Wir machen gerade eine Umfrage zur Kundenzufriedenheit, und Sie sind im April dieses Jahres mit uns nach Mombasa geflogen.»

«Soll das ein Scherz sein?»

«Entschuldigung, dann liegt hier offenbar eine Verwechslung …»

Aufgelegt.

Würde die richtige Nadine Fischer es zugeben? Vielleicht war sie auch gar nicht unter den drei Personen, die das Verzeichnis aufführte, sondern hatte ihren Anschluss unter dem Nachnamen ihres Mannes angemeldet, falls der anders lautete. Womöglich war der Zubringerflug ab Münster-Osnabrück auch eine Finte, und die gesuchte Frau lebte in einer ganz anderen Region.

Sarah beschloss, nun doch die Polizei über den Brief und die Flugbuchung zu informieren. Deshalb rief sie Karsow an, im Berliner Landeskriminalamt sowie auf seinem Handy, aber der Hauptkommissar nahm das Gespräch nicht an. Sie wählte die Zentralnummer und bat darum, dass man sie mit seinem Kollegen Wernicke verband, doch auch der sei momentan nicht erreichbar, hieß es.

Daraufhin tippte sie eine Nummer der hiesigen Kripo in den Apparat.

«Paul Sellin, Polizeipräsidium …»

«Ich bin's, Sarah.»

«Schön, deine Stimme zu hören. Ich hab gerade an dich …»

«Lass das, Sellin. Sag mir lieber, woher Bundesgesundheitsminister Karsten Werremeyer von Emmanuel Ambogo weiß.»

«Waren die Berliner Kollegen schon bei ihm?»

«Morgen erst.»

«Dann hat ihm sicher der Geheimdienst davon erzählt.»

«Geheimdienst?»

«Verfassungsschutz oder Bundesnachrichtendienst. Immerhin zählte dein Freund zur Bundesregierung. Ein solcher Mord ist auch ein Anschlag auf den Staat. Zumindest sehen diese Behörden das so. Die lassen keine Gelegenheit aus, um sich wichtigzumachen.»

Klingt einleuchtend, dachte Sarah. «Okay, zweite Frage: Wie kommen wir an eine Nadine Fischer heran? Sie wohnt eventuell in Münster oder Osnabrück oder irgendwo in der Umgebung.»

«Was willst du von ihr?»

Sarah erzählte ihrem Vater von der Buchungsbestätigung – der Business-Class-Flug über Frankfurt nach Mombasa und zurück, bezahlt mit Werremeyers Kreditkarte.

«Ich verstehe immer noch nicht, worauf du hinauswillst.»

«Werremeyers Sekretärin gibt Christian eine Kopie davon, und drei Tage später ist er tot.»

«Tut mir leid, aber worin besteht der Zusammenhang?»

«Du willst mir also nicht helfen?»

«Doch, natürlich.»

«Ich maile dir den Rechnungsbeleg. Schau ihn dir mal an.»

«Mach ich.»

«Danke.»

«Sarah, hast du am Wochenende schon was vor? Wir könnten zu dritt, ich meine, wir zwei und deine Mutter …»

«So einfach geht das nicht.» Sie legte auf. Ihr Herz klopfte.

Warum sprang Sellin der Zusammenhang zwischen dem Brief und Christians Tod nicht wie ihr ins Auge? Für sie war es durchaus vorstellbar, dass Christian mit Hilfe von Jana Bergowitz ein Komplott gegen den Minister geschmiedet hatte.

Der sich dagegen nicht anders zu helfen wusste, als zwei Killer mit K.-o.-Tropfen und einem Würgestrick auf seinen Staatssekretär anzusetzen.

Aber wer mächtige Leute als Anstifter eines Verbrechens in Betracht zieht, wird in Deutschland rasch als Spinner in die Ecke gestellt. Es ist typisch, dachte Sarah. Man schließt sich von vornherein einer Version an, die politisch opportun erscheint.

Andererseits konnte sie sich den jovialen Karsten Werremeyer auch bei längerem Überlegen nicht recht als finsteren Drahtzieher vorstellen, trotz aller Konkurrenz mit Christian.

Wer war es dann?

Sarah bat Heide, ihr für morgen früh einen Flug nach Berlin zu buchen. Weil die Gästeliste feststand, würden ihre Mitarbeiter gut ohne sie auskommen.

Am Abend suchte Sarah ihre Gynäkologin Ricarda Bernau auf. Sie kannten sich seit ihrer Studentenzeit, Ricki war damals die Freundin eines Kommilitonen gewesen, und obwohl sie fachfremd war, kam sie oft zum Stammtisch der Medienwissenschaftler. Der Kontakt war all die Jahre nicht abgebrochen, und heute verlieh es Sarah ein gutes Gefühl, im Freundeskreis eine Ärztin zu wissen, die sie jederzeit anrufen konnte.

Ricki spulte mit ihr das ganze Programm ab. Wiegen, Blutdruck messen, eine ausführliche Untersuchung einschließlich eines Abstrichs, Blutentnahme sowie eine Urinprobe für weitere Tests im Labor. Sie fragte Sarah nach Erbkrankheiten in der Familie, ob sie rauche oder regelmäßig Medikamente nehme und wie hoch ihr Alkoholkonsum sei.

«Worauf muss ich sonst noch achten?», fragte Sarah.

«Gesunde Ernährung.»

«Geht klar.»

«Wir sind noch sehr früh dran. Mach dir keine Sorgen. Beim nächsten Mal machen wir Ultraschallaufnahmen, dann müssten schon die ersten Herztöne feststellbar sein. Und dann bekommst du auch deinen Mutterpass.»

«Wie das klingt.»

Ricki lachte. «Du wirst dich daran gewöhnen.»

«Ehrlich gesagt, ich glaube, ich bin nicht normal.»

«Wie kommst du darauf?»

«Weil ich mich nicht freue.»

«Es gibt keine normale Reaktion, Sarah. Von Euphorie bis Existenzangst ist am Anfang alles möglich. Wie hat es denn der Vater aufgenommen?»

«Er ist tot.»

Ricki riss die Augen auf und ergriff Sarahs Hand.

«Er war Politiker und wurde vergangene Woche in Berlin ermordet.»

«Der Staatssekretär? Ich hab davon gehört. Mein Gott, Sarah, das tut mir leid!»

«Ich weiß nicht, was ich tun soll.»

«Noch sind wir nicht unter Entscheidungsdruck. Und du weißt, dass du mich jederzeit erreichen kannst.»

Ich bin längst nicht in der zwölften Woche, versuchte Sarah sich zu beruhigen. Aber die Frage, ob sie das Kind bekommen wollte oder nicht, ließ sie trotzdem nicht los.

Auf dem Heimweg nach Oberkassel erschien ihr der Gedanke an Abtreibung wie Verrat an ihrem toten Freund.

Berlin – Mittwoch, 28. September

54

Nördlich der Spree, gleich hinter dem Friedrichstadtpalast, befand sich in einem modernen Kasten mit großen, bodentiefen Fenstern der zweite Dienstsitz des Bundesministeriums für Gesundheit. Der größere Teil der Verwaltung war noch immer in Bonn beheimatet und wurde dort von einem beamteten Staatssekretär geleitet, doch Karsten Werremeyer und sein Stab, zu dem auch Christian als parlamentarischer Staatssekretär gehört hatte, residierten hier.

Sarah stieg aus dem Taxi. Ihre morgige Talkshow würde ohnehin aus der Hauptstadt gesendet werden. Sie war nun einen Tag früher da – vorbereiten konnte sie sich auch an ihrem Schreibtisch im Hotel. Und nebenbei ihre Ermittlungen fortsetzen.

Sie betrat das Ministerium und gelangte in eine Sicherheitsschleuse. Wer am Empfangstresen vorbei ins Foyer und zu den Aufzügen wollte, musste einen Metalldetektor passieren sowie einen Wachmann, der auf seinem Stuhl in ein Heft mit Sudoku-Rätseln vertieft war. Sarah wandte sich an die Frau hinter dem Tresen. «Guten Morgen, ich …»

«Sind Sie nicht Sarah Wolf?» Die Pförtnerin strahlte. Ihr Haar war kurz geschnitten und grau meliert, sie trug ein beigefarbenes Twinset mit farblich abgestimmtem Halstuch – vom Alter her die typische Zuschauerin ihrer Sendung, schätzte Sarah. «Sie machen das immer so toll!»

«Danke.»

«Womit kann ich helfen?»

«Ich möchte gern zu Jana Bergowitz.»

Ein Dutzend dünner Armreifen klirrte um das Handgelenk der Empfangsdame, als sie einen Hörer ans Ohr nahm. Sie drückte energisch auf drei Ziffern ihrer Tastatur und sagte:

«Sarah Wolf ist hier … Ja, *die* Sarah Wolf … Nein, nicht in der Leitung, sondern leibhaftig bei mir in der Halle. Kann sie hochkommen?» Die Graumelierte hörte kurz zu, dann deckte sie die Sprechmuschel ab und runzelte die Stirn. «Sie haben keinen Termin vereinbart?»

«Ich will nicht mit dem Minister sprechen, sondern mit Frau Bergowitz.»

Sie gab das weiter, erhielt eine Antwort und sagte zu Sarah: «Frau Bergowitz sagt, Sie sollten sich an die Pressestelle wenden. Sie selbst sei nicht befugt, gegenüber den Medien …»

«Aber es ist etwas rein Persönliches.»

Ein Zögern, dann ein Schulterzucken. «Tut mir leid.»

Der Wachmann war aufgestanden und an die Seite der Empfangsdame getreten. «Gibt es ein Problem?»

Sarah schüttelte den Kopf, wandte sich ab und verließ das Gebäude. Sie schlenderte ein Stück die Straße entlang und suchte dabei im Handy nach Christians Nummer im Ministerium. Wenn sie die wählte, würde sich wahrscheinlich Sylvia Stindel melden, Christians Referentin.

Statt der letzten drei Ziffern gab Sarah die Durchwahl von Bergowitz ein – sie hatte sich gemerkt, welche Tasten die Dame am Empfang gedrückt hatte.

«Büro Minister Werremeyer, Bergowitz am Apparat», meldete sich eine helle, fast jugendlich wirkende Stimme.

«Legen Sie nicht auf. Es geht um den Brief, den Sie Christian Wagner neulich beim ARD-Empfang zugesteckt haben.»

«Frau Wolf?»

«Sie wimmeln mich besser nicht noch einmal ab. Oder soll der Minister erfahren, was Sie hinter seinem Rücken mit dem Staatssekretär gemauschelt haben?»

«Was wollen Sie?»

Sarah blickte sich um. Schräg gegenüber befand sich ein Italiener. «In zehn Minuten im Ristorante Roma?»

«Nicht dort.» Bergowitz nannte stattdessen ein Café auf der anderen Seite der Spree. Offenbar wollte sie vermeiden, jemanden aus dem Ministerium zu treffen.

Sarah wartete vor dem Lokal. Nur wenige Minuten nach ihr traf Bergowitz ein. Es war tatsächlich die junge Frau, die Sarah am Sonntag vor einer Woche mit Christian gesehen hatte. Dunkles Haar, grauer Anzug – vielleicht derselbe wie beim ARD-Hauptstadttreff. Sie war noch keine dreißig, einen halben Kopf kleiner als Sarah und wirkte unsicher, ein kraftloser Händedruck. Sarah hielt ihr die Tür auf.

Drinnen war nicht viel los, später Vormittag, die flaue Phase vor der Mittagszeit. Sie holten sich ihren Kaffee am Selbstbedienungstresen und trugen die dampfenden Becher nach hinten.

Jana Bergowitz besaß die Ausstrahlung einer fleißigen Arbeitsbiene, der Pflichterfüllung über alles ging, privat war sie vermutlich ein guter, treuer Kumpel, sofern man mit ihr befreundet war.

«Christian Wagner wurde ermordet, und Sie sind in Ihrem Ministerium die Person, der das am meisten zu schaffen macht, habe ich recht?»

Die Sekretärin verschränkte die Arme. Ihre Kiefermuskulatur arbeitete. Die großen Augen ließen nicht von Sarah ab.

«Wer ist Nadine Fischer?»

«Kenne ich nicht.»

«Der Name steht in dem Schreiben, das Sie Christian gegeben haben.»

«Ich habe ständig Unterlagen an ihn weitergeleitet. Um Inhalte habe ich mich nie gekümmert.»

«Nach Ministerpost sieht *das* aber nicht aus, oder?»

Nach ihrer Landung in Berlin-Tegel hatte Sarah als Erstes Lisette Hanke in Christians Abgeordnetenbüro aufgesucht und sich von ihr den Brief aushändigen lassen, den sie nun auf den Tisch legte.

Fünf rote Herzchen auf der Vorderseite.

Die Sekretärin wollte danach greifen. Sarah steckte ihn wieder ein. Bergowitz lief rot an.

Sarah versuchte sich vorzustellen, was ihr Gegenüber sich dabei gedacht hatte, als sie das Couvert auf diese Art bemalte. Ein klares Signal – und wie hatte Christian darauf reagiert? Glaubte die Sekretärin, sie hätte Chancen bei ihm gehabt?

«Erzählen Sie mir von Nadine Fischer.»

«Anfang dieses Jahres wurde ich beauftragt, einen Flug für eine Person dieses Namens zu buchen. Das ist auch schon alles, was ich dazu sagen kann.»

«Warum hat sich Christian dafür interessiert?»

«Das weiß ich nicht.»

«Hatte das etwas mit seiner Rivalität mit Werremeyer zu tun?»

«Mag sein.»

«Dann verraten Sie mir doch bitte, was so brisant an dieser Flugbuchung ist.»

Bergowitz zuckte mit den Schultern. Ihr Blick wich Sarah aus. Unter dem Tisch scharrten ihre Füße. Du bist nervös, dachte Sarah, und ich traue dir nicht.

«Was hat Christian Ihnen dafür versprochen, dass Sie ihm den Buchungsbeleg besorgen?»

Ein angedeutetes Kopfschütteln und ein missglücktes Lächeln. «Nichts.»

«Sie wissen, dass Christian und ich zusammen waren?»

«Davon habe ich erst gehört, nachdem er tot war. Frau Stindel hat es mir erzählt. Eine ganz frische Beziehung, oder? Keiner wusste davon.»

Sarah beugte sich nach vorn. «Sind Sie mit ihm ins Bett gegangen, Frau Bergowitz?»

Sie zog eine Grimasse. «Nein.»

«Aber Sie waren schwer in ihn verliebt.»

«Ach was. Natürlich mochte ich ihn. Alle, die mit ihm gearbeitet haben, mochten ihn.»

Auf Sylvia Stindel trifft das schon mal nicht zu, erinnerte sich Sarah.

«Und die Herzen auf dem Brief?», fragte sie.

«Nein, das war … ein Geburtstagsgruß von meinem Neffen an mich. Ich hab den Umschlag nur recycelt. Ehrlich.»

«Es heißt, Sie seien in Christian verknallt gewesen. Und er habe das ausgenutzt, um mit Ihrer Hilfe den Minister auszuspionieren.»

«Die Leute erzählen viel. Hässlicher Flurfunk, wer fleißig ist, wird von Kolleginnen gemobbt. Auf solche dummen Gerüchte werden Sie doch nichts geben, Frau Wolf?»

«Dann sagen Sie mir endlich, was es mit diesem Flug nach Mombasa auf sich hat!»

«Keine Ahnung, ehrlich.»

«Dann muss ich eben doch mit Minister Werremeyer darüber reden.»

«Nein, bitte, verraten Sie mich nicht!»

«Christian hatte eine langjährige Freundin, die er aller Welt gegenüber geheim hielt.»

Die kleine Dunkelhaarige blickte in die Tasse, die sie umklammert hielt.

«War das Nadine Fischer?»

«Lassen Sie mich endlich in Ruhe! Und hören Sie auf nachzubohren, sonst …»

«Sonst?»

Schweigen.

Sarah berührte ihren Arm. «Jana …»

Die Sekretärin sprang auf und stürmte aus dem Lokal.

Sarah atmete tief durch. Dann stellte sie das Tablett mit den geleerten Tassen in den dafür vorgesehenen Wagen und verließ ebenfalls das Café.

Vor der Tür fummelte sie eine Zigarette aus der Packung und steckte sie an. Sie nahm einen tiefen Zug, um sich zu beruhigen. Dann erschrak sie darüber, ließ den Glimmstängel fallen und trat ihn aus.

Schluss damit, dachte sie.

55

Seit heute Morgen arbeitete Paul Sellin ausschließlich am Schreibtisch. Die Leiterin der Mordkommission hatte ihn zum Telefondienst verdonnert, nachdem ihr aufgefallen war, wie es um Sellins körperliche Verfassung stand. Das fremde Tier setzte ihm fast rund um die Uhr zu.

Dr. Abramovic hatte ihm gegen die Schmerzen ein angeblich leichtes Opiat namens Tramal verschrieben, doch Sellin schreckte vor der Einnahme zurück, nachdem er den Beipackzettel studiert hatte.

Er hoffte, dass es sich nur um einen vorübergehenden Schub handelte, dem Besserung folgen würde, wie er es beim ersten Ausbruch der Krankheit vor drei Jahren erlebt hatte.

Die Nummer der Hotline zum Fall Johanna Kling war auf seinen Apparat im KK12 geschaltet, und auch am zehnten Tag nach dem Skelettfund am Seeufer gingen etliche Anrufe ein. Für die lokalen Medien blieb der Mord ein Thema, vor allem das Boulevardblatt *Blitz* ließ nicht locker.

Und wieder klingelte Sellins Diensttelefon. Er hob ab und meldete sich. Eine Männerstimme antwortete.

«Wosinski hier. Ich arbeite in der *Stadtbäckerei* gegenüber von dem Haus, in dem die Frau gewohnt hat.»

Osteuropäischer Akzent. In etwa mein Alter, schätzte Sellin. Ihm war klar, wen der Anrufer meinte, trotzdem fragte er: «Welche Frau?»

«Über die etwas in der Zeitung steht. Sie soll die Tote vom Unterbacher See gewesen sein. Als sie noch lebte, hat sie ihre Brötchen bei uns gekauft. Am liebsten mochte sie die Laugendreiecke. Ich hab ihr Foto wiedererkannt.»

«Jetzt erst?»

«Bin erst seit gestern aus dem Urlaub zurück.»

«Und was können Sie mir über Johanna Kling mitteilen?»

«In der *Morgenpost* steht, sie sei an einem Samstagmorgen im Juni verschwunden.»

«Ja, das halten wir für möglich.»

«Es war Ende Juni, da schließe ich gerade unsere Filiale auf, als ich die Kundin mit zwei Typen aus dem Haus gegenüber kommen sehe. Die Typen stützen sie, als wenn sie allein nicht mehr geradeaus laufen könnte. Sie muss in der Nacht heftig gefeiert haben, dachte ich und hab mich noch gewundert, weil die junge Frau nämlich sonst einen soliden Eindruck gemacht hat.»

Sellin spürte, wie ihm heiß wurde. «Können Sie die beiden Männer näher beschreiben?»

«Dunkle Klamotten, Stiefel, Jacken. Es war frisch um die Uhrzeit.»

«Stiefel?»

«Schwarze Schnürstiefel. Der eine trug eine Mütze. Bewegt haben sie sich wie junge Kerle mit zu viel Kraft, wenn Sie wissen, was ich meine. Bodybuilder oder so. Ich musste ganz spontan an Hells Angels denken oder Türsteher in der Altstadt. Hab mich gelinde gesagt etwas gewundert, dass sich die Frau auf solche Typen einlässt.»

«Die Gesichter …»

«Konnte ich nicht erkennen.»

«Und dann?»

«Nicht weit vom Hauseingang entfernt stand ein Auto. Da haben sie die Frau hineingesetzt und sind mit ihr weggefahren.»

«Herr Wosinski …»

«Ja, genau. Janosch Wosinski.»

«Erinnern Sie sich zufällig an das Wagenmodell?»

«Die Karre war weiß oder silberfarben. Oder grau. Auf jeden Fall viertürig. Automarke hab ich mir nicht gemerkt, sorry. So mittelgroß, schätz ich mal.»

«Woher wissen Sie, dass es ein Samstag war?»

«Weil das der einzige Tag in der Woche ist, an dem ich so früh mit der Arbeit anfange. Sonst übernehme ich immer die späte Schicht.»

«Ende Juni?»

«Ja, genau.»

«Samstag, der Fünfundzwanzigste?»

«Muss wohl.»

«Herr Wosinski, ich schicke einen Kollegen vorbei, der Ihre Aussage zu Protokoll nehmen wird. Vielleicht fällt Ihnen bis dahin noch etwas ein.»

«Kein Problem. Bin bis achtzehn Uhr im Geschäft.»

«Ich danke Ihnen.» Sellin legte auf.

Er hielt den Mann für einen brauchbaren Zeugen und den Hinweis für wichtig, doch ein Aspekt seiner Aussage gefiel ihm nicht. Schwarze Schnürstiefel – solches Schuhwerk hatte Sarah bereits mit dem Mord an dem Staatssekretär in Verbindung gebracht. Ihre rege Phantasie hatte den Träger für einen Polizeibeamten gehalten.

Junge Kerle mit zu viel Kraft.

Sellin kannte etliche Kollegen, die Bodybuilding betrieben.

Er notierte die Aussage des Anrufers so weit wie möglich im Wortlaut und mailte sie sowohl der Leiterin der *Mordkommission Drohne* als auch dem Aktenführer.

56 Im Lauf des Nachmittags unterbrach Sarah ihre Vorbereitung auf die morgige Sendung und versuchte noch einmal, die beiden Nadine Fischers zu erreichen, unter deren Nummern sich gestern niemand gemeldet hatte. Dazu goss sie sich den letzten Schluck Mineralwasser aus ihrer Flasche ein. Vor dem Fenster wurde es dämmrig, die ersten Lichter gingen an.

Unter der Nummer der ersten Nadine Fischer erreichte sie auch dieses Mal niemanden.

Sarah rieb sich den Nacken, wählte die nächste Nummer und hörte dem Freizeichen zu. Sie rechnete schon fast nicht mehr damit, dass jemand ranging. Deshalb erschrak sie, als sich eine Stimme meldete.

«Fischer.»

Schon die Nennung des Familiennamens genügte, um Sarahs Puls zu beschleunigen. Die Frau klang, als sei sie etwa in ihrem Alter. Sarah schaute noch einmal auf ihren Monitor – ein Anschluss in Münster, nicht irgendwo im Umland.

«Gesine Stetter, Firma Condor. Wir führen eine Umfrage zur Kundenzufriedenheit durch. Spreche ich mit Nadine Fischer?»

«Ja.» Im Hintergrund jaulte ein Hund. «Marie, du sollst Coco nicht ärgern!»

«Sie sind im April dieses Jahres mit unserer Airline nach Mombasa geflogen, Frau Fischer. Darf ich Ihnen dazu einige Fragen stellen?»

«Das war ich nicht.»

Sarah atmete einmal tief durch. «Sorry, dann liegt hier eine Verwechslung vor.»

«Wiederhören.»

Aufgelegt.

Münster – in dieser Stadt hatte Christian studiert und gewohnt, bevor er vor zwölf Jahren eine Stelle beim Bundesverband der Pharmaindustrie in Berlin antrat. Ihres Wissens lebte seine geschiedene Frau Britta noch dort. Sie arbeitete als Gewerkschaftssekretärin – das war alles, was Christian einmal über sie erwähnt hatte.

Sarah wartete bis zur Abendessenszeit, um das Schwimmbad zu besuchen. Ganz allein konnte sie im Pool ihre Bahnen ziehen. Keine Typen, die sie begafften. Keine Handyfotos, die irgendwann im Internet auftauchten.

Sarah entspannte sich. Das warme Wasser tat gut. Sie nahm sich vor, künftig mehr Sport zu treiben. Sobald der Stress etwas nachließ.

Sie musste wieder an Jana Bergowitz denken. Sarah versuchte sich vorzustellen, mit welchen Erwartungen die Sekretärin ihrem angebeteten Staatssekretär die Herzen auf den Briefumschlag gemalt hatte. Wenn es stimmte, dass zwischen den beiden nie etwas gelaufen war, hatte diese Geste etwas Verzweifeltes. Ein Schrei nach Zuneigung, den Christian nicht überhören konnte.

Und wenn er nicht wie erhofft reagiert hatte? Wenn er die Mitarbeiterin des Ministers endgültig abgewiesen hatte? Bergowitz musste das als Erniedrigung empfunden haben. Sarah malte sich aus, wie ihre Verliebtheit in tiefe Enttäuschung umschlug. In Selbstverachtung und vielleicht in Hass.

Hatte die Sekretärin sich gerächt? Wie weit ist sie dabei gegangen?

Ein Paar betrat den Raum und stieg zu ihr in den Pool. Sarah fühlte sich in ihrer Ruhe gestört. Als die beiden am Beckenrand eine Verschnaufpause einlegten und zu turteln begannen, verließ sie das Wasser, rubbelte sich trocken und fuhr im Bademantel zu ihrem Zimmer hinauf.

Sarah guckte die Nachrichten im Ersten. Wieder das Handy. Sie griff nach der Fernbedienung und schaltete den Ton aus.

Laura. «Stör ich?», fragte sie.

«Nein, passt schon.»

«Fabio hat sich gemeldet.»

«Wer?»

«Mein Freund, der Pharmakologe.»

«Und?»

«Er meint, die Listen stammen aus einer Krankenhausapotheke. Die Buchhaltung eines kompletten Jahres. Ein Krankenhaus in den Tropen oder einer subtropischen Region, denn da kommen Malariamittel vor.»

«Mehr steckt da nicht drin?»

«Was hast du erwartet? Einen verborgenen Grund, jemanden umzubringen?»

«Ja, mag sein.»

«Am Wochenende kommt Fabio aus Göteborg zurück. Wenn noch Fragen sind, steht er gern zur Verfügung.»

Enttäuscht beendete Sarah das Gespräch. Sollte das wirklich alles gewesen sein? Hätte Christian diese Daten aufbewahrt, wenn sie belanglos wären? Vielleicht verschwand in dieser Apotheke Morphium im großen Stil, und diese Listen bewiesen es. Irgendetwas in der Art.

Aber wäre das Lauras Freund nicht aufgefallen?

Sarah steckte den Stick in die USB-Buchse ihres Laptops und öffnete die Dateien, um sie sich selbst noch einmal anzuschauen. Sie gab «Morphine» in die Suchfunktion ein. Der Begriff kam nicht vor.

Ein Dokument war nicht in englischer Sprache.

Sarah kopierte den Text und gab ihn bei *Google Translate* ein.

Swahili.

Die automatische Übersetzung ergab eine Art Brief, den

das Programm in dem üblichen unbeholfenen und in Teilen unverständlichen Deutsch ausgespuckt hatte. Sarah reimte sich zusammen, dass sich der Autor beim Empfänger für dessen großzügige Unterstützung bedankte und sich nach der Gesundheit eines Neffen erkundigte. Außerdem versicherte er, dass er von terroristischen Umtrieben nichts wisse.

Der Briefkopf lautete:

Samax-Blue-Planet-Stiftung Dadaab

Geschäftsführung

Dr. Anthony Kasaya

Sarah googelte den Namen des Doktors. Kein Treffer. Die Person kam im Internet nicht vor, zumindest nicht in dieser Schreibweise.

Sie googelte den Adressaten *Joseph Njoroge* und wurde fündig. Der Mann war bis vor einem halben Jahr der Bergbauminister Kenias gewesen. Dann hatte ihn der Staatspräsident des Amts enthoben. In einem englischsprachigen Presseartikel, den Sarah dazu fand, wurde keine Begründung für den Rauswurf genannt.

Plötzlich hatte sie eine weitere Idee. Sarah ärgerte sich, dass sie nicht eher darauf gekommen war. Sie durchsuchte sämtliche Dokumente auf dem Stick nach «Ambogo». Treffer: Der Name stand tatsächlich unter einer der Listen.

Dr. Emmanuel Ambogo.

Stammten die Apothekenlisten wie der Brief aus dem Flüchtlingslager Dadaab?

Dann war Ambogo dort Arzt.

57

Am Donnerstag zog sich Sarah nach dem Frühstück sofort wieder auf ihr Hotelzimmer zurück, um am Fragenkatalog zu feilen. Angesichts der Fülle des Materials geriet sie in Panik. Würde ihr die verbleibende Zeit zur Vorbereitung genügen?

Thorsten, ihr Produzent, rief an.

«Was gibt's?», fragte Sarah ungeduldig.

«Eine gute Nachricht und eine ... na ja. Welche möchtest du zuerst hören?»

«Spann mich nicht auf die Folter.»

«Der WDR hat uns den neuen Vertrag geschickt.»

«Ist doch großartig!»

«Wie man's nimmt.»

«Es gibt einen Haken an der Sache?»

«Die Inhalte sind nicht verhandelbar, heißt es.»

«Was will man uns denn aufdrücken? Wie steht es um den Etat?»

«Wird nicht erhöht.»

«Damit können wir leben, vorausgesetzt, wir sollen nicht mehr Programm fürs gleiche Geld herstellen.»

«Die Anzahl der Sendungen soll sich nicht ändern, aber ...»

«Was, aber?»

«Du sollst nur noch die Hälfte davon moderieren.»

«Wie bitte?»

«Im Vertragstext ist von einem Relaunch der Sendung die Rede. Und davon, dass du das neue Konzept gemeinsam mit Holger Diepenbrock erarbeiten sollst.»

«Mit Diepi? Aber der hört doch in ein paar Tagen als WDR-Chefredakteur auf!»

«Ich kann nur wiedergeben, was hier steht. Am besten, du klärst das so rasch wie möglich.»

Sarah brauchte einen Moment, um sich zu beruhigen. Etwas war im Busch, und die mächtigen Figuren im Sender schienen sich gegen sie verschworen zu haben. Dann sagte sie sich, dass ihr vorerst nichts anderes übrigblieb, als sich auf den heutigen Abend zu konzentrieren und eine möglichst gute Arbeit abzuliefern.

Allmählich bekam sie ein Gefühl für die bevorstehende Sendung. Werremeyer würde eine härtere Nuss darstellen als zunächst vermutet. Trotz seines sonnigen Gemüts ein gewiefter Politiker – wie ein Auslaufmodell, das Christian und seine Mitstreiter in dem Gesundheitsminister gesehen hatten, kam ihr der Mann nach dem Studium seines Dossiers nicht vor.

Auch stellte sie fest, dass die Materie verzwickter war, als sie es zu Beginn gedacht hatte. Sie würde sich auf die Expertise des Krebsspezialisten und auf die Ausstrahlung der Schauspielerin verlassen müssen. Human Touch, warum auch nicht?

Um drei Uhr brach sie auf und erreichte nach endlos langer Taxifahrt Adlershof, wo sie ihr Team traf. Vom WDR war lediglich Solveig Schneider erschienen. Diepenbrock war in Köln geblieben, dabei hätte Sarah ihn gern zur Rede gestellt.

Sie nahmen die Einspielfilme ab. Danach setzte sich Sarah mit Max zusammen.

«Lass uns mit offenen Karten spielen», begann sie.

«Tun wir das nicht immer?»

«Was hat Diepenbrock mit unserer Sendung vor?»

«Keine Ahnung.»

«Und ich dachte, der Alte hat dich vielleicht eingeweiht. Zieht ihr nicht am gleichen Strang?»

«Quatsch. Besprich das morgen mit Holger. Ich bin mir sicher, dass ihr beide eine gute Lösung finden werdet.»

«Ich dachte, die hätten wir bereits.»

«Dein journalistisches Ethos in allen Ehren, Sarah, aber der

Konfrontationskurs gegen die etablierte Politik ist auf Dauer nicht zu halten. Nicht einmal zu einem weichen Thema wie der Alkoholwerbung bekommst du die Ernährungsministerin.»

«Dafür habe ich Werremeyer.»

«Weil er das für seine letzte Chance hält, Sympathiepunkte zu sammeln, und weil sich sein Parteivorsitzender ausnahmsweise freuen wird, wenn du einen Minister schlachtest.»

«Ist das so?»

«Ein Polit-Talk ist ein Geben und Nehmen. Du magst der Sendung dein Gesicht geben und deinen Namen, aber die Spielregeln bestimmen andere. Solange du dich darauf einlässt, profitieren alle Beteiligten. Und die Zuschauer werden gut unterhalten. Mit der Vertragsverlängerung erreicht deine Firma die Gewinnzone, und jeder von uns kann ein weiteres Jahr lang sein Gehalt verdienen. Nur darauf kommt es letztlich an, Sarah.»

«Wie nennt man diese Haltung, Max? Ist das noch Opportunismus oder schon Prostitution?»

«Nenn mich meinetwegen Hure, aber lass uns nicht streiten. Nicht so kurz vor der Sendung.»

In der Maske überdachte Sarah noch einmal den Ablauf der Sendung. Vor allem war sie auf die Begegnung mit Miriam Moll gespannt.

Dann fragte sie sich, ob Max vielleicht recht hatte. Was war ihre Talkshow wirklich wert? Gaukelte sie ihren Zuschauern bloß etwas vor? Ging es nur um Unterhaltung? Täuschte sie sich selbst, wenn sie glaubte, sie könne etwas bewegen? Womöglich war es so – und die größte Hure bin ich selbst.

Als sie wenig später die Gäste begrüßte, war sie mit ihren Gedanken weit weg. Auch beim Warm-up fiel es ihr schwer, sich zu konzentrieren.

Und dann war es schon so weit.

Showtime.

Die Kameras fuhren auf ihre Markierungen. Der Aufnahmeleiter hob zehn Finger, dann fünf.

Die Krankamera kreiste.

Die Titelmelodie tönte.

Das Rotlicht der Kamera vor ihr ging an.

Sarah zeigte ihr bestes Lächeln. «Willkommen zu meiner Sendung. Und das ist heute unser Thema …»

58

Gegen Mitternacht kam die After-Show-Party in Fahrt, und Sarahs Anspannung begann sich endlich zu lösen. Ihr Team hielt die Sendung offenbar für gelungen, aber das endgültige Urteil hing von der Einschaltquote ab, die erst morgen früh feststehen würde.

Nur Laura mäkelte herum. «Das Schicksal von Miriam Moll stand viel zu sehr im Vordergrund. War das wirklich deine Absicht?»

«Ging es dir nicht zu Herzen, wie schonungslos diese Frau mit sich selbst umgegangen ist?»

«Auf diese Art gleiten wir ins Seichte ab. Markus Lanz lässt grüßen.»

Sarah versuchte, scherzhaft zu kontern. «Dann verbessern wir die Welt eben nächste Woche.»

«Max meint, in Zukunft werde es mehr solcher Sendungen geben.»

«Mit mir nicht, Laura, ich versprech's dir.»

Bundesgesundheitsminister Werremeyer kam mit zwei Sektgläsern vom Buffet, reichte eines davon Sarah und stieß mit ihr an. Der dicke SPD-Mann zwinkerte ihr zu.

«Vorsicht, Alkohol», sagte er. «Gefääääährlich.»

Sarah musste grinsen.

«Sie haben mir ja ganz schön zugesetzt, Frau Wolf.»

«Und Sie konnten schlagfertig kontern. Nur das wird im Gedächtnis des Publikums hängenbleiben. Von wegen, der Joghurt ist über das Datum.»

«Wie bitte?»

«Schon gut. Bloß ein blöder Satz, den ich irgendwo aufgeschnappt habe.»

Der Minister wurde ernst. «Soll etwa ich damit gemeint sein?»

«Stimmt es, dass Christian Wagner versucht hat, Sie aus dem Amt zu drängen?»

«Und wennschon. Das haben viele schon probiert.»

«Christian soll den Vizekanzler auf seiner Seite gehabt haben.»

«Ach was. Zwischen mich und Heinz Benrath passt kein Blatt Papier.»

«Darf ich Sie etwas fragen, Herr Minister?»

Werremeyer grinste. «Das tun Sie doch schon den ganzen Abend.»

«Sagt Ihnen der Name Nadine Fischer etwas?»

«Wer soll das sein?»

«Aus sicherer Quelle weiß ich, dass Ihr Büro für eine Frau dieses Namens einen Flug gebucht hat. Nach Mombasa, mit Condor in der Businessklasse.»

«Wie bitte?» Werremeyer lachte auf – eine hartnäckige Demonstration unverwüstlich guter Laune. «Wollen Sie mir etwa Frauengeschichten andichten?»

«Mir liegt der Buchungsbeleg vor.»

«Hören Sie, das muss ein Fake sein. Ich kenne niemanden, der so heißt, aber ich verspreche Ihnen, dass ich die Sache prüfen lasse. Nicht dass Sie mir noch Veruntreuung von Steuergeldern vorwerfen. Sie werden auf jeden Fall von mir hören.» Werremeyer blickte auf seine Uhr. Er stellte sein leeres Glas ab und zeigte wieder sein Lächeln, zumindest eine sparsame Variante davon. «Es ist spät geworden. Sie entschuldigen mich, Frau Wolf?»

Sarah blickte ihm hinterher.

Aus dem Dicken werde ich nicht schlau.

Laura hielt ihr Handy in die Höhe und winkte herüber.

Sarah ging zu ihr. «Was gibt's?»

«Mein Freund hat mir wegen der Medikamente gemailt. Du weißt schon, die Dateien auf dem Stick des Staatssekretärs. Lies selbst.»

Sarah ließ sich das Handy geben.

Was der Pharmakologe für die Einkaufsliste einer Krankenhausapotheke in tropischen Gefilden hielt, verzeichne einen erstaunlich hohen Bedarf an Immunsuppressiva. Dies seien teure Medikamente, die meist nach einer Organverpflanzung verabreicht wurden, um die üblichen Abstoßungsreaktionen einzudämmen, mit denen der Patient auf das gespendete Transplantat reagiert.

Lauras Freund zählte auf: *Ciclosporin, Muromonab, Mycophenolatmofetil …*

Er kommentierte: *Der Verbrauch deutet darauf hin, dass dort mindestens zweihundert Transplantationen pro Jahr vorgenommen werden.*

Sarah war keine Expertin, aber selbst ihr kam die Zahl hoch vor. Zu hoch für ein Flüchtlingslager.

Max war leicht angetrunken, was Sarah noch nie an ihm erlebt hatte. Er missverstand ihren Blick und brachte ihr ein weiteres Sektglas. Sie ergriff es, nahm aber keinen Schluck mehr.

«Ich werde den neuen Vertrag unterschreiben», sagte sie.

«Wirklich das Beste, was du tun kannst.» Er hob sein Glas und trank.

«Und jetzt verrate mir mal, was Diepenbrock im Schilde führt.»

Max zuckte mit den Schultern. «Der Alte kann einfach nicht loslassen. Wo andere nur noch Kreuzfahrten planen, will er es noch einmal wissen.»

Sarah begriff. «Und dafür benutzt er meinen Sendeplatz?»

«Ihr werdet euch bestens ergänzen. Die junge Wölfin und der alte Sack. Im wöchentlichen Wechsel, warum nicht? Der WDR-Intendant hat schon vor Tagen zugestimmt. Und du musst zugeben, dass keiner über so gute Kontakte in die Politik verfügt wie Diepi. Davon wirst auch du profitieren.»

«Willst du mich verlassen und für ihn arbeiten?»

«Wie kommst du jetzt darauf? Verstehst du denn nicht, Sarah? Deine Firma produziert beide Sendungen. Das Team arbeitet wie zuvor, nur eben für zwei Moderatoren. Du verdienst an seiner Sendung mit. Er streicht lediglich sein Honorar als Talkmaster ein.»

Sarah nickte. Und trank nun doch einen Schluck. Der Alte ist ein Schwein, dachte sie. Spielt mir gegenüber die ganze Zeit den Mentor und plant in Wirklichkeit seinen zweiten Frühling – auf meine Kosten.

Sarah Wolf würde es also in Zukunft nur noch halb so oft geben. Ein klarer Abstieg.

Sarah fasste einen Entschluss, der bereits in den letzten Stunden in ihr gereift war. «Richte ihm aus, er kann bereits am kommenden Donnerstag zeigen, was er draufhat.»

«Bitte?»

«Wenn Diepenbrock nicht loslassen will, dann muss er nicht bis Januar warten. Ab sofort ist er jede zweite Woche dran. Dann kann die Welt endlich lernen, wie Fernsehen wirklich geht. Ich freue mich darauf, ehrlich.»

«Was hast du vor?»

«Wirst du schon sehen.»

Sarah drückte ihm ihr Glas in die Hand. «Vorsicht, Max, Alkohol ist ungesund, haben wir heute gelernt.»

Ihr Redaktionsleiter blickte sie entgeistert an.

Sarah fand Laura, die gerade aufbrechen wollte.

«Ich muss dir recht geben», sagte sie.

«Womit?»

«Unsere Sendung ist zu seicht geworden, das meiste ist reine Mainstream-Unterhaltung. Wir diskutieren nur der Show wegen, statt zu Einsichten zu gelangen.»

«Woher der Sinneswandel, Sarah?»

«Mit der Vertragsverlängerung wird es einen Relaunch der Sendung geben. Und den will ich nutzen, um eine Pause zu machen. Nächste Woche wird Holger Diepenbrock die Talkshow leiten. Stattdessen breche ich zu einer Reportage auf.»

Laura schaute sie an, als spreche sie Chinesisch.

Sarah zählte auf: «Ein toter Staatssekretär in Berlin. Eine ermordete Angestellte einer Hilfsorganisation in Düsseldorf. Zwei Fälle, die zusammenhängen. Ich will den Spuren nachgehen.»

«Eine Wer-war-der-Mörder-Reportage?»

«Es gibt die Medikamentenlisten aus einem Krankenhaus in Ostafrika. Johanna Kling, die Frau von der Hilfsorganisation, war vor Ort. Christian hatte damit zu tun. Ein Arzt kam eigens nach Deutschland, um mit ihm zu reden. Die Fäden laufen von Afrika nach Düsseldorf und bis Berlin.»

«Und zu wem genau?»

«Um das zu erfahren, werde ich mich auf die Reise begeben.»

«Jetzt weiß ich, wohin du willst.»

Sarah nickte.

Eine Strähne ihres roten Haares fiel Laura vor die Augen, die sie zu Schlitzen verengte. «Dadaab. Dadaab in Kenia, stimmt's?»

«Kommst du mit?», fragte Sarah.

TEIL DREI

I had to leave my life behind.
I dug some graves you'll never find.

Leonard Cohen, Nevermind

59

Schon beim Verlassen der Maschine trat Sarah der Schweiß aus allen Poren. Sie kniff die Augen zusammen und tastete in ihrer Tasche nach der Sonnenbrille. Der Wind kühlte nicht, sondern schien die Wirkung der Hitze noch zu verstärken. Ihr T-Shirt klebte am Leib.

Jimi begrüßte Sarah und schüttelte jedem im Team die Hand. Jimi war ihr Fixer, wie man im Medienjargon einen lokalen Journalisten nannte, der als Mittelsmann und Übersetzer fungierte. Er hatte zwei Autos organisiert, eines für das Team, das andere für die obligatorischen vier Soldaten, die sie in den nächsten Tagen begleiten würden.

Er wollte Sarah und ihre Begleiter auf direktem Weg zum Gästehaus bringen. In der Mittagszeit sei es zu heiß, um zu arbeiten, meinte er. Sarah widersprach. Weil es dem Team aus Sicherheitsgründen nur bis sechzehn Uhr erlaubt war, sich in Dadaab frei zu bewegen, wollte sie jede Stunde nutzen. Die Reise war ohnehin viel zu knapp geplant.

«Wo finde ich Flüchtlinge, die noch ganz neu in Dadaab sind?», fragte Sarah.

Jimi zögerte. «In der Registrierungsstelle», antwortete er.

«Dann nichts wie hin.»

Der Fixer sah sich nach Laura um sowie nach Nils, dem Kameramann. Weil der Widerspruch, den er vielleicht erhoffte, ausblieb, zeigte er ein vages Lächeln und nickte. Sie stiegen in ihren Wagen.

Nach einer Weile erreichten sie Stacheldraht, ganze Rollen davon, dahinter die ersten Hütten. Die beiden Toyotas passierten einen Kontrollposten. Wie am Flugplatz wirkten die Polizisten auch hier gelangweilt, aber martialisch – Barett auf dem Kopf, Maschinenpistole in der Armbeuge.

Beim Weiterfahren referierte Jimi die wichtigsten Zahlen und Fakten, während sich Sarah Notizen machte. Die drei größten Camps hießen Dagahaley, Ifo und Hagadera. Nils filmte aus dem Seitenfenster. Schon mal mitnehmen, was man kriegen kann. Bilder, über die man später texten konnte.

Sie erreichten die Baracken des Verwaltungstrakts von *Humanity First International*. Jimi machte Sarah mit der Leiterin bekannt. Sie hieß Janet, eine studierte Psychologin, die aus Nairobi stammte.

Vor der Registrationsstelle standen Leute an. Während Nils die Ausrüstung fertig machte, um die Aufnahmeprozedur zu filmen, vertrat sich Sarah die Beine und drehte eine Runde um die Baracke. Sie versuchte, die Hitze zu ignorieren, sich an den Ort zu gewöhnen und seine Atmosphäre zu spüren.

Um grünes Licht für die Finanzierung der Reise zu bekommen, hatte sie Diepenbrock den geplanten Film als Reportage über das weltgrößte Flüchtlingslager verkauft. Die würde sie auch produzieren, so ihr Plan, nebenher aber ihr eigentliches Ziel verfolgen. Laura hatte es neulich auf den Punkt gebracht.

Eine Wer-war-der-Mörder-Reportage.

Als Sarah dem scheidenden WDR-Chefredakteur von Dadaab erzählte, stand ihm die Skepsis deutlich ins Gesicht geschrieben. Würde das Thema die Leute vor den Fernseher locken? Doch als Sarah ihm erklärte, dass er, falls er zustimme, bereits während ihrer Reise die Talkshow übernehmen könne, ja müsse, war der Köder geschluckt.

Diepenbrock hatte offenbar eine andere Reaktion von Sarah erwartet und sich über die Maßen erleichtert gezeigt, dass sie in seinen Plan vom Relaunch ihrer Sendung einwilligte. Sein eigener Name als neuer Titel im Wechsel mit *Sarah Wolf*, und das bereits am Donnerstag dieser Woche – für den

Alten schien sein größter Wunsch in Erfüllung zu gehen. Und darum hatte er ihr trotz seiner Bedenken grünes Licht gegeben.

Kinder riefen nach ihr und winkten. Stahlende Gesichter mitten im Elend. Am liebsten hätte sie jedes Mädchen und jeden Jungen einzeln geknuddelt. Schließlich kehrte sie zurück in die klimatisierte Baracke.

«Du solltest nicht allein herumlaufen», ermahnte Janet sie.

«Ich war keine hundert Meter entfernt.»

«Nimm immer deine Soldaten mit. Hier ist es nirgendwo sicher. Als Ausländerin verschleppt man dich wegen des Lösegelds, als Einheimische wirst du einfach so vergewaltigt. Nicht einmal in der Nähe unseres Büros wirst du eine Frau bemerken, die unbegleitet unterwegs ist. Sobald ein Mädchen elf oder zwölf Jahre alt ist, verlässt es seine Hütte auch tagsüber nur noch in Begleitung.»

«Und die Schule?»

«Damit ist es dann vorbei.»

Wie grausam, dachte Sarah. «Ich würde gern ein solches Mädchen filmen. Wie es lebt. Was seine Wünsche sind und seine Ängste. Kannst du mir das vermitteln?»

«Ich kenne eine Frau, die mit fünfzehn Jahren heiraten musste und seitdem eingepfercht auf den wenigen Quadratmetern ihres Grundstücks lebt.»

«Meinst du, sie ist bereit, mit mir zu reden?»

«Ich kann sie mal fragen.»

Jimi kam hinzu und wollte mit Sarah den weiteren Tagesablauf besprechen. Sie stellte fest, dass er bereits Pläne gemacht und Termine vereinbart hatte: Interviews mit den wichtigsten UN-Vertretern vor Ort.

Sie wusste, dass sie auf Jimis Einsatzbereitschaft angewiesen war, und wollte seinen Elan nicht bremsen oder ihn womöglich gegen sich aufbringen, aber sie wies ihn darauf hin, dass ihr die Bewohner Dadaabs wichtiger seien. Deren Alltag, Erfahrungen und Hoffnungen.

Jimi nickte.

«Und ich möchte gern einen Blick auf die medizinische Versorgung werfen.»

«Die neue Klinik?»

«Es gibt da einen Arzt, den ich unbedingt sprechen will. Emmanuel Ambogo.»

Dem Fixer war der Name unbekannt. Er versprach, sich umzuhören.

Sarah bemerkte, dass Janet ihnen aufmerksam lauschte.

«Kennst du Dr. Ambogo?», fragte Sarah.

Die Frau von *Humanity First* nickte. «Nicht persönlich. Aber Johanna, die im Juni aus Deutschland hier war, hat auch nach ihm gefragt. Und ihn getroffen, soviel ich weiß.»

«Sie lebt nicht mehr, hast du davon gehört?»

Janet riss die Augen auf und schüttelte den Kopf.

Sarah beschloss, das Thema nicht zu vertiefen. «Was könnte Ambogo ihr erzählt haben?»

«Darüber hat sie nicht mit mir gesprochen. Ist das wichtig für dich?»

Sarah ging auf diese Frage nicht ein. Sie vertraute niemandem außer ihrem Team. Ihr war klar, dass sie sich auf den Spuren von Johanna Kling bewegte.

Den Spuren eines Mordopfers, dachte Sarah.

Jimi wies darauf hin, dass die Zeit dränge, das Sicherheits-Briefing stünde an. Sie verabschiedeten sich von Janet und brachen auf.

Die Sicherheitsbelehrung durch einen Vertreter der kenianischen Regierung empfand Sarah als Zeitverschwendung. Die Regeln kannte sie längst, sie waren dem Genehmigungsschreiben beigefügt gewesen. Außerhalb der besonders geschützten

Siedlung, in der sich die Büros und Gästehäuser der Vereinten Nationen und der größeren Hilfsorganisationen befanden, durften sie sich nur bei Tageslicht und in Begleitung der Soldaten bewegen, die ihnen zum Schutz zugeordnet waren.

Erst vor wenigen Wochen waren zwei Lehrerinnen nach Somalia entführt worden. Vermutlich von Islamisten – man rechne mit einer Lösegeldforderung, meinte der Regierungsvertreter.

Nach dem Briefing trafen sie den ersten UN-Offiziellen zum Gespräch vor der Kamera. Eugene Walala, Vertreter des Hohen Flüchtlingskommissars der Vereinten Nationen. Der Weißhaarige dozierte über die politische Lage. Nach einem Beschluss der Staatengemeinschaft dürfe die Regierung ausschließlich freiwillige Rückkehrer über die Grenze zurückschicken. Bis jetzt hielten sich die Behörden daran.

Sarah rechnete damit, dass sie für das Interview keine Verwendung haben würde. Sie wollte von Dadaab erzählen, indem sie die Flüchtlinge reden ließ und ihren Alltag zeigte, statt diplomatische Statements aneinanderzureihen. Dennoch betrieb Nils allen nötigen Aufwand mit dem Ausleuchten des Settings. Und Laura, die ihm beim Ton assistierte, nutzte die Gelegenheit, um sich mit den Gerätschaften vertraut zu machen.

Zum Abschied sprach der Weißhaarige eine Warnung aus. Erneut eine Belehrung, aber anderer Art als zuvor: Sie sollten sich an keinem Ort zu lange aufhalten, sonst könne die Polizei Ärger bereiten. Mit den Uniformierten sei nicht zu spaßen. Manche von ihnen spielten sich als die Herren des Lagers auf und galten als unberechenbar. Selbst die vier Soldaten seien im Notfall keine Hilfe – sie würden sich niemals mit der Polizei anlegen.

Schaltet am besten die Kamera aus, sobald Uniformierte auftauchen.

Der UNHCR-Mann schien das sehr ernst zu meinen. Sarah registrierte, dass ihr Kameramann den *security advice* des Alten aufnahm.

Dann waren sie endlich fertig. Sarah spürte, wie müde sie war, und sah Laura und Nils an, dass es ihnen ebenso ging. Sie packten ihre Ausrüstung zusammen. Draußen war es Nacht geworden.

Auf dem Weg zum Gästehaus raubte ihnen der Sternenhimmel den Atem.

60

Nach der langen Reise schlief Sarah in ihrem Zimmer wie ein Stein, doch die Nacht war kurz. Erst weckte sie das Geschrei eines Esels, dann krähte ein Hahn, und irgendwo kläfften Hunde. Kurz vor sechs Uhr war es taghell. Laura war schon vor ihr auf und füllte gerade den Wasserkocher, um Tee aufzubrühen. Sarah ging ins Badezimmer. Es war bereits der dritte Morgen in Folge, an dem ihr nicht übel war. Vielleicht hatte sich ihr Körper an die Hormonumstellung gewöhnt. Sarah hoffte, dass es so bliebe.

Ein paar Häuser weiter befand sich die Cafeteria. Das Frühstück entsprach internationalem Hotelstandard. Eier, Schinken, Toast, Kaffee und Orangensaft. Jimi, der Übersetzer und Mittelsmann, aß mit ihnen. Einen Dr. Ambogo hatte er bis jetzt nicht ausfindig machen können, aber für den Nachmittag einen Termin in der Klinik vereinbart, die *Humanity First* in Dadaab betrieb.

Gemeinsam brachen sie zu Janet auf.

Die Mitarbeiterin von *Humanity First* stieg zu ihnen in den Wagen. Sie durchquerten einen der älteren Abschnitte des

Camps Ifo, erklärte Janet. Die junge Frau, von der sie am Vortag erzählt hatte, sei bereit für ein Interview.

Nach wenigen Kilometern stoppten sie vor einer Lehmhütte. Kaum hatte Sarah das Fahrzeug verlassen, schwitzte sie und wünschte sich bereits eine Dusche. Ihre vier Bewacher blieben im zweiten Geländewagen sitzen, dessen Motor weiterlief, damit die Klimaanlage nicht ausging.

In der Hütte lebte Zeinab mit ihrem kleinen Jungen. Sie freute sich über den Besuch der Psychologin, beäugte das Team neugierig und war nach einigem Zureden einverstanden, dass Nils sie filmte.

Während Zeinab einen Brei auf offenem Feuer kochte und aufpasste, dass ihr Junge ordentlich aß, erzählte sie von ihrem Leben, und Jimi übersetzte. Nach der fünften Klasse sei für sie Schluss mit der Schule gewesen. Während die Jungs Fußball spielten, blieb Zeinab fortan eingesperrt zu Hause, aus Angst vor Entführung und Vergewaltigung. Eine Jugend auf sechzig Quadratmetern – das eingezäunte, sandige Stückchen Land teilten sich ihre neue Hütte und die ihrer Eltern.

Sie zeigte ihren Flüchtlingspass mit Foto und Geburtsdatum. Zeinab war achtzehn Jahre alt. «Ich gehöre weder zu Kenia noch zu Somalia», sagte sie. «Ich gehöre nur zu Dadaab, mein Staat heißt UNHCR.»

Durch die Latten ihres Zauns unterhielt sie sich mit ihrer Nachbarin und tauschte Gemüse gegen Mehl. Dann zog sie ihr Smartphone hervor und zeigte Fotos einer Freundin, die es nach Chicago geschafft hatte. U-Bahnen, eine verschneite Wolkenkratzer-Stadt – einen größeren Kontrast zu Dadaab konnte sich Sarah kaum vorstellen. Auch für Zeinab waren die USA das Land ihrer Träume. «Mein Sohn soll es einmal besser haben», sagte sie. «Er soll kein Flüchtling sein.»

Zurück in der Hütte, bot Zeinab dem Team Tee mit Kardamom und Zucker an. Sie erzählte von ihrer Verheiratung mit fünfzehn, wie es in der Heimat der Eltern üblich war. Ihren Mann hatte sie erst bei der Hochzeit kennengelernt.

«Wo ist er?», fragte Sarah.

«Gestorben.»

«Das tut mir leid.»

«Eigentlich sollte er in der Klinik nur geimpft werden, aber man hat entdeckt, dass er sehr krank war. Es ging ziemlich rasch, die Ärzte konnten ihm nicht mehr helfen, wie man mir gesagt hat.»

Plötzlich verstummte Zeinab, denn ihr Vater war hereingekommen, ein hagerer Mann mit Glatze. Leise redete er auf sie ein. Zeinab senkte den Kopf und drückte ihren Jungen an sich. Offenbar hielt der Mann es für unschicklich, dass seine Tochter mit Fremden sprach.

Janet räusperte sich. Nils schaltete die Kamera aus. Laura schob die Angel zusammen und packte sie mit dem Mikro in die Tasche.

Sarah verabschiedete sich und wünschte der jungen Staatenlosen viel Glück.

Während der Weiterfahrt unterhielt sich Sarah mit Jimi. Er trug ein Trikot des FC Barcelona, auf dem Rücken die Nummer Zehn und der Name *Messi*. Jimi war noch recht jung für den Job, fand Sarah, höchstens Ende zwanzig. Sehr groß und drahtig, sein breites, sympathisches Lächeln ließ sie hoffen, mit ihm eine gute Wahl getroffen zu haben.

Der Mann war Kenianer und hier geboren, noch im alten Dadaab, das ein kleines Dorf gewesen war, bevor die Flüchtlinge hier angesiedelt wurden. Sein Vater handelte mit Schulbüchern und betrieb eine kleine Druckerei. Jimi arbeitete vor allem für Hilfsorganisationen. Neben Swahili und Englisch sprach er auch Somali wie viele Kenianer in der grenznahen Region.

Sie fuhren zur Bushaltestelle nahe dem Flugplatz und filmten, wie Rückkehrwillige ihr spärliches Hab und Gut auf das Dach eines farbenprächtig lackierten Busses stapelten. Jeden Vormittag ging ein Transport nach Osten in den somalischen Grenzort Dhobley, rund einhundert Kilometer durch Sand und Steppe.

Mit Jimis Hilfe sprach Sarah die Leute an. Sie hatten meist zwei oder drei Jahre in Dadaab gelebt und sahen für sich keine Perspektiven hier. Trotzdem wirkten sie bedrückt, woran auch zweihundert Dollar pro Nase nichts änderten.

Keiner wusste, was ihn erwarten würde.

Eine ältere Frau im leuchtend blauen Umhang zeigte Sarah ihre geschwärzte Fingerkuppe. Mit dem Abdruck auf einem Formular hatte sie den Erhalt der Ausreiseprämie quittiert und bestätigt, dass sie Kenia ohne Zwang verließ. Sie habe drei Kinder, erklärte sie, also momentan achthundert Dollar. Davon müsse sie noch ihre Schulden begleichen. Sie hastete zum Zaun, hinter dem andere Flüchtlinge auf sie warten, darunter ihre Gläubiger.

Plötzlich stiefelten Polizisten von ihrem Posten neben der Landebahn herüber. Der ranghöchste Beamte schubste Sarah beiseite, erklärte die Dreharbeiten für beendet, und die letzten Somalier stiegen ein. Unter viel Gehupe brummte das abenteuerlich hoch bepackte Gefährt in einer großen Fahne aus Dieselruß und Staub davon.

Sarah fragte sich, ob es der Polizei um eine zügige Abfertigung gegangen war oder ob den Beamten ihre Fragen nicht gefallen hatten. Oder waren die uniformierten Männer enttäuscht, weil sie glaubten, ihnen hätte ein Bestechungsgeld zugestanden?

Die vier Soldaten, die für ihre Sicherheit sorgen sollten, hatten ihren klimatisierten Wagen während der ganzen Zeit nicht verlassen.

Nils zeigte Sarah den erhobenen Daumen.

Er hatte den abfahrenden Bus heimlich gefilmt.

Das Team fuhr zu Janet zurück. Sie drehten die Erstversorgung frisch eingetroffener Flüchtlinge – aus dem gleichen Land, in das die anderen zurückkehrten, eine absurde Situation, wie Sarah fand. Gemeinsam mit Jimi sprach sie erneut die Leute an, doch die Neuankömmlinge erwiesen sich als äußerst kontaktscheu. Die Frauen winkten wortlos ab, die Männer ignorierten Sarah völlig.

Schließlich fand sie doch einen Familienvater namens Mohammed, der sogar passabel Englisch sprach und bereit war, sich und seine Angehörigen mit Kamera und Mikrophon begleiten zu lassen. Als Erstes holte die Familie ihre Grundversorgung ab – drei Kilo Getreide für den ersten Monat.

Mohammed war sichtlich unzufrieden. Sarah fragte ihn, was los sei.

«Getreide essen die Leute nur in Kenia», beschwerte er sich. «Wir essen Reis oder Nudeln. Getreide ist bei uns für die Tiere.»

Es entwickelte sich eine kurze Diskussion mit Helfern und anderen Flüchtlingen, dann sagte Mohammed mit einem Schulterzucken: «Vielleicht kann ich etwas davon verkaufen oder umtauschen.»

Ein Mitarbeiter von *Humanity First* ergänzte, dass unlängst die Hilfen gekürzt worden seien, weil manche Staaten den Vereinten Nationen zu wenig Geld überwiesen. Die Ernährungslage sei kritisch geworden, und trotzdem neideten viele Kenianer die Unterstützung, weil Flüchtlinge nichts für den Schulunterricht und die medizinische Versorgung bezahlen müssten.

Mohammeds Familie brach auf, mit ihr Sarahs Team. Die Helfer wiesen den Neuankömmlingen einen Platz zu, wo sie sich eine Unterkunft bauen sollten. Ein Lastwagen fuhr vor, ein Mann warf Äste von der Pritsche.

Bevor Sarah begriff, was das bedeutete, eilten die Frauen herbei und sortierten die grob zurechtgeschnittenen Stangen. Sie begannen, lautstark zu schimpfen. Jimi übersetzte: Das Holz sollte zum Bau von Zelten dienen, doch die meisten Äste waren zu trocken und brachen beim Versuch, sie zurechtzubiegen.

Sarah wurde klar, wie existenziell das primitive Material für die Flüchtlinge war und welche Katastrophe bereits ein geringer Mangel darstellen konnte. Schließlich beruhigten sich die Frauen, denn sie fanden brauchbares Material in gerade noch ausreichender Menge, das sie sich teilten. Mit erstaunlichem Geschick banden sie es zu Gerüsten – die Rohbauten ihrer neuen Heime.

Die dazugehörigen Planen würden noch im Lauf des Nachmittags geliefert werden, beteuerte ein Helfer. Die Familien breiteten Tücher über die Stangen, um sich einstweilen vor der sengenden Sonne zu schützen.

Während ihre Kinder durch den Sand tobten, warteten Mohammed und seine Frau still im Schatten, angespannt – wie diejenigen, die am Vormittag aufgebrochen waren, hatten sie keinerlei Ahnung, was die nächsten Tage bringen würden.

Sarah schätzte die Temperatur erneut auf mindestens vierzig Grad. Ihr T-Shirt war feucht, ihr Mund trocken, das Team brauchte dringend eine Pause. Zum Abschied schenkte sie den Kindern Malblöcke und Stifte, die sie zu diesem Zweck mitgebracht hatte.

Sie fuhren zum UN-Dorf. In den grünen Vorgärten lief die Bewässerung. Duschen im Gästehaus, Mittagsbuffet in der kühlen Cafeteria. Ein Paralleluniversum mitten in der Flüchtlingsstadt, dachte Sarah und fühlte sich an eine Feriensiedlung erinnert – eine absurde Situation.

Für den Nachmittag hatte Jimi ihnen eine Besichtigung des Krankenhauses organisiert, das *Humanity First* in Dadaab betrieb – die modernste Klinik weit und breit.

61

Ein junger Arzt führte sie durch einen Barackenkomplex. Betten standen in langen Reihen, durch Vorhänge voneinander getrennt. Einige Kranke hatten Besuch von Angehörigen, die ihnen Essen brachten, die Hand hielten, Luft zufächelten. Überall roch es, als sei gerade frisch geputzt worden. Die Räume waren klimatisiert, und sogar der Staub schien hier weitgehend ausgesperrt zu sein.

Das Labor, ein Operationsraum – der Arzt erklärte die Ausstattung, eine Großspende der *Samax-Blue-Planet-Stiftung*. Er war sichtlich stolz auf seine Klinik. Es gebe kaum etwas, das sie hier nicht behandeln könnten.

Sarah fragte sich, ob es hier immer so blitzblank und ordentlich aussah oder ob die Klinikleitung angeordnet hatte, für die Fernsehleute aus Deutschland eine Show abzuziehen. Sie hatte den Eindruck, der junge Kenianer zeige ihnen nur ausgewählte Bereiche.

«Kann ich Dr. Ambogo sprechen?», fragte sie.

Der Arzt ging nicht darauf ein.

Stattdessen bot er an, eine Geburt zu filmen. Sarah und Laura tauschten einen Blick. Gab es ein wirkungsmächtigeres Symbol für Schutzbedürftigkeit und Hoffnung? Mit Nils kamen sie überein, dass er allein in den Kreißsaal gehen und sich möglichst diskret verhalten sollte. Er zog einen Kittel und Überschuhe an. Sarah empfand ein schlechtes Gewissen, denn niemand hatte die Gebärende um Erlaubnis gefragt. Zugleich hätte sie selbst gern zugesehen.

Schwangerschaft, Geburt – noch vor ein paar Tagen waren diese Begriffe kein Teil ihrer Welt gewesen. Unwillkürlich berührte sie ihren Bauch.

Nachdem der Arzt mit Nils verschwunden war, sprach Sarah eine Krankenschwester an: «Wo finde ich Dr. Emmanuel Ambogo?»

Die Frau erschrak und eilte davon.

Sarah stellte einem Pfleger dieselbe Frage. Der junge Mann, fast noch ein Jugendlicher, blickte sich um, dann tat er, als hätte er sie nicht verstanden, was Sarah ihm nicht abnahm.

Nils und der Arzt kehrten aus dem Kreißsaal zurück. Ein Junge. Der Mutter ging es gut. Nils nickte Sarah zu. Gute Bilder.

«Haben Sie jetzt alles, was Sie brauchen?», fragte der junge Arzt, sichtlich nervös.

«Führen Sie hier auch Organtransplantationen durch?»

«Was?» Er machte eine Miene, als vernehme er das Wort zum ersten Mal. Dann lachte er und schüttelte den Kopf. Sarah wusste nicht, wie sie den Mann einschätzen sollte.

In diesem Moment wirkte er ehrlich.

«Mir fehlt noch ein Interview mit dem Leiter der Klinik», sagte sie.

«Dr. Kasaya ist nicht da.»

«Wann wird er zurück sein?»

«Ich weiß es nicht.»

«Kein Problem.» Sie setzte ihr ironisches Lächeln auf. «Dann kommen wir morgen wieder.»

62

Im Gästehaus gab es nur zeitweise WLAN-Empfang. Immer wieder fiel die Verbindung ins Internet aus, und keiner wusste, wann sie wieder stehen würde. Sarah gelang es im Lauf des Abends, ihre E-Mails auf dem Smartphone zu lesen. Dabei erfuhr sie, dass Diepenbrock noch am Freitag, seinem letzten Tag als Chefredakteur, einen Sendetermin für ihre Reportage freigeschaufelt und einen Titel getextet hatte: *Dadaab – heimatlos am Horn von Afrika.*

Der Film würde am ersten November, einem Dienstagabend, nach den Tagesthemen im Ersten laufen. Laut den Andeutungen des Alten wolle die ARD sie als eine Art Premium-Reporterin mit großem Werbe-Tamtam präsentieren.

Sieh mal an, dachte Sarah.

Plötzlich war ihre Reportage hochwillkommen, das Thema überhaupt nicht zu sperrig und sie mit einem Premium-Rang geadelt.

Insgeheim hoffte Sarah noch immer, einen ganz anderen Film mit nach Hause zu bringen, nämlich die Dokumentation ihrer persönlichen Recherche im Mordfall Christian Wagner. Die Enthüllung der Umstände, die zum aufsehenerregendsten Verbrechen der letzten Monate in Deutschland geführt hatten.

Die Täter und ihr Motiv.

Und deren Verflechtung mit Dadaab.

Sie würde ihrem Staatssekretär eine letzte Ehre erweisen.

Noch bis Donnerstagmittag hatte sie Zeit, die hiesigen Machenschaften aufzudecken – dann würde die kleine, gecharterte Maschine, die sie hierhergebracht hatte, das Fernsehteam aus Deutschland wieder abholen.

63

Trotz des Feiertags hatte Sellin den Nachmittag im Büro und in mehreren Besprechungen verbracht. Wieder hatte er ohne Erfolg versucht, den Staatsanwalt von der Notwendigkeit eines Massen-DNA-Tests zu überzeugen. Stattdessen konzentrierte sich die Ermittlung wie in den Tagen zuvor auf das familiäre Umfeld Johanna Klings und besonders auf den Freund. Die Kollegen drehten jedes Steinchen um, befragten Bekannte von Bekannten, Nachbarn von Verwandten, Arbeitskollegen von Angehörigen.

Paul Sellin verwies auf die Berliner Spur sowie darauf, dass ihm *Humanity International* nicht ganz koscher vorkam. Doch bei der Erwähnung Dadaabs verdrehte jeder nur die Augen. An die weltweit tätige Hilfsorganisation, die einen glänzenden Ruf besaß, wollte offenbar niemand ran.

Sellin stellte fest, dass er zum Außenseiter geworden war. Man belächelte seinen Eifer. Der Alte mit den fixen Ideen. Doch das Gerede beirrte ihn nicht. Er war fest entschlossen, alle Kraft, die er noch hatte, auf das zu konzentrieren, was er auch Johannas Mutter versprochen hatte: den Mörder dingfest zu machen.

In den Fallakten blätternd, suchte Sellin fieberhaft nach Ungereimtheiten, losen Enden, Versäumnissen der bisherigen Arbeit. Ihm fiel auf, dass noch niemand mit Janosch Wosinski gesprochen hatte, der sich Mitte letzter Woche bei ihm gemeldet hatte. Der Backshop-Verkäufer wollte Johanna am Morgen des 25. Juni beobachtet haben. Damit wäre er der letzte Zeuge, der Johanna lebend gesehen hatte, eine spätere Begegnung fand sich in den Akten nicht.

Sie sei in Begleitung zweier Männer gewesen, hatte Wosinski behauptet. *Junge Kerle mit zu viel Kraft. Bodybuilder oder so.* Auf Johannas Freund traf die Beschreibung jedenfalls nicht zu.

Es war schon dunkel, als Sellin die U-Bahn im Bahnhof Nordstraße verließ. Zwei Querstraßen weiter fand er die Filiale der *Stadtbäckerei.* Die Neonschrift brannte, hinter dem Schaufenster waren alle Lichter erloschen.

Schräg gegenüber befand sich die Adresse von Johanna Kling. Vom Laden aus hatte man einen guten Blick auf die Haustür. Wosinski hat nicht gelogen, dachte Sellin. Kein Wichtigmacher.

Die Typen stützen sie, als wenn sie allein nicht mehr geradeaus laufen könnte.

Wosinski hatte das so gedeutet, dass Johanna in der Nacht zu heftig gefeiert hätte und deshalb vielleicht hilflos gewesen sei. Alkohol? Medikamente oder Drogen? War sie freiwillig mitgelaufen? Und kannte sie überhaupt das Ziel?

Sellin blickte zu ihrer Wohnung hoch – die Fenster waren hell erleuchtet.

Mit raschen Schritten war er an der Haustür und presste seinen Daumen auf den Klingelknopf. Nach einer Weile summte die Gegensprechanlage. Sellin drückte die Tür auf und eilte die Treppe hoch.

Oben empfing ihn Timo Kerber, Johannas Freund. Von drinnen war Musik zu hören, ein treibender Basslauf und plätschernde Töne eines E-Pianos, klar wie ein Sommerregen auf dem Land. Sellin zeigte seine Dienstmarke. «Paul Sellin, Kripo Düsseldorf», stellte er sich vor, weil er sich nicht sicher war, ob der junge Mann sich an ihn erinnerte.

«Warum haben Sie mich herbestellt? Wenn es um Johanna geht: Ich habe meinen Aussagen nichts mehr hinzuzufügen.»

Sellin deutete in die Wohnung und lächelte. «*Riders on the*

Storm. Das letzte Stück, das die *Doors* gemeinsam aufgenommen haben. Darf ich reinkommen?»

Er wartete die Antwort nicht ab und betrat die Wohnung. Das Bett im großen Zimmer war zerwühlt. Vor dem Regal lagen Kissen auf dem Boden, daneben stand eine geöffnete Bierflasche. Kerber war offenbar schon länger da.

Sellin setzte sich auf eines der Kissen. «Der Song hat mich durch meine Jugend begleitet.»

Der junge Mann zögerte einen Moment, dann nahm er ebenfalls Platz, griff nach der Flasche und nahm einen Schluck. Er wischte sich über den Mund. «Johanna hat die Doors geliebt.»

«Waren Sie mal am Grab von Jimi Morrison? Paris, Père Lachaise?»

Kerber nickte.

Mit Regen und Donner klang das Stück aus, und weil es das letzte auf *L. A. Woman* war, hob sich der Tonarm mit leisem Klicken.

«Darf ich etwas auflegen?», fragte Sellin.

«Okay.»

Ächzend erhob sich Sellin und zog eine der *Pink Floyd*-Platten aus dem Regal, die ihm bei seinem ersten Besuch in dieser Wohnung aufgefallen waren. Der Song, auf den er es abgesehen hatte, befand sich auf der zweiten Seite der gleichnamigen LP und begann wie ein altes Radio, blechern und mit Störgeräuschen, bis endlich David Gilmours akustische Gitarre einsetzte.

Wish You Were Here.

Sie saßen stumm nebeneinander. Sellin dachte an Beate und wusste, dass Timo an Johanna dachte. *Two lost souls swimming in a fish bowl.*

Als das nächste Stück begann, drehte Sellin die Lautstärke zurück. Er bemerkte, dass Timo Kerbers Wangen nass waren.

«Machen Sie den DNA-Test», forderte Sellin ihn auf.

«Niemals, das habe ich Ihnen doch am Telefon schon erklärt.» Er fuhr sich mit dem Ärmel über das Gesicht. «Der Gedanke, ich hätte Johanna ermordet, ist so absurd! Den Test zu machen, hieße, das Undenkbare für möglich zu halten. Das geht einfach nicht!»

«Ich kann Sie ja verstehen, Timo. Aber bitte verstehen Sie auch uns.»

«Warum musste die Kripo in meine Firma kommen? Seitdem gucken mich die Kollegen seltsam an und tuscheln hinter meinem Rücken. Mein Chef hat mich von einem wichtigen Projekt abgezogen. Die ganze Welt ist mir fremd geworden. Durch Johannas Tod und dadurch, dass Sie mich als Mörder abstempeln.»

«Was mich betrifft, ich verdächtige Sie nicht.»

Kerber schwieg und nahm einen weiteren Schluck.

«Wer könnte denn *Ihrer* Meinung nach an Johannas Tod schuld sein?»

Kerber zuckte mit den Schultern. «Ein Vergewaltiger, dem sie zufällig über den Weg gelaufen ist.»

«Wir haben die Namen von fünfhundertdreißig Handybesitzern, die sich in Johannas Umgebung befanden, als sie wahrscheinlich verschwand. Mit einem Massen-DNA-Test könnten wir unter Umständen den Täter herausfiltern.»

«Warum tun Sie's dann nicht, verdammt noch mal?»

«Der Staatsanwalt scheut den Aufwand. Solange er Sie im Visier hat.»

«Wahnsinn.»

«Aber ich könnte ihn umstimmen.»

«Glauben Sie?»

«Wenn Sie den Test machen. Damit der Staatsanwalt erkennt, dass Sie's nicht waren, und er endlich tut, was nötig ist.»

Timo Kerber rieb sein Knie, sein Blick fand keinen Halt. «Gehen Sie», sagte er schließlich. «Lassen Sie mich jetzt allein.»

Als Sellin die Wohnungstür hinter sich schloss, hörte er wieder die Musik von vorhin. Er blieb stehen und lauschte, bis die Stimme einsetzte.

So, so you think you can tell
Heaven from hell …

Dadaab – Dienstag, 4. Oktober

64

Am Morgen blieb Laura zunächst im Gästehaus zurück, um per Telefon weitere mögliche Drehorte auszukundschaften. Interessante Menschen finden, Termine vereinbaren, Fakten sammeln.

Wenn möglich, Ambogo aufspüren.

Sarah machte sich mit Nils auf den Weg. Ihr Fahrer und Übersetzer war heute ein anderer, was sie ärgerte. Unterwegs telefonierte der Mann. Als Sarah ihn fragte, mit wem er da sprach, reagierte er nicht. Seine Miene war für sie undurchschaubar.

Plötzlich war sie froh, dass ihnen ein Auto voller Soldaten folgte.

Sie wollte erneut die Familie besuchen, die sie gestern bei ihren ersten Schritten im Flüchtlingslager begleitet hatten. Doch es dauerte ewig, bis sie ihr Ziel erreichten. Als hätte der Mann einen Umweg genommen. Sarah fragte sich, ob er für eine unbekannte Gegenseite arbeitete. Das Team ausspionierte und die Arbeit womöglich sabotieren würde.

Mohammed und seine Frau begrüßten sie herzlich. Das Zelt war inzwischen fertiggestellt. Drinnen hatten es sich die

Leute wohnlich gemacht, so gut es ging. Ein Teppich, eine Feuerstelle, im Topf schmorte bereits das Mittagessen.

Sarah befragte mit Hilfe ihres ungeliebten Fahrers die Frau. Sie erzählte von der Dürre in ihrer Heimat. Sämtliches Vieh der Familie war verhungert. Sie deutete an, dass ihr die al-Shabaab-Milizen auf der Flucht Schlimmes angetan hätten.

Sie begleiteten Mohammed, der einen Teil des Getreides gegen Nudeln und kenianische Schilling tauschen wollte. Im Zentrum des Camps Ifo gab es gemauerte Häuser, Stromleitungen auf Masten, Wasserversorgung. Jugendliche schoben schwerbeladene Fahrräder durch den Sand.

Ein Café, eine Reparaturwerkstatt. Stände, an denen man Fladenbrot und Reis essen, Eiswürfel kaufen und Handys aufladen konnte. Läden für Kleidung und Lebensmittel. Sarah erfuhr, dass sich unter den Flüchtlingen, die am längsten in Dadaab lebten, eine Mittelschicht an Gewerbetreibenden entwickelt hatte. Es gab sogar ein Hotel – wie im UN-Dorf brummten Klimaanlagen.

Mohammed verzichtete nach langem Überlegen darauf, einen Handel abzuschließen. Er wollte nicht übers Ohr gehauen werden, der Preis für Nudeln oder Reis erschien ihm zu hoch. Die Enttäuschung darüber, unverrichteter Dinge heimkehren zu müssen, war ihm anzusehen.

Sie kamen am Stand eines Limonadenverkäufers vorbei. Sarah spendierte eine Runde kalter Getränke.

Mehrfach ärgerte sie sich über den neuen Fixer. Nach ihrem Empfinden übersetzte er schlampig. Womöglich verstand er Somali schlechter, als er es vorgab. Sarah beschloss, nach ihrer Rückkehr in Düsseldorf einen Dolmetscher anzuheuern, um alle O-Töne überprüfen zu lassen.

Mohammed sah einigen Händlern bei der Arbeit zu. Irgendwann wolle er auch ein Geschäft eröffnen, sagte er. Zuvor jedoch Geld verdienen und Erfahrung sammeln.

Sie brachten ihn zu seinem Zelt zurück und verabschiedeten sich von der Familie.

Nach der Mittagspause fuhren sie ins Camp Hagadera. Dort hatte Laura ein Treffen mit einer Flüchtlingsfrau namens Kafia verabredet, die in ihrem Viertel als *block leader* fungierte, eine Art Bürgermeisterin.

Im Vergleich zum Zentrum Ifos war Hagadera eine andere Welt. Die besseren Hütten bestanden aus Wellblech und Brettern, ansonsten gab es nichts als Hitze und Staub, weit und breit keinen Schatten. Die Kinder sprangen zum Zeitvertreib um die Wette über Dornbüsche.

Inmitten der Ödnis warteten sie schier endlos. Der Einzige, dem das nichts auszumachen schien, war der Fahrer. Nach fast einer Stunde war Sarah sich sicher, dass Kafia sie versetzt hatte. Dann ratterte die Bürgermeisterin doch noch herbei – auf dem Gepäckträger eines Mopeds, dessen Besitzer für den Taxifahrer eingesprungen war, der sie im Stich gelassen hatte.

Das Team rückte im Land Cruiser zusammen, und Kafia stieg zu ihnen ein. Sie lotste den Fahrer zu ihrer Hütte, wo ihnen ihre älteste Tochter Tee servierte.

Kafia erzählte ihre Geschichte. Sie war bereits zwei Mal nach Dadaab geflohen. Zuerst vor zehn Jahren aus Mogadischu, wo sie mit ihrem Mann eine gutgehende Schneiderei betrieben hatte. Nach dem Einmarsch äthiopischer Truppen blieb der ersehnte Frieden aus. Stattdessen eskalierte der Bombenterror, und die Familie entschied sich zur Flucht.

Schlepper brachten sie über die Grenze, Banditen raubten sie aus und ermordeten Kafias Mann. In Dadaab lebte sie mit ihren Töchtern in Sicherheit, doch voller Sehnsucht nach ihrem früheren Leben. Als die Regierung Kenias vor drei Jahren erstmalig überlegte, das Lager zu schließen, und die Vereinten Nationen Teile Somalias für sicher erklärten, wagten sie die Rückkehr.

Kafia zog ihr gelbes Gewand in die Höhe. Die Haut ihrer linken Wade bestand ausschließlich aus Narbengewebe, ein Teil des Muskels fehlte – der Anblick erinnerte Sarah an einen Bombenkrater.

«Es stimmte nicht, was man uns erzählt hat», sagte Kafia bitter. «Mogadischu war schlimmer als zuvor. Ich lag fünf Monate im Krankenhaus. Als ich rauskam, beschlossen meine Töchter, wieder nach Dadaab zu gehen.»

Die Familie hatte alles verloren, nur ihre Flüchtlingsausweise nicht. Damit durften Kafia und ihre Töchter legal in das Lager zurückkehren – um zu erfahren, dass die Situation eine andere geworden war.

«Auf einmal gibt es weniger Hilfe», sagte Kafia. «Und weniger Hoffnung. Dagegen kämpfe ich jeden Tag an. Was bleibt mir sonst übrig?»

Zwei Stunden lang filmten sie die Somalierin in ihrer Funktion als *block leader*. Die Nachbarschaft hatte sie zur Sprecherin gewählt. Kafia verfügte über ein Handy, war unentwegt auf Achse und hörte sich die Nöte der Leute an. Ständig hatte sie das Telefon am Ohr und verhandelte mit den Hilfsorganisationen.

Es ging um Ersatz für defekte Planen, um Nahrungsrationen für Alte, die nicht zur Ausgabestelle gelangen konnten, um die längst fällige Reparatur einer Wasserleitung. Wie schon beim gestrigen Bau der Unterkünfte erlangten scheinbare Kleinigkeiten existenzielle Bedeutung.

Kafia lebte im ständigen Wechsel von Frust und Erfolg. Die Leute im Viertel verehrten sie für ihr Engagement. Und was das Fernsehteam aus Deutschland an ihrer Seite miterlebte und auf der Speicherkarte von Nils' Kamera festhielt, würde fast allein schon einen ganzen Film tragen, überlegte Sarah.

Trotzdem war sie unzufrieden, als sie zum Gästehaus zurückkehrte.

Ihrem eigentlichen Ziel war sie keinen Schritt näher gekommen.

65

Nils fragte sie nach dem Notebook, das sie auf die Reise mitgenommen hatte. Wie am Vorabend nutzte er den Rechner, um sämtliche Aufnahmen des Tages, die seine Kamera jeweils auf zwei Compact-Flash-Karten parallel gespeichert hatte, zusätzlich als dritte Kopie auf eine externe Festplatte zu übertragen.

«Sicher ist sicher», sagte er.

Ohne dass Sarah es bemerkt hatte, war der neue Fahrer mit ins Haus gekommen. Er lief ihr im Flur über den Weg und sprach sie an, ob sie mit seiner Arbeit zufrieden sei. Harscher, als sie eigentlich wollte, schickte sie ihn in den Feierabend.

Als Nils fertig war, setzte sie sich an den tragbaren Rechner und tippte ihre Notizen ab, ergänzte sie aus ihren Erinnerungen und formulierte erste Textbausteine für ihren Film. An einem Gelingen ihrer Reportage über die aktuelle Situation im Flüchtlingslager Dadaab hatte sie keinen Zweifel. Und morgen war noch ein voller Drehtag.

Schließlich schaffte sie es, die neuesten E-Mails auf ihr Smartphone zu laden. Darunter fand Sarah eine Nachricht von Lutz Maihofer aus Recklinghausen, die sie unverhofft aufwühlte.

Christians Leiche war endlich, fast zwei Wochen nach dem Mord, von der Berliner Staatsanwaltschaft freigegeben worden und würde am kommenden Samstag um 13:30 Uhr auf dem Nordfriedhof der westfälischen Kreisstadt beigesetzt werden. Im Anschluss luden die Eltern zu Kaffee und Kuchen in ein nahegelegenes Café.

Weil die Kapelle nur gut einhundert Trauergäste fasse, riet Christians Referent, frühzeitig zur Trauerfeier zu kommen, falls sie teilnehmen wolle.

Und ob ich das will, dachte sie und berührte ihren Bauch.

Christian, wie du uns fehlst.

Es dämmerte bereits, als es an der Tür klopfte. Sarah öffnete. Nils und Laura kamen ebenfalls aus ihren Zimmern.

Jimi stand in seinem Messi-Fußballtrikot vor ihnen. Er wirkte zerknirscht, murmelte etwas von Polizei und dass er Angst gehabt hätte, seinen Job zu verlieren, falls er sich geweigert hätte, mit dem anderen Fahrer zu tauschen.

«Morgen bin ich wieder für euch da», sagte er.

«Okay», antwortete Sarah, noch immer enttäuscht.

Jimi trat von einem Bein aufs andere und bewegte sich nicht vom Fleck.

«Ist noch was?»

Der junge Fixer streckte ihr einen Zettel hin. Sarah entfaltete ihn. Eine Wegbeschreibung und ein Name – *Ambogo*.

«Was bedeutet das?», fragte Sarah aufgeregt.

«Soll ich dir geben», sagte Jimi.

«Von wem?»

«Eine Krankenschwester. Ich kenne sie nicht. Leider.» Er grinste.

«Du warst wieder bei der Klinik?»

«Habe jemanden vom Flugplatz hingefahren.»

«Und jetzt, bist du frei? Kannst du uns fahren?»

Jimi runzelte die Stirn. «Ohne die Security?»

«Wenn du allein bist, fährst du doch auch ohne Soldaten durch Dadaab, oder nicht?»

«Aber es wird gleich dunkel sein.»

«Hat dein Wagen keine Scheinwerfer?»

Jimi strahlte. «Die besten in ganz Dadaab!»

Sarah wandte sich an Nils: «Kannst du noch?»

Sie hatte ihn als Kameramann für diese Reise ausgewählt, weil er zuverlässig war und beim Drehen keine Ansagen brauchte, sondern selbständig mitdachte. Er konnte sich blitzschnell auf ungewohnte Situationen einstellen und murrte nicht über Unbequemlichkeiten. Aber auch der beste Kameramann hatte Belastungsgrenzen. Das Gewicht der Mühle auf der Schulter und die ständige Konzentration zehrten an der Kondition.

Sarah hatte Nils bereits das Zugeständnis abgerungen, auf seinen regulären Assistenten zu verzichten und stattdessen mit Laura zu arbeiten, die Sarah auch bei den Recherchen unterstützte. Natürlich hatte sie ihn darüber ins Bild gesetzt, was der eigentliche Grund ihrer Reise war. Doch so wichtig ihr ein Treffen mit Ambogo auch war – gegen ihren Kameramann konnte sie nicht entscheiden.

«Oder bist du für heute schon jenseits des Limits?»

«Nett, dass du fragst», antwortete Nils. «Aber ich muss nur den Akku wechseln, dann bin ich bereit.»

Die Dämmerung dauerte nur wenige Minuten, die Sonne fiel fast senkrecht hinter den Horizont. Sie fuhren in ein Viertel des Camps Ifo, in dem viele Mitarbeiter von Hilfsorganisationen wohnten. Die Häuser ähnelten einander, die Angaben auf dem Zettel waren nicht eindeutig. Jimi verfuhr sich ein paarmal und musste Passanten nach dem Weg fragen, auf Somali und Swahili. Sarah begann daran zu zweifeln, dass es eine gute Idee war, alle Sicherheitsbestimmungen zu missachten und nach Einbruch der Dunkelheit durch die Flüchtlingsstadt zu fahren.

Endlich konnten sie das kleine, einstöckige Steinhaus identifizieren, das als Ambogos Adresse bezeichnet war. In zwei Fenstern brannte Licht. Über dem Haus funkelten die Sterne.

Der Motor des Geländewagens verstummte. Beim Aussteigen vernahmen sie leise Reggae-Musik, die aus der Ferne herüberklang, irgendwo kläffte dazu ein Hund.

Nils schaltete seine Canon ein, nahm sie jedoch nicht auf die Schulter, sondern klemmte sie wie beiläufig unter den Arm. Die rote Leuchtdiode, die brannte, sobald die Kamera lief, hatte er mit schwarzem Tape überklebt.

Er folgte Sarah zur Tür.

Sie klopfte, und Jimi rief etwas auf Swahili.

Kurz darauf öffnete eine Frau.

Sie war etwa in Sarahs Alter, trug ihr geglättetes Haar unbedeckt und stellte sich als Mary Ambogo vor.

Sarah erschrak, als sie ihre Hand schüttelte. Die Frau hätte eine Schönheit sein können, aber sie wirkte ausgezehrt wie nach einem wochenlangen Wüstenmarsch. Die Wangenknochen standen hervor, ihre Finger wirkten zerbrechlich. An einer silbernen Halskette trug sie ein zierliches, fein gearbeitetes Kruzifix.

Emmanuel Ambogo war nicht da.

Es wäre auch zu schön gewesen.

Sarah stellte sich und ihre Begleiter vor und bat um ein Gespräch. Mary führte das Team in ihr Wohnzimmer. Dort hielt ein etwa zehnjähriges Mädchen ein schlafendes Baby auf seinem Schoß und wandte den Blick nur kurz vom Fernsehapparat ab, auf dem ein Zeichentrickfilm flimmerte.

Ambogos Frau bot ihnen Tee und Gebäck an. Sarah fiel auf, dass gepackte Koffer neben der Tür standen. Mit einer Kopfbewegung machte sie Nils darauf aufmerksam, damit er auch das aufnahm.

«Haben Sie vor wegzufahren?», fragte sie Mary.

«Nairobi. Zu meinen Eltern.»

Sie war Kenianerin und Ärztin wie ihr Mann, erzählte sie. Derzeit arbeitete sie nicht, da sie gerade zum dritten Mal Mutter geworden war. Wo sich ihr Mann momentan aufhalte, wisse sie nicht.

«Sie haben wirklich keine Idee, wo er und Ihre Tochter stecken könnten?»

«Meine Tochter?»

«Als ich ihm in Berlin begegnet bin, hatte er ein Mädchen dabei.»

«Unsere Töchter sind hier im Haus. Alle drei. Ich weiß nicht, von welchem Mädchen Sie reden.»

«Wann haben Sie zuletzt von Ihrem Mann gehört?»

«Am Freitag vor einer Woche rief er aus Deutschland an, dass man ihn zurückschicken würde. Eigentlich sollte er längst wieder hier sein. Was wollen Sie von ihm?»

«Er hatte vor, in Deutschland Christian Wagner zu treffen, stimmt's?»

«Mr. Wagner, ja. Er ist der Chef der Stiftung, die hier die neue Klinik eingerichtet hat. Und er ist Mitglied Ihrer Regierung, nicht wahr?»

«Er *war* es. Christian wurde ermordet.»

«O mein Gott!» Mary schlug die Hände vor das Gesicht.

«Christian und ich, wir waren ein Paar», sagte Sarah.

«Das tut mir so leid für Sie. Er war ein guter Mann, Emmanuel hat ihn sehr gemocht. Mr. Wagner hat ihm seine Mütze geschenkt, als er mit seiner Delegation in Dadaab war. Emmanuel trägt sie seitdem ständig. Ermordet, sagen Sie? Mein Gott, wie schrecklich!»

«Erzählen Sie mir mehr von der Reise Ihres Mannes.»

«Er bekam Probleme mit den Behörden in Deutschland.»

«Weil er ohne ein Visum eingereist ist.»

«Er hatte keines bekommen. Deshalb ist er über Sudan und Italien gereist, mit einer Transportmaschine, die Hilfsgüter fliegt. Der Pilot hat ihn versteckt. Mein Bruder Joseph ist auf dem gleichen Weg ausgewandert.» Die Ärztin lächelte. «Er lebt in Ihrem Land. Kennen Sie Düsseldorf? Dort soll es eine große afrikanische Community geben.»

«Ich kann bestätigen, dass Ihr Mann Deutschland verlassen hat.»

«Aber warum ist er dann noch nicht zurück?» Marys Augen schimmerten feucht.

«Was wollte Ihr Mann von Christian Wagner? Ich muss wissen, was passiert ist.»

Mary schüttelte den Kopf.

«Vertrauen Sie mir nicht?»

«Journalisten werden gekauft. Nicht Sie, aber Ihre Vorgesetzten, Ihr Sender.»

«In unserem Land ist das anders.»

«Sind Sie sich da wirklich sicher?»

«Ich will den Mord an meinem Freund aufklären. Er war auch der Freund Ihres Mannes. Frau Ambogo, bitte helfen Sie mir!»

Mary zögerte, dann senkte sie die Stimme, als dürften ihre Kinder nicht mithören. «Emmanuel hat ihm die Namen der Toten gegeben.»

«Welcher Toten?»

«Mr. Wagner wollte es stoppen, aber es hat nie aufgehört.»

«Was hat nicht aufgehört?»

«Sie haben weitergemacht. Auch nachdem Emmanuel mit der Frau gesprochen hatte, die im Juni aus Deutschland kam. Er hat ihr ebenfalls die Namen der Toten gezeigt.»

«Meinen Sie Johanna Kling von *Humanitiy First*?»

«Emmanuel ist außer sich, seit er herausgefunden hat, dass sie es immer noch tun.»

«Wer tut was?»

Draußen brummte ein Motor. Sarah fürchtete, Jimi fahre

davon, und blickte aus dem Fenster. Scheinwerferlicht strich vorbei. Ein weiteres Fahrzeug hielt.

«O nein!», entfuhr es Mary.

«Sprechen Sie weiter», forderte Sarah sie auf.

Mary sprang stattdessen auf. Draußen schlugen Autotüren. Jemand herrschte Jimi an. Auf Swahili, schätzte Sarah.

«Die Polizei!», sagte Mary und wirkte panisch. «Sie müssen sofort verschwinden. Schnell, durch die Küche!»

Drei Männer gingen vor dem Fenster vorbei, sie trugen Uniform, wie im spärlichen Licht zu erkennen war. Sarah nickte Nils und Laura zu und spürte, wie Adrenalin ihren Körper durchflutete. «Wir kommen wieder», sagte sie.

Sie nahmen den Hinterausgang und liefen los. Irgendwann hielten sie inne und lauschten. Niemand war ihnen gefolgt. Sie verschnauften, dann schlichen sie weiter, in weitem Bogen rund um den Block zurück zur Vorderseite des Hauses.

«Soll ich mal die Kamera tragen?», fragte Sarah.

Nils schüttelte den Kopf.

Sie verharrten in Sichtweite ihres Land Cruisers. Jimi lehnte am Fahrzeug und rauchte, in kurzen Intervallen glomm die Zigarettenspitze auf. Mitten auf der Straße stand ein Jeep. Von den Polizisten war nichts zu sehen.

«Und jetzt?», fragte Laura.

«Die Polizei scheint hier ein sonderbares Regime zu führen», erwiderte Nils.

«Warten wir ein wenig», schlug Sarah vor. «Ich möchte noch einmal mit Mary reden.»

«Ich sehe Jimi nicht mehr!», sagte Laura voller Sorge.

Sarah kniff ihre Augen zusammen. Die Dunkelheit hatte den Fixer verschluckt. Doch dann blitzte die Flamme eines Feuerzeugs auf und die Spitze einer weiteren Zigarette glühte.

Nach ein paar Minuten verließen zwei Uniformierte das Haus der Ambogos und fuhren mit dem Jeep davon.

«Die Luft ist rein», sagte Laura.

Sarah hielt sie zurück. «Die waren zu dritt. Einer steckt also noch im Haus.»

«Und jetzt?»

Sie hob die Schultern. «Lasst es uns morgen noch einmal versuchen. In aller Frühe. Wir müssen Mary noch vor ihrer Abreise erwischen.»

Sie liefen zu ihrem Wagen hinüber. Jimi trat wortlos seine Zigarette aus und startete den Motor.

Düsseldorf – Dienstag, 4. Oktober

66

Sellin löschte das Licht, legte sich wie immer auf seine Hälfte des Doppelbetts und streckte seinen Arm zur anderen Seite hinüber. In den besseren seiner Träume ergriff Beate seine Hand, doch heute konnte er nicht einschlafen.

Morgen war der Geburtstag seiner Frau.

Nach einer Weile stand er auf, streifte seinen Bademantel über und ging in ihr Zimmer. Er tastete nach dem Lichtschalter und ließ sich auf dem einzigen Stuhl nieder. Nichts in diesem Raum war verändert. Vor ihm stand Beates Schreibtisch mit dem PC, dessen Tastatur er nie berührt hatte. Auch nach ihrem Tod war ihm nie in den Sinn gekommen, den Inhalt von Festplatte oder E-Mail-Ordnern zu durchstöbern. Rechts der Schrank mit den Wintersachen – immer wenn er hereinkam, nahm er sich vor, den Inhalt der Armenhilfe zu spenden. In seinem Rücken das Sofa, das auch als Gästebett fungierte, zumindest in der Theorie.

Beates Bananenstaude brauchte Wasser. Sellin holte die Plastikgießkanne aus dem Wohnzimmer und goss die Pflanze, die üppig wuchs und Ableger bekam. Das einzige, was in dieser Wohnung gedieh.

Er blickte auf den Kalender neben der Tür. Das Bild für den Mai letzten Jahres zeigte einen Park in England: ein kleiner Teich, bunt blühende Sträucher, im Hintergrund lugte altes Gemäuer hervor. Beate hatte im Gartenamt der Stadt gearbeitet, und immer hatte ihr jemand aus der Familie zu Weihnachten einen Kalender mit solchen Motiven geschenkt.

Sein Handy gab einen Ton von sich, eine SMS.

Sellin trug die Gießkanne zurück. Im Wohnzimmer hatte er das Mobiltelefon zum Laden angeschlossen. Er rief die Nachrichten auf und las, dass die Telekom ihm eine Pizza spendierte, falls er eine *Mega-Deal-App* herunterlud. Er löschte die Werbung und entdeckte, dass eine weit interessantere Meldung vor ein paar Stunden eingetroffen war, als das Gerät mangels Saft nicht klingeln konnte.

Kerber hat endlich den Test gemacht. Sagt, du hättest ihn überredet. Guter Job, Sellin. Gruß, Anna.

Zurück im Bett, grübelte Sellin weiter. Er dachte an Petras Suizidversuch, damals, in der Zeit ihrer Trennung, von dem Sarah ihm erzählt hatte. Ein Hilferuf, der nicht angekommen war, zumindest nicht bei ihm.

Sellin wurde klar, dass seine Fixierung auf den Mordfall Kling nur eine Ersatzhandlung war. Viel wichtiger war ihm seine Tochter. Die Aussöhnung mit ihr, die so schwer zu bewerkstelligen war. Dabei lief ihm die Zeit davon.

Dass Sarah nach Kenia geflogen war, wusste er von Petra. Sellin griff nach dem Handy und schrieb eine Nachricht.

Komm heil zurück, Sarah. Bin in Gedanken bei dir.

Er schickte sie nicht ab, weil er fürchtete, allzu aufdringlich zu erscheinen. Doch er nahm sich vor, für seine Tochter da zu sein, sobald sie wieder zurück sein würde und einmal Hilfe brauchte.

67

Noch vor dem Morgengrauen klingelte die Weckfunktion ihres Handys. Sarah und Nils begnügten sich mit einem Becher Tee, dann brachen sie auf. Jimi wartete bereits im Geländewagen. Sein Lächeln ließ es Sarah leichter ums Herz werden, sie mochte den Kerl.

Rauch über den Hütten, überall kochte Frühstück auf Feuerstellen, mit dem Tagesanbruch begann das Leben in Dadaab. Dieses Mal fand Jimi auf Anhieb den Weg zum Haus der Ambogos.

Weit und breit kein zweites Auto, von Polizei keine Spur. Sarah hoffte, dass Mary und ihre Kinder noch nicht nach Nairobi aufgebrochen waren.

Gefolgt von Nils, ging sie an die Tür, klopfte und wartete auf eine Reaktion. Sie trug ein Ansteckmikro, das wie ein Knopf an ihrer Bluse wirkte, wenn man nicht genau hinguckte. Ihr Kameramann hielt sich seitlich versetzt hinter ihr, die Mühle lässig in der rechten Hand – als trage er sie nur und habe sie nicht eingeschaltet.

Vorsichtsmaßnahme, falls doch noch Polizei da war.

Sarah klopfte. Eine ganze Weile tat sich nichts, dann öffnete Mary Ambogo. Beim Anblick Sarahs riss sie die Augen auf und befingerte den gekreuzigten Jesus, den sie an ihrem Hals trug. Tiefe Augenschatten – die Ärztin sah noch schlimmer aus als gestern Abend.

Im Schatten des Flurs lauerte ein uniformierter Polizist. Bartstoppeln im Gesicht, offener Hemdkragen, ein Kratzer auf der Nase. Sein Blick taxierte Sarah. Eine Hand lag auf dem Holster seiner Pistole.

Sarah versuchte, den Mann zu ignorieren. «Wurden Sie geschlagen?», fragte sie Mary auf Englisch. «Bedroht man Sie?»

Fast flüsterte die Ärztin. «Bitte lassen Sie mich in Ruhe!»

«Wer ist das Mädchen, das Ihr Mann mit nach Deutschland genommen hat?»

«Ich weiß es nicht.»

«Und die Toten, von denen Sie gesprochen haben …»

«Bitte, hören Sie auf!»

Plötzlich erkannte der Polizist, dass Nils, der schräg hinter Sarah auf der Straße stand, filmte. Der Bulle stieß Mary Ambogo beiseite, zog die Pistole und stürmte an Sarah vorbei, die freie Hand in Richtung des Kameraobjektivs ausgestreckt. Er brüllte Nils auf Swahili an.

Sarah fragte sich, wie sie ihrem Kameramann beistehen sollte.

Doch der Uniformierte machte kehrt, stieß Mary ins Haus zurück und schlug die Tür hinter sich zu.

Das war's, dachte Sarah. Sie konnten unmöglich noch länger hier ausharren, ohne Mary größere Schwierigkeiten zu bereiten. Sarah hoffte, dass man sie und ihre Kinder unbeschadet nach Nairobi reisen lassen würde, wo Emmanuel Ambogo hoffentlich wartete.

«Echt scharfe Bilder», sagte Nils.

«Ich danke dir», antwortete Sarah.

Dadaab – auch bei Tageslicht ein dunkler Ort.

Ihr blieben noch vierundzwanzig Stunden.

68

Nach dem Frühstück in der Cafeteria ihrer geschützten Siedlung trafen sie ihre Sicherheitsbegleiter und fuhren im Zwei-Toyota-Konvoi ins Zentrum des Camps Ifo und besuchten ein Café, dessen Besitzer Jimi kannte, ein weißhaariger Mann mit dem Mund voller Zahnlücken. Während sich der Alte die ganze Zeit nicht von seinem Stuhl in der Ecke wegbewegte, erledigte sein Kellner die ganze Arbeit, ein Äthiopier namens Carlos.

Mit Jimis Hilfe kamen sie ins Gespräch und erfuhren seine Geschichte. Carlos lebte schon lange in Dadaab, ethnische Konflikte hatten ihn in den Neunzigern aus der Heimat vertrieben. Im Lager lernte er eine Somalierin kennen, sie heirateten gegen den Willen ihrer Eltern.

Ein äthiopischer Christ und eine Muslima, unerhört auch für die Nachbarn – aus Angst vor Anfeindungen verließ Carlos' Frau das Haus nur in seiner Begleitung. Ihre Kinder erzögen sie frei von Religion, erklärte Carlos, sie sollten einmal selbst entscheiden, was sie glauben wollten.

Der Preis dieser Freiheit war hoch. Weil die Kids in der Schule unter Mobbing litten, mussten die Eltern sie zu Hause unterrichten.

Längst hatte Nils die Kamera wieder eingeschaltet, Laura angelte den Ton. Carlos zeigte Fotos eines Cousins auf seinem Smartphone, der es in die USA geschafft hatte. Minneapolis. Er koche dort in einem Restaurant, erklärte Carlos.

Sarah ermunterte ihn, mit dem Verwandten über Skype Verbindung aufzunehmen. Nils filmte die Unterhaltung. Der Äthiopier redete in einer Sprache, die auch Jimi nicht verstand. Hinterher erklärte Carlos, es sei Oromo, und Sarah nahm sich vor, nach ihrer Rückkehr in Düsseldorf auch einen Übersetzer dafür aufzutreiben.

Carlos und seine Familie bewarben sich ebenfalls um ein US-Visum. Sie hatten bereits ihre Fingerabdrücke abgegeben und den obligatorischen Medizincheck absolviert. Jetzt warteten sie auf ihren Bescheid. Zwanzigtausend Flüchtlinge wollte die Obama-Regierung aufnehmen, hieß es. Neue Präsidentschaftswahlen standen in den USA bevor. Ob danach das Versprechen noch Bestand haben würde, war ungewiss.

Nils drehte, wie Carlos weitere Gäste im Café bediente. Als sein Chef ihn gehen ließ, begleiteten sie ihn nach Hause. Sie filmten den Privatunterricht der Kinder. Carlos hielt den Durchschlag seines Visumsantrags in die Kamera, dabei traten ihm Tränen in die Augen. Er behauptete, gelernter Elektriker zu sein. In den USA wolle er Handys und Fernsehapparate reparieren.

Zuletzt interviewten sie auch seine Frau, die keinen Kontakt mit ihren Eltern mehr hatte, seit sie Carlos geheiratet hatte. Sie wohnten nur wenige Häuser weiter – unerreichbar.

«Was fehlt uns noch?», fragte Sarah ihren Kameramann, als sie fertig waren.

«Nichts», antwortete er. «Du hast jetzt schon Material für drei Reportagen.»

Sarah gab Nils recht.

Laura hatte unterdessen mit dem Klinikleiter telefoniert und brachte Neuigkeiten. Er war nach kurzer Dienstreise zurück in Dadaab und bereit für ein Interview vor laufender Kamera.

«Dr. Anthony Kasaya?», fragte Sarah.

«Du kennst ihn?»

Sie zeigte Laura den Brief, den sie zwischen den Listen auf Christians USB-Stick entdeckt und ausgedruckt hatte. Kasaya hatte auf Swahili dem damaligen Bergbauminister gedankt und dessen Neffen eine gute Genesung gewünscht.

War der Verwandte des Ministers etwa als Patient in Dadaab gewesen?

Es gibt kaum etwas, das wir hier nicht behandeln können.

An den Brief war eine Seite geheftet, noch eine Liste, die Sarah bisher nicht beachtet hatte. Zwölf Namen und Daten, die ihnen zugeordnet waren.

Yusuf Ali, Halima Mohamed, Ahmed Omer, Sharifa Abulkadir …

Ausnahmslos muslimisch. Namen somalischer Flüchtlinge, schlussfolgerte Sarah. Was Jimi bestätigte.

Bewohner von Dadaab.

Sarah hatte die gestrigen Worte von Mary Ambogo im Ohr.

Die Namen der Toten.

In der Hitze des Tieflands von Ost-Kenia lief es ihr eiskalt über den Rücken.

69

Laura stellte das Kamerastativ auf, Nils suchte den besten Standort für die LED-Flächenleuchte und knipste alle übrigen künstlichen Lichtquellen im Raum aus, um für Atmosphäre zu sorgen. Sarah gab dem Klinikleiter die Hand und bemühte sich um ein unbefangenes Lächeln.

«Wir sind hier, um eine Reportage über die Situation in Dadaab zu machen. Vor dem Hintergrund der Drohung, das Lager zu räumen. Das Krankenhaus, die gesamte Infrastruktur – was soll damit geschehen?»

Der hagere Schwarze mit der randlosen Brille zuckte mit den Schultern. «Die angebliche islamistische Bedrohung, so ein Unsinn. Polizei und Geheimdienst sollten doch alles im Griff haben. Indem die Regierung alle Schuld auf Dadaab schiebt, will sie nur von ihrem eigenen Versagen im Kampf gegen die Terroristen ablenken.»

Sein Englisch klang in Sarahs Ohren so nobel wie das der Queen. Studium in Oxford, stellte sie sich vor. Gutsitzender Anzug, goldene Uhr am Handgelenk. An einem Haken an der Tür hing ein weißer Kittel. Kasaya war zugleich Geschäftsführer und Chefarzt der Chirurgie.

«Zur politischen Lage würde ich Sie auch gern befragen.»

«Nein, nein.» Lachend winkte er ab. «Lieber nicht. Wir sind hier, um humanitäre Hilfe zu leisten. Das geht nur im Einvernehmen mit der Regierung meines Landes.»

«Schade.»

«Aber zur medizinischen Versorgung der Flüchtlinge gebe ich Ihnen sehr gern Auskunft, Mrs. Wolf.»

Sarah nickte. «Ihre Klinik ist gut ausgestattet.»

«Das verdanken wir Ihnen, den Deutschen.»

«Der *Blue-Planet-Stiftung* des Samax-Konzerns.»

«Richtig.» Kasaya strich über seinen Schlips. Der Mann ist nicht viel älter als ich, schätzte Sarah, vielleicht vierzig.

Nils setzte die Kamera aufs Stativ. Mit vernehmbarem Klicken rastete die Arretierung ein. Laura streckte die Tonangel in Kasayas Richtung.

Sarah begann das Interview, indem sie sich nach der Stiftung erkundigte und dem Umfang des Engagements. Kasaya hatte Zahlen und Daten parat. Die Ausrüstung war eine einmalige Spende. Den laufenden Betrieb der Klinik finanzierte die Hilfsorganisation *Humanity First International*, deren Angestellter Kasaya war.

«Wie oft operieren Sie Organverpflanzungen?», fragte Sarah schließlich.

«Stopp», sagte Kasaya und blickte zur Kamera.

Nils nahm sie vom Stativ, zog einen Hocker heran und setzte sich. Die Linse zeigte in Sarahs Richtung.

Sie runzelte die Stirn. «Was gibt's, Mr. Kasaya?»

Der Arzt verzog die Mundwinkel und hob die Schultern. «Ich bin seit Jahresanfang hier, und in der Zeit gab es keine einzige Transplantation.»

«Und im Jahr davor?» Sarah registrierte, dass Nils die Kamera zum Klinikleiter geschwenkt hatte. Er drehte also nach wie vor. Kasaya guckte irritiert, protestierte aber nicht.

«Dazu habe ich keinerlei Information.»

Sarah reichte ihm die Medikamentenliste. «Nach dem Verbrauch an Immunsuppressiva zu urteilen, müssten es rund zweihundert Fälle im Jahr gewesen sein. Soviel ich weiß, ist das eine enorme Anzahl.»

«Woher haben Sie diese Unterlagen?»

Sarah schwieg und wartete.

Kasaya betrachtete die Liste, sein Finger fuhr über die Zeilen nach unten. Er blätterte bis zur letzten Seite, dann pochte er mit den Knöcheln auf das Papier und schüttelte vehement den Kopf.

«Das ist nicht unser Krankenhaus.»

Mit dieser Antwort hatte Sarah nicht gerechnet.

«Ich weiß nicht, worauf sich diese Daten beziehen, Mrs. Wolf.»

«Aber hier steht der Name von Dr. Emmanuel Ambogo. Ein Arzt, der in Ihrer Klinik arbeitet. Das werden Sie doch nicht abstreiten, oder?»

«Er *hat* hier gearbeitet.»

«Bitte?»

«Wir mussten ihn leider entlassen. Eine unschöne Geschichte. Es gab Unregelmäßigkeiten, die uns sehr peinlich sind. Medikamente kamen bei uns nicht an oder verschwanden aus unserer Apotheke. Vielleicht steht diese Auflistung damit in Zusammenhang. Darf ich das behalten?»

Kein Problem, dachte Sarah. Sie besaß den USB-Stick und konnte den Inhalt jederzeit neu ausdrucken. «Dafür erlauben Sie uns im Gegenzug, einen Blick in die Apotheke des Krankenhauses zu werfen.»

«Einverstanden, Mrs. Wolf. Warum nicht?»

Sie erhoben sich von ihren Stühlen. Sarah wollte sich das Stativ schnappen, doch Nils signalisierte ihr, dass er lieber von der Schulter drehen wolle.

Die Apotheke war in mehreren Containern untergebracht, die mit dem Hauptgebäude der Klinik verbunden waren. Es war eng und die Decke so niedrig, dass sich Kasaya an manchen Stellen ducken musste. Schränke, Regale voller Großpackungen, Schubladen mit und ohne Beschriftungen. Im Eingangsbereich stand ein Schreibtisch mit einem Rechner, an dem eine Frau im weißen Kittel arbeitete.

Kasaya sprach sie an: «Können Sie uns bitte mal zeigen, was wir im letzten Monat an Medikamenten geliefert bekommen haben?» Er verschränkte die Arme und trat einen Schritt zurück, um dem Kameramann nicht im Weg zu stehen. Als sei Transparenz sein höchstes Anliegen.

Die Frau bewegte die Maus und klickte. Namen und Zahlenkolonnen erschienen auf dem Monitor. Böhmische Dörfer für Sarah, die erst gar nicht versuchte, etwas zu verstehen. Nils ging näher ran, dann schwenkte er zurück auf den Klinikleiter.

«Sehen Sie, Ciclosporin und solche Mittel suchen Sie hier vergebens», beteuerte der Klinikleiter. «Vergessen Sie nicht, Mrs. Wolf, wir sind hier zur Notversorgung von Flüchtlingen und kein spezialisiertes Operationszentrum einer europäischen Metropole.»

Was war es dann, was Ambogo entdeckt hatte und weshalb Christian und die Frau in Düsseldorf sterben mussten?

Die Liste der Toten – wer waren sie?

Wie hoch war der Preis ihres Todes?

«Fertig?», fragte Nils.

Sarah nickte. Er setzte die Kamera ab und ließ die Schultern kreisen. Sarah wusste, dass Nils sich nicht beschweren würde, aber heute hatte sie seine Arbeitskraft bis zur Erschöpfung in Anspruch genommen.

Draußen drängten die Soldaten zur Rückkehr in die geschützte Siedlung. In weniger als einer Stunde würde ohne langes Zögern die Nacht einsetzen. Jimi, der Fixer, nahm Laura das Stativ ab und trug es zum Auto. Sarah fragte sich, ob er ein Auge auf ihre Kollegin geworfen hatte.

Nils steckte sich vor der Abfahrt eine Zigarette an, was Sarah an ihm zum ersten Mal beobachtete. Am liebsten hätte sie eine geschnorrt und mitgeraucht.

«Dem Klinikleiter glaube ich kein Wort», merkte Laura an. «Du hättest ihm den Rest der Unterlagen zeigen sollen. Seinen Brief an den Minister. Die somalischen Namen.»

«Darauf hätte er ebenso eine Erklärung gehabt», erwiderte Sarah. «Nein, wir haben nichts gegen die Klinik in der Hand. Wenn wir nur mit Ambogo reden könnten!»

«Ist doch egal», sagte Nils. «Du hast jetzt wirklich eine Menge Material für deine Reportage. Einen interessanten Film ergibt das auf jeden Fall. Schlag dir aus dem Kopf, den Mord an dem Staatssekretär aufzuklären, Sarah. Das ist nun mal die Aufgabe der Polizei und nicht unsere.»

Nils' Worte klangen vernünftig. Plötzlich kam ihr die gesamte Reise sinnlos vor. Sie mühten sich hier ab, in Hitze und Staub, während Diepenbrock zu Hause alles umkrempelte, was sie mit ihrer Talkshow geschaffen hatte.

Premium-Reporterin der ARD, so ein Quatsch – falls ihr Film floppte, weil das Schicksal von Flüchtlingen im fernen Ostafrika die deutschen Fernsehzuschauer kaltließ, konnte sie einpacken. Dann blieb ihr nur der halbe Sendeplatz am Donnerstagabend.

Der Fahrer öffnete die Heckklappe. Sie verstauten die Ausrüstung. Jimi hielt Laura die Tür hinter seiner auf. Sarah ging zur anderen Seite hinüber.

Eine Gestalt löste sich aus dem Schatten, und Sarah erschrak. Ein Mann stand vor ihr, fast noch ein Junge, achtzehn vielleicht, höchstens zwanzig. Ängstlich blickte er zur Klinik hinüber, dann zu den Soldaten.

«Was willst du?», fragte Sarah.

«Dr. Emmanuel», antwortete er leise.

«Wie bitte?»

«Ambogo. Dr. Emmanuel Ambogo. Den suchen Sie doch, oder?»

70

Nachdem sie etwas gegessen und in ihrem Gästehaus geduscht hatten, brachen sie noch einmal auf – heimlich und ohne ihre Beschützer, dafür mit Henry, ihrem neuen Begleiter. Im Dunkeln fuhr Jimi sie durch die ausgedehnte Zeltstadt.

Überall loderten kleine Feuer, auf denen die Frauen das Essen kochten. Hier und da gab es elektrisches Licht und Musik aus einem Radio. Das Leben hatte sich in die Hütten verlagert. Die Straßen waren leer.

An der Piste, wo die letzten Zelte des Lagers der nächtlichen Steppe den Rücken zuwandten, erreichten sie einen Kontrollposten.

Die Polizisten trugen Helme und Schusswesten, als rechneten sie jederzeit mit einem Angriff. Sie leuchteten mit ihren Taschenlampen in den Geländewagen und blendeten jeden einzelnen Insassen. Henry trat der Schweiß ins Gesicht, sein Blick wurde unruhig, er duckte sich tiefer in den Sitz.

Jimi musste eine Weile debattieren, bis sie endlich die Fahrt fortsetzen durften.

«Was war los?», fragte Sarah.

«Nichts. Die spinnen einfach. Ich habe behauptet, wir verlassen Dadaab, damit sie uns in Ruhe lassen.»

«Auf dem Rückweg werden wir Ärger bekommen.»

«Dann nehmen wir eine andere Strecke.»

«Dort wird es ebenfalls einen Checkpoint geben.»

Jimi zuckte mit den Schultern. Sarah bezweifelte, dass er über einen durchdachten Plan verfügte. Henry, der junge Krankenpfleger, wischte sich mit der Hand über die Stirn. Er wirkte immer noch verängstigt.

Aber was sollte schon passieren? Sarah sagte sich, dass sie im Bedarfsfall die Polizei mit Geld gewogen stimmen konnte. Sollte es hart auf hart kommen, würde sie Janet und die UN-Leute um Vermittlung bitten.

Letztlich hatte der kenianische Staat kein Interesse daran, sich Ärger mit dem deutschen Fernsehen einzuhandeln.

Die staubige Piste führte hinaus in die Ödnis, an der Landebahn vorbei und auf einen Bergrücken zu, der sich als mächtiger Schatten vor dem Sternenhimmel abzeichnete. Kurz davor beschrieb die Straße einen scharfen Knick.

Henry bat Jimi, anzuhalten und die Scheinwerfer brennen zu lassen. Sarah bemerkte, dass der Krankenpfleger seine Unterlippe blutig gekaut hatte. Ständig blickte er in die Richtung zurück, aus der sie gekommen waren.

«Ist es hier?», fragte Sarah.

«Nicht weit», antwortete Henry leise und stieg als Erster aus.

Von der Autopiste bis zum Fuß des Bergs erstreckte sich ein leicht ansteigendes Geröllfeld. Eine unwirtliche Gegend, kein Windhauch, kein Laut. Der Krankenpfleger winkte, sie sollten folgen.

«Bist du dir sicher, dass dies der richtige Ort ist?», fragte Sarah.

«Hier kann es wilde Tiere geben», warf Jimi ein. «Es ist kein Spaß, einer hungrigen Meute von Hyänen zu begegnen, vor allem, wenn sie Junge füttern müssen.»

«Wo geht es hin?», fragte Sarah.

«Gleich dort drüben», antwortete Henry.

«Wartet», sagte Jimi und holte einen Klappspaten aus dem Kofferraum. «Für alle Fälle.»

Sie folgten dem Krankenpfleger im Gänsemarsch über die Steine. Nils ging als Letzter. Er schulterte die Kamera und begann zu filmen. Sarah war froh, dass sie ihn nicht erst dazu auffordern musste.

Die Lampe auf der Canon und die Scheinwerfer des Wagens an der Straße tauchten den Hang in ein gespenstisches Licht. Das Geröll gab unter ihren Sohlen nach. In jedem Schatten konnten Spalten und Löcher lauern. Vorsichtig setzten sie ihre Schritte, um nicht zu straucheln und sich zu verletzen.

Sarah sorgte sich um die Kamera. Wenn das teure Gerät zu Boden krachte, hätte das fatale Folgen für die Arbeit.

Ein paarmal blieb Henry suchend stehen und änderte die Richtung. Offenbar war er sich nicht allzu sicher. Sarah aktivierte die Taschenlampenfunktion ihres Handys, um ihm zu helfen.

Plötzlich nahm sie einen schrecklichen Geruch wahr, und direkt vor ihr raschelte es. Zahlreiche Schatten huschten davon.

Ratten.

Sarah spürte einen Kloß im Hals. Sie musste sich räuspern, bevor sie die anderen herbeirufen und auf eine Stelle zu ihren Füßen aufmerksam machen konnte. Im Schein ihres Handydisplays erkannte sie eine grüne Trainingsjacke, die unter Steinen hervorlugte. Sie griff danach und schrie auf.

Jemand steckte darin.

Ein Toter.

Sarah spürte Übelkeit aufsteigen, überwand aber ihre Abscheu und räumte ein paar Steinbrocken beiseite. Der Körper war aufgebläht. Die Jacke zerrissen und blutbefleckt. Sarah erkannte die drei Streifen am Ärmel. Den Fäulnisgestank würde sie für immer in der Nase behalten.

«Ambogo?», fragte sie.

Henry nickte, schlug ein Kreuz und begann zu schluchzen.

Nils nahm einen diskreten Abstand ein, die Beine zum sicheren Stand gespreizt, ein Auge am Sucher. Laura half Sarah, das Gesicht des Toten freizulegen. Es war zur Unkenntlichkeit entstellt. Schwere Prügel, Verwesung, vielleicht auch Tierfraß – Sarah hätte beim besten Willen nicht beschwören können, dass dies der Mann war, den sie vor zwei Wochen an Christians Wohnungstür getroffen hatte.

Sie suchte die Umgebung ab und fand die Aktentasche aus weinrotem Kunstleder – völlig leer, auch die Seitenfächer enthielten nichts. Dann stieß sie einige Meter weiter auf eine Basecap, deren Schirm aus dem Geröll ragte. Die gestrigen Worte von Mary Ambogo: *Er trägt sie seitdem ständig.*

Die Mütze wirkte unversehrt, Sarah hob sie auf, klopfte den Staub ab und hielt das Logo der *New York Yankees* in Nils' Richtung.

«Seine Kappe», rief sie zur Kamera gewandt. «Hier liegt die Leiche von Dr. Emmanuel Ambogo aus dem Krankenhaus in Dadaab.»

Endlich schaltete Nils seine Mühle aus. Sarah wandte sich ab und übergab sich hinter einem Felsen.

71

Nils hatte die Canon abgestellt. Das Headlight war aus, mit einem Schlag lag die Fundstelle im Dunkeln, nur das Licht des Geländewagens gab aus der Distanz noch Orientierung.

Niemand sprach ein Wort. Auch Jimi bekreuzigte sich. Sarah nahm wahr, dass Henry vor dem Toten auf die Knie gefallen war. Sie zog ihn weg und versuchte, ihn zu beruhigen.

Sie beschlossen, Ambogo vollständig mit Steinen abzudecken. Nach einer Weile hatten sie einen Grabhügel aufgeworfen, der die Ratten sicher abhalten würde. Jimi sprach ein Gebet auf Swahili, und alle hielten inne, ob sie an einen Gott glaubten oder nicht.

Plötzlich erstarrte Jimi.

Ein großer Wagen röhrte aus Richtung des Camps heran.

«Polizei», flüsterte Henry und fasste sich mit beiden Händen an den Kopf.

«Rennt!», rief Jimi. «Da vorn gibt es Felsen, wo wir uns verstecken können!»

Die beiden Schwarzen hasteten los. Sarah und ihr Team folgten. Eigentlich ging sie immer noch davon aus, dass Unstimmigkeiten mit den Ordnungshütern auch durch ein Bündel Schillingnoten mit dem Konterfei des Staatsgründers Kenyatta geschlichtet werden könnten. Doch sie spürte, wie die Furcht der anderen sie ansteckte.

Das Gelände wurde steiler, die Steine massiver. Sie kamen gut voran, weil der Untergrund trittfest wurde. Nach einer Weile blieb Sarah die Puste weg, und sie verharrte für einen Moment.

Sie blickte zurück.

Zu dem Lichterpaar ihres Geländewagens hatte sich ein zweites gesellt. Drei oder vier Gestalten waren ausgestiegen und befanden sich bereits auf der Höhe von Ambogos Grab. Sie schwenkten Taschenlampen. Der vorderste Mann hob eine Waffe, die wie eine Maschinenpistole aussah, und legte an.

Schüsse krachten, Querschläger surrten.

Sarah eilte weiter, um den Anschluss zu ihren Begleitern

nicht zu verlieren. Es wurde immer dunkler, bis sie vollends aus der Reichweite der Autoscheinwerfer gerieten.

Sie erschrak, als es wieder knallte. In ihrer unmittelbaren Nähe traf eine Kugel das Gestein, Splitter spritzten hoch. Ihr Herz tat einen Sprung – verfügten ihre Verfolger über Nachtsichtgeräte, oder hatten sie einfach nur gute Augen?

Auf jeden Fall holten sie auf.

Jimi deutete auf einen Felsen, hinter dem es Deckung gab. Sarah drängte weiter. Hier waren sie längst noch nicht sicher.

Sie änderten die Richtung und liefen, so schnell sie konnten. Sarah versuchte, das Stechen in ihrer Lunge zu ignorieren. Laura stolperte. Jimi half ihr hoch. Die anderen beiden hatten sie aus den Augen verloren. Sie hörten irgendwo Steine kullern, losgetreten von den Stiefeln ihrer Verfolger. Rufe, Schüsse – und das laute Echo, das der Berg zurückwarf.

Sie kletterten weiter. Zum Glück hatte sich Laura nicht schlimm verletzt und konnte mithalten. Jimi blieb an ihrer Seite und half ihr an den steilsten Stellen. Auch Sarahs Beine wurden schwer, sie verfluchte ihre schlechte Kondition.

Sie holten Henry ein, der stehen geblieben war und sie auf ein Gestrüpp über ihnen aufmerksam machte. Sarah konnte nichts erkennen, doch sie folgte ihm, als er hinaufstieg. Plötzlich war er verschwunden.

Sarah erkannte, dass sich hinter dem trockenen Dornbusch eine Felsspalte verbarg. Es war eng, Sarah musste auf allen vieren kriechen, nur mit Mühe konnte sie sich durch die schroffe Öffnung zwängen.

Dahinter weitete sich die Höhle ein wenig. Sarah stieß sich den Kopf an einer steinernen Kante, dann ertastete sie Henry, es ging nicht mehr weiter. Laura folgte, Jimi kroch als Letzter in das Versteck.

Ein enges, schwarzes Loch.

Das auch zur Falle werden konnte.

Regungslos verharrten sie und lauschten. Sarah vernahm nichts als das Keuchen ihrer Begleiter und ihr eigenes Ringen nach Luft.

Dann wurde ihr bewusst, dass sie nur zu viert waren.

«Nils?», fragte sie leise.

Keine Antwort.

«Scheiße, Nils fehlt!», flüsterte sie. «Nils is missing!»

Niemand reagierte darauf. Die Angst schnürte allen die Kehle zu.

Sie hörten Rufe, die näher kamen. Stimmen auf Swahili.

Und wieder Schüsse.

72

Eine Zeitlang herrschte Stille, bis erneut der Klang von Geröll zu hören war, das den Abhang hinunterkullerte. Ganz in der Nähe.

Nils, dachte Sarah.

Oder die Verfolger.

Ihr rechtes Bein war eingeschlafen. Sie kauerte unbequem auf dem harten Boden, das Blut konnte nicht ausreichend zirkulieren. Beim Versuch, ihre Position zu ändern, verursachte sie ein scharrendes Geräusch und stieß gegen ihre Gefährten. Sofort hielt sie wieder still.

Keiner sagte ein Wort.

Nachdem Sarah länger als eine halbe Stunde nichts gehört hatte, beschloss sie, ins Freie zu kriechen und nachzusehen, ob die Luft endlich rein war.

«Bleibt hier», flüsterte sie. «Ich schau mal, ob ich Nils …»

Jemand presste ihr die Hand auf den Mund.

Sarah erstarrte. Tatsächlich näherten sich Geräusche. Schritte. Vielleicht auch nur Ratten, hoffte sie. Dann polterten

Steine, und Sarah erkannte, dass es sich um einen Menschen handeln musste, der sich dem Eingang zu ihrem Versteck näherte.

Sarah hoffte, dass es ihr Kameramann war, aber sie traute sich nicht, nach ihm zu rufen.

Als sie annahm, dass er sich längst wieder entfernt hatte, vernahm sie eine Unterhaltung. Nur zwei, drei Meter vom Felsenloch entfernt.

Zwei Männer, auf Swahili.

Sarah hielt die Luft an.

Ein heller Schein – der Lichtstrahl einer Taschenlampe strich über den Dornbusch.

Sie müssen nicht hereinkommen, ging es Sarah durch den Kopf. Ein paar Schüsse in die Höhle genügen.

Dann war das Licht weg, und die Männer gingen weiter.

Später in der Nacht knallten noch ein paar MP-Salven, verstärkt durch das Echo, das über ihnen die Felswand erzeugte, aber die Schützen waren weit entfernt.

Sarah und ihre Begleiter vermieden weiterhin jedes Geräusch.

Erst im Morgengrauen trauten sie sich aus ihrem Versteck.

73

Die ersten Sonnenstrahlen tauchten die Ebene unter ihnen in ein weiches Licht, auf dem Horizont lag ein Schleier. Darüber war der Himmel türkisblau und wolkenlos. Die Schönheit des Ausblicks von der Flanke des Bergs raubte Sarah schier den Atem.

An der Straße stand nur noch der Land Cruiser.

Die Polizisten waren abgezogen, wie es schien.

Sarahs Blicke suchten den Hang und das Geröllfeld ab.

Kein Mensch zu sehen, keine Uniform, keine Bewegung. Kein Nils.

Sie kletterten hinab. Jetzt kamen sie weit besser voran als im Dunkeln, aber Sarah staunte, welche Distanz und wie viele Höhenmeter sie auf ihrer panischen Flucht zurückgelegt hatten.

Sie regte an, im Weitergehen eine Kette zu bilden, um Nils auf keinen Fall zu übersehen. In jedem Moment fürchtete sie, auf den zerschossenen Körper ihres Kameramannes zu stoßen.

Sie erreichten Ambogos Grabstätte.

Laura tippte Sarah auf die Schulter und zeigte lachend zur Straße hinüber. Dort stand er beim Auto und winkte – unverkennbar Nils.

Sarah war unendlich erleichtert.

Sie rannten und fielen Nils um den Hals. Als sie sich endlich beruhigten, erkannten sie die Bescherung.

Die Reifen des großen Toyotas waren platt, selbst das Reserverad, das am Heck befestigt war. Sämtliche Fensterscheiben demoliert, auch die Scheinwerfer. Einschusslöcher im Tank, Treibstoff war herausgesickert.

«Damit können wir erst einmal nicht mehr fahren», stellte Nils fest.

«Wo bist du gewesen?», fragte Sarah.

«Hab meine Arbeit getan, was sonst.»

«Bitte?»

«Es waren vier Männer in Polizeiuniformen. Ich habe sie gefilmt.»

«Du hast *was*?»

«Ohne mein Headlight natürlich. Ich hoffe, die Qualität ist ausreichend. Immerhin haben sie die Autolichter erst zerschossen, als sie wegfuhren.»

«Jeder andere hätte sich wahrscheinlich in die Hosen gemacht.»

Nils strahlte. «Hab doch nur den Job getan, für den du mich mitgenommen hast.»

«Das Leben aufs Spiel zu setzen, war eigentlich kein Teil der Vereinbarung.»

«Halb so wild, Sarah. Ich hab Erfahrung mit Kriegseinsätzen. Mein erster Job als Assi, 1993 in Bosnien. Hab ich dir davon erzählt?»

«Wo hast du die Nacht verbracht?»

«Bei Ambogo. Sein Grabhügel hat mir Deckung gegeben. Wenn wir alles überstanden haben, muss ich ihm unbedingt Blumen bringen. Der heilige Emmanuel hat geholfen.»

«Du hattest verdammtes Glück, Nils.»

«Wir alle hatten Glück, schätze ich.»

Sie fanden ein paar Wasserflaschen im Auto und leerten einen Teil davon. Bald würde die Sonne senkrecht am Himmel stehen und das Thermometer die Vierzig-Grad-Marke erreichen. Ihr Flugzeug war für elf Uhr bestellt. Zuvor mussten sie noch ihre Sachen aus dem Gästehaus holen: Ausrüstung, Klamotten, die Speicherkarten mit den Szenen, die sie in den ersten Tagen gedreht hatten.

«Wir können nicht zurück», sagte Henry. «Sie werden uns töten.»

«Ich kenne einen Weg, den sie nicht kontrollieren», behauptete Jimi. «Und im Flüchtlingscamp können wir uns besser verstecken als in freier Landschaft.»

Sarah beschloss, ihrem Fixer zu vertrauen. Was blieb ihr sonst übrig?

74

Sie verteilten die Ausrüstung, die sich im Wagen befand, auf alle Hände. Nur Laura musste nichts tragen, ihr Knöchel war dick angeschwollen und schmerzte. Die Gruppe wanderte los. Zunächst entlang der Landstraße, auf jedem Schritt begleitet von der Furcht, das Killerkommando könnte zurückkehren.

Auf Höhe der Landebahn bogen sie ab. Gänsemarsch auf einem Ziegenpfad. Nach etwa einer Stunde machten sie in einer verlassenen Hütte Rast. Laura zog ihren rechten Schuh aus. Jimi träufelte Wasser auf das verstauchte Gelenk, um es zu kühlen. Vorsichtig massierte er den Fuß.

Nils kontrollierte im Sucher, was er nachts aufgenommen hatte, und es schien ihm zu gefallen. Dann musste er den Akku wechseln. An der Kamera hing nun der letzte, der noch Saft hatte, Das Ladegerät befand sich im Gästehaus, schier endlos weit entfernt.

Jimi rief zum Aufbruch.

Es wurde heißer, die Wasservorräte gingen zur Neige. Endlich erreichten sie den Stacheldrahtverhau, der das Flüchtlingslager umzäunte. Mit Hilfe seines Spatens drückte Jimi die scharfen Zacken zu Boden. Sarah ritzte sich trotzdem an der Wade Hose und Haut auf und verfluchte ihr Ungeschick.

Es schien, als liege Nebel über der Flüchtlingsstadt, ein seltsam malerisches und friedliches Bild, doch es war der Rauch der unzähligen Feuer, auf denen die Bewohner das Frühstück zubereiteten. Zum ersten Mal, seit sie hier war, bemerkte Sarah einen Vogel. Sein Gefieder schillerte gelb, sein Schnabel war lang und gebogen.

Sie mieden die Straßen und gingen quer durch die Zeltreihen. Kinder schrien und tollten um sie herum. Bald hatte Laura an jeder Hand einen kleinen Racker.

Wir fallen auf, schoss es Sarah durch den Kopf.

Weil es zu weit war, um mit der Ausrüstung bis zum Gästehaus im UN-Viertel von Ifo zu wandern, führte Jimi die Gruppe zu der Hütte einer Familie, die mit dem jüngsten Transport nach Somalia aufgebrochen war. Die Unterkunft war geräumt, aber noch nicht dem Erdboden gleichgemacht.

Die Tür fehlte. Der Wind wehte Sand und Dreck herein.

Gegen die Zahlung von fünfzig Dollar, die Sarah ihrem mit kleinen Scheinen gut gefüllten Geldgürtel entnahm, schwatzte Jimi den Nachbarn Decken ab, auf denen sich das Team für eine Stunde ausruhen konnte. Mit einem Tuch verhängte Sarah den Eingang, um den Wind draußen zu halten.

Jimi brach auf, um Verpflegung zu besorgen.

Bald schnarchten Nils und Laura um die Wette.

«Schläfst du?», fragte Henry leise.

«Nein», antwortete Sarah. «Erzählst du mir jetzt, woher du von Ambogos Tod wusstest?»

Der junge Krankenpfleger nickte.

Dann begann er, seine Geschichte zu erzählen.

75

Henry hatte ein paar freie Tage genutzt, um seine Eltern zu besuchen, die in Nairobi lebten und dort eine Autowerkstatt betrieben. Er half ihnen bei der Arbeit, besuchte Freunde und ging jeden Abend aus. Tanzen und Flirten – er hatte großen Nachholbedarf nach einem halben Jahr in Dadaab.

Auf der Rückfahrt traf er Emmanuel Ambogo, der gerade mit dem Flugzeug angekommen war. Eine zufällige Begegnung, sie nahmen denselben Bus und setzten sich nebeneinander. Mehr als zehn Stunden dauerte die Fahrt mit etlichen Zwischenstopps.

Und irgendwann fing Ambogo an zu reden.

Über die Klinik und seine Arbeit, wie es ihm in Deutschland ergangen war und dass er mit gemischten Gefühlen ins Flüchtlingscamp zurückkehre – würde seine Familie nicht auf ihn warten, hätte er längst alles hingeworfen und wäre über alle Berge.

Dr. Ambogo schob gewaltigen Frust. Er war empört, verbittert und ratlos. So hatte Henry ihn noch nie erlebt.

Kurz vor ihrer Ankunft in Dadaab, wo die Straße am Berg die scharfe Kurve machte, stoppten Polizisten den Bus. Vier Männer in grüner Uniform – sie wussten genau, wen sie suchten.

Ambogo wehrte sich nicht, als sie ihn herauszerrten und auf das Geröllfeld trieben. Vielleicht rechnete er nicht damit, wie weit sie gehen würden. Oder legte er es sogar darauf an?

Kein Mucks unter den Reisenden. Alle starrten nur aus den Fenstern. Einige Männer forderten den Fahrer auf, nicht länger zu warten. Die Stimmen wurden immer lauter.

Bevor der Bus losfuhr, sprang Henry aus der Tür. Sie schloss sich hinter ihm mit lautem Zischen. Staub und Dieselruß verzogen sich, dann stand Henry ganz allein auf der Straße.

Gerade mal hundert Meter entfernt wurde der Arzt zu Tode gesteinigt.

Eigentlich hatte Henry ihm helfen wollen, doch angesichts der Brutalität der vier Uniformierten verließ ihn sofort der Mut. Er versteckte sich hinter der Böschung und fühlte sich wie ein Feigling. Dieser Mord traf ihn ins Herz.

Ausgerechnet Emmanuel Ambogo, der ihm von allen Mitarbeitern in der Klinik am liebsten gewesen war.

Die Polizisten stießen und schlugen und bewarfen den Arzt, bis er blutüberströmt zusammenbrach. Sie traten den Liegenden und ließen Felsbrocken auf ihn niederkrachen.

Zuletzt pissten sie ihn an.

Nachdem sie in ihrem Jeep weggefahren waren, kroch Henry aus seiner Deckung. Er überquerte die Straße und stolperte über das Feld, bis der reglose Klinikarzt vor ihm lag. Den Anblick würde Henry nie vergessen.

Er begann Steine auf Dr. Ambogo zu häufen, um seinen Körper vor Hyänen und Geiern zu schützen, doch er konnte sein Werk nicht vollenden. Ein vorbeifahrendes Auto erschreckte ihn, Henry rannte fort. Zwar waren es nicht die Polizisten gewesen, doch er traute sich danach nicht mehr zu dem Toten zurück.

Der junge Krankenpfleger heulte in Sarahs Arm. Sie spürte sein Zittern und strich ihm über den Kopf.

«Psst», machte Sarah. «Du konntest es nicht verhindern.»

Henry löste sich von ihr und rieb sich die Tränen aus dem Gesicht. Sie wartete, weil sie wusste, dass das noch nicht alles war.

«Willst du hören, was Ambogo über die Klinik gesagt hat?»

«Dafür bin ich hier», antwortete Sarah. «Ich wecke mein Team, und wir nehmen es gleich auf, einverstanden?»

Henry nickte.

Im selben Moment kam Jimi mit einem Taxi zurück.

76

Der Fixer war bei Janet gewesen, hatte sich von ihr einen Zweitschlüssel für das Gästehaus geben lassen und von dort sämtliche Habseligkeiten des Teams mitgebracht. Auf dem Rückweg hatte er Frühstück eingekauft, eine Kiste voller Wasserflaschen und duftende Speisen in Plastikbehältern. Besteck gab es nicht. Mit Erfrischungstüchern, die Sarah in ihrer

Tasche fand, säuberten sie sich die Finger, dann fielen sie über das Essen her.

Als könnten sie damit die Gespenster der vergangenen Nacht vertreiben.

Anschließend entstaubte Nils die Kamera, und Laura verarztete ihren Fuß mit Salbe und Tape. Sarah beschloss, das Taxi bis zum Abflug zu behalten. Sie hatten noch eine knappe Stunde Zeit.

Nils baute das Stativ auf. Sie drapierten eine bunt gemusterte Decke als Hintergrund, drehten die Getränkekiste um, damit sie als Hocker dienen konnte, und setzten den Krankenpfleger darauf, ihren Kronzeugen.

Um für mehr Licht zu sorgen, nahm Sarah das Tuch von der Türöffnung ab. Zum Glück hatte sich der Wind gelegt. Nils hob den Daumen und schaltete die Kamera in den Aufnahmemodus.

Henry wiederholte, was er Sarah über Ambogos Tod berichtet hatte. Die Polizisten, die Tritte, die Steine, der schreckliche Zustand der Leiche. Er sprach etwas gefasster als zuvor, doch ab und zu fehlten ihm die englischen Wörter, und er wechselte in seine Muttersprache.

Dem jungen Mann war anzusehen, wie sehr ihn das Erlebte noch immer aufwühlte.

Sarah fragte: «Und was hat Ihnen Dr. Emmanuel Ambogo auf der Fahrt hierher über die Klinik von Dadaab erzählt, in der er als Arzt arbeitete?»

«Dass man dort ein Impfprogramm zum Vorwand nimmt, jungen Somaliern Blut abzunehmen. Über deren Blutgruppen und andere Faktoren gibt es eine Datenbank, die immer weiter wächst.»

«Wozu sammelt man diese Daten?»

«Wenn ein reicher Patient irgendwo auf der Welt ein Organ braucht, dann bestellt man den passenden Somalier unter einem Vorwand in die Klinik und raubt es ihm. Dr. Emmanuel meinte, dass gewisse Leute damit viel Geld verdienen.»

Sarah spürte, wie sich alles in ihr anspannte. Was Henry sagte, passte zu den Daten auf Christians USB-Stick und lieferte ein Motiv für Ambogos Ermordung. Der Mann war unbequem geworden. Eine Gefahr für das Organgeschäft.

«Henry, haben Sie selbst etwas davon mitbekommen?»

«Das Impfprogramm kenne ich, aber ich war damit nie befasst. Eine Zeitlang bin ich in der Chirurgie eingesetzt worden, und es kann schon sein, dass ab und zu Organe entnommen wurden. Uns wurde erzählt, man würde Geschwüre entfernen. Aber es gab Gerüchte.»

«Was für Gerüchte?»

«Über Patienten von außerhalb. Über VIPs, die nachts von weit her eingeflogen wurden.»

«Wie lange wird dieser Organhandel laut Dr. Ambogo schon betrieben?»

«Zwei oder drei Jahre. Dr. Emmanuel hat einen einflussreichen Politiker aus Deutschland darüber informiert, damit der das abstellt. Daraufhin wurde die Klinikleitung ausgetauscht. Einige Ärzte und auch Leute vom Pflegepersonal verloren ihre Jobs. Und es kamen auch keine Patienten von außerhalb mehr, jedenfalls sind alle derartigen Gerüchte verstummt.»

«Aber?»

«Dr. Emmanuel fand heraus, dass immer noch Organe von ahnungslosen Patienten geraubt wurden. Nur wurden sie jetzt auf dem Luftweg zu den VIPs gebracht. Man hat zu diesem Zweck eigens eine Klinik eingerichtet, die nichts anderes tut als Transplantationen.»

«Hat er Ihnen gesagt, wo sich diese Klinik befindet?»

«In Mombasa.»

Es durchfuhr Sarah wie ein Adrenalinstoß. Sie musste an Nadine Fischer denken, an deren Flug, den das Büro von Minister Werremeyer gebucht hatte. War die Frau eine der reichen Patientinnen gewesen?

Sarah stellte fest, dass ihre rechte Hand, die das Mikro hielt, zitterte. Sie wechselte es in die andere.

«Wissen Sie, woher die Patienten kommen?», fragte sie.

«Aus Kenia und den Nachbarländern. Aber auch aus den Golfstaaten, Russland, China und Europa. Aus der ganzen Welt.»

«Wer sind die Leute, die daran verdienen? Hat Ambogo gesagt, wer die Drahtzieher sind?»

«Ärzte in Dadaab sowie ein Kreis von Geschäftsleuten in Deutschland. Außerdem profitieren die Leute, die bestochen werden. Polizeibeamte, Klinikpersonal.»

«Namen?»

«Dr. Kasaya, der Manager.»

«Und die Geschäftsleute in Deutschland?»

«Wie die heißen, hat er nicht gesagt, vielleicht wusste er die Namen auch nicht.»

«Wie groß ist die Zahl der Geschädigten?»

«Angeblich geht jeden zweiten Tag ein Flugzeug nach Mombasa. Mehr kann ich nicht sagen.»

«Was geschieht mit den Opfern?»

«Wenn sie aus der Narkose erwachen, tischt man ihnen ein Märchen auf, um die Narbe auf dem Rücken zu erklären. Die merken gar nicht, dass ihnen eine Niere fehlt. Ab und zu gibt es natürlich Komplikationen.»

«Was heißt das?»

«Dr. Emmanuel hat gesagt, er wüsste definitiv von zwölf Opfern, denen man in den letzten Wochen das Herz oder die Bauchspeicheldrüse entnommen hat.»

«Es werden also auch Leute ermordet.»

«Ja.»

Die Namen der Toten, dachte Sarah. Die Liste auf Christians

USB-Stick. Obwohl Ambogo sie ihm geschickt hatte, ging das dreckige Geschäft weiter.

Ein irritierender Gedanke drängte sich Sarah auf: Welche Rolle hatte Christian wirklich gespielt?

«Wie ist Ambogo an diese Informationen gekommen?»

«Das habe ich ihn auch gefragt.»

«Und?»

«Er ist als Chirurg dabei gewesen.»

Sarah atmete tief ein und wieder aus.

Henry nickte. «Er hat mitgemacht, weil er Angst hatte, man würde ihn sonst töten. Er war in großer Sorge um seine Familie und hat sehr unter dieser Situation gelitten. Er hat im Bus nach Dadaab viel geweint. Seine ganze Hoffnung hat dem deutschen Politiker gegolten, den er eingeweiht hatte. Aber leider konnte er ihn in Deutschland nicht sprechen.»

«Hat Ambogo den Namen des Politikers genannt?»

«Ja, aber ich konnte mir nur den Vornamen merken. Christian …»

«Christian Wagner.»

«Ja, das war der Name.»

Sarah schloss für einen Moment die Augen, um sich zu sammeln. Offenbar hatte der junge Pfleger nun alles erzählt, was er wusste. Hatte sie eine wichtige Frage vergessen?

«Henry, für wie glaubwürdig halten Sie Ambogos Beichte?»

«Ich wollte zuerst nicht wahrhaben, was er sagte. Ich arbeite seit über einem Jahr in der Klinik, und der Job hat mir Spaß gemacht. Es hat, wie gesagt, am Anfang Gerüchte gegeben, aber die sind verstummt. Zuerst dachte ich also, Dr. Emmanuel übertreibt maßlos. Auch weil er nervlich so angespannt war.»

«Und dann?»

Henrys Augen hatten sich mit Tränen gefüllt. «Dann wurde mir klar, dass er selbst ein Teil der Maschinerie war, gegen die er ankämpfte. Und ich wurde Zeuge, wie man ihn ermordet hat. In dem Moment war mir klar, dass alles stimmte. Ich habe mit eigenen Augen gesehen, wie man mit Leuten umspringt, die den Organhandel stoppen wollen. Und Sie haben es letzte Nacht auch erlebt.»

Sarah bedankte sich.

Nils schaltete die Kamera aus. Für einen Moment schwiegen alle.

«Wahnsinn», sagte Laura.

Sarah sprach Henry noch einmal an: «In der Klinik hieß es, Ambogo sei gefeuert worden, weil er Arzneimittel unterschlagen hätte.»

«Wer sagt das?»

«Dr. Kasaya.»

Henry blickte zu Boden und schüttelte den Kopf. «Ich gehe da nicht mehr hin. Lieber fahre ich zurück zu meinen Eltern. Irgendeine Arbeit werde ich schon finden.»

Jimi räusperte sich. «Wenn ihr Dadaab verlassen wollt, müssen wir jetzt zum Flugplatz.»

77

Sarah bezahlte Jimi für seine Arbeit sowie die anstehende Reparatur des Land Cruisers und packte einen üppigen Bonus obendrauf. Sie honorierte auch Henry, den sie im Flieger mit nach Nairobi nehmen wollte, und schrieb ihm die Kontaktdaten des dortigen ARD-Studios auf, damit er bei den Kollegen nach einem Job als Rechercheur und Übersetzer fragen konnte.

Mit bangem Herzen bestiegen sie zu fünft das Taxi. Spätestens am Kontrollposten des Flugplatzes würden sie auf Polizei stoßen.

Sie können nicht jeden töten, redete sich Sarah Zuversicht ein. Die Klinikleitung kann es sich nicht leisten, mit dem Verschwinden eines Fernsehteams aus Deutschland in Verbindung gebracht zu werden. Und nicht alle Polizeibeamten in Dadaab steckten mit den vier Killern von gestern unter einer Decke.

Aber sicher war sie sich keineswegs.

Jimi startete den Motor.

Nichts wie weg.

Auf Schleichwegen verließen sie das Lager, doch zum Flugplatz führte nur eine einzige Piste. Keiner sprach ein Wort, als sie sich dem dortigen Checkpoint näherten.

Laura entdeckte das Abschiedskomitee als Erste. «Janet!», rief sie.

Und die Psychologin von *Humanity First* war nicht allein. Sie hatte zahlreiche weitere Helfer mitgebracht. Sarah erkannte Eugene Walala, den örtlichen UNHCR-Vertreter, den sie an ihrem ersten Abend interviewt hatte. Sie musste lachen, als sich ihre Anspannung löste, und zugleich schossen ihr Tränen der Rührung in die Augen.

Eine Ansammlung hochoffizieller Zeugen war die beste Sicherheitsgarantie, die man an diesem Ort erhalten konnte.

Jimi stoppte. Sarah stieg aus, begrüßte Walala und fiel Janet um den Hals. Sie schüttelte Hände und bedankte sich bei allen, die gekommen waren.

Ein Uniformierter kontrollierte ihren Pass. Für die übrigen Insassen des Taxis schien er sich gar nicht zu interessieren. Er winkte das Fahrzeug durch das Tor.

Seine Kollegen hatten nicht einmal den Schatten des einzigen Baums verlassen.

Jimi hielt am Rand der Landebahn. Sarah blickte auf die Uhr. Ihr Flieger war überfällig.

Nach zwanzigminütigem Warten hörten sie endlich ein Brummen, das näher kam.

Das Flugzeug landete. Sarah begrüßte den Piloten, dann verstauten sie und ihr Team die Taschen und Koffer. Sie verabschiedeten sich unter innigen Umarmungen von Jimi, ihrem wichtigsten Helfer. Sarah drückte die Hoffnung aus, ihn irgendwann wiederzusehen. Sie meinte es in diesem Moment ernst, obwohl ihr klar war, dass sich ihre Wege vermutlich kein zweites Mal kreuzen würden. Laura drückte ihn noch einmal.

Dann stiegen sie ein. Sarah ermunterte Henry, sich nach vorn zum Piloten zu setzen, was sich der junge Kerl nicht zweimal sagen ließ. Neugierig betrachtete er jeden Handgriff des Piloten, die Instrumente, die vielen Hebel und Schalter.

Sarah winkte aus dem kleinen Fenster noch einmal Jimi und Janet zu. Die Propeller wirbelten unter lautem Dröhnen.

Das Flugzeug rollte los.

Und stoppte nach nicht einmal hundert Metern.

Ein Jeep war unmittelbar vor die Maschine gefahren und blockierte den Abflug. Drei Männer stiegen aus. Grüne Uniformen, Barette, Pistolen im Holster. Einer trug eine MP.

Kenianische Polizeibeamte.

78

Die Tür wurde aufgerissen. Rufe auf Swahili, dann auf Englisch.

«Aussteigen!»

Der älteste der drei Beamten führte das Kommando, ein beleibter Kerl mit kahlrasiertem Schädel und brutalen Zügen um den Mund. Der jüngste legte die Hand auf den Griff seiner Waffe und glotzte Sarah auf die Bluse. Sie biss die Zähne zusammen.

Bloß nicht diese Typen provozieren.

Das Team versammelte sich im Schatten des Flugzeugs. Der Chefbulle schickte den Busenglotzer hinein, der sofort begann, das Gepäck hinauszuwerfen: Sarahs Tasche mit ihren Klamotten, Lauras Rucksack …

«Stopp», rief Nils laut und entschieden.

Er versuchte dem Polizisten klarzumachen, dass wertvolle Ausrüstungsteile Schaden leiden würden, wenn sie auf die Piste krachten, zum Beispiel die Kamera. Der Bärtige mit der Maschinenpistole trat dazwischen und schrie Nils auf Swahili an. Ihre Nasen berührten sich fast, Speicheltropfen flogen. Nils wich keinen Zentimeter zurück.

Der dicke Anführer brachte seinen Kollegen zum Schweigen. Er schickte Nils mit einer schroffen Geste in das Flugzeug. Als der Kameramann mit Sarahs Notebook und seiner Canon wieder herauskletterte, atmete sie auf. Sie nahm ihren Rechner an sich und umklammerte ihn mit beiden Armen vor ihrer Brust.

«Die Aufnahmen!», brüllte der Chefbulle auf Englisch.

Nils reagierte nicht. Sarah überlegte, wie viel vom Material sie preisgeben konnten, ohne ihr Projekt komplett zu gefährden.

«Her damit!» Der Dicke hob die Pistole und feuerte in die Luft.

Laura schrie vor Schreck auf und duckte sich.

«Okay, okay», erwiderte Nils. Er hob die Kamera und entnahm die Speicherkarte.

Der Polizist riss sie ihm aus der Hand. «Die anderen Karten auch! Mach schon!»

Nils warf Sarah einen fragenden Blick zu.

Der Beamte ist nicht dumm, erkannte sie. Zugleich war er unberechenbar. Hatte er heute Nacht zur Killertruppe gehört?

Sarah nickte ihrem Kameramann zu.

Nils wies auf den ledernen Koffer.

Der jüngere Bulle leerte ihn. Kabel, Mikros und allerlei Zubehör. Die schweren Riegel waren Akkus. Schließlich fand er den Karton mit den CF-Karten.

Rund die Hälfte davon war unbeschrieben, wie Sarah wusste. Der Rest enthielt alles, was sie seit ihrer Ankunft in Dadaab aufgenommen hatten. Vierundsechzig Gigabyte pro Karte. Sämtliche Szenen, aus denen sie ihren Film stricken wollte.

Der Dicke entriss ihr das Notebook und schleuderte es auf die Erde. Er kippte den Karton aus – die Speicherkarten landeten auf dem Rechner. Sein Kollege verschüttete Benzin aus einem Kanister und zündete das Ganze mit einem Reisigbündel an.

Eine Stichflamme schoss hoch. Dichter, schwarzer Qualm wurde vom Wind verweht. Es knisterte und stank, Sarah musste husten.

Die Speicherkarten besaßen Metallgehäuse, doch das Feuer überstanden sie ebenso wenig wie der Rechner.

Der Rauch trieb Sarah Tränen in die Augen. Vermutlich sah es aus, als trauere sie um die zerstörten Früchte ihrer Arbeit. Doch den Verlust eines Notebooks konnte sie verschmerzen. Und vom Filmmaterial gab es Kopien, die sie versteckt hatten.

Sicher ist sicher.

Die Flammen erloschen. Sarah verschränkte die Arme und wartete darauf, dass die Polizisten das Theater beendeten und sie endlich starten ließen.

In diesem Moment raste ein zweiter, offener Jeep heran, hüllte die halbe Landebahn in eine Staubwolke und stoppte mit blockierenden Rädern.

Der Fahrer sprang vom Wagen. Der Dicke salutierte. Die

beiden unterhielten sich kurz auf Swahili. Offenbar stand der Neuankömmling im Rang über den anderen, ein höherer Offizier.

Seine Augen traten hervor wie die einer Schildkröte. Über die Wange lief eine Narbe. Das Haar des Mannes war glatt und hing auf der einen Seite halblang in die Stirn, auf der anderen war es unterhalb des Scheitels millimeterkurz rasiert.

«Die Fresse hab ich schon mal gesehen», flüsterte Nils.

«Wann?»

«Heute Nacht am Grab von Dr. Ambogo.»

79

Der Offizier mit der asymmetrischen Frisur rief den jüngeren Beamten etwas zu. Daraufhin leerten sie sämtliche Gepäckstücke und wühlten in den Sachen. Offenbar fanden sie nicht, was sie suchten.

Der Offizier kam auf Sarah zu. «Wo sind die Festplatten?»

Akzentfreies Englisch. Zahngold glänzte, als er redete.

Sarah schüttelte den Kopf, als wisse sie nicht, was er meinte.

Ihr Gegenüber zog die Waffe und stieß Sarah die Mündung gegen die Stirn. Er weiß, dass ich die Chefin des Teams bin, ging es ihr durch den Kopf. Und dass Nils die Ausbeute eines jeden Tages auf eine externe Festplatte kopiert hat.

Der Fahrer von vorgestern war ein Spitzel der Killer-Bullen gewesen.

Sie zuckte zusammen, als der Offizier den Hahn seiner Waffe spannte.

«Nicht schießen!», rief Nils. «Schaut her.»

Er zeigte seine Handflächen, dann öffnete er mit vorsichtigen Bewegungen sein Hemd. Darunter wurde die Festplatte sichtbar, die er sich mit Klebeband um den Leib gebunden hatte. Er riss sie sich von der Haut.

Der dicke Polizist warf sie auf das Häuflein Elektronikschrott, das noch qualmte.

«Ausziehen!», befahl der andere Offizier. «Auch die zwei *Females*!»

Weibchen, als handele es sich bei uns um Tiere, dachte Sarah erbost und wäre fast auf den Kerl losgegangen.

Laura zerrte sich ihr Poloshirt über den Kopf. Zögernd knöpfte Sarah ihre Bluse auf.

«Weiter, macht schon, nicht aufhören!»

Sie stiegen auch aus ihren Hosen und standen in Slip und BH vor den gaffenden Polizisten. Laura hatte nichts an ihrem Körper versteckt, aber Sarah trug wie Nils etwas um ihre Hüften: den zweiten Satz kleiner, flacher Compact-Flash-Karten.

«Na, also. Ich wusste es.»

Auch diese Speichermedien landeten auf dem verkohlten Haufen. Weil das Feuer fast ausgegangen war, kam ein Polizist erneut mit dem Kanister an. Das Benzin löste eine neue, fauchende Stichflamme aus, an der sich der Mann fast die Hände verbrannte. Vor Schreck schleuderte er den Kanister beiseite.

Seine Kollegen lachten ihn aus.

Plötzlich spürte Sarah den Atem des Jüngeren an ihrer Wange. Er hatte sich ihr von hinten genähert. Mit einer Hand fasste er ihr auf die Brust, die andere schob er unter ihren Slip.

Für die Zeitspanne eines Wimpernschlags gefror die Welt. Dann fuhr Sarah herum und rammte dem Mistkerl das Knie in den Unterleib.

Woraufhin der Mann ebenfalls seine Pistole zog.

Der Dicke schrie ihn an, bis er die Waffe wieder einsteckte. Der andere Offizier wies auf Sarahs Kleidung und ruckte mit dem Kinn. Sie verstand die Geste und zog sich an. Laura und Nils taten es ihr nach. Dann stopften sie auch ihre verstaubten Sachen zurück in die Taschen, Koffer und Rucksäcke.

Der Oberbulle ordnete mit der Rechten seine Frisur. Dann schritt er auf das Cockpit zu und brüllte Befehle. Der jüngste Beamte kletterte in die Maschine und zerrte Henry sowie den Piloten heraus.

Sarah ballte vor Anspannung die Fäuste. Auch das noch, dachte sie. Würde Henry den Stress überstehen?

Der Pilot beantwortete sämtliche Fragen und blieb gefasst. Eine Weile ging es hin und her, Sarah verstand kein Wort. Henry stand nur da und blickte stumm zu Boden.

Der Offizier blaffte auch ihn an, doch der Pilot antwortete für den Jungen.

Dann schickte der Uniformierte finstere Blicke in die Runde, fuhr sich noch einmal mit den Händen durchs Haar und rief seinen Kollegen einen Gruß zu. Während sie salutierten, sprang er in seinen Jeep und raste mit durchdrehenden Reifen davon.

Der Dicke machte eine Bemerkung, die seine zwei Kollegen mit dreckigem Gelächter quittierten. Endlich fuhren auch sie davon. Das Rollfeld war nun frei.

Sarah atmete tief durch. Ohne ein Wort verstauten sie ein zweites Mal ihr Gepäck und stiegen wieder ein. Nils schüttelte den Kopf. Laura ließ sich auf ihren Platz sinken und verbarg das Gesicht in ihren Händen.

Der Geruch nach verschmorten Speicherkarten und Festplatten war bis in die Kabine gezogen. Vermutlich würde er ihnen noch lange in der Nase stecken.

Laura strich ihre Haare hinter die Ohren und schloss den Sicherheitsgurt. «Dieser Ort wird von Verbrechern regiert.»

«Wir werden es ihnen heimzahlen.»

«Was hast du vor, Sarah? Noch mal hier drehen? Mich bringen keine zehn Pferde in das Lager zurück.»

Der Motor röhrte, das Flugzeug vibrierte. Es schob sich über die Startbahn und nahm Fahrt auf. Sie hoben ab, und das Fahrgestell klappte mit einem lauten Schlag ein.

Endlich.

Draußen kippte der Horizont, sie flogen eine Kurve, bis das Sonnenlicht durch die Fenster der linken Kabinenseite fiel. Vom Flüchtlingslager war bereits nichts mehr zu sehen. Sie gewannen weiter an Höhe.

Sarah erhob sich von ihrem Sitz und ging nach vorn zum Cockpit. «Was wollte die Polizei von Ihnen?», rief sie dem Piloten zu.

Eine Windbö zerrte am Flieger. Sarah hielt sich am Rahmen des Durchgangs fest, um nicht zu stürzen. Der Pilot drückte mit einer lässigen Bewegung zwei Kippschalter, dann bewegte er sacht das Steuer. Der Steigflug war beendet, die Reiseflughöhe erreicht.

Er wandte sich zu Sarah um. «Die Polizei?» Sein breites Strahlen brachte zwei Reihen makelloser Zähne zum Vorschein, dabei deutete er auf Henry. «Sie wollten wissen, ob unser junger Freund zu Ihnen gehört. Ich habe behauptet, nein, er sei mein Sohn. Ich hoffe, das war richtig.»

Sarah lachte zurück. «Goldrichtig!»

Henry stand der Schweiß auf der Stirn. Er zog seine Jacke aus und schob sein Hemd hoch. Sarah half ihm, das Klebeband zu entfernen, das eine weitere Festplatte an seinem dürren Körper fixiert hielt.

Die dritte Absicherung. Nils hatte vor dem Aufbruch einen kühlen Kopf bewahrt und darauf bestanden, das komplette Material der letzten vier Tage ein zusätzliches Mal zu kopieren.

Sicher ist sicher.

Henry stopfte das Hemd zurück in die Hose. Sarah fuhr ihm über die kurzgeschnittenen Locken. «Gute Arbeit auch von dir!»

Zum ersten Mal an diesem Tag zeigte der junge Krankenpfleger ein Lächeln.

«Henry, es gibt da noch etwas, um das ich dich bitten muss. Du kennst doch sicher auch Ambogos Frau Mary.»

Er nickte.

«Sie wollte mit ihren Töchtern ebenfalls nach Nairobi gehen. Meinst du, du könntest sie ausfindig machen und ihr alles über ihren Mann erzählen? Es wird schwer für sie sein, aber sie muss Gewissheit haben. Das sind wir den Ambogos schuldig.»

Henry versprach, es zu versuchen.

Sarah blickte durch die Frontscheibe. Vor ihnen beschrieb die Straße eine Spur auf brauner Erde. Wie mit dem Lineal gezogen führte sie westwärts nach Nairobi.

Zurück in die Zivilisation.

Düsseldorf – Donnerstag, 6. Oktober

80

Sellin vertrieb sich die Zeit mit Internetrecherche. Er hatte das Gefühl, die Ermittlungen liefen an ihm vorbei. Als wollten die Kollegen der Mordkommission ihn schonen. Wirke ich tatsächlich so erbarmungswürdig?

Er hatte sich vor ein paar Tagen unter falschem Namen eine Facebook-Seite zugelegt, ein paar Nichtigkeiten gepostet und erste Freunde gewonnen. Dann hatte er eine Freundschaftsanfrage an *Sigrid Ha* gestellt.

Die heute angenommen worden war.

Nun konnte er lesen, was die Generalsekretärin des deutschen Ablegers von *Humanity First* in ihrer Chronik postete. Wer ihr antwortete und mit ihr befreundet war. Und wen sie als Familienangehörigen angab.

Zum Beispiel einen Mann namens Manuel von Hagen.

Bruder oder Ehepartner, schätzte Sellin.

Er googelte ihn. Aus den Treffern erfuhr er, dass es sich bei besagtem Mann um den kaufmännischen Direktor einer Klinik im bayerischen Regensburg handelte, die zum Samax-Konzern gehörte. Mitte vierzig, laut Facebook ein Fan von Michael Jackson und Jahn Regensburg. Vierhundertsiebzehn Freunde. In einigen Postings beschwerte er sich über endlose Staus auf der A3. Offenbar fuhr er regelmäßig ins Rheinland.

Sellin sah sich bestätigt: Sigrids Ehemann.

Die Informationen, die es ansonsten über ihn gab, waren spärlich. Keine eigene Homepage, kein Wikipedia-Eintrag. Auf Facebook und auf der Webseite der Regensburger Klinik existierte dasselbe Foto – blond, braun gebrannt, Sonnyboy-Lächeln.

Schließlich stieß Sellin auf einen knapp drei Jahre alten Artikel der *Mittelbayerischen Zeitung*, in dem Manuel von Hagen erwähnt wurde. Er opfere seinen Urlaub, um unentgeltlich somalischen Flüchtlingen in Ostafrika zu helfen. Deren gesundheitliche Versorgung gelte als äußerst prekär. Von Hagen flog technisches Gerät nach Kenia und organisierte den Ausbau eines Behelfskrankenhauses zum modernen Operationszentrum.

Bald könne man Hunderttausende von Gestrandeten nach westlichen Maßstäben behandeln. Niemand müsse mehr an einer Blinddarmentzündung sterben.

Den Einsatz koordiniere *Humanity First International*.

Die gemeinnützige *Samax-Blue-Planet-Stiftung* finanziere die Ausstattung der Klinik.

Manuel von Hagen, der Wohltäter.

Das Flüchtlingslager hieß Dadaab.

Und wieder schloss sich ein Kreis.

81

Während ihres nächtlichen Flugs über die Nordhälfte des afrikanischen Kontinents hielt Sarah das vage und zweifellos irreale Gefühl wach, korrupte Sicherheitskräfte könnten sie und ihr Team jederzeit auf ihren Plätzen festnehmen und das gedrehte Material beschlagnahmen, das sie bis hierher gerettet hatten. Sie zählte jeden Kilometer, den die große Passagiermaschine zurücklegte. Jede Stunde bis zum Zwischenstopp in Frankfurt.

Dabei hatte Sarah in Nairobi zwischenzeitlich überlegt, den Aufenthalt im Land zu verlängern und für ein paar Tage nach Mombasa zu reisen. Irgendwo in der Touristenmetropole am Indischen Ozean befand sich laut Henry das Spezialkrankenhaus, in dem seit einem Jahr die VIP-Empfänger der Dadaab-Organe operiert und versorgt wurden. Am liebsten hätte Sarah dort gedreht – die reiche Kundschaft der Organhändler aus einem Versteck heraus bei Ankunft oder Entlassung auf die Speicherkarte gebannt.

Vielleicht wäre sie sogar auf einen Insider gestoßen, der auspackte, wie Henry es in Dadaab getan hatte.

Aber dafür hätte sie die Klinik in der Hafenstadt, die rund eine Million Einwohner zählte, erst einmal finden müssen. Vermutlich tarnte sie sich als Wohnhaus oder Hotel. Stand in keinem Telefonverzeichnis. Und sie hätte unmöglich einfach losziehen und sich nach einem Hospital durchfragen können, in dem man sich eine menschliche Niere kaufen konnte.

Nein, es war höchste Zeit, nach Deutschland zurückzukehren.

Ein paarmal nickte Sarah ein, aber der Schlaf war nicht von Dauer. Sie wickelte sich fester in ihre dünne Decke. Die trockene Luft reizte sie zum Husten.

Sie stellte fest, dass auch Laura nicht zur Ruhe kam. Die Kollegin trug ihren Kopfhörer und guckte einen Film aus dem Bordprogramm. Die Stewardess kam mit zwei Sorten Wein vorbei und bot an, Sarahs Glas nachzufüllen. Mit Rücksicht auf das werdende Baby in ihrem Bauch winkte Sarah ab.

Sie grübelte über Nadine Fischer nach. Gehörte die ominöse Mombasa-Reisende zur Klientel der Organmafia? Wusste womöglich Gesundheitsminister Werremeyer über alles Bescheid?

Was mochte eine Niere kosten, ein Herz, eine Bauchspeicheldrüse? Was war der Preis des Todes eines anderen Menschen? Wenn der Leidensdruck groß genug war und Geld keine Rolle spielte – ein Scheich oder Oligarch würde vermutlich auch bei einer Millionensumme nicht mit der Wimper zucken. Selbst dann nicht, wenn der Spender in Dadaab über die Klinge sprang.

Hauptsache, schnell, diskret und sauber.

Wie reich und skrupellos war Nadine Fischer?

Sarah schaltete ebenfalls ihren Monitor ein. Das Bild zeigte das weite Land unter ihnen, Aufnahmen einer Kamera am Bauch der Maschine. Vereinzelte Lichtpunkte auf tiefschwarzem Grund – Sudan oder schon Ägypten? Angaben über Flughöhe und Geschwindigkeit wurden eingeblendet.

Es war kurz vor ein Uhr. Das gleichmäßige Brummen täuschte Sicherheit vor. Mehr als drei Stunden waren seit dem Start vergangen.

Fast sieben noch bis zur Landung.

Sarah stellte sich vor, wie mit jedem erfolgreich behandelten Patienten das kriminelle Netzwerk wuchs. Reiche und mächtige Menschen, die Organe aus dem Flüchtlingslager unter ihresgleichen weiterempfahlen. Und zugleich daran interessiert waren, den Deal geheim zu halten. Den Verbrechern, die ihnen das Leben gerettet hatten, würden sie für immer in Dankbarkeit verbunden sein. Man schätzte sich und half einander.

Auch darauf gründete die Macht der Drahtzieher von Dadaab.

In diesem Moment über der Wüste kam sich Sarah sehr klein vor. Und ihr wurde klar, dass der schwierigste Teil ihrer Recherche noch bevorstand.

Zu Hause in Deutschland.

TEIL VIER

Wir hassen bald, was oft uns Furcht erregt.

William Shakespeare, Wie es euch gefällt

Düsseldorf – Freitag, 7. Oktober

82

Der Tag begann mit feinem Regen aus einem trüben Himmel, der gefühlte Temperaturunterschied zur Steppe Kenias betrug mindestens dreißig Grad. Nachdem Sarah und ihre Begleiter das Gepäck vom Band genommen und sich vergewissert hatten, dass nichts fehlte, schafften sie alles zum Taxistand.

Bevor sie einstieg, wählte Sarah die Nummer ihres Vaters. Sie brannte darauf zu erfahren, was die Ermittlungen der Kripo in Berlin und Düsseldorf in ihrer Abwesenheit ergeben hatten. In den letzten Tagen hatte von den beiden Seiten Funkstille geherrscht. Keine einzige Mail von Sellin oder Karsow.

Ihr Vater meldete sich.

«Ich bin's, Sarah. Wir sind gerade angekommen. Was gibt's Neues bei dir?»

«Sarah, schön, deine Stimme zu hören! Hast du alles gut überstanden? Ich hab dich gestern im Abendprogramm vermisst. Ein alter Knacker hat deine Show moderiert. Es war zum Einschlafen.»

«Ich weiß.»

«Nicht halb so gut wie du.»

Hör auf mit dem Süßholzgeraspel, dachte sie. «Gibt es Neuigkeiten zu Christians Tod? Hast du in Sachen Nadine Fischer etwas erreicht?»

«Nichts, leider.»

«Hast du überhaupt etwas unternommen?»

«Sarah, was verlangst du? Soll die Polizei etwa bei jeder Frau dieses Namens prophylaktisch die Kommunikation überwachen, Kontobewegungen checken, Nachbarn befragen?»

«Zum Beispiel.»

«So etwas genehmigt kein Richter. Und selbst wenn ich mich über alle Regeln hinwegsetze – ich hatte die letzten Tage mit den Ermittlungen alle Hände voll zu tun. Leider ohne Erfolg.»

Sarah seufzte.

«Was hast du da unten rausgekriegt?», wollte Sellin wissen.

«Ich würde dir gern etwas von dem Material zeigen, das wir gedreht haben. Hast du morgen Zeit?»

«Klar.»

«Mach dich auf was gefasst.»

Im Taxi spürte Sarah, dass sie am Ende ihrer Kräfte angelangt war. Der Unterhaltung von Laura und Nils auf dem Rücksitz konnte sie nicht folgen. Sie blickte aus dem Fenster, wo die Hotels und Bürohäuser am Kennedydamm vorbeizogen, hatte aber nur die Bilder des toten Emmanuel Ambogo vor Augen. Die Ratten, die zerrissene Adidas-Jacke, der aufgeblähte Körper zwischen den Steinen. Die dunkle, zerschundene Masse an Haut, Knochen und Fleisch, die einmal Ambogos Gesicht gewesen war. Sarah spürte, wie sie zitterte, und faltete ihre Hände, um es zu stoppen, was nicht half.

Und was erwartete sie zu Hause? Ihr Freund war tot und ihre berufliche Zukunft unsicher. Wie sollte sie sich da auf ein Baby freuen können?

«Lindemannstraße», wiederholte Nils von hinten.

«Ich weiß», antwortete der Fahrer.

«Aber hätten wir hier nicht abbiegen müssen?»

«Zu voll um diese Tageszeit.»

Sarah nahm wahr, dass die Route quer durch die Innenstadt führte. Vertraute Plätze. Hier bin ich sicher, sagte sie sich.

Sie spürte eine Hand auf ihrer Schulter. «Wir hatten harte Tage», sagte Laura.

«Und haben noch viel vor uns», erwiderte Sarah.

83

Bei *Sarah Wolf Media* herrschte Hochbetrieb. In wenigen Minuten würde die Redaktionskonferenz mit der Nachbesprechung der gestrigen Sendung beginnen, hierzu fanden sich stets alle Mitarbeiter ein.

Als Holger Diepenbrock mitbekam, dass Sarah da war, rauschte er sofort in ihr Büro, sichtlich gut gelaunt.

«Freu mich, dass du wieder da bist, Wölfin», tönte er. «Hoffe, du hattest eine schöne Zeit im sonnigen Süden!»

«Urlaub war's nicht.» Sarah klopfte Sand von ihrer Tasche und packte ihre Notizbücher aus. Ihr fiel ein, dass sie nicht geduscht hatte und sich besser frische Sachen anziehen sollte.

«Was sagst du zum Quotenverlauf von gestern?», fragte Diepenbrock.

Sarah brauchte einen Moment, bis sie verstand, was er meinte. Die Zahlen waren ihr gerade völlig egal. Sie lachte, als ihr das klarwurde.

«Werde ich mir sicher später ansehen», antwortete sie.

Seine Miene gefror. «Leitest du die Sitzung?»

«Das kannst du gemeinsam mit Max machen. Bitte entschuldige mich. Ich brauche noch einen Moment, um anzukommen. Und dann will ich heute möglichst viel Zeit im Schneideraum verbringen.»

«Gönn dir ein ruhiges Wochenende. Nur noch ein paar Tage, dann bist du wieder auf Sendung.»

«Okay.»

«Also – du kommst nicht zur Sitzung?»

«Nein.»

Endlich verließ der Alte ihr Büro, und Sarah konnte sich umziehen. Sie durchwühlte ihre Tasche und fand ein T-Shirt, das noch nicht hoffnungslos durchgeschwitzt und verstaubt war.

Sie suchte Laura auf, die bereits an einem der Schnittplätze mit dem Sichten des Materials beschäftigt war. Nils kam ebenfalls dazu. Er hatte neue Sicherungskopien des gesamten Rohmaterials angefertigt und brachte heißen Kaffee.

Sie beratschlagten, wen sie als Cutter engagieren sollten.

«Es muss jemand sein, dem wir absolut vertrauen», sagte Laura. «Wir haben gesehen, wozu die fähig sind. Ein falsches Wort ins falsche Ohr, und wir drei sind in Gefahr. Die nächsten Opfer nach Johanna Kling und Christian Wagner.»

«Ich kann schneiden», sagte Nils.

Sarah und Laura blickten ihn an.

«Ernsthaft. Videoschnitt hab ich gelernt. Schon damals in Bosnien habe ich die Beiträge, die wir gedreht hatten, selbst montiert.»

«Und es macht dir nichts aus, auch am Wochenende zu arbeiten?»

Nils zuckte mit den Schultern. «Wir sind den Weg so weit miteinander gegangen. Dann will ich es auch bis ins Ziel schaffen.»

Sie klatschten sich alle drei ab.

Während Nils sich verabschiedete, um kurz zu seiner Familie zu fahren, bereiteten Sarah und Laura den Schnitt vor. Sie notierten Schlüsselszenen, die besten Interviewpassagen sowie die dazugehörigen Timecodes. In Sarahs Vorstellung nahm der Film bereits Gestalt an, zumindest in groben Zügen.

Nils hatte Kuchen dabei, als er zurückkehrte. Sarah spürte, wie hungrig sie war. Gierig vertilgten sie das Gebäck aus der

Hand und verteilten Krümel, während sie begannen, die erste zentrale Szene zu schneiden: ihre Entdeckung des Grabs von Ambogo und die anschließende Flucht vor den Killerpolizisten.

Eindringliche Bilder – Sarah war sich sicher, dass die Schüsse auf das Reporterteam den Zuschauern unter die Haut gehen würden.

Dabei durchlebte sie die Gefahr und das angstvolle Warten noch einmal. Oft setzte Nils ein zweites oder drittes Mal an, um den besten Anschluss zu finden, und die Wiederholung wühlte Sarah erst recht auf. Sie wusste, dass es Nils und Laura ebenso ging.

Dann teilten sie sich die Arbeit auf. Laura saß neben Nils, nannte ihm die beabsichtigte Reihenfolge der Einstellungen und beriet ihn beim Schnitt. Währenddessen sichtete Sarah das weitere Material am Nachbarplatz und definierte die nächsten Szenen, die ihr wichtig waren.

Zwischendurch holte sie neuen Kaffee. Das Großraumbüro war jetzt menschenleer, die Mitarbeiter bereits im Wochenende. Sie traf Thorsten, ihren Producer, der als Letzter Feierabend machte.

Sarah wollte nun doch wissen, wie sich der bisherige Chefredakteur als Talkshow-Moderator geschlagen hatte.

Der Alte habe die Gesprächsrunde souverän moderiert, antwortete Thorsten, die Quote sei ordentlich gewesen, wenn auch nicht so hoch wie erwartet, nachdem die Presse *Holger Diepenbrock* im Vorfeld sehr umfangreich angekündigt hatte. Und auch heute gebe es zahlreiche Nachbesprechungen. Andere Handschrift, ruhigerer Ton – natürlich wurden Vergleiche angestellt, Diepenbrock versus Sarah, doch die meisten Rezensenten mieden bislang ein klares Urteil.

Thorsten meinte, Diepenbrock sei jedenfalls noch nicht abgeschrieben. Er wollte Sarah in sein Büro lotsen. «Ich brauche noch ein paar Unterschriften. Und was Diepis Honorar anbelangt, sehe ich noch Diskussionsbedarf. Die Summe, die der Alte fordert, kann er gleich mal wieder vergesen. Sonst bleibt dir kaum ein Gewinn.»

Sarah beschloss, das Thema auf die nächste Woche zu verschieben. Im Moment hatte sie dafür nicht den Kopf frei.

84

Irgendwann gegen Abend ließ ihre Konzentrationsfähigkeit rapide nach. Sarah beschlich das Gefühl, den Überblick zu verlieren. Auch Laura gähnte nur noch. Sie kamen überein, die Arbeit am nächsten Morgen fortzusetzen.

Nils bestand darauf, gleich drei Sicherungskopien des bisher geschnittenen Films anzufertigen. Jeder von ihnen steckte eine bespielte Speicherkarte ein. Sarah rief die Taxizentrale an und bestellte drei Wagen. Dann zog sie aus ihrer Tasche zwei Flaschen Moët & Chandon, die sie im Duty-free-Laden des *Jomo Kenyatta International Airports* von Nairobi erstanden hatte.

«Für euch», sagte sie. «Macht euch einen schönen Abend mit euren Partnern.»

«Und du?», fragte Laura.

Sarah fasste sich an den Bauch. «Ich darf nicht.»

«Das meine ich nicht.»

«Was dann?»

«Du solltest heute Abend nicht allein sein.»

«Ach was, darin habe ich Übung.»

Draußen fuhr das erste Taxi vor.

«Das ist deins», sagte Nils und drückte ihre Schulter.

«Lieb von dir», antwortete Sarah. «Aber die Letzte schließt ab, und die mit dem Schlüssel bin nun mal ich.»

Das Taxi stoppte vor ihrem Haus. Wieder daheim. Was für ein Unterschied zu den Hütten und Zelten, die Sarah in den letzten Tagen gesehen hatte.

Der Fahrer hob Trolley und Tasche aus dem Kofferraum. Sie bedankte sich, rollte ihr Gepäck zum Eingang, schloss auf und nahm den Aufzug nach oben.

Irritiert betrachtete sie sich in der verspiegelten Kabinenwand. Meine Mutter hat recht, dachte sie. Ich bin schon fast so dürr wie Mary Ambogo. Als sie an die schreckhafte Frau dachte, die wie sie selbst einen geliebten Menschen verloren hatte, wurde Sarah flau im Magen.

Mit dem Schlüssel in der Hand erreichte sie ihre Wohnungstür und erschrak. Sie war nur angelehnt. Jemand hatte das Schloss geknackt und herausgebrochen. Der Zylinder lag auf dem Boden.

Sarahs Herz schlug heftiger.

Schritte in ihrem Rücken.

Ihr Wohnungsnachbar kam die Treppe hoch. Unrasiert, Joggingklamotten, eine Weinflasche in der Hand, die er offenbar aus dem Keller geholt hatte. Sein schmieriges Lächeln fand Sarah unangebracht.

«Mit Ihrer Tür stimmt etwas nicht», sagte er.

«Den Eindruck habe ich auch.»

«Schon seit Montagmorgen. Ich hätte Ihnen Bescheid gesagt, aber leider habe ich Ihre Nummer nicht, Frau Wolf.»

Nie im Leben kriegst du sie, dachte Sarah. Warum hast du Vollpfosten nicht die Polizei gerufen? Fünf Tage lang hatte ihre Wohnung also offen gestanden.

Sie stieß die Tür vollends auf. Kein Laut von drinnen. Sie drückte den Lichtschalter – und starrte auf den Schuhschrank, der mit der Rückwand nach oben auf den Dielenbrettern lag.

Zögernd setzte Sarah ihre Schritte und stieg über das Möbelstück hinweg. Im Wohnzimmer lagen die Sofakissen auf dem Boden. Sämtliche Bücher waren aus dem Regal gerissen. Die Bananenpflanze umgestoßen. Sarah richtete sie auf.

Als sie die Küche betrat, knirschte es auf den Fliesen – der Inhalt von Salzbehälter und Zuckerdose war auf dem Boden verschüttet worden. Sinnloser Vandalismus. Wer tut so etwas?

Sie umrundete den Herd, der als Insel im Raum stand. Dahinter hatte jemand die Besteckschublade auf den Boden ausgeleert. Die Messer und Gabeln waren mit Scherben bedeckt. Der Einbrecher hatte ihre schönsten Kristallgläser zerschlagen.

Der materielle Schaden war zu ersetzen, aber die Verletzung ihrer privaten Sphäre traf Sarah ins Mark. Sie zog einen Stuhl heran und kramte ihr Handy aus der Tasche. Ihre Finger zitterten, als sie die Tasten drückte.

Sellin meldete sich sofort.

«Tut mir leid, dass ich dich um diese Uhrzeit störe», sagte sie.

«Das tust du nicht», antwortete ihr Vater. «Meine Freitagabend-Aktivitäten werden gemeinhin überschätzt. Eine Flasche Medoc Cru Bourgeois ist alles, was mir Gesellschaft leistet.»

«Könnte ich jetzt auch gebrauchen.»

«Was ist los?»

«Bei mir ist eingebrochen worden.»

«Geh auf keinen Fall hinein, der Täter könnte noch da sein. Warte, bis ich da bin, versprichst du mir das?»

«Du musst nicht kommen. Wirklich nicht. Ich bin bereits drinnen. Hier ist niemand außer mir. Der Einbruch geschah bereits in der Nacht zum Montag, meint mein Nachbar.»

«Und was fehlt?»

«Nichts, zumindest auf den ersten Blick. Wer auch immer es

war, hat nur einiges kaputt gemacht und umgestoßen. Soll ich jetzt noch die Polizei rufen, oder hat das bis morgen Zeit?»

«Ich bin in zehn Minuten bei dir.»

«Lass gut sein, Sellin. Nicht nötig. Es geht mir schon besser, ehrlich.»

«Bist du dir sicher?»

«Na klar.»

«Wenn du Anzeige erstatten möchtest, genügt es, wenn du das morgen tust. Mach es, aber erwarte nicht, dass es viel bringt.»

«Okay. Wir sehen uns morgen in der Firma, dann erzähle ich dir von Dadaab.»

Sie richtete den Schuhschrank auf und schob ihn vor die Tür. Falls jemand auf die Idee käme, das zerstörte Schloss auszunutzen und in ihr Zuhause einzudringen, würde sie das zumindest bemerken.

Schließlich inspizierte Sarah ihr Arbeitszimmer. Alles war durchwühlt worden, sämtliche Schubladen standen auf. Nach kurzem Suchen wusste sie, was fehlte: der Brief von Jana Bergowitz, der Umschlag mit den aufgemalten Herzen sowie sein Inhalt, die Buchungsbestätigung.

Nicht schlimm, versuchte Sarah sich zu beruhigen. Es gab noch den Scan des Belegs als Anhang einer Mail von Lisette Hanke an sie – gespeichert auf ihrem Rechner. Und der befand sich in ihrem Büro in der Lierenfelder Straße.

Wer steckte hinter dem Einbruch?

Mit ihrer Reise nach Dadaab konnte die Tat nichts zu tun haben. Denn bis zum Montag hatten Sarah und ihr Team dort nur harmlose Szenen gedreht und sicher keine Pferde scheugemacht. Der Entschluss, bei ihr einzubrechen, musste vorher gefasst worden sein.

Sarah überlegte: Von wem wussten die Drahtzieher des Organhandels, dass sie auf Nadine Fischers Business-Class-Flug nach Mombasa gestoßen war?

Ihr fielen nur zwei Möglichkeiten ein. Entweder von Jana Bergowitz, die sie am Mittwoch letzter Woche mit dem Herzchen-Brief an Christian konfrontiert hatte.

Oder von Gesundheitsminister Werremeyer, den sie eigentlich für harmlos gehalten hatte – ihn hatte sie nach ihrer letzten Sendung auf die Flugbuchung angesprochen.

Sarah drehte die Heizung auf. Doch sie ahnte, dass ihr an diesem Abend nicht mehr warm werden würde.

85

Sie beschloss, das Chaos ein andermal zu beheben. Es tat ihr inzwischen leid, dass sie das Angebot Sellins, ihr Gesellschaft zu leisten, aus falschem Stolz ausgeschlagen hatte. Sie fühlte sich wie eine Fremde in den eigenen vier Wänden.

Zugleich war sie zu aufgedreht, um jetzt schon ins Bett zu gehen. Um zur Ruhe zu kommen, genehmigte sie sich zwei Fingerbreit vom Entre-Deux-Mers. Ausnahmsweise, sagte sie sich.

Sie setzte sich damit an ihren Schreibtisch, breitete die Notizen vom Nachmittag aus und verbrachte die nächste halbe Stunde damit, die Gliederung ihres Films weiter zu planen. Dadaab war ihr noch sehr präsent. Das musste sie nutzen.

Sie änderte das Konzept, baute alles neu zusammen und erkannte, dass es besser war, das zentrale Interview mit dem Krankenpfleger nicht als Block an das Ende zu setzen, sondern die wichtigsten Aussagen als roten Faden über den gesamten Film zu verteilen.

Sie entschied sich dafür, mit einem Paukenschlag zu beginnen – den nächtlichen Schüssen, die dem Team aus Deutschland gegolten hatten. Und einen Satz von Henry hart dagegen zu schneiden: *Ich habe mit eigenen Augen gesehen, wie man mit Leuten umspringt, die den Organhandel stoppen wollen. Und Sie haben es letzte Nacht auch erlebt.*

Als Sarah endlich glaubte, müde genug zu sein, ging sie ins Bad, um sich für die Nacht fertig zu machen. Ihr Blick fiel in den Spiegel, und für die Dauer eines Herzschlags blieb die Erde stehen.

Mit Tesafilm war der DIN-A4-Ausdruck eines Fotos an das Glas geklebt.

Die Aufnahme zeigte ein Haus, das Sarah sehr gut kannte. Es stand im Dichterviertel von Erkrath, und ihre Mutter wohnte darin. Auf dem Bild trat Petra Wolf gerade aus der Tür und ahnte nicht, dass ein Unbekannter mit dem Teleobjektiv einer Kamera auf sie zielte.

Sarah riss das Foto in viele kleine Fetzen. Sie drückte sich die Faust gegen die Lippen, um den Schrei zu ersticken, der sich in ihrer Kehle sammelte. Die Botschaft des Einbrechers war eindeutig.

Wir wissen, wo deine Mutter wohnt.

In diesem Moment krachte es im Flur.

Holz schlug gegen Holz. Dann ein lautes Rumpeln, als jemand den Schuhschrank beiseiteschob. Sarah überlegte, womit sie sich bewaffnen sollte. Weil nichts anderes da war, packte sie eine Schere und trat aus dem Badezimmer.

Sellin stand ihr gegenüber.

Verlegen klopfte er mit dem Knauf seines Stocks gegen den Türrahmen. «Dein Anruf hat mir keine Ruhe gelassen. Ich musste einfach nach dem Rechten sehen.»

Sie senkte die Faust, in der sie die Schere hielt. «Mensch, hast du mich erschreckt!»

Dann fiel sie ihrem Vater um den Hals und lachte und weinte zugleich.

Sellin verständigte einen Schlüsseldienst, mit dem die Polizei oft zusammenarbeitete. Der Monteur war auch zu dieser späten Stunde nach nur zwanzig Minuten da, ersetzte das Schloss und brachte zusätzlich auf Sellins Vorschlag an die Tür einen querliegenden Panzerriegel an, der beim Zusperren in die Schließkästen griff, die er links und rechts mit Schwerlastdübeln im Mauerwerk verankerte.

Das teuerste Modell und das sicherste, wie der Mann vom Schlüsseldienst versicherte. Zusätzlich verfügte der Riegel über einen Sperrbügel. Wenn Sarah wollte, konnte sie die Tür nun einen Spalt weit öffnen, um mit jemandem, der davor stand, zu reden, ohne dass derjenige eindringen konnte. Wie bei einer herkömmlichen Kette, nur massiver geschützt.

Eigentlich gibt es dafür bereits die Gegensprechanlage an der Haustür, dachte Sarah, aber sie fühlte sich nun deutlich besser.

Sie bezahlte und nahm die neuen Schlüssel entgegen, je drei für das herkömmliche Türschloss und für den Querriegel.

Ihr Vater bestand darauf, beim Aufräumen zu helfen, und als sie das Gröbste erledigt hatten, bot er an, auch bei ihr zu übernachten. Doch Sarah schickte ihn nach Hause. Sie war dankbar, dass er zur Stelle gewesen war, aber entsetzt über seinen Gesundheitszustand. Sie wollte den Mann nicht über Gebühr in Anspruch nehmen.

Bevor er ging, nahm Sarah ihm das Versprechen ab, dass er sich morgen früh als Erstes um ihre Mutter kümmern würde. Die anonyme Warnung des Einbrechers stand im Raum. Und Sarah hatte nicht vor, sich einschüchtern zu lassen.

«Pass auf Mama auf, Sellin», sagte sie. «Du bist es uns schuldig.»

Ihr Vater nickte. «Und du sei vorsichtig.»

«Ist klar.»

Sarah verschloss hinter ihm den Querriegel. Das mahlende Geräusch und der Stahlbalken, der sich vor ihren Augen in die Verankerung schob, beruhigten sie ein wenig.

86

Am Samstagmorgen riss der Wecker sie aus einem unerwartet guten Schlaf. Sarah besorgte französischen Rohmilchkäse, toskanische Salami und Ciabatta aus Hartweizengrieß, dazu allerlei Obst sowie Bio-Joghurt, weil sie es für eine gute Idee hielt, mit dem Team bei einem gemeinsamen Frühstück in den Tag zu starten.

Doch als Laura und Nils in der Firma eintrafen, stellte sich heraus, dass beide bereits zu Hause gegessen hatten. So begnügten sie sich mit Kaffee, und Sarah packte den Großeinkauf in den Kühlschrank, der sonst nur die Milch für den Büro-Cappuccino enthielt.

Gegen halb elf traf ihr Vater ein, um sich das Interview mit Henry anzusehen.

«Möchtest du Frühstück?», fragte Sarah.

«Hatte ich schon. Gemeinsam mit deiner Mutter. Ich habe sie vorläufig bei mir einquartiert.»

«Wie nimmt Mama es auf?»

«Mit gemischten Gefühlen. Aber bis ihr Freund von seiner Reise zurückkehrt, ist sie bei mir gut aufgehoben. Platz ist vorhanden, für die paar Tage wird es funktionieren. Mach dir keine Sorgen.»

Sarah platzierte ihren Vater auf den Stuhl des Cutters und fuhr die Aufnahme ab. Sellin machte sich kaum Notizen, kommentierte nichts und schüttelte am Ende nur den Kopf. Eine sehr verhaltene Reaktion, die Sarah enttäuschte.

Damit er Henrys Aussagen besser einschätzen konnte,

spielte sie ihm auch die nächtliche Verfolgung vor. Doch seine Miene verdüsterte sich weiter.

«Was ist, Sellin?», fragte Sarah.

«Ich find's erschütternd, was der Junge miterleben musste. Ehrlich.»

«Er ist glaubhaft.»

«Daran zweifle ich nicht, wenn du das sagst. Ihr drei habt für diesen Film einiges auf euch genommen. Das hätte auch anders ausgehen können. Passt gut auf euch auf, auch hier in Deutschland!»

«Aber?»

«Einem Staatsanwalt brauchen wir das Interview erst gar nicht zu zeigen. Ermittlungen gegen kenianische Polizeibeamte wegen Mordes an einem Einheimischen werden von hier aus sicher nicht angestrengt.»

«Glaubst du nicht auch, dass die Morde an Christian Wagner und Johanna Kling mit Ambogos Schicksal zusammenhängen?»

«Doch, bei mir rennt ihr mit eurer These offene Türen ein. Aber von handfesten Spuren sind wir weit entfernt. Euer Junge ist nur ein Zeuge vom Hörensagen. Es gibt keinen wirklichen Beweis für illegale Organtransplantationen.» Er hob die Schultern. «Dürftig, sehr dürftig.»

Sarah wechselte Blicke mit Laura und Nils. «Von unserer Reportage lassen wir uns nicht abbringen», sagte sie trotzig.

«Sollt ihr auch gar nicht. Das wird sicher ein spannender Film. Aber letztlich reine Spekulation. Unüberprüfte Aussagen bilden den Dreh- und Angelpunkt. Damit kannst du die Zuschauer beeindrucken, aber leider keinen Juristen.»

«Mir ist klar, dass der Film keine gründliche Ermittlung ersetzen wird. Unser Ziel ist es, eine solche Ermittlung anzustoßen. Denn bislang kommt von deinen Kollegen herzlich wenig.»

Sellin lächelte, er war sichtlich anderer Meinung. Sie verabschiedeten sich. Sarah brachte ihn zur Tür.

Nachdem sie hinter ihm abgeschlossen hatte, kehrte sie zu den anderen in den Schneideraum zurück und ließ sich auf einen freien Stuhl sinken.

«Ist dein Vater krank?», fragte Nils.

Sarah nickte.

«Warum nennst du ihn bei seinem Nachnamen?», wollte Laura wissen.

«Lange Geschichte», antwortete Sarah. «Zu lang.»

87

Um halb zwölf brach sie auf, um rechtzeitig in Recklinghausen zu sein. Nils lieh ihr seinen Audi-SUV, ein wuchtiges Ding mit viel Chrom und noch mehr Pferdestärken. Vermutlich ein ideales Fahrzeug, um ein Kamerateam zu transportieren oder eine Familie zu kutschieren, aber Sarah musste sich erst an die Dimensionen gewöhnen.

Die Kapelle des Nordfriedhofs war überfüllt. Sarah fand mit Mühe einen Sitzplatz. Bald standen die Trauergäste auch dicht gedrängt in den Gängen links und rechts der Bankreihen. Die Kränze stapelten sich um den Sarg – noch nie hatte Sarah eine Beerdigung mit so vielen Blumen erlebt.

Auf den Schleifen illustre Namen: die Kanzlerin, SPD-Chef Benrath, der Gesundheitsminister. Jeweils ein Kranz vom Landes- und Kreisverband der Partei sowie von der sozialdemokratischen Bundestagsfraktion. Zahlreiche Gebinde von Verwandten und Freunden.

Ein üppiges Gesteck weißer Rosen stammte von der *Samax-Blue-Planet-Stiftung*.

In der ersten Reihe erkannte Sarah Christians Bruder, den

Konzertpianisten. Das grau melierte, braun gebrannte Paar daneben mussten die Eltern sein. Lutz Maihofer winkte ihr aus der dritten Reihe zu. Ebenso Lisette Hanke, die aus Berlin gekommen war.

Jana Bergowitz konnte Sarah nirgendwo sehen.

Der Trauerredner schien kein Pfarrer zu sein, jedenfalls vermied er in der Ansprache den Bezug zu Gott und zum Leben nach dem Tod fast völlig. Er zeichnete mit wohlgewählten Worten ein treffendes Bild Christians, wie Sarah ihn gekannt hatte.

Sie wurde von tiefer Traurigkeit überwältigt. Nicht nur der Verlust des Freundes schmerzte sie. Hinzu kam die Gewissheit, dass jegliches Leben endlich war. Was sie mit Wucht traf und am Sinn des Ganzen zweifeln ließ.

Auf dem Weg zum Grab konnte sie kaum an etwas anderes denken. Erst als sich am Schluss der Zeremonie die große Menge zerstreute, erinnerte sich Sarah daran, dass sie nicht nur gekommen war, um Christian das letzte Geleit zu geben. Sie suchte das Café auf, in das seine Eltern geladen hatten, obwohl sie nicht von ihnen angeschrieben worden war.

Der harte Kern der Trauergemeinde hatte sich im Hinterzimmer eingefunden. Ein nüchtern eingerichteter Raum, die Wände halbhoch mit hellem Holz getäfelt, ansonsten keinerlei Schmuck. Drei lange Tafeln, weiße Tischwäsche. Hier saßen fast ausschließlich Verwandte und enge Freunde aus Recklinghausen. Sarah fand zunächst einen Platz bei Lutz Maihofer und seiner Frau.

Nach einer Weile gab sie sich einen Ruck, trat zu Christians Eltern an den Tisch und stellte sich vor. Anne und Ewald Wagner baten sie, sich zu ihnen zu setzen, und organisierten einen Stuhl. Die Trauer hatte sie sichtlich gezeichnet. Sarah registrierte tiefe Schatten unter geröteten Augen.

Christian hatte ihnen nichts von ihr erzählt, wie Sarah zu

ihrem Erstaunen erfuhr. Seit Ewald Wagner seine Apotheke aufgegeben hatte und das Paar nach Mallorca umgesiedelt war, hatte sich der Kontakt zum älteren Sohn offenbar auf rare Telefonate und einen Kurzbesuch pro Jahr beschränkt.

Die beiden begannen, sie mit unverhohlener Neugier auszufragen. Wie sie Christian kennengelernt habe, wie eine Talkshow funktioniere, wie frei sie in der Wahl des Themas und ihrer Gäste sei. Sympathische Leute, dachte Sarah. Sanft und höflich, selbst an einem solchen Tag. Sie beschloss, ihnen nichts über ihre Nachforschungen zu erzählen, um sie nicht unnötig zu verletzen. Kein Wort über die weiteren Morde in Düsseldorf und Kenia.

Stattdessen fragte sie: «Wissen Sie vielleicht, ob Christian eine Bekannte namens Nadine Fischer hatte?»

Kopfschütteln.

«In der Gegend von Münster oder Osnabrück?»

«Kannte er sie aus der Zeit, als er in Münster studierte?», fragte die Mutter.

«Vielleicht.»

«Er hatte viele Bekannte. Er war beliebt.»

«Zu beliebt», ergänzte der Vater und lächelte. «Es gab zu viele Leute, die ihm versicherten, wie toll er sei. Das hat ihn verändert. Und auch seine Ehe zerstört.»

«Britta war gar nicht am Grab, oder, Ewald?»

«Nein, Anne. Warum auch. Die beiden hatten seit über elf Jahren keinen Kontakt mehr.»

Die Mutter wandte sich an Sarah und erklärte: «Britta und Christian waren einmal miteinander verheiratet.»

Sarah nickte.

«Sie weiß sicher am besten, mit wem Christian während seiner Studienzeit Umgang hatte.»

«Sämtliche Mädchen wird er ihr nicht verraten haben.» Der Vater wandte sich an Sarah. «Ich bin mir allerdings sicher, dass unser Sohn sich in Berlin gefestigt hat. Reifer geworden ist im Lauf der Jahre. Sie beide wären zweifellos ein wundervolles Paar geworden. Besuchen Sie uns doch mal auf Mallorca, Frau Wolf, wir würden uns sehr darüber freuen.»

Sarah schrieb die Telefonnummer der beiden auf.

Und Brittas letzte ihnen bekannte Adresse in Münster.

Sie verließ das Café und machte sich auf den Rückweg zum Friedhofsparkplatz. Ihr Vater fiel ihr ein, dessen Reaktion auf das Dadaab-Material sie am Morgen so enttäuscht hatte. Er wird sich noch wundern, dachte sie. Bald werde ich die nötigen Beweise gesammelt haben.

Von Recklinghausen nach Münster schaffte es Nils' Audi über die A43 in knapp fünfzig Minuten. Das Navi lotste Sarah in die Innenstadt nordwestlich des Domplatzes. Die Menge der Radfahrer zwang sie zur Vorsicht – aus Düsseldorf war sie das nicht gewohnt.

Als sie ankam, erfuhr sie, dass sie die Fahrt hierher umsonst unternommen hatte.

Die Adresse, die Christians Eltern ihr gegeben hatten, war nicht mehr gültig. Sarah traf einige Hausbewohner an. Niemand konnte sich noch an eine Britta erinnern.

88

Später als geplant kehrte Sarah zurück. Laura und Nils hatten viel geschafft und wollten gerade Feierabend machen. Sarah gab Nils den Autoschlüssel zurück und erklärte ihm, wo sie den SUV geparkt hatte.

Nachdem die beiden gegangen waren, betrachtete Sarah das Ergebnis der letzten Arbeitsstunden im Schneideraum. Im Wesentlichen handelte es sich um die Mary-Ambogo-Sequenz.

Bilder des Flüchtlingslagers aus dem fahrenden Auto, die besseren Steinhäuser, Mary an der Tür. Der Gang ins Wohnzimmer der Arztfamilie, das Gespräch mit der Frau – Sarah registrierte erst jetzt, wie verängstigt die dünne Frau von Beginn an wirkte, auch schon bevor die Polizei eintraf.

Dann wurde es hektisch. Wackelige Bilder der Flucht, die Rückkehr des Teams am nächsten Morgen und das Ausrasten des Uniformierten.

Beim Anblick dieser Szenen empfand Sarah tiefe Skrupel, weil sie die Frau schutzlos ihrem Schicksal überlassen hatte. Wie ging es Mary Ambogo und ihren drei Töchtern im Moment? Waren sie unbehelligt in Nairobi angekommen und in Sicherheit? Wie verzweifelt musste Mary nach wie vor sein – ohne Lebenszeichen ihres Mannes?

Sarah fuhr den Film noch einmal zurück und startete neu. Die gesamte Sequenz war flüssig montiert, und es schien nichts Wichtiges zu fehlen, obwohl das Gespräch mit Mary deutlich gekürzt war. Es verriet noch nichts über die Klinik, weckte aber die Neugier des Zuschauers und erzeugte die vibrierende Stimmung latenter Bedrohung.

Die Namen der Toten.

Nils lieferte erstklassige Arbeit ab, stellte Sarah fest, an der Kamera wie als Cutter. Jede Einstellung trug etwas zur Erzählung bei.

Trotzdem wollte sich Sarah vergewissern, dass Nils und Laura nicht doch etwas Wichtiges übersehen hatten. Sie sichtete noch einmal das Ausgangsmaterial – ihre Unterhaltung mit Mary in ganzer Länge.

Sarah W.: *Erzählen Sie mir mehr von der Reise Ihres Mannes.*

Mary A.: *Er bekam Probleme mit den Behörden in Deutschland.*

Sarah W.: *Weil er ohne ein Visum eingereist ist.*

Mary A.: *Er hatte keines bekommen. Deshalb ist er über Sudan und Italien gereist, mit einer Transportmaschine, die Hilfsgüter fliegt. Der Pilot hat ihn versteckt. Mein Bruder Joseph ist auf dem gleichen Weg ausgewandert. Er lebt jetzt in Ihrem Land. Kennen Sie Düsseldorf?*

Der Schwager von Emmanuel Ambogo war hier.

In dieser Stadt.

Mit einem Kribbeln im ganzen Körper wurde Sarah klar, was das bedeutete.

Was wird also die erste Anlaufstation Ambogos in Deutschland gewesen sein, bevor er sich nach Berlin aufmachte? In wessen Obhut wird er schließlich das Mädchen übergeben haben? Als die Recklinghäuser Polizei ihn aufgriff und in den Abschiebeknast überstellte, war die Kleine jedenfalls nicht bei ihm gewesen. Und Mary hatte nichts von einem kleinen Mädchen gewusst.

Sie befindet sich noch immer bei Marys Bruder, überlegte Sarah.

Joseph.

Düsseldorf hatte mehr als sechshunderttausend Einwohner. Plus eine unbekannte Zahl Illegaler. Die auch ein Kripobeamter wie Sellin nicht einfach finden würde.

Ich muss die beiden aufspüren. Joseph und das Mädchen.

89

Als Sarah in der Kölner Straße aus dem Taxi stieg, wurde ihr mal wieder bewusst, was die Zerstörungen des Zweiten Weltkriegs und der lieblose Wiederaufbau nach dem Leitbild einer autogerechten Stadt in weiten Teilen der Innenstadt angerichtet hatten. Hier, unweit des Hauptbahnhofs, hatte die Stadtplanung jedenfalls kein besonderes Interesse an Ästhetik und höherer Lebensqualität bewiesen. Das schicke Düsseldorf fand anderswo statt, und der Straßenname musste als ein äußerst liebloser Gruß an die rheinaufwärts gelegene Nachbarmetropole gewertet werden.

Sarah drückte sich die *New York Yankees*-Kappe, die sie zu Hause gründlich gewaschen hatte, fester auf den Kopf. Weil das Kleidungsstück einst Christian gehört hatte und Sarah an seinen Traum erinnerte, mit ihr eine Zeit in Manhattan zu leben, hatte sie beschlossen, es als Talisman zu behalten. Sie flanierte damit die Ladenfronten entlang – Spielhalle, Netto-Discount, ein einfaches Hotel. Dazwischen Schaufenster, die zeigten, dass die kulturelle Vielfalt in diesem Quartier besonders groß war: ein persisches Lebensmittelgeschäft, ein Asiamarkt, dann ein Geschäft namens *Ghana-House*.

Es hatte noch geöffnet.

Im Fenster stapelten sich Haarpflegemittel. Von den Packungen lächelten afrikanische Schönheiten. Drinnen bestand das Angebot vor allem aus langen Haarteilen in allen Farben sowie aus bunt gemusterten Stoffen. Hinter der Kasse stand ein junger Schwarzer.

«Hi!», grüßte er.

Für einen Moment war Sarah versucht, ihn auf Englisch anzusprechen, so fremd erschien ihr der Laden. Dann besann sie sich darauf, dass sich der Verkäufer vermutlich ebenso zu Düsseldorf gehörig fühlte wie sie.

«Vielleicht können Sie mir helfen.»

«Gern.»

«Ich suche einen Mann aus Kenia. Er heißt Joseph und müsste ungefähr zwischen dreißig und vierzig Jahre alt sein.»

Der Verkäufer schüttelte den Kopf. «Aus Kenia? Tut mir leid.»

Wenige Häuser weiter erreichte Sarah den *Salon de Rasta*. Ein verblichenes Foto präsentierte allerlei Frisurenbeispiele:

Frauen mit kunstvoll aufgetürmten Locken, Männer, denen unterschiedliche Muster in die kurzgeschorenen Kopfseiten rasiert worden waren. Sarah beschloss, sich auch hier umzuhören.

Wo, wenn nicht beim Friseur, tratscht man über Leute und tauscht man Neuigkeiten aus?

Der Chef rasierte den Kopf eines Mannes. Ein Angestellter fegte den Boden. Drei Frauen unterhielten sich – erst nach einer Weile erkannte Sarah, dass sie Französisch sprachen. Der Angestellte lehnte den Besen an die Wand und wollte Sarah auf einen freien Stuhl winken.

«Ich suche einen Mann aus Kenia», sagte Sarah.

«Wie wär's mit einem Kerl aus Senegal?», fragte er und strahlte sie an.

Alle Leute im Raum lachten.

«Er heißt Joseph», fuhr Sarah unbeirrt fort. «Vor zwei Wochen hatte er Besuch von seinem Schwager, der ein Mädchen mitbrachte, etwa acht oder neun Jahre alt. Mehr weiß ich über sie nicht, aber ich muss Joseph und das Mädchen finden.»

Die Miene des Chefs verfinsterte sich, als habe sie etwas Falsches gesagt. Er schüttelte den Kopf. «Wir kennen keinen Joseph aus Kenia.»

Der nächste Salon nannte sich *Hair-Design – Rasta und Haarverlängerung*. Zwei kleine Jungs fläzten sich im roten Dekostoff, der innen auf dem Fensterbrett drapiert lag. Drei Frauen wurden auf engstem Raum frisiert, vier weitere warteten, darunter eine sehr korpulente Weiße. Auch hier waren die Wände mit Haarteilen geschmückt. Wie Skalpe hingen sie herab.

Sarah trat ein, fragte nach Joseph und erntete nur Kopfschütteln.

Eine Friseurin hielt im Zöpfeflechten inne. «Haben Sie es schon bei Eliz versucht?»

Im übernächsten Gebäude befand sich *Eliz Hairsalon.*

Doch auch hier kam Sarah nicht weiter. Erfolglos versuchte sie es bei *African American Hairstyle* und in einem weiteren Lebensmittelladen. Zuletzt stand sie vor einem Eingang mit der Aufschrift *First African Remittance Ltd.* Das Fenster war mit einer gelb-grün-weißen Folie beklebt – nicht die Farben Kenias.

Sarah verzichtete darauf, hineinzugehen.

Ihr war klargeworden, dass sie Hilfe brauchte.

Das *Yatana* war ein eritreisches Restaurant in einer Parallelstraße. Hier hatte sich Sarah mit Lizzy verabredet, einer Journalistin mit westafrikanischen Wurzeln, die sie seit vielen Jahren kannte. Lizzy traf nur wenige Minuten nach Sarah ein. Weil sie sich lange nicht gesehen hatten, gab es viel zu erzählen.

Die Wirtin brachte die Karte mit einem Lächeln, das sofort ansteckend wirkte.

«Was empfehlen Sie?», fragte Lizzy.

«Ihr seid zum ersten Mal hier, stimmt's?»

Lizzy und Sarah bejahten.

«Dann nehmt ihr die gemischten Vorspeisen und als Hauptgang die gemischte Platte mit Fleisch und Gemüse. Dann habt ihr alles probiert.» Die Wirtin zählte auf, was darin enthalten war. Es klang nach einem opulenten Mahl, das sie nie und nimmer zu zweit schaffen würden.

«Nehmen wir», beschloss Sarah.

Das Lokal füllte sich. Die einzigen Leute, die nicht wie Deutsche wirkten, waren ein indisch aussehendes Pärchen. Die Musik aus den Lautsprechern fand Sarah kitschig, aber sie gewöhnte sich daran.

Das Essen wurde in bunten Körben serviert. Die Wirtin erklärte, dass man es mit den Fingern essen solle, indem man sich Stücke vom weichen Fladenbrot riss und damit das Fleisch und Gemüse umfasste.

Wieder lachte sie. «Besteck ist nur für den Notfall.»

Lamm, Rind, Okra und Grünkohl. Die Speisen waren pikant gewürzt. Sarah schmeckte auch das Sauerteigbrot, das, wie es hieß, aus Dinkel und Buchweizen hergestellt war. Nur das kurzgebratene Fleisch in der Mitte der Platte war ihr zu zäh.

Sie musste an das letzte Frühstück in Dadaab denken, das Jimi, der Fixer, organisiert hatte.

«Wo ich herstamme, isst man noch ganz andere Sachen», warf Lizzy ein. «Kochbananen, Yamswurzeln oder Süßkartoffeln – schon mal probiert?»

Sarah brachte das Thema auf Dadaab. Sie erzählte, dass sie beim Dreh für ihre Reportage auf eine Ärztin gestoßen sei, deren Bruder in Düsseldorf lebe. Dass er ohne Visum, also illegal, nach Deutschland gekommen sei. Ob er daraufhin Asyl beantragt hatte und wie sein jetziger Status lautete, wisse sie nicht.

«Wo soll ich suchen, hast du einen Tipp?», fragte sie.

«Du könntest dich an eine der Beratungsstellen wenden, zum Beispiel Pro Asyl. Und die städtischen Welcome-Points abklappern. Wo die sind, findest du im Internet.»

Sarah wischte sich die Finger an der Serviette sauber und machte sich Notizen.

«Ob es einen Verein kenianischer Migranten gibt, weiß ich nicht», fuhr Lizzy fort. «Vermutlich eher nein, aber das kann dir das Eine-Welt-Netz oder das Kommunale Integrationszentrum genauer sagen. Aber vielleicht triffst du den Mann auf einem Afrikafest. Guck mal im Internet, wann die nächste *African Dance Night* im Salzmannbau stattfindet.»

Bis dahin will ich nicht warten, dachte Sarah. «Was gibt es noch?», fragte sie.

«Falls der Typ politisch interessiert ist, engagiert er sich vielleicht bei Amnesty. Vielen jungen Afrikanern dienen auch die Hochschulgemeinden als Treffpunkt. Aber die meisten nehmen einfach irgendeine Arbeit an, um Geld zu verdienen, denn die Verwandtschaft erwartet, dass sie etwas schicken.»

Die Ambogos sind nicht gerade bedürftig, überlegte Sarah. Was sich inzwischen aber auch geändert haben könnte. Ihre Zuversicht, Marys Bruder zu finden, schwand. Eine Nadel im Heuhaufen, dachte sie.

«Was willst du von diesem Joseph?», wollte Lizzy wissen.

«Das ist eine lange Geschichte», antwortete Sarah ausweichend. «Vor allem geht es mir um das Mädchen, das bei ihm zu Besuch ist.»

Wieder sah sie das Bild vor sich. Das Auto mit dem laufenden Motor. Das Mädchen mit den tausend kurzen Zöpfen, das auf dem Rücksitz gewartet hatte, während Emmanuel Ambogo bei dem Staatssekretär klingelte, von dem er sich Hilfe erwartet hatte.

Sarah schauderte beim Gedanken daran, was seitdem geschehen war.

«Ist Joseph religiös?», fragte Lizzy.

«Keine Ahnung», antwortete Sarah.

Dann fiel ihr seine Schwester Mary ein und das Kruzifix, das sie bei ihrer Begegnung in Dadaab am Hals getragen hatte.

«Vielleicht», korrigierte sie.

«In dem Fall solltest du morgen etwas Schickes anziehen und in die Kirche gehen.»

90

Wie die *New Life Church* auf ihrer Internetseite bekannt gab, gab es Gottesdienste auf Französisch, Spanisch und Farsi, jeweils mit Übersetzung ins Deutsche. Der sonntägliche Hauptgottesdienst fand auf Englisch statt und begann um zwölf Uhr. Die Adresse lag in Flingern-Süd, einem Arbeiterviertel, in dem viele Zugezogene aus aller Welt lebten.

Sarah war frühzeitig da, etliche Leute hielten sich noch draußen vor dem Eingang auf, plauderten in Grüppchen, begrüßten einander mit Handschlag und Umarmung. Einige von ihnen waren auffallend festlich herausgeputzt, vor allem die Frauen. Die bunten Kostüme ließen Sarah an die Stoffe denken, die sie gestern im *Ghana-House* bemerkt hatte.

Die Kirche war ein Backsteingebäude aus dem letzten Jahrhundert. Zwanziger Jahre, schätzte Sarah. Ein Teil der Fassade war von Rosen berankt. Aus dem Inneren tönte ihr Schlagzeugsound entgegen. Sarah trat durch das Portal und nahm in einer der hinteren Bänke Platz.

Der Altarraum ließ sie weniger an eine religiöse Zeremonie denken als an die Bühne eines Popkonzerts. Musiker beim Soundcheck, E-Gitarre, zwei Keyboards, Bass, Schlagzeug und Bongos. Lautsprechertürme zu beiden Seiten und am anderen Ende des Kirchenschiffs ein riesiges Mischpult.

Etwa drei Dutzend Palmen in Kübeln stellten die Dekoration dar. Sarah entdeckte eine Kamera an einem Kran für die Übertragung ins Internet. Ein Beamer projizierte in ständiger Wiederholung die Aufforderung an die Altarwand, der *New Life Church* auf Instagram zu folgen, sie auf Facebook zu besuchen oder auf Youtube anzusehen.

Die Probe ging mit etwa zwanzigminütiger Verspätung fast nahtlos in den Gottesdienst über. Die Musik war laut, die

Bassläufe fuhren Sarah in die Eingeweide. Das erste Stück war eine Ballade, der Chor sang von *Power, Comfort and Grace*.

Der Text wurde an die Wand geworfen, buntes Licht flackerte durch den Bühnenraum. Ein paar Reihen vor Sarah stand eine Frau auf, breitete die Arme aus und sang mit. Immer mehr Leute taten es ihr nach.

«Are you ready?», fragte der Vorsänger.

Bald standen die meisten Besucher, wiegten sich im Takt, reckten die Hände in die Luft, wedelten fröhlich mit Tüchern.

Worship Him, Jesus Christ, the Lord.

Die Inbrunst der Leute rührte Sarah. Die Tür stand noch immer offen, ein Kommen und Gehen. Kinder rannten durch das Kirchenschiff. Ein Mann begrüßte Sarah im Vorbeigehen, indem er ihr die Hand gab, als gehöre sie dazu.

Der Vorsänger rief: «Are you ready? Let's take you to the next level! God is good!»

«Yeah!», antwortete die Menge.

Rockmusik, ein treibender Rhythmus, die Leute tanzten und klatschten im Takt.

Allmählich füllte sich die Kirche, die Anfangszeit schien für viele Gemeindemitglieder nur ein grober Anhaltspunkt zu sein.

You are my God. The One I'm living for, hey!

Die Frau vor Sarah, eine ältere Weiße, wandte sich um und schüttelte ebenfalls ihre Hand. Ihre Banknachbarin schloss die Augen und jauchzte laut: «Halleluja!»

Auch Sarah stand nun auf.

Sie bemerkte auffälligen Festtagsschmuck: prächtige Ohrstecker, eine Chanel-Brosche an einem seidigen Turban, eine Frau, deren turmartig hochgesteckte Zöpfe von einer goldenen Spange gehalten wurden. Eine andere lächelte selig beim Mitsingen und filmte mit dem Handy.

Der nächste Song war auf Deutsch: *Tiefer Friede liegt in den Schatten deiner Flügel für uns. Du bist unser Gott und König.*

Etwa eine Stunde dauerte das Gebet in Form des Konzerts. Dann traten der Pastor und sein Dolmetscher auf, während sich Chor und Musiker zurückzogen. Auch einige Zuhörer verließen die Kirche.

Die Predigt bestand vor allem im Zitieren zahlreicher Bibelstellen und deren Erläuterung. Der junge Mann, der übersetzte, sah dem Pastor sehr ähnlich, vermutlich sein Sohn. Sie bewegten sich fast synchron, die gleichen Schritte, die gleichen Gesten.

Sie warben für die tägliche Gebetsstunde um neunzehn Uhr und die Gebetsnacht an jedem Freitag, die beim letzten Mal bis fünf Uhr morgens gedauert habe.

Der Pastor zählte ferne Länder auf, in denen sein Gottesdienst live mitverfolgt werde. Ihn erreichten Zuschriften aus aller Welt, angeblich auch aus Syrien, Irak und Saudi-Arabien.

Dann berichtete er von Gemeindemitgliedern, die heute nicht hier sein könnten, da sie krank seien, aber ebenfalls via Internet zuschauten. Ihre Bilder wurden an die Wand geworfen, der Pastor bat, für sie zu beten. Zuletzt nannte er ein Mädchen muslimischer Herkunft namens Aisha. In der letzten Gebetsstunde habe es auf die Frage, wie sehr Jesus es liebe, die Arme so weit ausgebreitet, wie es nur konnte.

«Jesus loves you», rief der Pastor ins Publikum.

«Jesus liebt dich», wiederholte sein Sohn.

Der Beamer projizierte auch das Foto des Mädchens – lachend, als wolle es die Welt umarmen. Unzählige kurze Zöpfe, die in alle Richtungen abstanden.

Sarah glaubte die Kleine zu erkennen, die Ambogo zum Staatssekretär nach Berlin mitgenommen hatte.

«We pray for her.»

«Wir beten für sie.»

«God bless her.»

«Gott segne sie.»

Das Publikum reagierte immer lauter – Zustimmung, Jubel, Amen.

«Jesus is the truth, the way, the life, the answer!»

«Jesus ist die Wahrheit, der Weg, das Leben, die Antwort!»

Ende der Predigt. Die Musiker setzten wieder ein. Sarah hatte gar nicht mitbekommen, dass sie wieder auf die Bühne gekommen waren.

Die Band rockte. Die Gläubigen sprangen auf, rissen die Hände in die Höhe und bewegten sich im Takt.

A mighty fortress is our God.

Sarah lief nach vorn, um mit dem Pastor zu sprechen, doch als sie die Bühne erreichte, war von ihm bereits nichts mehr zu sehen. Auch sein Sohn wollte gerade hinter einem Turm aus Lautsprecherboxen verschwinden, wo sich ein zweiter Ausgang befand. Sarah konnte ihn gerade noch festhalten.

«Ich muss mit Ihrem Vater sprechen.»

«Das geht jetzt nicht.»

«Dieses Mädchen, Aisha, sie wohnt bei Joseph aus Kenia, stimmt's?»

«Warum wollen Sie das wissen?»

Sarah gab ihm ihr Kärtchen. «Joseph soll mich unbedingt anrufen. Es geht um seine Familie und um das Mädchen. Bitte helfen Sie mir, den Kontakt zu ihm herzustellen. Es ist wirklich sehr wichtig.»

Der junge Mann beäugte die Visitenkarte. Sarahs Name schien ihm nichts zu sagen. Für einen Moment nahm sie ein Misstrauen wahr, das sie sich nach all der Herzlichkeit, die sie während des Gottesdienstes erlebt hatte, nicht erklären konnte.

Er steckte das Kärtchen ein und zeigte ein höfliches Lächeln. «Wir tun, was wir können», erklärte er. «Ob es klappt, liegt nicht in unserer Hand.»

Amen, dachte Sarah.

91

Sie betrat die Konditorei, in der sie sich mit ihren Eltern verabredet hatte, durchquerte das Ladenlokal und gelangte in das dahinter gelegene Café. Dunkle Möblierung, brauner Teppichboden, ein paar üppige Grünpflanzen. Strahler in der Decke tauchten die Tische in Licht. Die beiden winkten ihr zu.

Es war ein seltsames Gefühl, ihre Eltern gemeinsam an einem Tisch zu sehen. Sie hatten bereits gegessen, die Teller vor ihnen waren leer und mit Sahne verschmiert.

Sarah setzte sich dazu und bestellte einen doppelten Espresso. Welch ein Kontrast zu Afrika, dachte sie. Zum Afrika in dieser Stadt.

«Bestell dir ein Stück Kuchen», forderte ihre Mutter sie auf. «Quark-Aprikose schmeckt wunderbar. Oder die Charlotte mit Himbeersoße.»

«Wie kommt ihr miteinander zurecht?», wollte Sarah wissen.

«Prima», antwortete Sellin.

«Etwas gewöhnungsbedürftig ist es schon», erwiderte Petra. «Ich musste erst einmal aufräumen und Staub saugen. Das unterm Bett waren keine Wollmäuse, sondern Wollratten. Und an der Wand hing noch der Kalender vom letzten Jahr.»

Sellin rollte mit den Augen. «Ist dir jemand auf dem Weg hierher gefolgt?», fragte er Sarah.

«Habe niemanden bemerkt.»

«Ihr macht mir Angst, wenn ihr so redet», bekannte Petra. «Wie wär's mit einem Cognac zur Beruhigung?»

«Nicht für mich», sagte Sarah. «Ich bin schwanger.»

Ihre Mutter öffnete den Mund, klappte ihn zu. «Ist nicht wahr, oder?»

«Doch.»

«Das ist ja großartig!»

«Gratuliere», sagte Sellin, klang jedoch eher skeptisch, zumindest kam es Sarah so vor.

Sie nippte vom starken Kaffee. War der überhaupt noch erlaubt?

«Ehrlich gesagt kann ich mich gar nicht recht freuen», gestand sie. «Ich fürchte, mir wird das alles zu viel.»

«Natürlich werde ich dich unterstützen!»

«Mama, du wirst in Zukunft mit Dirk auf Reisen gehen. Hast du mir neulich selbst gesagt.»

«Aber du moderierst nur noch alle zwei Wochen. Dann hast du auch Zeit für das Kind. Und Paul wird dir ebenfalls beistehen, nicht wahr, Paul?»

«Ist Wagner der Vater?», fragte Sellin.

Sarah nickte.

«Als Alleinerziehende wirst du es schwer haben.»

Petra berührte ihren Arm. «Ich bestell dir jetzt ein Stück Kuchen. Ab sofort musst du für zwei essen, mein Schatz.»

Sarahs Handy klingelte, sie wühlte es aus der Tasche. Eine Nummer auf dem Display, die sie nicht kannte.

«Entschuldigt mich», sagte sie und nahm das Gespräch an.

Eine Stimme auf Englisch: «Sie suchen nach einem Mann aus Kenia namens Joseph?»

Sarahs Herz tat einen Sprung. «Ja, das stimmt.»

«Joseph Obure?»

«Wenn er der Bruder von Mary Ambogo ist …»

«Ja, der bin ich.»

92

Die Adresse, die Obure ihr genannt hatte, befand sich unweit des Hauptbahnhofs in der Ackerstraße. Im Erdgeschoss ein Kiosk und eine Reinigung. Der Hausflur war gefliest und mit Graffiti besprüht, ausschließlich kryptische Namenskürzel. Sarah stieg die Treppe hoch, es war düster und muffig. Joseph Obure erwartete sie in der geöffneten Wohnungstür.

«Guten Tag», sagte er.

Händeschütteln. Obure winkte sie hinein. Er entschuldigte sich für sein holpriges Deutsch. Sie kamen überein, sich weiterhin auf Englisch zu unterhalten.

«Hat der Sohn des Pastors Ihnen meine Nummer gegeben?», fragte Sarah.

«Nein, er hat mich vor Ihnen gewarnt.» Joseph lachte.

«Gewarnt?»

«Ja, aber meine Schwester meinte, ich soll Sie anrufen.»

«Mary? Wie geht es ihr?» Sarah war irritiert. Sie konnte sich nicht erinnern, Ambogos Frau ihre Handynummer hinterlassen zu haben.

Joseph führte sie in ein Zimmer, das viel zu klein war für die wuchtigen Polstermöbel und den ausladenden Fernseher, für den altmodischen Schrank und die Kommode, von deren Schubladen das Furnier abplatzte. Auf dem Sofa zusammengerolltes Bettzeug, an der Wand eine schwarz-rot-grüne Flagge mit dem Schild und den gekreuzten Speeren eines afrikanischen Kriegers – die Fahne Kenias, wie Sarah seit ihrer Reise wusste.

Gegenüber hing ein Jesusbild. Mit einer Hand segnete der Heiland den Betrachter, mit der anderen wies er auf sein Herz.

«Mary ist in Sicherheit. Sie und die Kleinen sind jetzt in Nairobi. Meine Eltern kümmern sich um sie. Wir halten Kontakt über Facebook und Whatsapp, aber noch nie habe ich sie so verzweifelt erlebt. Die Nachricht von Emmanuels Tod hat sie ganz krank gemacht. Ein Krankenpfleger, den sie aus Dadaab kennt, hat es ihr erzählt.»

«Henry.» Dann hatte er Mary nach Sarahs Abreise tatsächlich aufgespürt. Auf den Jungen war Verlass.

«Von ihm hat sie auch Ihre Nummer», sagte Joseph.

«Vor seinem Tod war Emmanuel hier bei Ihnen, stimmt's?»

«Gut zwei Wochen ist das jetzt her. Er hat bei mir übernachtet und ist jeden Tag quer durch Deutschland gefahren, um einen Politiker zu treffen. Er war wie besessen von der Idee, sich von seinen Sünden reinzuwaschen.»

«Wie meinen Sie das?»

«Ein Krankenhaus soll Menschen heilen, nicht ausbeuten. Emmanuel hat das Unrecht gesehen, sich ihm aber nicht entgegengestellt, weil er vor dem Tod mehr Angst hatte als vor Gott, dem Herrn.»

«Ich nehme an, er hatte Unterlagen bei sich. Beweise für das Unrecht, das er gesehen hat.»

«Fotos. Eine Liste mit den Opfern. Korrespondenz mit Kunden seiner Klinik. Jede Menge Material. Er hatte einen Helfer im Büro des Direktors. Sie wissen, was in Dadaab vor sich geht?»

Sarah nickte. «Wo sind die Unterlagen?»

«Emmanuel hatte sie immer bei sich.»

Sarah erinnerte sich an die große Tasche aus weinrotem Kunstleder. Die Mörder Ambogos hatten den Inhalt verschwinden lassen.

«Wissen Sie, was aus dem Mädchen wurde, das ihn begleitet hat?»

Joseph nickte, dann wandte er sich zur Tür.

«Aisha!»

Nichts tat sich.

Er stand auf. «Sie ist sehr scheu. Kommen Sie, Frau Wolf.»

Sie betraten die Küche. An der Wand lehnte eine aufgeblasene Luftmatratze vor einem Poster, das einen Elefanten zeigte.

Das Mädchen mit den kurzen, abstehenden Zöpfen saß am Tisch, blickte kurz auf, dann fuhr es fort, mit Buntstiften in einem Heft zu malen.

Umrisse markierten eine Szene wie aus einem Disneyfilm. Die Kleine füllte die Flächen mit hastiger Schraffur. Im Zentrum stand eine weibliche Gestalt, Prinzessin oder Fee. Hellblaues Kleid, gelbes Haar, roter Kopf.

«Du kannst ja toll malen», lobte Sarah. «Wer ist das denn?»

«Aisha redet nicht», sagte Joseph.

«Ist sie stumm?»

«Nein, eigentlich nicht. Sie sagt bloß die ganze Zeit kein Wort. Emmanuel meinte, sie hätte in die Hölle geschaut. Ich weiß nicht einmal, ob sie Englisch versteht.»

In die Hölle geschaut – wenn das Mädchen aus Dadaab kam, konnte sich Sarah vorstellen, was das hieß.

Aisha wechselte den Stift. Das Einhorn neben der Fee bekam ein rosafarbenes Fell. Sarah fiel auf, dass das Mädchen nach Schweiß roch. Es kratzte sich am Bauch.

Joseph packte Aishas Hand und schob sie zurück auf den Tisch.

«Was hat sie?», fragte Sarah.

«Ihre Narbe juckt. Emmanuel hat ihr eingeschärft, die Salbe zu benutzen, die er ihr gegeben hat. Aber ich weiß nicht, ob sie es tut.»

«Warum hat Ihr Schwager sie nach Deutschland gebracht?»

«Weil sie der Beweis ist.»

93 Sarah brachte Aisha noch am gleichen Abend in die Praxis von Ricarda Bernau. Während Joseph im Wartezimmer blieb, führten Sarah und Ricki das Kind in den Behandlungsraum, wo es sofort den orangefarbenen gynäkologischen Stuhl erklomm, auf dem Sarah erst vor gut einer Woche untersucht worden war. Das Mädchen blickte sich neugierig um, doch der karge Raum bot wenig, was sein Interesse fesseln konnte.

Ricki sprach mit ruhigen Worten und in mehreren Sprachen auf Aisha ein, die nicht darauf reagierte, es aber zuließ, dass die Ärztin ihr den Oberkörper frei machte.

Sarah erschrak.

Die Narbe war beachtlich und zog sich als geröteter, wulstiger Winkel über die rechte Hälfte des Oberbauchs. Man konnte die Stiche zählen, mit denen sie genäht worden war.

«Scheint ganz gut zu heilen», meinte Ricki.

«Kannst du sagen, was da operiert wurde?», fragte Sarah.

Ihre Freundin schüttelte den Kopf. «Ohne Röntgenaufnahme oder Ultraschall nicht mit Gewissheit.»

«Und wie alt ist die Wunde?»

«Wenige Wochen, schätze ich. Aisha sollte auf jeden Fall von einem Spezialisten untersucht werden. Wenn du mit deiner Befürchtung recht hast, dass man ihr etwas entnommen hat …»

«Ja?»

«Dann würde ich auf die Leber tippen.»

«Aber ohne Leber stirbt man doch!»

«Man transplantiert nur ein Teilstück. Beim Empfänger wächst daraus ein ganzes Organ, und beim Lebendspender bildet es sich nach. Da es sich aber um einen relativ großen Eingriff handelt, kann das natürlich zu Komplikationen führen. Leberversagen, Entzündung der Galle – ich bin kein Internist, aber man sollte zumindest regelmäßig die Blutwerte checken. Das größte Risiko sind Wundheilungsstörungen, nehme ich an. Ich gebe dir ein Antibiotikum mit, denn ihre Temperatur ist leicht erhöht.»

«Okay.»

«Und Bepanthen gegen die Narbenbildung. Beim Duschen unbedingt vor Nässe schützen. Wie wurde das bisher gehandhabt?»

«Ich fürchte, sie hat nicht viel geduscht.»

«Ich gebe dir ein paar wasserfeste Pflaster mit.»

«Danke.»

«Was sagt das Jugendamt dazu, dass Aisha bei dem jungen Mann aus Kenia wohnt?»

«Die wissen wahrscheinlich nichts davon», antwortete Sarah.

«Geh mit ihr hin. Dann werden auch die Arztkosten vom Amt übernommen.»

«Ich bezahle dich selbstverständlich.»

Ricki winkte ab. «Hör bloß auf, so habe ich das nicht gemeint.»

Sarah brachte Joseph nach Hause und packte Aishas Sachen, die in ein paar Plastiktüten passten. Er war sichtlich erleichtert, das stumme, fremde Mädchen loszuwerden, das sein Schwager ihm aufgehalst hatte. Das Zusammenleben auf so engem Raum hatte sicher für beide eine große Zumutung dargestellt.

Sarah rief ein Taxi. Der Fahrer war ein Schwarzer. «Na, meine Prinzessin», grüßte er Aisha, als sie einstieg. Sarah nannte ihm eine Adresse in Bilk.

Sellins Haustür war unverschlossen, was Sarah missfiel. Mit Aisha an der Hand stieg sie die Treppe hinauf. Sarah staunte über die Geduld, mit der sich das Kind überall hinführen ließ.

An der Wohnungstür klingelte sie. Nach einer Weile hörte sie Schritte. Der Spion verdunkelte sich für einen Moment, dann mahlte es im Schloss, und die Tür sprang auf.

Sarah begrüßte ihre Mutter.

Petra Wolf blickte auf das Mädchen. «Wer bist du denn?», fragte sie mit breitem Lächeln.

«Aisha ist eure neue Mitbewohnerin.»

«Was wird Paul dazu sagen?»

«Die Kleine braucht ebenfalls eine sichere Wohnung. Und ich kenne niemanden, der so gut mit Kindern umgehen kann wie du.»

«Du übertreibst maßlos.»

Sie gingen ins Wohnzimmer. Im Fernsehen lief die Schlussmelodie des Tatorts. Petra Wolf griff nach der Fernbedienung und schaltete aus. Dann beugte sie sich zu dem Mädchen hinunter und streichelte seinen Kopf.

«Aisha ist ein schöner Name. Und was für eine süße Frisur du hast!»

«Sie versteht dich nicht.»

«Hast du sie etwa aus Afrika mitgebracht?»

«Nein, aber sie kommt aus Dadaab. Quasi der lebende Beweis für den Organraub, der dort betrieben wird.»

«Mein Gott, das arme Ding! Welche Sprache spricht die Kleine?»

«Somali, nehme ich an. Aber derzeit redet sie gar nicht. Vielleicht die Folge eines Traumas. Ich hoffe, das gibt sich bald, damit ein Staatsanwalt sie befragen kann. Doch erst einmal braucht sie eine möglichst entspannte Atmosphäre, Ruhe und Geborgenheit.»

«Sie sieht hungrig aus.»

«Wo steckt Sellin?»

«Nachdem wir aus dem Café zurückkamen, ging es ihm nicht so gut. Ich habe ihn überredet, endlich das Schmerzmittel auszuprobieren, das ihm der Arzt verordnet hat, und es wirkt bestens. Dein Vater schläft wie ein Stein.» Sie wandte sich an Aisha. «Und nach dem Essen wird gebadet, und du ziehst frische Sachen an.»

«Baden geht nicht wegen ihrer Narbe. Duschen nur mit Pflaster.» Sarah legte die Tüten auf den Tisch. «Und das ist alles, was sie an Kleidung und Spielsachen hat.»

«Morgen gehen wir einkaufen.» Petra ergänzte: «Tomorrow we will go shopping, Aisha, okay?»

Das Mädchen nickte.

Sarah lachte. «Und ob du gut mit Kindern umgehen kannst, Mama!»

94

Das Wochenende hatte keine Fortschritte gebracht, und den halben Sonntag hatte er verschlafen. Als Sellin am Montagmorgen in der Besprechung der Mordkommission saß und in die verknitterten Gesichter seiner Kollegen blickte, musste er daran denken, mit welchem Einsatz seine Tochter in Afrika recherchiert und gedreht hatte.

Er hatte bereits Anna Winkler darüber informiert, was Sarah ihm gezeigt hatte. Auch wenn sie nichts von Beweiskraft mitgebracht hatte, fand Sellin die Gerüchte über Organhandel in einem von *Humanity First* betreuten Flüchtlingslager, für das Johanna Kling zuständig gewesen war, äußerst brisant.

Dass er der Vater der berühmten Sarah Wolf war, hatte die Leiterin der Mordkommission allerdings noch stärker beeindruckt.

Nachdem in der letzten Woche der Freund von Johanna

Kling eine Speichelprobe abgegeben hatte und mangels Übereinstimmung seines genetischen Fingerabdrucks als Tatverdächtiger ausschied, hatte die Staatsanwaltschaft den Massen-DNA-Test an allen Handybenutzern angekündigt, die sich in Johannas Umgebung aufgehalten hatten. Doch wie Sellin in der Konferenz erfuhr, kam die so großspurig angekündigte Maßnahme nicht in die Gänge. Kein einziger Brief war bislang an einen der Mobilfunkkunden verschickt worden, deren Handys am Morgen des 25. Juni in die Funkzelle rund um Johannas Wohnung eingewählt waren.

Der Staatsanwalt deutete an, dass er mit dem Vorhaben bei seinen Vorgesetzten auf Ablehnung stieß. Ins Detail wollte er nicht gehen. Entweder gab es politische Bedenken, oder man scheute die Kosten.

Sellin ging erneut die Aussage Wosinskis, des Verkäufers im Back-Shop gegenüber Johannas Wohnung, durch den Kopf: *Zwei Typen stützten die junge Frau … Dunkle Klamotten, schwarze Schnürstiefel … Bewegten sich wie junge Männer mit zu viel Kraft, wenn Sie wissen, was ich meine.*

Einer von beiden hatte eventuell sein Handy eingeschaltet, womöglich sogar beide. Und einer der beiden hatte sich am Stacheldraht in der Nähe des Leichenfundorts verletzt. Trotzdem hätte die Aufforderung zum DNA-Test womöglich nichts gebracht. Denn würden die Täter freiwillig Speichelproben vorlegen, die sie belasten konnten?

Wohl kaum. Und ohne dringenden Verdacht keine richterliche Anordnung eines Zwangstests.

Es geht auch anders, überlegte Sellin.

«Warum vergleichen wir nicht einfach die Mobilfunkdaten der Zelle rund um Klings Wohnung mit der Zelle um den Fundort am Seeufer?», fragte er in die Runde. «Wenn wir eine Übereinstimmung erhalten, haben wir die Täter, zumindest einen davon.»

«Daran haben wir auch schon gedacht, es aber verworfen», antwortete Winkler und sah zum Staatsanwalt hinüber.

«Warum?»

«Der Aufwand wäre unverhältnismäßig groß», erklärte der Jurist. «Dort führt die Rothenbergstraße entlang, ein Autobahnzubringer mit hohem Verkehrsaufkommen. Wissen Sie, wie viele Leute pro Stunde dort langfahren? Und mangels einer Zeugenaussage haben wir keine Möglichkeit, die Suche zeitlich einzugrenzen. Wenn wir Hunderttausende von Handynutzern unter Tatverdacht stellen, nur weil sie irgendwann nach dem 25. Juni am Nordufer des Sees vorbeikamen, begeben wir uns politisch auf ganz dünnes Eis.»

Worum ich mich nichts scheren würde, dachte Sellin.

Zurück in seinem Dienstzimmer, griff er zum Telefon.

Er wählte die Nummer des Landesamts für zentrale Dienste, ließ sich mit dem zuständigen Sachbearbeiter verbinden und bat ihn, bei den Mobilfunkanbietern die entsprechenden Listen der Handynummern anzufordern. Das Zeitfenster beschränkte er auf achtundvierzig Stunden. Das war sogar realistisch, wie er fand.

Am Samstagmorgen hatte Backshop-Wosinski seine Beobachtung gemacht, am folgenden Montag war Johanna Kling nicht mehr am Arbeitsplatz erschienen. Sellin hielt es für wahrscheinlich, dass sie in der Zeit dazwischen erschossen und abgelegt und nicht erst lange gefangen gehalten worden war.

So groß konnte die Zahl der Handynummern also gar nicht sein.

«Ich brauche etwas Schriftliches», verlangte der Kollege, den Sellin an der Strippe hatte. «Mit der Unterschrift des zuständigen Staatsanwalts.»

Mist, dachte Sellin.

«Wird nachgeliefert», sagte er.

95

Als Sarah um kurz nach zehn in Nils' Begleitung aus der Ankunftshalle des Flughafens Berlin-Tegel ins Freie trat, kam ihr die Hauptstadt noch grauer vor als sonst. Sie wusste, dass die Winter hier sehr kalt sein konnten, und heute schien sich ein solcher bereits anzukündigen.

Der erste Drehtag für den Deutschland-Teil ihrer Wer-war-der-Mörder-Reportage. Von den Machenschaften in Dadaab führte ein direkter Weg zu Christians Tod, und dem wollte Sarah nachspüren.

Sie fuhren mit einem Mietwagen in die Bleibtreustraße, wo sie den Tonassistenten trafen, den Sarahs Produzent vor Ort angeheuert hatte, um Reisekosten zu sparen. Er hieß Harald, war drahtig und geschätzte fünfzig Jahre alt und machte einen patenten Eindruck.

Sie schossen verschiedene Außenansichten von dem Haus, in dem Christian gewohnt hatte. Schon dabei spürte Sarah wachsende Beklemmung.

Hauptkommissar Karsow erschien pünktlich. Der massige Beamte mit der markanten Glatze hatte die Schlüssel dabei. Er öffnete und hielt dem Team die Tür auf.

Die alte, hölzerne Aufzugkabine war laut einem Schild für vier Personen ausgelegt. Sie luden Kamera, Stativ, Tonausrüstung und Lichtkoffer hinein und zwängten sich dazu. Mit lautem Krachen entfaltete sich die automatische Tür, im Schneckentempo rumpelten sie nach oben. Sarah war heilfroh, als sie ohne Panne Christians Etage erreichten.

Karsow öffnete die Wohnungstür. Drinnen war die Spurensicherung abgeschlossen, und weil das LKA hoffte, Sarahs Film könne dazu führen, dass sich weitere Zeugen meldeten, hatte Karsow eingewilligt, dem Fernsehteam für ein paar Aufnahmen zur Verfügung zu stehen.

Sie besichtigten die Räume und besprachen, wie sie vorgehen wollten. Nils schlug eine Plansequenz vor, einen Dreh in einer einzigen Einstellung.

Er und der Assi brachten eine Lampe im Flur an und eine weitere im hinteren Raum, in dem sich die berüchtigte Sprossenwand befand. Dann stellten sich Sarah und Karsow im Hausflur auf, Nils wollte vor ihnen hergehen.

«Und bitte!», kommandierte er.

Der Kripobeamte erläuterte Sarah beim Gang durch die Wohnung die Spurenlage und die Auffindesituation von Christian Wagners Leiche. Nils drehte in einem Take von der Schulter. Harald bemühte sich, den Ton zu angeln und zugleich den rückwärts schreitenden Kameramann zu führen.

Sarah versuchte, sich nicht anmerken zu lassen, wie unwohl sie sich hier fühlte. Es kam ihr vor wie eine völlig andere Wohnung als die, in der sie mit Christian gewesen war, auch wenn alles noch so aussah. Ihr war, als spüre sie das Böse wie eine Hand, die sie anfasste und ihre Haut prickeln ließ.

Nils drehte drei Versionen, dann verlor Karsow die Geduld, schaute auf die Uhr und brummte etwas von weiteren Terminen.

«Sie wollen auch in der Rechtsmedizin Aufnahmen machen?», fragte er zum Abschied.

«Wir werden im Labor nachstellen, wie man die Rückstände von K.-o.-Tropfen in Christians Blut fand.»

«Und wo drehen Sie noch?»

«Zum Beispiel in Düsseldorf, wo wir die Verbindung zum Mord an Johanna Kling aufzeigen.»

«Reine Spekulation.»

«Finden Sie das immer noch?»

«Die Fasern und DNA-Spuren an den Tatorten stimmen jedenfalls nicht überein.»

«Geben Sie mir Bescheid, sobald sich etwas Neues ergibt», bat Sarah.

«Selbstverständlich», antwortete Karsow.

Sie glaubte ihm kein Wort.

Nils wollte in der Wohnung zur Sicherheit noch weitere Einstellungen drehen. Sarah hielt es hier nicht länger aus. Sie verabredeten sich im Café gegenüber, und Sarah ging schon mal vor.

Draußen hatte es zu regnen begonnen. Sarah drückte sich die *New York Yankees*-Kappe auf, die sie inzwischen fast täglich trug, und hetzte über die Straße.

Beim Espresso blätterte sie in den Zeitungen. Dabei stieß sie im Kulturteil des *Tagesspiegels* auf einen Artikel, der unter anderem über ihre Sendung räsonierte. Man solle die Talkshow besser ganz einstellen, als sie durch *Holger Diepenbrock* zu ergänzen.

Noch vor einer Woche hätte ich mich über den Text aufgeregt, dachte Sarah. Nun ließ sie das ganze Thema kalt – mitsamt dem Quoten-Zirkus.

Ihr Handy klingelte.

«Ja?»

«Spreche ich mit Sarah Wolf?»

«Wer will das wissen?»

«Sylvia Stindel. Wir haben vor zwei Wochen miteinander telefoniert. Erinnern Sie sich?»

Christians Mitarbeiterin im Gesundheitsministerium. Die Frau mit ihrer unterkühlten Art, die im weiteren Umfeld Christians offenbar niemand leiden konnte. Die Zusammenarbeit sei eine Herausforderung, hatte der Referent im Recklinghäuser Wahlkreisbüro es ausgedrückt.

«Was gibt's?», fragte Sarah.

«Minister Werremeyer lässt Sie herzlich grüßen, Frau Wolf. Er hat mich gebeten, Sie über die Flugbuchung aufzuklären, auf die Sie ihn neulich angesprochen haben. Mombasa, Sie wissen schon. Er möchte mögliche Missverständnisse ausgeräumt wissen.»

Sarahs Herz pochte heftiger. «Wer ist Nadine Fischer?»

«Können wir vielleicht in meinem Büro darüber reden?»

96

Sellin wusste sich nicht anders zu helfen. Er schlich ins Zimmer von Felix May, während der in einer Besprechung bei seinem Kommissariatsleiter saß, entnahm aus einer Akte ein Papier mit der Unterschrift des Staatsanwalts, brachte es in das Geschäftszimmer seiner Dienststelle und scannte die Seite ein. An seinem Arbeitsplatz erstellte er ein Schreiben an das Landesamt für zentrale Dienste, in dem er die Anfrage Paul Sellins wegen der Mobilfunkdaten im Namen des Staatsanwalts bekräftigte. Daraufhin schnitt er die Unterschrift aus der elektronischen Kopie und fügte sie in seinen Brief ein, den er ausdruckte.

Sah aus wie echt.

Mailen konnte er das Dokument nicht, weil die Absenderangabe ihn verraten würde. Aber wenn er das Schreiben auf die gute alte Art faxte, würden die Kollegen in Duisburg vermutlich nichts merken.

Plötzlich erschien ihm sein Plan viel zu einfach. Sicher gab es für diese Art von Behördenkommunikation spezielle Formulare. Sellin stellte sich vor, wie der Adressat misstrauisch wurde, bei der Staatsanwalt nachfragte und die Fälschung aufflog. Er beschloss, das Risiko einzugehen.

In diesem Moment traf eine Mail auf Sellins Rechner ein. Sie stammte aus Duisburg und enthielt im Anhang die gewünschten Daten. Verbunden mit der Bitte, die schriftliche Anforderung des Staatsanwalts möglichst rasch nachzuliefern.

Sellin zerriss seine Fälschung. Er hatte, was er wollte. Sobald ich ein Resultat vorzeigen kann, wird man mir das Vorpreschen verzeihen, dachte er.

Er war überzeugt von seiner Idee, das Zeitfenster sinnvoll einzuschränken. Warum sollten die Täter ihr Opfer oder dessen Leiche tagelang versteckt gehalten und erst später ans Seeufer geschafft haben?

Dann öffnete er den Anhang und staunte. Die Liste war immer noch weit umfangreicher, als er es sich ausgemalt hatte.

Mehr als neunzehntausend Handynutzer. Leute, die an jenem Wochenende das Strandbad besucht hatten. In ihrem Bötchen segelten oder am Ufer spazierten. Die Straße nebenan befuhren, nur hundertfünfzig Meter vom Fundort der Leiche entfernt.

Darunter aber vielleicht auch diejenigen, die *da* gewesen waren.

Die Kerle, die Johanna auf dem Gewissen hatten.

Sellins Hoffnung bestand darin, dass zumindest einer der beiden Typen, die Wosinski beobachtet hatte, sein Handy sowohl bei Johannas Entführung als auch beim Ablegen am See im empfangsbereiten Modus hatte. Dann würde er in beiden Listen auftauchen.

Und Sellin hätte ihn.

Doch wie sollte er den Datenwust bewältigen?

Sellin fielen die Kollegen des IT-Kommissariats ein. Er nahm an, dass es für sie ein Leichtes sei, die Nummern über ein entsprechendes Computerprogramm laufen zu lassen, das Übereinstimmungen herausfilterte. In seiner Phantasie spuckte ein Rechner innerhalb von Sekunden den Mörder aus.

Der Kollege, den er zu diesem Zweck anrief, versprach sein Möglichstes zu tun. Auf den Schreibtischen seiner Dienststelle würden sich allerdings Dutzende von Anfragen stapeln.

Wirtschaftsdelikte, Erpressungen, Kinderpornographie – allesamt besonders dringlich und hochwichtig.

Vorrang habe zudem die Überprüfung islamistischer Gefährder. Ihr Aufspüren und die Überwachung ihrer Kommunikation im Netz. Damit habe seine Dienststelle alle Hände voll zu tun.

«Gefährder?», wiederholte Sellin verständnislos.

«Das Wort kommt von Gefahr.»

«Ist klar, aber so einer ist noch lange kein Täter.»

«Und wennschon.»

«Willst du damit andeuten, dass wir einen Mörder laufenlassen, weil wir uns lieber auf Leute stürzen, die *eventuell* einmal zu Mördern werden könnten?», fragte Sellin.

«Politik», antwortete der Kollege ungerührt.

«Nicht dein Ernst.»

«Frag am besten in einer Woche noch einmal nach.»

97

Nach dem Dreh im Institut für Rechtsmedizin der Charité an der Turmstraße verabschiedeten sie sich von Harald, dem Assi. Sarah ließ sich daraufhin von Nils in der Friedrichstraße absetzen. Während er in Richtung Tegel weiterfuhr, um den Wagen abzugeben und den nächsten Flieger nach Hause zu nehmen, betrat Sarah das Gebäude des Bundesgesundheitsministeriums.

«Tag, Frau Wolf!»

Sarah erkannte die Frau am Empfang – dieselbe wie neulich.

«Ich hab Sie letzte Woche im Fernsehen vermisst. Dürfen Sie etwa nicht mehr moderieren, nachdem Sie unseren Minister als Alkohol-Lobbyisten in die Pfanne gehauen haben?»

«Habe ich das?»

Die Angestellte zwinkerte und senkte die Stimme. «Der Schluckspecht hat es verdient.»

«Ich möchte zu …»

Die Frau schüttelte den Kopf. «Jana Bergowitz ist nicht da.»

«Heute bin ich mit Sylvia Stindel verabredet.»

«Das Büro des verstorbenen Staatssekretärs, ich verstehe. Einen Moment, Frau Wolf.»

Sie nahm den Hörer ans Ohr, ließ ihre Armreifen klirren, drückte ein paar Tasten und kündigte Sarah an. Dann legte sie auf und nickte ihr zu. «Heute klappt es. Sie werden erwartet. Siebter Stock, vom Aufzug aus links, Nummer neunundsiebzig.»

Sylvia Stindel war eine untersetzte Blondine in den Vierzigern. Weiße Bluse, weinrote Strickjacke, eine Lesebrille hing an einer silbernen Kette um ihren Hals. Sie stand auf, als Sarah ihr Zimmer betrat, und bot ihr den einzigen freien Stuhl an.

Der Raum wirkte freundlich, groß und hell möbliert. Der Blick aus dem Fenster ging über die Dächer von Berlin-Mitte bis zum Fernsehturm am Alexanderplatz. Nicht schlecht, dachte Sarah.

«Sie wollten wissen, was es mit dem Flug nach Mombasa auf sich hat, der Anfang des Jahres über das Büro des Ministers gebucht wurde», begann die Referentin.

«Das stimmt.»

«Minister Werremeyer möchte vermeiden, dass Sie den falschen Eindruck gewinnen, in diesem Haus würden Steuergelder für Privatreisen vergeudet werden.»

«Den Eindruck habe ich nicht. Aus der Rechnung geht ja hervor, dass sie mit einer privaten Kreditkarte beglichen wurde.»

«Auch das stimmt nicht ganz.»

«Wie meinen Sie das?»

«Wie jedes Regierungsmitglied nimmt der Minister hin und wieder Parteiaufgaben wahr. In diesem Haus sind wir gehalten, das säuberlich zu trennen. Für Auslagen zu Zwecken der SPD gibt es deshalb die besagte American-Express-Karte. Sie läuft zwar auf den Namen des Ministers, aber die Beträge werden von einem Konto des Parteivorstands abgebucht.»

«Verstehe.»

«Der Minister wirft nur selten ein Auge auf die Abrechnungen. Eigentlich nur, wenn es aus dem Willy-Brandt-Haus Rückfragen gibt.»

«Und das war hier nicht der Fall?»

«Ganz genau.»

«Also hat die SPD den Flug nach Mombasa bezahlt.»

«So schaut es aus.»

«Und wer hat ihn gebucht?»

«Das geschah auf dem Rechner von Jana Bergowitz, einer Sekretärin des Ministers.»

«Und wer ist Nadine Fischer?»

Stindel schüttelte den Kopf. «Das ist ja das Eigenartige. Der Name ist in diesem Haus nicht bekannt.»

«Wollen Sie mich für dumm verkaufen?»

«Nein, Frau Wolf. Ehrlich. Auch der Minister ist ratlos. Er lässt ausrichten, dass ihm die Buchung ein Rätsel ist. Aber er versichert, dass keinesfalls Steuergelder missbraucht …»

«Das habe ich inzwischen begriffen.»

Sarah drehte die Baseballkappe auf der Tischplatte. Sie war im Kreis gerannt und stand wieder am Anfang. Werremeyer war nicht zu fassen – wie ein Stück nasse Seife.

«Darf ich Sie um Ihre persönliche Einschätzung bitten, Frau Stindel?»

«Dazu müsste ich spekulieren, und das tu ich nur ungern.»

«Falls der Minister wirklich nichts damit zu tun hat, könnten Sie sich vorstellen, dass Jana Bergowitz die Kreditkarte für ihre privaten Zwecke verwendet hat?»

«Eigentlich nicht, denn irgendwann fliegt ein solcher Betrug doch auf. Sie hat sicher nicht ohne Auftrag gehandelt.»

Sarah blickte der Blondine in die Augen. «Jana Bergowitz hatte einen besonderen Draht zu Christian Wagner.»

«Das kann man so sagen.»

«Könnte Wagner hinter dieser Buchung stecken?»

«Ihm hätte sie eine solche Bitte jedenfalls nicht ausgeschlagen.»

«Frau Bergowitz ist gerade nicht im Haus, habe ich gehört.»

«Hab sie schon seit ein paar Tagen nicht mehr gesehen.»

«Könnte ich ihre Adresse bekommen, Frau Stindel?»

«Die darf ich nicht herausgeben.»

«Wollen Sie etwa, dass ich die Polizei bemühe? Wenn die Kripo die Flugbuchung als Spur im Fall Wagner bewertet und die Presse Wind davon bekommt, wird Minister Werremeyer darüber wohl kaum begeistert sein.»

Berufsverkehr auf der Nonnendammallee, Verkehrskollaps am Juliusturm. Nach fast einstündigem Schleichen hielt Sarahs Taxi endlich vor einem Mehrfamilienhaus neuerer Bauart in Berlin-Spandau.

Rund zwanzig Klingelschilder am Hauseingang. Sarah fand den Namen der jungen Sekretärin und drückte den Knopf.

Die Gegensprechanlage blieb stumm.

Sarah versuchte es mehrmals, dann trat sie auf die Straße und legte den Kopf in den Nacken. Wenn die Klingeln gemäß den Stockwerken angeordnet waren, wohnte Bergowitz in der dritten Etage.

Dort waren sämtliche Fenster dunkel.

Eine ältere Frau im hellen Anorak kam mit zwei Aldi-Tüten vorbei. Beim Aufschließen der Haustür hielt sie inne und starrte Sarah an.

«Sie kenn ick doch», sagte sie laut. «Sind Sie dit wirklich?»

Sarah wandte sich ab und ging zum Taxi zurück.

«Sarah Wolf», rief die Anwohnerin ihr hinterher. «Ick werd verrückt, die Sarah Wolf!»

Zwei Stunden später saß sie endlich im Flieger, der letzte nach Düsseldorf. Sie betastete ihren Bauch, der noch keine Wölbung zeigte, und blätterte die Zeitungen durch.

Nichts über Christian.

Die Welt drehte sich weiter.

Eines schloss Sarah mit Sicherheit aus. Dass Christian einen Keniaurlaub für eine Freundin organisiert hatte. Denn in dem Fall hätte er den Flug aus seiner Tasche bezahlt und nicht das Parteikonto bemüht. An Geld hatte es ihm nicht gemangelt, auch nicht für die Businessklasse.

Dass Jana Bergowitz die Kreditkarte auf eigene Faust missbraucht hätte, erschien Sarah ebenfalls immer unwahrscheinlicher, je länger sie darüber nachdachte. Indem sie Christian den Buchungsbeleg zusteckte, hätte sie sich selbst verraten. Das ergab keinen Sinn.

Sarah lauschte dem monotonen Brummen der Maschine. Dabei ließ sie noch einmal Revue passieren, was sie in Dadaab erfahren hatte.

Fakt war, dass das blutige Geschäft des Organraubs fortgesetzt wurde, nachdem sich Emmanuel Ambogo an Christian gewandt hatte. Allenfalls besser getarnt, indem die VIPs nicht mehr ins Flüchtlingslager eingeflogen wurden. Mit Dr. Kasaya war ein neuer geschäftsführender Chefarzt eingesetzt worden. Und seitdem wurde in Mombasa implantiert.

Sarah knetete die Kappe mit beiden Händen.

War es denkbar, dass Christian mit den Gangstern unter einer Decke steckte? Dass er Ambogo verpfiffen hatte wie auch Johanna Kling, die sich ebenfalls hilfesuchend an ihn gewandt hatte?

Christian Wagner, wer warst du wirklich?

Wieder fasste sich Sarah an ihren Bauch.

Ich will kein Kind von einem Politiker, der über Leichen ging.

98

Am Dienstagmorgen fuhr Sarah früher als sonst in die Firma. Sie klopfte an Max Sperlings Tür, die nur angelehnt war, und lugte in sein Büro. Wie sie erwartet hatte, war auch er bereits da. Max, das Arbeitstier – seit sie wieder in Deutschland war, hatten sie noch kein Wort miteinander gewechselt.

Er telefonierte gerade und winkte sie herein. Sarah zog die Tür hinter sich zu.

Sie bemerkte, dass die große Korkwand leer war. Kein einziger Zeitungsausschnitt hing daran. Was Sarah irritierte – war die gestrige Themenkonferenz ohne Ergebnis geblieben?

Max beendete sein Gespräch und wandte sich ihr zu. «Schön, dich zu sehen, Sarah. Neuerdings ein Ereignis mit Seltenheitswert.»

«Bin erst am Freitag aus Kenia zurückgekommen und habe seitdem geschnitten oder gedreht.»

«Vielleicht verzettelt sich unsere neue ‹Premium-Reporterin› mit ihrem Film.»

«Hast du was dagegen?»

«Ehrlich gesagt, ja. Du scheinst zu vergessen, dass du schon übermorgen wieder mit deiner Talkshow auf Sendung sein wirst.»

«Kann das nicht Diepenbrock übernehmen?»

Max runzelte die Stirn. «Nein, kann er nicht.»

«Wir könnten ihn doch fragen. Wie ich den Alten kenne, macht er das gern. Die neue Rolle schmeichelt ihm gewaltig.»

«Nein, Sarah, ihr wechselt euch jede Woche ab, und bei diesem Rhythmus soll es auch bleiben. Ich wüsste nicht, wie wir es nach draußen kommunizieren sollten, wenn du länger als eine Woche aussetzt. Dem Sender würde das jedenfalls nicht gefallen.»

«Sag bloß, der WDR braucht mich plötzlich.»

«Die Sendung braucht dich. Und du brauchst deine Sendung. Abgesehen davon, dass Diepi diesen Donnerstag gar nicht verfügbar wäre.»

Sarah zog einen Stuhl heran und setzte sich. «Haben wir ein Thema?»

«Zwei sogar. In der Redaktion stand es fifty-fifty. Außerdem wollten wir ohne dein Votum keine Entscheidung fällen.»

«Erstens?»

«Die bevorstehende Präsidentenwahl in den USA.»

«Finde ich, ehrlich gesagt, nicht so prickelnd.»

«Das dachte ich mir.»

«Und zweitens?»

«Der fünfte Jahrestag der Entdeckung des NSU steht bevor, und die Zweifel an der offiziellen Version mehren sich. War es wirklich nur ein Trio? Haben die beiden Uwes tatsächlich Selbstmord begangen, oder gab es da einen Dritten, der geschossen hat, wie der Untersuchungsausschuss des Thüringer Landtags in seinem Abschlussbericht nahelegt? Und wie tief stecken die Verfassungsschutzbehörden drin, die reihenweise Akten geschreddert haben?»

«Klingt brisant. Gefällt mir wesentlich besser.»

«Wie geläufig sind dir die Details zum Thema NSU?»

Gute Frage, dachte Sarah. «Wann genau ist der fünfte Jahrestag?»

«Am vierten November, also in knapp einem Monat.»

«Gut, Max, dann verfahren wir so: Der NSU wird in vierzehn Tagen unser Thema sein, wenn ich erneut dran bin. Diese Woche nehmen wir die USA. Die Präsidentschaftswahlen moderiere ich aus dem Stand, während ich beim NSU-Komplex nur dann ein gutes Gefühl habe, wenn ich mich ausführlich vorbereite.»

Ihr Redaktionsleiter nickte. «Gute Entscheidung.»

«Trump versus Hillary – da reicht es, wenn ich mir am Donnerstag deinen Fragenkatalog durchsehe. Lade ein, wen du magst, Max, ich gebe dir freie Hand. Hauptsache, es ist eine Person dabei, die Trump nicht für den Untergang des Abendlands hält. Sonst fehlt uns die Kontroverse.»

«Ist klar.»

Sarahs Handy klingelte. Das Display zeigte eine Berliner Nummer. Sie verabschiedete sich von Max. Auf dem Weg zu ihrem Zimmer nahm sie das Gespräch an.

Es war Wernicke vom Landeskriminalamt in Berlin. Sie rief sich den Mann mit der randlosen Brille in Erinnerung, der neben Karsow klein und schmächtig gewirkt hatte.

«Waren Sie gestern am frühen Abend in Spandau?», fragte der Kripobeamte.

«Ja, wieso?»

«Die Fragen stelle ich, Frau Wolf. Waren Sie bei Jana Bergowitz, ja oder nein?»

«Was soll das?»

«Man hat sie erkannt. Leugnen Sie es nicht.»

«Ich leugne überhaupt nichts. Ja, ich war dort, aber sie hat mir nicht geöffnet.»

Sarah hatte ihr Zimmer erreicht, schloss die Tür und schaltete den Rechner ein. Vielleicht wurde im Internet etwas gemeldet, was der einsilbige Mordermittler ihr gerade vorenthielt.

«Was wollten Sie von ihr?», fragte er.

«Mich mit ihr unterhalten. Ist das verboten?»

«Werden Sie nicht pampig, Frau Wolf. Das macht die Situation nicht einfacher.»

«Welche Situation meinen Sie?»

«Wir fanden es neulich schon reichlich seltsam, dass Sie am gleichen Tag, an dem Ihr Freund Christian Wagner ermordet wurde, bei ihm angeblich erfolglos an der Tür geklingelt haben.»

«Angeblich? Hören Sie ...»

Endlich erschien die Startseite des Browsers auf ihrem Bildschirm. Sarah gab «Spandau» ein und klickte auf «News». Warum brauchte ihr Rechner so lange?

«Und jetzt ist das Gleiche noch einmal geschehen», sagte Wernicke.

Sarah blieb die Luft weg. «Wie bitte?»

«Schon wieder liegt ein Mensch tot in seiner Wohnung, und Sie, Frau Wolf, behaupten, nicht drinnen gewesen zu sein. Oder wollen Sie Ihre Aussage noch korrigieren?»

Endlich. Der erste Treffer lautete: *Suizid aus Verzweiflung? Nachbarn schildern Regierungsangestellte als einsame Frau.*

«Wie ist es passiert?», fragte sie zurück.

«Schusswaffe.»

«Die *BZ* meldet, sie hätte es selbst getan. Stimmt das?»

«Das untersuchen wir gerade.»

«Immerhin kennen Sie ja den Zeitpunkt, wann es geschehen ist.»

«Wie kommen Sie darauf?»

«Die Adresse von Jana Bergowitz ist eine Wohnanlage aus

der Nachkriegszeit. Kein Altbau mit dicken Wänden. Die Nachbarn müssen den Knall gehört haben.»

«Es war eine kleinkalibrige Waffe, wie die Obduktion ergeben hat, und wir gehen davon aus, dass ein Schalldämpfer benutzt wurde. So ein Schuss ist viel leiser, als man denkt.»

«Dann war es kein Suizid.»

«Ach ja?»

«Wer sich selbst tötet, braucht keinen Schalldämpfer.»

«Wenn Sie das sagen.»

«Tun Sie nicht so, als würden Sie nicht ebenfalls Mord in Betracht ziehen.»

«Jedenfalls sind Sie mir unheimlich, Frau Wolf. Wo Sie klingeln, finden wir Tote.»

Unheimlich fand Sarah das auch.

99

Sellins Telefon schrillte. Er hoffte, den Kollegen der IT-Dienststelle an der Strippe zu haben, der endlich die Handydaten abgeglichen hätte, doch es war Sarah.

Aufgeregt berichtete sie ihm von dem Tod einer Angestellten des Bundesministeriums für Gesundheit, die in Kontakt mit Christian Wagner gestanden habe.

Sellin versuchte, seine Tochter zu beruhigen. Doch ein Detail alarmierte ihn.

Schon wieder Kleinkaliber.

Er hörte Sarahs Geschichte zu, dann rief er die Kollegen in Berlin an, um sich aus erster Hand zu informieren. Er wurde mehrfach weiterverbunden, bis er endlich Karsow an der Strippe hatte. Der Kollege klang unwirsch, als stehle Sellin seine Zeit.

«Warum interessiert ihr euch für die tote Tippse?», fragte er.

«Weil wir den gleichen Mörder suchen.»

«Wie kommst du darauf?»

«Die Handschrift. Der Kerl benutzt eine Kleinkaliberwaffe. Das Geschoss steckt noch im Schädel, stimmt's? Und wie Johanna Kling hatte auch euer Opfer mit dem ermordeten Staatssekretär zu tun.»

«Ich will ja gar nicht ausschließen, dass du recht hast, Kollege.»

«Hundertprozentig. Also rück raus mit der Sprache.»

Sellin erfuhr, dass Jana Bergowitz am späten Abend von ihrer Mutter gefunden worden war, die einen Schlüssel zur Wohnung besaß und beunruhigt war, weil sie ihre Tochter seit Tagen nicht erreicht hatte. Aus dem Zustand der Leiche schloss der hinzugezogene Rechtsmediziner, dass der Tod bereits im Lauf der letzten Woche eingetreten war. Ein Zeitraum von Donnerstag bis Samstag galt als realistisch.

Die Wohnung war völlig auf den Kopf gestellt worden. Der oder die Täter hatten etwas gesucht. Zumindest Computer und Mobiltelefon des Opfers fehlten.

Karsow hatte es geschafft, dass die Tote schon am frühen Morgen obduziert worden war. Wie bei Johannas Leiche am Unterbacher Seeufer gab es nur eine Eintrittswunde. Das Geschosskaliber betrug 5,6 Millimeter. Weil die Waffe, eine Sig-Sauer-Sportpistole, mit aufgeschraubtem Schalldämpfer neben der Toten gelegen hatte, hatte man im ersten Moment eine Selbsttötung für möglich gehalten.

«Abschiedsbrief?», fragte Sellin.

«Fehlanzeige.»

«Schmauchspuren?»

«Gibt es an der rechten Hand der Leiche, aber …»

«Nicht ganz das typische Muster?»

«Richtig. Unser Sachverständiger geht davon aus, dass der Täter die Finger des toten Opfers um die Waffe gelegt und ein zweites Mal abgedrückt hat. Nur hat die Spurensicherung kein zweites Projektil entdeckt.»

«Weil der Täter ein Stück Holz mitgebracht hat, dort hineinschoss und das Teil wieder mitnahm. So würde ich es machen.»

«Möglich, dass es sich so zugetragen hat.»

«Der Kerl ist schlau und kaltblütig», sagte Sellin und versuchte zu ignorieren, dass das fremde Tier in seinem Leib gerade besonders heftig zubiss.

100

Bevor Sarah den Schneideraum aufsuchte, klickte sie sich auf ihrem Rechner weiter durch die Meldungen der Berliner Presse. Die Frage nach dem Motiv im Fall Jana Bergowitz brachte sie ins Grübeln.

Hatte sich die Sekretärin gegenüber Christians Mördern verraten? Angekündigt, sich der Polizei anzuvertrauen? Oder womöglich versucht, Geld zu erpressen, zu viel Geld?

Dann fiel Sarah eine weitere Erklärung ein, die ihr Magenschmerzen bereitete. Hatte sie selbst den Argwohn der Organmafia auf Jana Bergowitz gelenkt, indem sie am Donnerstag vorletzter Woche Minister Werremeyer auf Nadine Fischer angesprochen hatte? Hatte sich irgendjemand zusammengereimt, dass die Sekretärin ihre Quelle sei?

Bin ich etwa schuld an dem Tod der jungen Frau?

Was wiederum hieße, dass der Minister in die Machenschaften verstrickt wäre.

Eigentlich mochte Sarah das dem netten, jovialen Dicken nicht zutrauen. Er war in ihre Show gekommen, obwohl er ahnen konnte, dort einen schweren Stand zu haben. Werremeyer erinnerte sie an Onkel Kurt, den Bruder ihrer Mutter, der seine Katzen aquarellierte, während sie schliefen, und Briefmarken sammelte, was heute kein Mensch mehr tat.

Wieder kreisten ihre Gedanken um die ominöse Flugbuchung nach Mombasa, die womöglich Christian in Auftrag gegeben hatte. Die Schlüsselfigur ist und bleibt Nadine Fischer, überlegte Sarah. Ihr fiel die Unterhaltung mit Christians Eltern nach der Beerdigung ein.

Kannte er sie aus der Zeit, als er in Münster studierte?

Sämtliche Mädchen wird er Britta nicht verraten haben.

Sie musste endlich mit dieser Britta reden.

Christians Ex arbeite bei der Gewerkschaft, das war alles, was er einmal über sie erwähnt hatte. Sarah war zu dem Zeitpunkt nicht auf weitere Details erpicht gewesen. Und selbst diese magere Information konnte veraltet sein.

Sarah googelte die DGB-Geschäftsstelle in Münster. Sie klickte auf «unser Team».

Treffer – die Organisationssekretärin hieß Britta.

Der Nachname lautete Kopp, nicht Wagner. Das Foto auf der Internetseite zeigte eine Frau, die etwa in Sarahs Alter war, was passte. Kopp konnte Brittas Mädchenname sein oder ihr neuer Familienname, falls sie ein zweites Mal geheiratet hatte.

Sarah wählte die Nummer der Geschäftsstelle.

«Sundermann», meldete sich eine ältere Frau. Die Verwaltungsangestellte, erkannte Sarah anhand eines weiteren Eintrags auf der Homepage.

«Können Sie mich bitte mit Frau Kopp verbinden?»

«Wer spricht da?»

Für einen Moment überlegte Sarah, sich wieder als Gesine Stetter auszugeben und die Angestellte unter irgendeinem Vorwand über Britta Kopp auszufragen.

Stattdessen antwortete sie: «Sarah Wolf, ARD.»

«Britta ist erst morgen wieder im Büro. Versuchen Sie es am besten gleich um neun Uhr früh.»

«Eine Frage noch, Frau Sundermann.»

«Ja, bitte?»

«Hieß Frau Kopp einmal Wagner?»

Die Verwaltungsangestellte lachte. «Das ist aber schon lange her. Warum fragen Sie?»

Sarah legte auf. Morgen, neun Uhr, dachte sie.

Ich werde da sein.

101

Sellin rief erneut beim Landesamt für zentrale Dienste in Duisburg an. Ein anderer Sachbearbeiter meldete sich und nuschelte unverständlich seinen Namen. Sellin fragte sich, ob das eine Masche war, mit der sich der Kollege vor Beschwerden schützte, falls er Mist baute.

«Paul Sellin, Kripo Düsseldorf. Ich bräuchte noch einmal eine Funkzellenauswertung. Und zwar die Liste aller Mobiltelefone, die zwischen Donnerstag, dem sechsten Oktober, und Samstag, dem achten Oktober, ins Netz eingewählt waren.»

«Letzte Woche? Das krieg ich hin.»

«Freut mich.» Er nannte die Adresse des Opfers Bergowitz in Berlin-Spandau.

«Warte mal, Sellin aus Düsseldorf?»

«Genau der.»

«Haben wir dir nicht erst gestern Zigtausende von Daten übermittelt? Du weißt schon, dass eine anlasslose Überprüfung so vieler Handynutzer nicht okay ist, oder? Ohne einen Wisch von der Staatsanwaltschaft …»

«Anlasslos? Hör zu, ich habe keine Zeit für bürokratische

Mätzchen. Erst gestern ist ein zweiter Mord entdeckt worden. Und bei einer Journalistin, die an der Sache dran ist, wurde eingebrochen. Der Täter ist brandgefährlich und hat Komplizen. Wir müssen ihn so rasch wie möglich stoppen!»

«Aber ...»

«Nichts aber. Ich habe mehr als einen Anlass, verdammt noch mal.»

Der Kollege in Duisburg versprach, sich zu kümmern.

Sellin nuschelte ein Dankeschön.

Als Nächstes suchte er den IT-Spezialisten auf, mit dem er gestern gesprochen hatte.

«Schicker Stock», grüßte ihn der Kollege, als Sellin sein Dienstzimmer betrat.

«Sportverletzung.»

«Hoffentlich nicht vom Trinksport, haha!»

Offenbar hielt sich der Mann für humorbegabt. Sellin verdrehte die Augen. Es kochte in ihm.

«Wo finde ich deinen Dienststellenleiter?», fragte er.

«Hey, war doch nur Spaß! Was gibt's, Sellin?»

«Was macht die Überprüfung der Daten, die ich dir gegeben habe?»

«Bin leider noch nicht dazu gekommen.»

«In Kürze kommen noch mehr Daten rein, die wir auf eine Übereinstimmung hin checken werden. Ich muss darauf bestehen, dass ihr sofort ...»

«Ich hab dir doch gesagt, dass unsere Prioritäten ...»

«Scheiß drauf, Kollege!»

«Egal, wie elegant du dich ausdrückst ...»

Sellin schlug mit dem Stock auf den Schreibtisch. Der Kaffeebecher tanzte, ein Stapel mit Fachbüchern stürzte ein. Der Kollege zuckte zusammen.

«Es hat einen neuen Mord gegeben», sagte Sellin in der

Hoffnung, ihn zu überzeugen wie den Sachbearbeiter in Duisburg zuvor. «Wer soll denn noch alles sterben, bis du endlich deinen Arsch hochkriegst?»

«Red nicht so mit mir, sonst ...»

Sellin stützte sich auf die Tischplatte und beugte sich vor. Er wollte ihn anschreien, doch dann besann er sich anders. «Hör zu, junger Freund, das mit der Sportverletzung ist Bullshit. Meine Füße sind taub wegen einer Chemo, die nichts gebracht hat. Der Arzt gibt mir nur noch wenige Monate. Ich hänge mich trotz aller Schmerzen rein, um meine Arbeit zu erledigen, weil es meine verdammte, beschissene Pflicht ist. Und ich erwarte, dass du mich dabei unterstützt.»

Dem Kollegen stand der Mund offen.

«Mach dich an die Arbeit!», fügte Sellin hinzu.

Münster – Mittwoch, 12. Oktober

102

Das Gewerkschaftshaus befand sich im Norden der Stadt, ein nagelneuer Betonriegel in einem Gewerbegebiet neben Fachhochschule und *Burger King*. Britta Kopps Büro war im ersten Stock. Sarah klopfte. Sie hatte sich nicht angekündigt.

Kopp rief sie hinein.

Das Zimmer war zu einem guten Teil mit Pflanzen vollgestellt und wirkte wie ein Dschungel. Bananenstauden, eine riesige Strelizie. An der Wand stach ein buntes Plakat ins Auge, das für eine 1.-Mai-Party warb und aus den Neunzigern stammte. Das Design erinnerte Sarah an Techno-Feten ihrer Jugend.

«Haben Sie ein paar Minuten Zeit für mich? Mein Name ist

Sarah Wolf, und ich hätte einige Fragen in Bezug auf Christian Wagner.»

«Sie kommen mir bekannt vor.»

«Ich moderiere eine Fernsehsendung.»

«Jetzt erinnere ich mich. Ich hab Sie gesehen, als es um Lobbyismus ging. Da hätte mein Ex auch gut in die Runde gepasst.»

«Genau am Vortag der Sendung ist er ermordet worden. Ich hatte gehofft, Sie bei seiner Beerdigung zu treffen.»

«Sie waren dort?»

«Christian und ich waren liiert.»

Die Gewerkschaftsfunktionärin nickte. «Setzen Sie sich doch. Soll ich Kaffee besorgen?»

«Nicht nötig.»

«Was wollen Sie von mir wissen?»

«Kennen Sie eine Nadine Fischer?»

«Nadine … wer?»

«Fischer.»

«Sagt mir nichts. Wer soll das sein?»

«Eine Frau, für die Christian im Frühjahr einen Flug nach Mombasa besorgt hat. Die Geschichte könnte etwas mit seiner Ermordung zu tun haben. Ich dachte, vielleicht kannte er die Frau von früher, als er hier studierte und mit Ihnen zusammen war.»

Britta Kopp überlegte. Dann sagte sie: «Aus der Zeit fällt mir eine Nadine ein, aber die hieß Gronewald.»

«Erzählen Sie mir von ihr.»

«Sie hat zunächst Pharmazie studiert wie Christian. Später hat sie das Fach gewechselt, glaube ich. Sie zählte sozusagen zum erweiterten Freundeskreis, auf Partys sind wir uns damals öfters begegnet. Der Vater war Prof an der Uni. Medizin, wenn ich mich richtig erinnere. Eine reiche und stockkonservative Familie. Die Töchter sind etwas aus der Art geschlagen.

Hatten sich den Jusos angeschlossen. Zu der Zeit war Gerhard Schröder gerade Kanzler geworden.»

«Töchter?»

«Ja, die Gronewald-Sisters, so haben wir sie genannt. Nadine stand meistens im Schatten von Nicole. Nicole war die Ältere. Und die wesentlich Hübschere.» Christians Exfrau verzog kaum merklich die Miene – ein Anflug von Bitterkeit.

Nicole. Die Erwähnung dieses Namens löste auch in Sarah etwas aus. Eine flüchtige Erinnerung, die sich ihr aber sofort wieder entzog.

«Was macht Nadine heute?»

«Das weiß ich nicht. Unsere Wege haben sich seitdem nicht wieder gekreuzt. In der SPD ist sie jedenfalls nicht mehr aktiv. Das wüsste ich. Aber ich könnte jemanden fragen, wenn Ihnen das so wichtig ist.»

«Bei der Beerdigung hat Christians Vater angedeutet, dass Christian Affären hatte und daran Ihre Ehe gescheitert sei.»

«Das kann man wohl sagen. Aber der Grund war nicht Nadine, sondern Nicole.»

Wieder fragte sich Sarah, wo ihr dieser Name vor kurzem begegnet war.

«Wollen Sie darüber reden, Frau Kopp?»

«Sie klingen wie eine echte Talkshow-Tante.»

Sarah lächelte. «Bin ich ja auch.»

«Der eingebildete Lackaffe hat mich mit Nicole betrogen. Alle wussten es, nur ich habe es als Letzte erfahren. Ich bin mir sogar sicher, dass er nur ihretwegen den Jusos und der SPD beigetreten ist. Wegen Gerhard Schröder sicher nicht.» Sie lachte kurz auf. «Heute bin ich Gott sei Dank längst darüber hinweg. Und ewig hat es mit den beiden ja auch nicht funktioniert. Bekanntlich hat sich Nicole Gronewald später das größte Alphatier der Partei geschnappt.»

Sarah kapierte nicht gleich, wen sie meinte.

«Heinz Benrath, den Bundesvorsitzenden», erklärte Britta. «Es muss Christian in seiner Eitelkeit schwer getroffen haben, dass er gegen einen deutlich Älteren den Kürzeren gezogen hat. Aber ich hab's ihm von Herzen gegönnt, als ich davon erfuhr.» Britta grinste.

Heinz und Nicole Benrath – Sarah erinnerte sich, dass man den heutigen Vizekanzler lange Zeit für einen heimlichen Schwulen gehalten hatte, weil über sein Privatleben nie etwas an die Öffentlichkeit gedrungen war. Seine Hochzeit vor einigen Jahren hatte viele Beobachter überrascht. Und auch heute trat seine Frau fast nie an seiner Seite auf. Die Benraths schützten ihre Privatsphäre, was Sarah an deren Stelle auch so gehalten hätte.

«Und Christian soll der kleinen Schwester von Nicole einen Flug nach Mombasa spendiert haben?», fragte Britta Kopp.

«Vorausgesetzt, Nadine heißt heute mit Nachnamen Fischer.»

«Ich werd mich mal umhören.»

Sarah gab der Gewerkschaftsfrau zum Abschied ihr Kärtchen.

Doch sie nahm sich vor, sich nicht auf Britta Kopps Anruf zu verlassen.

103

Sie trat aus dem Bürogebäude und zückte auf dem Weg zum Parkplatz ihr Smartphone. Vor etwa zwei Wochen hatte sie die Nadine Fischers aus dem Raum Münster-Osnabrück abtelefoniert, die sie im Internet gefunden hatte. Eine davon lebte in dieser Stadt, und ihre Stimme hatte geklungen, als könne es sich dem Alter nach um die Gronewald-Tochter handeln, von der Christians geschiedene Frau gesprochen hatte.

Mit der Sprachsteuerung fragte Sarah nach der Adresse. Das Display zeigte sie an.

Sarah gab Straße und Hausnummer ins Navi ihres Mietwagens ein.

Zehn Minuten später rollte sie durch ein gutbürgerliches Wohngebiet im Süden der Stadt. Ein Kanal, viel Grün überall. Häuser, die sich hinter Hecken versteckten. Sarah parkte vor einer breiten Garage, die offen stand. Links ein Mini, die andere Hälfte war leer.

Buchsbaum und japanischer Ahorn, der allmählich seine dunkelroten Blätter verlor. Im Gras lag ein Tretauto aus Plastik. Die Haustür besaß ein rundes Fenster mit grünem Glas und schmiedeeisernem Gitter.

Das Klingelschild war aus einer hellen Birkenscheibe gefertigt und per Hand beschriftet: *Sofia, Nadine & Philipp Fischer*. Am Briefkasten ein Blechschild mit denselben Namen sowie ein zweites: *NF-Communications*.

Wahrscheinlich war Nadine Fischer als selbständige Texterin für Werbung oder PR tätig und hatte ihr Büro zu Hause. Sarah drückte die Klingel.

Ein Gong ertönte. Ein Hund kläffte.

Nach einer Weile öffnete eine Frau in Jeans und Norwegerpullover. Sie trug eine Brille mit Metallrahmen, ihr brünettes Haar war zu einem strengen Knoten zusammengebunden. Hinter ihr hechelte ein langhaariger Hund und bellte noch einmal.

«Coco, bist du wohl still!», rief die Frau ihm zu. Dann wandte sie sich Sarah zu. «Ich kaufe nichts an der Tür, und die Zeitung haben wir bereits abonniert.»

«Nadine Fischer?»

«Ja, was gibt's?»

«Geborene Gronewald?»

«Was wollen Sie?»

Sie ist es, dachte Sarah. Die Frau, die sie an der Strippe gehabt hatte, als sie sich als Gesine Stetter ausgab, die angeblich für Condor an einer Erhebung der Kundenzufriedenheit arbeitete.

«Mein Name ist Sarah Wolf. Ich habe ein paar Fragen an Sie. Vielleicht besprechen wir das besser drinnen?»

Die Frau ließ sich nicht anmerken, ob sie Sarah erkannte. «Ich habe keine Zeit. Ich muss los, meine Tochter von der Kita holen.»

«Sie waren Anfang des Jahres in Kenia, stimmt's?»

Nadine Fischer verschränkte die Arme. «Wie kommen Sie darauf?»

Hinter ihr stand der Hund auf den makellos weißen Bodenfliesen des Eingangsbereichs. Coco glotzte Sarah an. In diesem Moment erinnerte sie sich daran, was Fischer vor zwei Wochen am Telefon geantwortet hatte.

Das war ich nicht.

Plötzlich wurde ihr klar, wo sie dem Namen Nicole begegnet war – in der Geschäftsstelle der SPD Recklinghausen, als sie die E-Mail-Korrespondenz in Wagners Computer durchforstet hatte: Sie hatte den Suchbegriff *Kenia* eingegeben und einen Treffer erhalten, den sie damals für belanglos gehalten hatte – einen Gruß an eine Genossin namens Nicole, der Wagner einfach nur einen schönen Urlaub wünschte.

Völlig unverfänglich, wie es schien.

«Nein, nicht Sie», korrigierte sich Sarah. «Ihre Schwester ist geflogen. Nicole Benrath. Aber warum wurde das Ticket auf *Ihren* Namen ausgestellt?»

«Ich muss Ihnen das nicht beantworten.»

«Haben Sie Nicole Ihren Pass geliehen, damit sie unter Ihrem Namen reisen konnte, quasi inkognito? Die Gronewald-Sisters sehen sich ähnlich, nicht wahr?»

Fischer schnappte nach Luft, als setze sie zu einer Antwort an, doch dann überlegte sie es sich anders, stürzte zurück ins Haus und warf die Tür hinter sich zu. Gedämpftes Bellen drang noch lange nach draußen.

Sarahs Gedanken schwirrten wie ein Schwarm Bienen. Die Begegnung mit der Schwägerin des Vizekanzlers musste sie erst einmal verdauen.

104

Sarah deckte den Tisch für vier Personen. Der Gedanke an einen Familienabend kam ihr fremd und aufregend vor. Sellin und ihre Mutter hatten sich angekündigt.

Ihre Eltern.

Die beiden würden das Mädchen mitbringen. Aisha habe erstmals mit ihnen gesprochen, hatte ihre Mutter erzählt. Offenbar tat es ihr gut, wie Petra Wolf sie hätschelte. Die Kleine schien sich zu erholen.

Sarah wusste, dass es noch zu früh war, um an ein Interview mit Dolmetscher vor der Kamera zu denken. Sie musste behutsam vorgehen, damit das Mädchen sich nicht gleich wieder verschloss.

Es klingelte. Sarah ließ ihre Mutter und Aisha herein. Petra trug eine Auflaufform, die mit Alufolie bedeckt war. Es duftete. «Hühnchen mit Zitronensoße, Couscous und Gemüse», erklärte sie. «Muss nur noch einmal heiß gemacht werden.»

«Wo ist Sellin?»

«Verspätet sich. Offenbar steht eine wichtige Festnahme bevor, und dafür muss er noch etwas länger im Präsidium bleiben.»

«Im Fall Johanna Kling?»

«Ich glaube, er hat den Namen erwähnt.» Petra umrundete den Herd und stellte die Keramikform in den Backofen.

Doch kein kompletter Familienabend, dachte Sarah. Aber die Erwähnung einer Festnahme hatte ihre Neugier geweckt, das Essen erschien ihr plötzlich unwichtig. Und sie musste ihrem Vater unbedingt berichten, was sie in Münster erfahren hatte.

Sie ging in die Hocke, um das Mädchen zu begrüßen.

«Hallo, Aisha. Kennst du mich noch?»

Das Mädchen starrte sie stumm an.

Petra lachte. «Sie ist sehr wählerisch, mit wem sie redet.»

In diesem Moment nahm Sarah im Augenwinkel eine Bewegung auf der Terrasse wahr. Ein Eichhörnchen – vielleicht dasselbe Exemplar, das sie in den letzten Tagen ein paarmal gefüttert hatte. Die Tiere kamen gelegentlich über den Baum im Hof, dessen Krone bis zu ihr nach oben reichte. Für den Rückweg ging es senkrecht am rauen Mauerputz hinunter.

Sarah nahm zwei Nüsse aus der Tüte, öffnete die Balkontür, legte ihre Hand mit einer Nuss darauf flach auf den Boden und winkte Aisha herbei. Dabei machte sie dem Mädchen ein Zeichen, still zu sein.

«Es zieht kalt herein», rief ihre Mutter.

Sarah ignorierte die Beschwerde.

Es dauerte keine dreißig Sekunden, bis das Eichhörnchen heranhoppelte. Ohne lange zu zögern, schnappte es sich die Nuss. Vor den Augen Aishas drehte es seine Beute im Maul, bis die Zähne es packen konnten. Dann huschte es davon, wahrscheinlich, um die Nuss als Wintervorrat in einem der Pflanzenkübel zu vergraben.

«Dabagaale!», rief Aisha begeistert.

«Jetzt du.» Sarah hielt ihr die zweite Nuss hin.

Die Kleine schnappte sie sich, ging auf die Knie und streckte die Hand auf den Holzplanken der Terrasse aus. Noch einmal signalisierte Sarah, dass es wichtig sei, sich nicht zu rühren. Sarah spürte, dass sich Aisha kaum zu atmen traute.

Als sich das Eichhörnchen näherte, brachte das Mädchen nicht die nötige Geduld auf und verschreckte das Tier mit einer unbedachten Bewegung.

Im nächsten Anlauf klappte es.

Aisha strahlte über das ganze Gesicht.

«Essen ist in fünf Minuten fertig», rief Petra Wolf. «Wascht euch die Finger!»

Aisha wanderte durch das große Zimmer und schlug vorsichtig die Saiten der Gitarre an, die im Ständer neben dem Sofa lehnte. Sarah konnte sich nicht erinnern, wann sie zuletzt darauf geübt hatte, aber sie beschloss, dem Mädchen nach dem Essen etwas vorzuspielen.

«Was ist denn nun mit Sellin?», fragte sie ihre Mutter.

«Wir sollen nicht auf ihn warten, hat er gesagt.»

105

Sellin betrat das Büro von Anna Winkler, der Leiterin der *Mordkommission Drohne*. Sie kniete hinter ihrem Tisch und war damit beschäftigt, einen zweiten, weitaus größeren Monitor an ihren Rechner anzuschließen.

«Was ist das denn für ein Riesenbildschirm?», fragte er und nahm auf einem der Stühle Platz. «Wusste gar nicht, dass unsere Behörde so üppig ausgestattet ist.»

«Asservatenkammer», antwortete Anna. «Hat einem Kerl gehört, der Sportwetten manipuliert hat.»

Sie tippte etwas in die Tastatur und bewegte die Maus. Es schneite auf dem Bildschirm.

«Falsches Kabel?», fragte Sellin.

«Nein, alles korrekt. Die Kollegen vom Landeskriminalamt Berlin sind bloß noch nicht auf Sendung.»

Anna blickte ihn an, deutete auf seinen Stock und zeigte ein trauriges Lächeln. «Und uns hast du etwas von einer Sportverletzung erzählt.»

Sellin atmete tief durch. Vielleicht hätte er dem IT-Kollegen gegenüber seinen Gesundheitszustand nicht offenbaren sollen. Aber der Junge hatte gespurt und unverzüglich die Daten abgeglichen.

«Ich hab ein wenig übertrieben, um den Kollegen zu beeindrucken.»

«Nur noch ein paar Monate, stimmt das, Paul?»

«Ach, die Ärzte reden viel, wenn der Tag lang ist.»

«Mannomann, du machst Sachen.»

«Lass uns über die Arbeit reden.»

Sie berührte seinen Arm. Ihre Augen schimmerten. «Wenn's einer schafft, dann du, Paul. Wir drücken dir alle ganz fest die Daumen.»

Gleich darauf klopfte es an der Tür. Bruno Wegmann, Aktenführer Felix May und eine Praktikantin. Damit war der Raum voll. Jeder platzierte sich so, dass er freie Sicht auf den großen Monitor hatte.

Der Abgleich der Handydaten durch den IT-Kollegen hatte einen Treffer ergeben. Der gesuchte Mobilfunkkunde hieß Patrick Leibniz. Er hatte sich als Einziger zu den entsprechenden Zeiten sowohl bei Johannas Wohnung als auch in unmittelbarer Nähe des Fundorts am Unterbacher See aufgehalten. Die Wahrscheinlichkeit war hoch, dass es sich bei ihm um einen der beiden Männer handelte, die der Typ vom Back-Shop beschrieben hatte.

Zu Sellins Überraschung hatte Leibniz seinen Wohnsitz nicht im Rheinland, sondern in Berlin.

Dennoch ein verdammt heißer Kandidat, so hatte der Staatsanwalt Patrick Leibniz genannt und Sellin zur Entdeckung beglückwünscht.

Sellin kannte im Groben, wie Einsätze von Spezialeinsatzkommandos abliefen. Das war in Berlin nicht anders als in Nordrhein-Westfalen. Im Vorfeld bemühte man sich um Fotos und Pläne. Aufklärer wurden vorgeschickt, um das Gelände auszukundschaften. War die Zielperson zu Hause, wie gelangte man am besten hinein? Das Kommando traf sich in der Nähe. Erst das Briefing, dann aufrüsten: Overall, Weste, Stiefel, Maske, Helm und Handschuhe.

Sellin kannte auch den Spruch, den jeder SEK-Mann gern aufsagte: *Wir machen auch Hausbesuche.*

Er hatte die Gegend auf *Google Maps* studiert, um sich ein besseres Bild des Einsatzes machen zu können. Im äußersten Südosten der Hauptstadt bildeten die Spree und ihre Nebenflüsse eine verzweigte Kette von Seen. Längs der Dahme verlief die Regattastraße. Viel Grün, hoher Freizeitwert. Es gab ein Strandbad und Villen mit privaten Bootsanlegern.

Gegenüber dem *Ruderclub Turbine* mündete eine Stichstraße. Je weiter sie vom See wegführte, desto schlichter präsentierten sich die anliegenden Häuser. An ihrem Ende befand sich ein zugewachsenes Grundstück mit einem garagenartigen Gebäude. Datsche, so hatte Karsow es genannt.

«Meine Güte, wie lange dauert es denn noch?», fragte Wegmann.

«So lange es eben braucht», antwortete Winkler.

Nach einer Weile klingelte ihr Telefon, sie ging ran und sprach eine Weile, dann legte sie auf und hob ihren Daumen.

«Und?», fragte Wegmann.

«Leibniz scheint im Haus zu sein. Die Fensterläden sind zu, kein Licht dringt nach draußen, aber die Aufklärer haben Musik gehört. Offenbar steht der Kerl auf Heavy Metal.»

Dass zumindest sein Handy vor Ort und betriebsbereit war, wusste Sellin aufgrund der aktuellen Mobilfunkdaten.

Der Klingelton seines eigenen Smartphones schreckte ihn auf. Das Display zeigte eine Nummer des Präsidiums. Sellin nahm das Gespräch an.

Der IT-Kollege war dran.

«Sorry, dass es noch einmal so lange gedauert hat. Ich war wieder den ganzen Tag mit Gefährdern beschäftigt. Nafris, die in Wirklichkeit nur mit Hasch dealen, aber wer weiß das schon genau? Wenn ich die ignoriere, brennt die Hütte.»

«Ist klar.»

«Aber jetzt hab ich auch die Daten für Berlin-Spandau durchlaufen lassen. Und halt dich fest: Euer Kandidat war ebenfalls dort. Und zwar am Donnerstag letzter Woche kurz vor Mitternacht.»

«Gute Arbeit.»

«Wie geht's dir, Mann? Gesundheitlich, und so?»

«Momentan könnte es nicht besser sein. Ich danke dir.»

Sellin blickte auf die Uhr. Alle Achtung, der IT-Kollege hatte sogar Überstunden gemacht. Er beschloss, dem Kerl nicht zu verübeln, dass er sein Geständnis bezüglich Chemo und Krebs nicht für sich behalten hatte.

Sellin steckte das Handy weg und gab die Neuigkeit an die Runde weiter. «Leibniz war laut seiner Handydaten am späten Donnerstagabend in der Funkzelle rund um Jana Bergowitz' Wohnung. Also hat er wahrscheinlich auch die Sekretärin auf dem Gewissen.»

«Der Kleinkaliber-Killer», sagte May, der Aktenführer.

«Dann ist das Death Metal, was in seiner Bude läuft.» Wegmann lachte über seinen eigenen Witz.

Winkler schickte die Praktikantin nach Kaffee.

Endlich tat sich auch etwas auf dem Monitor.

Die verschlüsselte Internetverbindung erwachte zum Leben und schickte Bilder. Zuerst schwenkte die Kamera so wild, dass einem schlecht werden konnte, dann fing sie zwei dunkelgrau gekleidete Männer ein. Helme unter dem Arm, die Sturmhauben hochgezogen, Grinsen im unrasierten Gesicht.

«Die Dokumentationseinheit unseres Kommandos ruft die angeschlossenen Funkhäuser», sagte der Kameramann aus dem Off.

«Es kann sich nur noch um Stunden handeln», erklärte der eine SEK-Mann. «Ein paar unserer Statisten sind noch nicht so weit. Aber spätestens bis zur Einweihung des Berliner Flughafens sollten auch wir hier fertig sein.»

Der Kollege daneben setzte ihm mit gespreizten Fingern Hörner auf.

Idioten, dachte Sellin.

106

Karsow erreichte den Parkplatz des Strandbads, wo ein blau-weiß lackierter Mercedes-Kastenwagen stand, der dem Spezialeinsatzkommando als Gerätebasis diente, sowie ein zweiter ganz in zivilem Weiß – der Mannschaftstransporter. Davor war der Großteil der Rambos versammelt. Karsow begrüßte den Kommandoführer.

«Eigentlich mache ich so etwas lieber in den frühen Morgenstunden», sagte der Mann. «Tiefschlafphase. Da ist die Gegenwehr am geringsten.»

«Unser Kunde ist hochmobil. Wer weiß, wann er schläft und was er vorhat. Wir können froh sein, dass wir sein Handy orten konnten. Wann erfolgt der Zugriff?»

«Sobald die Aufklärer ihre Posten eingenommen haben.»

«Welche Posten?»

«Sie sichern die Grundstücksgrenzen, damit die Zielperson nicht nach hinten abhaut.»

«Verstehe.»

Der Kommandoführer versammelte die Männer um sich. Ausnahmslos waren sie vermummt und grau wie der Asphalt. Durchtrainierte Kampfmaschinen, jeder Handgriff tausendfach geübt. Nur die Aufschrift am Rücken verriet, auf welcher Seite sie standen: *Polizei.*

Hirnlose Rambos, so nannte sie manch ein Kriminaler.

Elitetruppe, so sahen sie sich selbst.

Es hatte Zeiten gegeben, lange her, in denen sich Karsow gewünscht hatte, einmal dieser Einheit anzugehören. Es hieß, sie sei ein besonders eingeschworener Haufen. Ihre Partys galten als legendär. Angeblich trainierten die Männer härter als das Kommando Spezialkräfte der Bundeswehr.

Ihr Chef hob die Stimme. «Das Zielobjekt liegt keine Autominute von hier entfernt am Ende der ersten Seitenstraße, die nach links abzweigt. Sechs Uhr der Eingangsbereich. Keine zweite Tür. Auf allen Seiten Rasen und dichte Sträucher entlang des Zauns.»

«Wie ist die Raumaufteilung?», wollte ein Kollege wissen.

«Kennen wir nicht. Es gibt keine Pläne. Und jede Datsche sieht anders aus.»

Ein leises Murren ging durch die Gruppe.

«Blendgranaten?», fragte ein anderer.

«Sobald ihr die Tür offen habt.»

Die Männer klatschten sich ab, dann setzten sie ihre Helme auf. Einer hielt die Ramme wie einen erigierten Riesenpenis, ließ sich von einem Kollegen filmen und rief: «Showtime!»

Dann drängten sie sich in den weißen Transporter, der sich gleich darauf in Bewegung setzte.

107

Showtime – aus dem Lautsprecher des Computers hatte es verzerrt geklungen. Noch so ein Idiot.

Sellin spürte die Anspannung, als wäre er selbst dort, mehr als fünfhundert Kilometer von Anna Winklers Büro entfernt im Osten der Republik. Nur noch wenige Minuten bis zum Zugriff. Was würden sie davon über die Internetverbindung mitbekommen?

Auf dem Monitor rasten Bäume und Häuser vorbei. Der dokumentierende Beamte filmte durch das Seitenfenster des Mannschaftswagens. Immer wieder Dunkelheit, wo Straßenlampen fehlten. Verzitterte Bilder – die Qualität seiner Arbeit interessierte den Kollegen offensichtlich nicht die Bohne.

Sellins Handy klingelte schon wieder.

Petras Name auf dem Display.

«Wir übernachten bei Sarah in Oberkassel», sagte sie. «Aisha schläft schon tief und fest. Ein anstrengender Tag für sie. Das Mädel hat Sarah ins Herz geschlossen. Sie hat schon wieder gesprochen, ein paar Wörter jedenfalls.»

Sellin fragte sich, ob es gut war, dass seine Ex und das Mädchen die Nacht in Sarahs Wohnung verbrachten, in die erst letzte Woche eingebrochen worden war. Der Täter kannte die Räumlichkeiten. Andererseits war die Tür nun wesentlich besser gesichert. Nicht schlechter als die zu seiner Wohnung.

«Das Huhn war lecker», sagte Petra. «Du hast etwas verpasst.»

«Das glaube ich dir.»

«Sarah hat dich vermisst.»

«Ehrlich?»

«Vielleicht kommst du nachher noch vorbei?»

«Hängt davon ab, wie lange ich zu tun habe. Ich fürchte, es wird spät.»

Sellin sah, dass der Transporter jetzt in die Nebenstraße

abbog. Hastig beendete er das Gespräch. Auf dem Bildschirm wurde es finster, nur ab und zu zogen erleuchtete Fenster entlang. Der Wagen fuhr jetzt deutlich langsamer.

Schließlich stoppte er.

Der Mann mit der Kamera sprang als Letzter vom Transporter. Zu sehen war bei den mangelhaften Lichtverhältnissen wenig. Auch der Sound ließ zu wünschen übrig, bis Anna Winkler endlich herausbekam, wie sie die Lautstärke regulieren konnte.

Sellin vernahm hastige Schritte auf dem Weg zum Eingang. Endlich folgte auch die Videokamera. Gemurmelte Stimmen. Die Männer zielten mit ihren MPs, Sure-Fire-Lampen waren auf die Läufe montiert. Die Halogenlichter verschmolzen auf der Tür zu einem Fleck, der auf dem Monitor alles überstrahlte.

Sellins Herz schlug bis in den Hals. Er *war* dabei.

Der Typ mit der Ramme schlich nach vorn.

Ein hässliches Krachen, als er den Eingang aufsprengte. Von drinnen wummerte ihnen Musik entgegen. Stakkato-Gitarren, Schlagzeug-Gedresche.

Dann ein Blitz, der den Bildschirm für einen Moment überforderte, sowie ein Knall.

«Blendgranate», sagte Bruno Wegmann. «Leibniz hat keine Chance.»

Wenn er da ist, dachte Sellin.

Die Männer verschwanden in der Öffnung.

Sellin ertappte sich dabei, dass er den Idioten beide Daumen drückte.

108

Deniz Tekin überlegte, was er mit den zwei durchtrainierten Kerlen anstellen sollte, die ihm gegenübersaßen und Bericht erstatteten. Sobald die Kripo sie schnappte, würden sie ihn höchstwahrscheinlich verraten und damit seinen Arbeitgeber, dessen weiße Weste er zu garantieren hatte.

Um die beiden rechtzeitig aus dem Weg zu räumen, müsste er selbst Hand anlegen. Zum ersten Mal nach langer Zeit.

Was ihm widerstrebte.

Aber vorerst benötigte er noch ihre Dienste.

Als Tekin einst den Bandidos angehörte und während der nuller Jahre als Chef des Kölner Chapters die Türsteher der wichtigsten Discos kommandierte, war er nie zimperlich gewesen, wenn es galt, jemanden aufzuhalten oder zum Schweigen zu bringen. Stets als Erster zuschlagen, so hatte damals seine Devise gelautet und ihm das Überleben gesichert.

Doch die Zeiten hatten sich geändert. Heute trug er einen Anzug aus nachtblauer Seide, Maßschuhe und eine goldene *Rolex Daytona*. Er lebte mit Frau und Kindern in einem stattlichen Haus in Köln-Rodenkirchen. In weniger als einer Minute war er am Rheinufer, wenn er die Französische Bulldogge Gassi führte. Man konnte behaupten, er habe es geschafft. Dank seiner Beziehungen, die in alte Zeiten zurückreichten.

Chief Security Officer stand auf seiner Visitenkarte.Damit rangierte er unmittelbar unterhalb der Vorstandsebene.

Nächste Woche würde er sein Büro für eine Weile nach Athen verlegen, wo der Konzern im Begriff war, einen wesentlichen Teil der griechischen Gesundheitsversorgung zu übernehmen. Er konnte die Gyros-Fresser zwar nicht leiden, aber egal. Das Wetter sollte gut sein dort unten. Nicht anders als in der Heimat seiner Eltern.

Tekin leitete den Sicherheits- und Haustechnikbereich der Samax AG. Der Konzern expandierte so rasant, dass Tekin nie exakt sagen konnte, wie viele Handwerker und Pförtner ihm gerade unterstanden. Rund zweitausend Leute, schätzte er grob. Bald auch ein Haufen Griechen.

Plus die beiden freien Mitarbeiter auf der anderen Seite des Schreibtisches im Arbeitszimmer seiner Villa.

«Ihre Mutter versteckt sich beim Vater», sagte Mr. Blue. «Ein alter Mann, der an Krücken geht.»

«Soll sie doch», erwiderte Mr. Green. «Unsere Drohung gegen die Mutter hat die Journalistin kein bisschen beeindruckt. War 'ne echte Schnapsidee. Typisches Bandido-Ding!»

Tekin nickte, obwohl er Green nur ungern recht gab.

Und an diesem Mittwoch war die Journalistin zweifellos zu weit gegangen.

Green und Blue waren Namen, die Tekin nur für sich benutzte. Blue kannte er noch aus seiner Zeit beim Motorradclub. Ehemaliger Türsteher. Hatte schon damals zu viel getrunken, ging nach Berlin, kackte völlig ab und landete in der Gosse, wo Tekin ihn aufgriff. Seitdem abstinent.

Und ihm treu ergeben.

Tekin vertraute dem Deutschen, als stamme er aus seinem anatolischen Heimatdorf. Obwohl er nicht gerade der Hellste war.

Den anderen konnte er nicht richtig einschätzen, was Tekin ärgerte. Green arbeitete auf einem zweiten Ticket. Sein eigentlicher Boss hatte ihn nur an die Samax verliehen, quasi für die Dauer des Projekts.

Von Beruf war Green Polizist. Deshalb der Name – die Polizei würde für Tekin immer grün bleiben. An deren neue Uniformen konnte er sich nicht gewöhnen, die Beamten wirkten in Dunkelblau wie x-beliebige Wachschutzdeppen.

Tekin wandte sich an Blue. «Was ist mit dem Mädchen?»

«Wohnt jetzt auch bei dem Alten. War heute Morgen übrigens beim Internisten.»

Noch eine Grenze überschritten, dachte Tekin.

«Und was die Journalistin für Taxifahrten ausgibt, geht auf keine Kuhhaut. Hier ist ihr Bewegungsprofil.» Blue beugte sich nach vorn und legte einen Umschlag auf den Tisch. «Ein paarmal hat sie allerdings die Stadt verlassen.»

«Ich weiß», sagte Tekin und nickte Green zu. «Münster, stimmt's?»

«Wir dürfen nicht zulassen, dass diese Fernsehhexe noch tiefer gräbt.»

Tekin missfiel der Ton, den Green anschlug. Als überbringe er Befehle seines Bosses. Inhaltlich stimmte er dem Mann jedoch zu.

Hätte die Samax doch auf dieses spezielle Investment verzichtet! Aber die Unternehmensphilosophie lautete nun einmal, kein Geschäftsfeld im Gesundheitssektor der Konkurrenz zu überlassen. Und immerfort zu expandieren.

Rechnerisch betrachtet glich das Lager in Afrika einer eifrig sprudelnden und nie versiegenden Ölquelle. Ungleich ergiebiger, als wenn man sich die Organe beispielsweise von syrischen Flüchtlingen besorgte, die sich in den Parks von Istanbul prostituierten und ihre Nieren freiwillig anboten.

Maximierung der Rendite durch höchsten kundenorientierten Service – wie das genau funktioniert, wissen andere besser als ich, sagte sich Tekin.

Sein rotes Telefon klingelte.

«Sind Sie's, Deniz?», fragte der Vorstandsvorsitzende.

«Hab gerade an Sie gedacht», antwortete Tekin.

«Sind Sie allein?»

«Negativ.»

«Also keine Namen! Antworten Sie nur mit Ja oder Nein, verstanden?»

«Positiv – äh, ja.»

«Und dieses Gespräch hat nie stattgefunden.»

«Ja.»

«Bitte?»

«Nein, hat es nicht.»

«Folgendes. Die Einrichtung in Mombasa ist einstweilen geschlossen, das Verbindungsbüro bei der Stiftung aufgelöst. Man hat mir zugesichert, dass alle entsprechenden Unterlagen umgehend gelöscht und geschreddert wurden, aber ich will, dass Sie das persönlich überprüfen, und zwar noch vor Ihrer Abreise nach Athen.»

«Ja.»

«Als Premium-Player auf dem Weltmarkt behalten wir uns vor, mit einem Relaunch wieder einzusteigen. Die Flüchtlingsströme Afrikas stecken voller Ressourcen, der Markt ist vital, und wir verfügen über die weitaus größere Expertise als unsere Wettbewerber.»

«Ja.» Tekin musterte die Männer auf den Besucherstühlen. Blue hielt den Blick gesenkt. Green scharrte mit den Füßen und guckte missmutig. Vermutlich ahnt er, mit wem ich spreche, dachte Tekin. Green gehörte zu den Schlauen.

«Aber zunächst müssen sich die Rahmenbedingungen konsolidieren. Dazu gehört, dass Sie die finalen Maßnahmen treffen. Sind Sie dazu in der Lage, Deniz?»

«Noch heute Abend wird …»

«Ja oder Nein.»

«Ja.»

«Unser Unternehmen steht für Nachhaltigkeit. Sie wissen, was zu tun ist.»

«Ja.»

Der Vorstandsvorsitzende hatte aufgelegt.

Tekin rieb sich die Schläfen. Kenia auf Eis legen, die beste Lösung. Ich muss nur die Buchhaltung checken. Und dann ab in den Süden. Athen lag am Meer, die Inseln waren nahe. Ich werde mir eine Yacht zulegen, beschloss Tekin. Seine Familie würde sich freuen.

«Deniz», fragte Blue, «was schlägst du vor?»

Er räusperte sich. «Macht mit der Fernsehtante, was ihr wollt. Hauptsache, sie überlebt es nicht.»

Blue grinste. Green nickte.

«Macht euch sofort auf den Weg. Um diese Uhrzeit braucht ihr keine halbe Stunde von hier in dieses Scheiß-Schickimicki-Düsseldorf.»

«Okay.»

«Und das Mädchen muss ebenfalls verschwinden. Spurlos und für immer. Kriegt ihr das hin?»

«Natürlich», antwortete Blue.

«Aber dieses Mal wirklich!»

Green lächelte. Die beiden freien Mitarbeiter erhoben sich von ihren Stühlen.

Im gleichen Moment machte Blues Smartphone *Pling*. Er warf einen Blick auf das Display, das aufleuchtete.

«Du hast dein Handy dabei?», fragte Tekin entsetzt.

Blue rieb seinen mit albernen Hieroglyphen tätowierten Nacken. «Ich hab's gewechselt, wie du's mir geraten hast, Deniz.»

Tekin wurde unwillkürlich lauter. «Wenn du *mich* besuchst, sollst du *gar keines* dabeihaben! Handys kann man orten. Kameras und Mikros von Smartphones werden angezapft. Das Ding ist wie eine Wanze, die du mit dir herumträgst! Geht das denn nicht in deinen Schädel?»

«Schon gut, Pascha …»

«Und nenn mich nicht Pascha!»

«Hör mal, das Gerät ist brandneu und läuft auf Prepaidkarte. Und die App macht sich gerade voll bezahlt. Guck mal!» Er hielt ihm freudig das Handy hin.

Tekin konnte es nicht fassen. «Was für eine App schon wieder?»

«Ich hab zu Hause einen Bewegungsmelder installiert und mit dem alten Handy verbunden. Sobald jemand einbricht, krieg ich das Kamerabild vom alten Handy auf dieses Display. Und schau, es funktioniert!»

«Bei dir ist jemand eingebrochen?»

Blue nickte, während er auf seinem Smartphone herumtippte und sich dabei die Lippen leckte. «Sehen aus wie Bullen. Aber die werden sich wundern.»

Wieder leuchtete das Display auf, dieses Mal länger.

«Geil», sagte Blue und hielt Tekin wieder das Handy hin, dabei strahlte er wie ein Junge nach dem ersten Kuss. «Ich sag nur: fünfzehn Liter Super-Plus 98. Den Zünder hab ich selbst gebaut.»

«Geh raus, Patrick!», befahl Tekin.

«Was hast du?»

«Geh raus!»

«Krieg dich ein, Deniz. Nicht die Technik hat mich am Arsch, sondern *ich* nutze die Technik. Verstehst du das nicht?»

«Tu, was er sagt», mischte Green sich beschwichtigend ein.

Blue stand eine Weile unschlüssig da, dann verließ er mit hängenden Schultern den Raum, die Tür etwas zu heftig hinter sich ins Schloss werfend.

«Nicht die hellste Kerze auf der Torte», sagte Tekin leise.

«War Patrick nie, oder?»

«Aber jetzt wird er zum verdammten Sicherheitsrisiko.»

«Vielleicht stand er zu weit hinten in der Schlange, als Gott die Intelligenz verteilt hat. Aber Patrick ist loyal. Ihr kennt euch doch schon so lange. Keine Ahnung, wo da ein Risiko sein soll.»

«Und was war das gerade auf seinem Handy? Deine Kollegen haben seine Hütte in Berlin gefunden. Also werden sie ihn früher oder später auch schnappen. Und das müssen wir um jeden Preis verhindern. Um jeden, ist das klar? Sonst verpfeift er nicht nur mich und dich, sondern die gesamte beschissene Firma!»

«Warum sollte er das tun?»

«Weil ihm die Staatsanwaltschaft dafür Straferleichterung in Aussicht stellen wird. Ist doch logisch.»

Green schüttelte bedächtig den Kopf. «Als zweifacher Mörder bekommt Patrick Lebenslänglich aufgebrummt, egal ob er auspackt oder nicht. Er wird niemals einen Deal erwarten können. Was allerdings nicht für jeden von uns gilt, nicht wahr?»

In Greens Blick lag etwas, das Tekin frösteln ließ.

«Der Gedanke an einen Deal scheint dich ziemlich zu beschäftigen», fügte Green hinzu. «Hab ich recht?»

«Wie meinst du das?»

Der Polizist fasste in die Aktenmappe, die zu seinen Füßen stand, und holte eine Pistole heraus, die er auf Tekin richtete.

Kleinkaliber mit Schalldämpfer. Wie Tekin es seinen freien Mitarbeitern seit eh und je empfahl.

«Glaubst du, ich würde meine Leute verpfeifen?», fragte er.

«Deine Leute, deine Firma. Jeden von uns, sobald es deine Strafe mindert», erwiderte Green. «‹Ist doch logisch›, so hast du es gerade selbst ausgedrückt. Wenn also jemand ein Sicherheitsrisiko darstellt, dann du.»

«Meint dein verdammter Boss.»

«Richtig.»

Tekin blickte in die Mündung der Waffe und zwang sich, ruhig zu bleiben.

In seiner Laufbahn hatte er Schwächlinge erlebt, die sich in ihrem letzten Moment entwürdigten. Sich einnässten, auf die

Knie gingen und zu betteln begannen. So einer war ich nie, so will ich nicht enden, dachte er. Inschallah.

«Ein letztes Wort?», fragte Green.

«Ich verfluche deinen Scheißboss», antwortete Tekin und griff nach der Schachtel *Marlboro Silver Blue*, die auf dem Schreibtisch lag. «Sag ihm, er soll zur Hölle fahren. Meine Französische Bulldogge fickt ihn und seine Mutter und die ganze korrupte Hauptstadt-Clique. Dein Boss ist ein ekelhafter Parasit, und du bist ein kleiner, verschissener Parasiten-Parasit.»

«War's das?»

Er zündete sich eine Zigarette an und machte einen tiefen Zug. «Ja, Mann. Verfluchte Scheiße, Mann, ja.»

Green drückte ab.

109

Karsow saß neben dem Kommandoführer im Mannschaftstransporter. Auf dem Monitor des Laptops konnte er mitverfolgen, was der Beamte filmte, der zur Dokumentation eingeteilt war.

Lausige Aufnahmen. Dummes Gehabe. Möchtegern-Superhelden.

Showtime – was glaubten die Männer, wozu sie hier waren?

Über Funk kommunizierte der Kommandoführer mit seinen Leuten. Umgekehrt konnten er und Karsow mitverfolgen, was sich die SEK-Männer über die Helmlautsprecher zuriefen.

«Ramme!»

Es krachte.

«Blendgranate!»

Ein Blitz und ein Knall. Sekunden später waren die Kollegen im Haus.

«Wohnraum sauber.»

«Küche sauber.»

«Toilette sauber.»

«Sollte da nicht ein Kunde auf uns warten?»

«Mist, der Vogel ist ausgeflogen!»

«Hier hängt ein Handy an der Wand.»

«Was?», rief der Kommandoführer dazwischen.

«Ein Handy … Was zum Kuckuck …»

«Geht das vielleicht etwas präziser?» Der Kommandoführer lief rot an.

Karsow begriff nicht, was los war. In der Datsche redeten die Männer durcheinander.

«Das Display …»

«Das Handy nimmt uns auf, was zum Teufel …»

«Abbruch!», schrie der Kommandoführer.

«Verdammt, wonach riecht es hier?»

«Guck mal, da …»

«Abbruch, Abbruch, Abbruch!»

«Großer Gott!»

«Scheiße, was …»

«Ich sagte: Abbruch! Abbruch! Hört ihr mich nicht?»

In diesem Moment wurde Karsows Bildschirm weiß. Draußen flogen die Fensterläden aus ihren Verankerungen. Glas zerbarst, Feuer schoss aus allen Öffnungen. Mit einem Donnerknall erreichte die Druckwelle den Transporter und ließ ihn beben.

Der Kommandoführer sprang hinaus und rannte auf die Hütte zu. Aus dem Eingang liefen ihm benommene Gestalten entgegen. Einer wälzte sich im Gras, um die Flammen auf seiner Montur zu ersticken. Ein weiterer torkelte als lebende Fackel aus der Tür.

Schreie ringsum.

Karsow suchte nach dem Feuerlöscher, den es im Mercedes-Kastenwagen geben musste. Sanitäter eilten herbei und warfen sich mit Decken auf die brennenden Kollegen. Der Kommandoführer war im Horrorhaus verschwunden.

Mit dem Feuerlöscher in den Händen hastete Karsow hinterher und zielte auf jede Flamme, die er sah.

Eine Sprengfalle, dachte er. Raffiniert gesteuert. Patrick Leibniz hatte sein eigenes Refugium in die Luft gejagt.

110

Paul Sellin konnte es nicht fassen. Der Killer hatte sie reingelegt.

Ein Glück, dass keiner der SEK-Kollegen beim fehlgeschlagenen Festnahmeversuch in Berlin-Grünau getötet worden war.

Nach Leibniz wurde nun bundesweit mit Haftbefehl gefahndet. Die Ausschreibung war mit oberster Dringlichkeitsstufe an alle Dienststellen der Länderpolizeien, Bundespolizei, Bundeskriminalamt und Zollverwaltung übermittelt worden. Jeder Beamte war aufgerufen, sich Leibniz' Foto und seine Beschreibung einzuprägen und die Augen offen zu halten. Morgen Vormittag würden die Pressestellen in Düsseldorf und Berlin an die Öffentlichkeit gehen. Sellin rechnete damit, dass die Staatsanwaltschaft eine ordentliche Belohnung ausloben würde.

Wir kriegen den Kerl.

Die Live-Bilder vom Desaster im Südosten Berlins hatten Sellin so aufgewühlt, dass er vermutlich kein Auge zutun würde. Er nahm sich vor, zu Hause ein Tramal einzunehmen, obwohl er momentan keine Schmerzen spürte, was er auf das

Adrenalin in seinen Adern schob. Dann dachte er an Sarah, seine Ex und das somalische Mädchen.

Der Mörder lief frei herum.

Also besser kein Tramal.

Sellin änderte seinen Plan.

Die Dienstwaffe schlummerte in der Schublade seines Schreibtisches. Er schloss sie auf, holte die Walther P99 hervor und steckte sie samt Holster und einem Ersatzmagazin in seine Tasche. Dann löschte er das Licht und machte sich auf den Weg zu seinem Wagen.

Vermutlich schliefen die drei Mädels schon, und er würde sie wecken. Aber er wollte bei ihnen sein und über sie wachen.

111

Sarah hatte ihre Mutter und Aisha im Gästezimmer untergebracht, das über ein Doppelbett verfügte. Als sie auf dem Weg in die Küche an der Tür vorbeikam, war es dahinter bereits völlig still. Sarah bereitete sich einen Fencheltee zu.

In diesem Moment klingelte es.

Sie ließ die Kanne stehen und ging zur Wohnungstür, neben der sich der Monitor der Gegensprechanlage befand. Ein Mann stand vor der Haustür, gespenstisch von der kleinen Leuchte dort draußen in Licht getaucht. Höchstens dreißig Jahre alt. Jeans und Windjacke, sportliche Figur.

Sarah hielt für einen Moment die Luft an. Aus dem Gästezimmer kam kein Laut. Offenbar hatten Aisha und Petra das Geschelle nicht mitbekommen.

Sie nahm den Hörer ab und fragte: «Was wollen Sie?»

«Haage, Polizei Berlin. Ich arbeite mit Ihrem Vater zusammen.»

«Ja, und?»

«Ich soll Sie abholen. Er ist in großer Sorge um Ihre Sicherheit. Das hiesige Landeskriminalamt verfügt im Rahmen des Zeugenschutzprogramms über ein sicheres Haus. Dort soll ich Sie hinbringen.»

«Jetzt gleich?»

«Es ist zu Ihrem Besten, glauben Sie mir. Nur für die Nacht. Tagsüber steht es Ihnen frei, Ihrer Arbeit nachzugehen. Dafür bekommen Sie Polizeischutz.»

«Können Sie sich ausweisen?»

«Selbstverständlich.»

Der Mann hielt ein Kärtchen vor die Kamera. Sarah konnte nichts erkennen.

«Kommen Sie hoch.»

Sie drückte den Türöffner und hörte das Summen. Durch den Spion bemerkte Sarah, dass im Treppenhaus Licht anging. Schritte auf den Holzstufen, er ignorierte den Aufzug. Dann stand Haage vor der Wohnungstür.

Sie schloss den Querriegel nur so weit auf, dass er zwar aus den Schließkästen glitt, aber noch im Sperrbügel hängen blieb. Die Tür ließ sich nur ein Stückchen öffnen. Nun war sie froh, dass der Riegel damit ausgestattet war.

«Den Ausweis, bitte.»

Der Mann reichte das Kärtchen durch den Spalt herein.

Sie kontrollierte es ausführlich. Der Ausweis schien echt zu sein. Der Berliner Bär mit Krone, das Wappen der Hauptstadt. *Bastian Haage, Polizeioberkommissar.*

Also stimmte die Geschichte mit dem sicheren Haus.

Im Grunde war Sarah froh darüber, die Nacht an einem Ort zu verbringen, den kein Killer kannte. Seit dem Einbruch von neulich waren ihr die eigenen vier Wände nicht mehr geheuer. Sie hatte sogar schon über einen Umzug nachgedacht.

Sarah drehte den Schlüssel weiter und zog die Tür auf. Sie ging ins Bad und packte ein paar Sachen ein. Der Mann war unterdessen in den Flur getreten.

Plötzlich stutzte sie und kam mit ihrer Kosmetiktasche aus dem Bad. «Warum holt mein Vater mich nicht selbst ab? Geht es ihm nicht gut?»

«Ja, leider. Aber Sie werden ihn gleich sehen, weil wir zuerst noch bei ihm vorbeischauen.»

Das klang nicht gut. Sie angelte Schal und Jacke von der Garderobe, zog die Tür ins Schloss und folgte Haage nach unten, voller Sorge um Sellin.

Auf dem Weg zum Auto fielen ihr die Schuhe des Polizisten auf: schwarze lederne Schnürstiefel, halbhoch.

Hinter dem Steuer saß ein zweiter Kerl. Haage ließ Sarah hinter ihm einsteigen und drückte sie sanft auf den Sitz.

«Mein Kollege», sagte Haage. «Kommissar Leibniz.»

Der Fahrer nahm über den Rückspiegel Blickkontakt auf und lachte. «'n Abend, Frau Wolf.»

Damit ließ er den Motor an, und das Auto setzte sich in Bewegung. Sarah starrte auf den muskulösen Nacken vor ihr, tätowiert mit chinesisch anmutenden Schriftzeichen.

Erst jetzt fiel ihr ein, dass sie nicht die Einzige war, die man in eine sichere Wohnung bringen müsste. In der Aufregung hatte sie ihre Übernachtungsgäste völlig vergessen. Nervös richtete Sarah sich auf. «Was ist mit meiner Mutter und Aisha?», fragte sie.

«Die beiden sollen wir natürlich auch abholen», antwortete Haage.

Irgendwo hatte Sarah die tiefe, kratzige Stimme des Polizisten schon einmal gehört, dessen war sie sich auf einmal sicher.

«Deshalb fahren wir als Nächstes zur Wohnung Ihres Vaters», fuhr er fort.

Da stimmt etwas nicht, schoss es Sarah durch den Kopf. Kämen Haage und Leibniz in Sellins Auftrag, hätte dieser ihnen gesagt, dass sich Aisha und Petra bei ihr aufhielten, nicht bei ihm.

Also log der Mann.

In diesem Moment fiel ihr ein, wo sie Haages Stimme zuerst gehört hatte: in der Tiefgarage des ARD-Hauptstadtstudios.

Ein Streich zwischen Kollegen.

Hatte er sich dort die K.-o.-Tropfen besorgt, die Christian betäubten, bevor man ihn zu Tode strangulierte?

Womöglich hat Haage meinen Liebsten getötet, dachte Sarah.

Und jetzt bin ich dran.

Sie saß in der Falle.

Sie erreichten die Oberkasseler Brücke. Unter ihnen der schwarze Strom, vor ihnen die Lichter der Innenstadt. Sarah spürte, wie die Panik sie überfiel. Sie bemühte sich um einen klaren Gedanken.

Die Typen werden mich nicht sofort töten, redete sie sich ein. In ihren Augen bin ich nötig, um Petra und Aisha abzuholen. Sie haben es auf uns alle drei abgesehen.

Aber spätestens vor Sellins Wohnungstür würden die Kerle merken, dass sie sich irrten. Und dass Sarah sie durchschaute.

Ich brauche dringend einen Plan, dachte sie.

112

Als Sellin das Haus erreichte, sah er seine Tochter aus der Tür treten. Ein Typ in Jeans und dunklem Blouson hielt sich dicht hinter ihr. Sie gingen auf einen Ford Mondeo zu.

Was hatte das zu bedeuten?

Als Sarah hinter dem Fahrer einstieg, legte ihr der Typ die Hand auf den Scheitel, wie es Polizisten tun, um Festgenommene in einen Streifenwagen zu bugsieren, ohne dass sie sich am Türrahmen stießen.

Warum sollten Kollegen seine Tochter abholen, ohne ihm Bescheid zu geben?

Er folgte dem Wagen. An der ersten roten Ampel hielt er unmittelbar hinter dem Mondeo und merkte sich das Kennzeichen. Im Weiterfahren rief er die Leitstelle an, gab die Nummer durch und erfuhr, dass es sich um ein Mietauto der Firma Avis handelte.

Kein Polizeifahrzeug.

Auf der Rheinbrücke hielt er etwas mehr Abstand, um nicht aufzufallen. In seiner Vorstellung lagen seine Ex und das afrikanische Mädchen leblos in Sarahs Wohnung, getötet durch Schüsse aus kleinkalibrigen Pistolen.

Und seine Tochter befand sich in der Gewalt der Mörder.

Er kontaktierte ein zweites Mal die Leitstelle und bat die Kollegen, einen Streifenwagen zu schicken, der in Oberkassel nach dem Rechten sehen sollte. Zudem solle die Kriminalwache checken, welche Avis-Filiale den Mondeo verliehen hatte und an wen. Schließlich gab Sellin seine eigene Position und Fahrtrichtung durch und verlangte Verstärkung.

Ohne Martinshorn und Blaulicht, schärfte er den Kollegen ein.

Immerhin lebt Sarah noch, dachte er.

Der Kerl mit dem China-Nacken steuerte den Wagen quer durch die Innenstadt. Zu dieser Stunde herrschte kaum Verkehr. In etwa fünf Minuten sind wir da, schätzte Sarah.

Dann wird mein Vater uns öffnen, und Haage und sein Komplize werden erkennen, dass Aisha und Petra nicht bei ihm sind.

Sie werden mich sofort töten, dachte Sarah, und Sellin gleich dazu.

«Wo liegt das sichere Haus?», fragte sie, als könnte sie mit Smalltalk die Konfrontation hinauszögern.

«Köln-Chorweiler», antwortete Haage nach kurzem Zögern. «Keine Villengegend, aber jede von Ihnen bekommt ihr eigenes Zimmer.»

«Wir passen gut auf Sie auf», sagte der Fahrer.

Ein Taxi kam entgegen. Die Ampel vor ihnen schaltete auf Rot, dann Grün. Sie bogen ab.

Höchstens noch eine Minute.

Und noch immer kein Plan.

Ich muss etwas Verrücktes tun, dachte Sarah.

Sellin folgte dem Mondeo in Richtung Süden. Nachts musste man schon auf die Form der Scheinwerfer achten, um Autos zu unterscheiden, wenn man nicht gerade unter einer Laterne entlangfuhr. Was die Observation für ihn einfacher machte.

Allerdings guckten die Kerle im Wagen vor ihm vielleicht genauer hin.

Sellin vergrößerte den Abstand weiter. Was dazu führte, dass er die nächste Kreuzung bei Rot überqueren musste, um dranzubleiben. Fast wäre er in ein Auto gekracht, das von rechts kam. Sein Herz schlug schneller, Adrenalin pulsierte in seinen Adern.

Die Leitstelle meldete sich und bat ihn um seine aktuelle

Position. Als er sie durchgab, wurde ihm klar, dass der Mondeo das Viertel ansteuerte, in dem er wohnte.

Sellin fuhr erneut dichter auf. Er wollte nicht riskieren, den Wagen, mit dem seine Tochter entführt worden war, aus den Augen zu verlieren.

Angeblich waren zwei Streifenwagen in unmittelbarer Nähe.

Bloß merkte Sellin davon nichts.

«Köln-Chorweiler», wiederholte Sarah. «Ganz schön weit von hier.»

«Dafür ist es sicher», antwortete der Mann vor ihr.

Sarah griff sich an den Hals und überlegte.

Etwas Verrücktes.

Die Straße vor ihnen war frei.

Jetzt, dachte Sarah.

Sie riss sich den Schal ab, schlang ihn blitzschnell um den breiten Hals des Fahrers, kreuzte die Enden über dem Tattoo und zog mit heftigem Ruck zu.

Das Auto brach aus seiner Spur. Der Fahrer korrigierte.

Dann griff er nach hinten und versuchte, sich vom Schal zu befreien. Sarah stemmte sich mit ganzer Kraft gegen den Vordersitz.

Der Mondeo schlingerte wild.

Und krachte gegen einen Straßenbaum.

Sarah wurde gegen die Kopfstütze des Fahrers geschleudert. Die Airbags knallten, waren sofort prall und verwehrten den Blick nach vorn. Haage fluchte und zog eine Pistole unter seiner Jacke hervor.

Leibniz hatte sich vom Schal befreit und schnappte keuchend nach Luft.

Haage wandte sich zu Sarah um und zielte auf sie.

Sellin beobachtete fassungslos, wie der Wagen vor ihm aus der Spur geriet und einen Baum touchierte. Unmittelbar dahinter brachte er sein eigenes Auto zum Stehen. Welke Blätter rieselten, Neonreklame ließ die Airbags im Mondeo farbig schimmern.

Der Beifahrer richtete seine Pistole auf Sarah.

Kleinkaliber, Schalldämpfer.

Sellin trat das Gaspedal durch. Er krachte in die Seite des Mietwagens. Der Beifahrer wurde durchgerüttelt, fasste sich und blickte zu ihm herüber. Sellin hatte bereits sein Holster aus der Tasche gezerrt, aber er brauchte einen Moment zu lange, um den Sicherungsbügel zu öffnen und die Walther P99 herauszunehmen.

Seine blöden Finger. Seine Scheißchemo.

Die Scheibe zwischen ihnen hatte mit einem Mal ein kleines Loch und war voller Blutspritzer.

Der Schuss des Kerls im Mondeo hatte Sellin am Hals getroffen.

Der zweite Zusammenprall warf Sarah auf dem Rücksitz zur Seite. Sie rappelte sich hoch und erkannte im anderen Wagen ihren Vater.

Sie nutzte aus, dass Haage abgelenkt war, drückte die Tür auf und ließ sich nach draußen fallen. Dann rannte sie los, ohne nach links und rechts zu schauen.

Bremsen quietschten, Hupen dröhnten.

Hinter ihr knallten Schüsse. Sarah sorgte sich um ihren Vater. Sie hoffte, dass er es war, der da feuerte, und dass er ihre Entführer traf. Doch dann hörte sie schnelle Schritte in ihrem Rücken, die sie rasch einholten.

«Warte, du Schlampe!», rief Leibniz.

Sie erreichte einen Hauseingang und rüttelte am Knauf, doch die Tür gab nicht nach.

Leibniz hatte sie eingeholt. Er packte sie an der Schulter, riss sie herum und donnerte ihr seine Faust in den Leib.

Ihr blieb die Luft weg.

Ein zweiter Hieb traf ihre Schläfe.

Sarah ging zu Boden.

Über ihrem Auge brannte die Haut. Für einen Moment dachte Sarah an ihre morgige Sendung und daran, dass die Maskenbildnerin ihr Bestes würde geben müssen. Sie rollte sich ganz klein zusammen, um den Tritten und Schlägen, die sie erwartete, möglichst wenig Angriffsfläche zu bieten.

Der zweite Schuss aus dem Mondeo verfehlte Sellin.

Der dritte ging durch seine Schulter.

Sellin feuerte zurück. Obwohl er nicht mehr klar sehen konnte, verballerte er das gesamte Magazin. Dabei begann er zu husten. Er spuckte Blut und stellte fest, dass sein Hemd ganz nass war. Es schimmerte und hatte sich dunkel verfärbt.

Dann wurde ihm kalt und die Finsternis trug ihn fort.

Die Tritte blieben aus. Geschrei aus allen Richtungen. Sarah musste blinzeln. Scheinwerfer, Taschenlampen.

Dann sah sie Leibniz.

Der Muskelprotz legte eine Pistole auf dem Gehsteig ab, kickte sie mit der Schuhspitze weg und reckte die Hände in die Luft.

Ein Uniformierter stürzte sich auf ihn, trat ihm die Füße weg und kniete sich auf seinen Nacken. Ein zweiter Polizist versuchte, ihm Handschellen anzulegen, doch Leibniz wehrte sich. Bis ihm jemand den Arm verdrehte. Leibniz schrie auf, dann hielt er still.

Die Beamten zerrten ihn hoch und führten ihn weg. Martinshorngeheul tönte von überall her. Sarah zitterte und konnte nichts dagegen tun. Sie wünschte sich, es wäre vorbei.

Jemand legte ihr eine Decke um die Schulter. «Frau Wolf, sind Sie verletzt?»

«Mein Vater …»

Sarah schleppte sich zurück zu den beiden Unfallwagen und erkannte, was geschehen war. Sanitäter bargen Sellin aus seinem Auto und rollten ihn auf eine Trage. Ein Arzt eilte herbei.

Sie ignorierte ihre Schmerzen, ließ die Decke fallen und beschleunigte ihre Schritte.

Der Oberkörper ihres Vaters war voller Blut. Es tropfte von der Trage. Der Arzt versuchte fieberhaft, eine Kanule zu legen, und fluchte leise vor sich hin.

Sarah ging auf die Knie, ergriff die Hand, die herabhing, und führte sie an ihre Lippen. Sellins Lider flatterten. Für einen Moment glaubte Sarah, er nehme sie trotzdem noch wahr.

«Papa», sagte sie leise.

Ihr Vater lächelte schwach, dann schloss er die Augen, sein Kopf gab der Schwerkraft nach und kippte zur Seite.

Die Sanitäter trugen ihn weg. Der Arzt lief mit und hielt eine Flasche mit Salzlösung hoch. Dass die Männer sich beeilten, verlieh Sarah Hoffnung.

Düsseldorf – Donnerstag, 13. Oktober

113

Sarah hatte den Wecker gestellt, doch das Aufstehen fiel ihr nach der kurzen Nacht schwer. Am Ort der Schießerei hatte ihr jemand geraten, sich stationär im Krankenhaus untersuchen zu lassen, doch sie hatte sich dagegen gesträubt und sich lieber von einem Streifenwagen nach Hause fahren lassen. Nun entdeckte sie den Blutfleck in ihrem Bett und wusste, dass sie zumindest einen ärztlichen Ratschlag benötigte.

Sie warf sich den Bademantel über, tappte zum Telefon und wählte Rickis Nummer. Nach dem dritten Klingeln nahm ihre Freundin das Gespräch an. Wie Sarah an den Hintergrundgeräuschen erkannte, saß sie im Auto, vermutlich auf dem Weg zu ihrer Praxis, und telefonierte über die Freisprechanlage.

«Ricki, ich bin's schon wieder.»

«Sarah! Geht's dir nicht gut?»

«Ich glaube, ich habe meine Tage.»

Für einen Moment hörte Sarah nur den Blinker im Auto von Ricarda Bernau.

«Blutet es stark?»

«Geht so. Da war dieser Kerl, der mir in den Bauch geschlagen hat, und ich fürchte …» Sarahs Stimme stockte.

«Ab sechzehn Uhr bin ich ganz für dich da.»

«Nein, heute Abend ist meine Sendung.»

«Muss das sein? Kannst du die nicht absagen?»

«Zu Hause würde ich nur durchdrehen. Nein, die Ablenkung wird mir guttun.»

«Sicher?»

«Es hilft mir nichts, das platzen zu lassen.»

Ricki seufzte. «Wie du meinst, Sarah. Dann morgen früh, gleich um acht. Pass auf dich auf.»

«Ich danke dir.»

«Komm nüchtern. Letzte Mahlzeit um Mitternacht. Hast du jemanden, der dich gegen Mittag abholen kann?»

«Was hast du vor?»

«Das besprechen wir, sobald du bei mir bist.»

Kaum war Sarah in ihrer Firma angekommen und hatte sich mit einem dampfenden Kaffeebecher an ihrem Tisch niedergelassen, klopfte es an ihrer Bürotür. Es war Max mit einem Packen Papier.

«Auch schon so früh da?», begrüßte sie ihn.

«Ich hab gehört, wie du dir einen Kaffee geholt hast.»

Er legte die Unterlagen auf ihrem Tisch ab. Fünf Gästedossiers und der Fragenkatalog zum Thema US-Wahlen. Er bemerkte Sarahs Veilchen – das Hämatom an der Schläfe zog sich als violetter Schatten um ihr linkes Auge herum. «Was ist denn mit dir passiert?»

«Ich bin überfallen worden. Die Einzelheiten erzähle ich dir ein anderes Mal.»

Sie musste an ihren Vater denken, den man nach einer OP ins künstliche Koma versetzt hatte. Die Ärzte wagten keine Prognose, ob und in welchem Zustand er überleben würde. Sarah legte die Hand auf ihren Bauch und merkte, wie ihr die Tränen kamen. Ihr Kind hatte es nicht geschafft.

«Hast du vielleicht eine Zigarette für mich?»

«Hab's aufgegeben, du doch auch, dachte ich.»

«Schau mich nicht so verzweifelt an, Max. Ich lebe noch.»

«Meinst du wirklich, du kriegst das heute Abend hin?»

«Frag die Maskenbildnerin. Wenn es jemand schafft, dann Malika.»

«Wenn ich etwas für dich tun kann ...»

«Halt mir die Medien vom Leib. Den Überfall wird die Polizei sicher an die Presse melden. Es gab immerhin ...» Sie konnte für einen Moment nicht weiterreden und räusperte sich. «Eine Schießerei mit einem Toten und einer Festnahme. Vielleicht sickert durch, dass ich betroffen war. Wenn die Leute uns vor der Sendung die Bude mit Interviewanfragen einrennen, stehe ich das nicht durch. Und auch vom WDR kann ich jetzt keinen gebrauchen.»

«Was ist denn vorgefallen, Sarah?»

«Ich kann jetzt nicht ...»

Max nickte und drückte Sarahs Arm. «Wir schirmen dich ab, Sarah. Das kriegen wir hin.»

Gegen Mittag kam Anna Winkler von der Düsseldorfer Kripo vorbei. Die Mordkommission ließ sich beim besten Willen nicht abschirmen. Sarah setzte sich mit ihr und frischem Kaffee in den Konferenzraum. Die Kommissarin legte Sarah ein Foto vor, das einen südländisch wirkenden Mann in einem auffälligen hellblauen Anzug zeigte.

«Sind Sie diesem Herrn jemals begegnet?»

«Nein.»

«Deniz Tekin.»

«Nie gehört.»

«Personalabteilung der Samax AG. Unteres Management, wie man uns dort versichert.»

«Was ist mit ihm?»

«Haben Sie von dem Mord in Köln-Rodenkirchen gehört?»

«Ist *er* der Tote in der Villa?»

Winkler nickte. «Und das Irre ist, Patrick Leibniz, der überlebende Täter von gestern ...»

«Ich weiß, wen Sie meinen.» Die Erinnerung an gestern Abend ließ Sarahs Schläfe pochen.

«Er gibt an, dass Tekin der Auftraggeber der Morde an Johanna Kling und an Jana Bergowitz war. Und auch Ihrer Entführung. Tekin hatte es auf Sie und Aisha abgesehen, behauptet Leibniz.»

Sarah umfasste den Kaffeebecher, um ihre Finger zu wärmen. «Und Tekin erhielt seine Anweisungen von der Samax AG?»

«Noch haben wir dafür keine Belege finden können.»

«Hat Leibniz Tekin erschossen?»

«Er beschuldigt seinen Komplizen Bastian Haage, es getan zu haben.»

«Aus welchem Motiv?»

«Leibniz behauptet, das wisse er nicht.»

Haage war auf dem Beifahrersitz des Mondeo von Sellins Kugeln durchsiebt worden – er und Tekin konnten sich gegen keinen Vorwurf mehr wehren.

«Toten kann man alles in die Schuhe schieben», sagte Sarah.

«Wegen Kling und Bergowitz können wir Leibniz festnageln. Er hat Spuren hinterlassen, die ihn eindeutig überführen.»

Sarah trank einen Schluck. Nicht aus Kaffeedurst, sondern um die Pause zu füllen, in der sie nachdachte.

«Und der Mord an Christian Wagner?», fragte sie.

«Bleibt ein Rätsel. Damit will Leibniz nichts zu tun haben.»

«Glauben Sie ihm das?»

«Einem solchen Kerl glaube ich erst einmal prinzipiell gar nichts.»

«Aber?»

«Weshalb ich vor allem zu Ihnen gekommen bin, Frau Wolf …»

«Ja?»

«Ich möchte Sie bitten, mit dem Staatsanwalt zu reden, der die Ermittlungen in der Mordsache Johanna Kling leitet und jetzt auch in den Fällen Bergowitz, Tekin und wegen der Schießerei von gestern Abend.»

«Mit dem Staatsanwalt reden? Ich, warum?»

Winkler atmete tief durch. «Was ich Ihnen jetzt sage, muss unter uns bleiben.»

«Okay.»

«Der Staatsanwalt vertritt die Linie, die Täterschaft jeweils dem Duo Haage-Leibniz zuzuschreiben, und er sieht in Tekin den alleinigen Anstifter.»

«Damit macht er es sich zu einfach!»

«Seh ich auch so.»

«Hat er etwa davor Angst, sich mit einem Konzern anzulegen, der gute Verbindungen zur Politik pflegt?»

«Vielleicht scheut er auch nur ein langwieriges und teures Ermittlungsverfahren und die Kritik von Vorgesetzten und Medien, die absehbar ist, sobald es länger dauert. Jedenfalls bin ich wie Sie davon überzeugt, dass Tekin ebenfalls nur ein Befehlsempfänger war.»

«Aber wieso sollte der Staatsanwalt auf mich hören?»

«Sie waren in Dadaab, Frau Wolf. Ihr Vater hat mir einiges darüber erzählt. Und Johanna Kling hat offenbar ihrem eigenen Arbeitgeber misstraut, der das Flüchtlingslager verwaltet. Was darauf hinweist, dass *Humanity First* involviert ist. Sigrid von Hagen, die Generalsekretärin des Vereins, ist mit einem Arzt verheiratet, der mit Spenden der Samax AG die Klinik in Dadaab so ausgestattet hat, dass Transplantationen dort erst möglich wurden.»

«Ich weiß. Das hat mir mein Vater erzählt. Er ist darauf gekommen.»

«Sellin kann im Moment allerdings nicht zum Staatsanwalt gehen. Sie schon. Wie weit sind Sie mit Ihrem Film?»

«Der Rohschnitt ist zum Teil abgeschlossen, aber fertig ist er noch nicht.»

«Zeigen Sie ihn dem Staatsanwalt.»

Sarah schüttelte den Kopf. «Ich habe aus Dadaab keine gerichtsverwertbaren Beweise mitgebracht. Nur Zeugenaussagen vom Hörensagen, die ein deutscher Richter nicht ernst nehmen würde. So ähnlich hat es mein Vater formuliert. Und ich fürchte, er hat recht.»

Winkler schloss für einen Moment die Augen.

«Rauchen Sie?», fragte Sarah.

«Nur wenn mich etwas völlig aus der Fassung bringt und ich einen klaren Gedanken brauche.»

Sie standen neben der Eingangstür in der milden Oktobersonne, blickten zum Parkplatz hin und bliesen fast synchron den Rauch in die Luft. Die Kommissarin fragte Sarah, wie sie die Vorkommnisse des Abends und der Nacht verkraftet habe. Sarah blieb einsilbig und verschwieg, dass Leibniz' Attacke ihre Schwangerschaft beendet hatte.

Eine Zeitlang inhalierten sie den Qualm ihrer Zigaretten, ohne zu reden.

In stillem Einverständnis, so kam es Sarah vor.

Sie dachte an Sellin.

Schließlich brach Winkler das Schweigen. «Ohne Rückhalt des Staatsanwalts …»

«Ich verspreche Ihnen, dass ich mit dem Film zu ihm gehen werde, sobald er halbwegs fertig ist. Aber zuerst muss ich noch einmal nach Berlin fahren. Es gibt da nämlich eine Fährte, die ich noch nicht bis ans Ende verfolgt habe.»

Sie zog lange an ihrer Zigarette, dann blickte sie der Kripobeamtin in die Augen.

«Leibniz bestreitet also, an der Ermordung von Christian Wagner beteiligt gewesen zu sein?»

Winkler nickte.

«Und die Sachbeweise? Ihre Berliner Kollegen haben doch Spuren gefunden. War nicht auch von DNA die Rede?»

«Das stimmt, fremder Speichel im Gesicht des Opfers, aber die Genanalyse schließt Leibniz aus.»

«Verstehe.»

«Es ist verzwickt.»

«Sie könnten es sich einfach machen wie der Staatsanwalt.»

«Könnte ich.»

«Und sagen, was geht mich der Mord an Christian Wagner an? Dafür sind die Berliner zuständig, und jeder Zusammenhang mit unseren Fällen ist reine Spekulation. Stattdessen riskieren Sie Mehrarbeit und Krach mit allen möglichen Stellen.»

«Stimmt.»

«Warum, Frau Winkler?»

Die Kommissarin nahm einen letzten Zug, ließ den Stummel fallen und trat ihn aus. «Ich verrate Ihnen noch ein Dienstgeheimnis. Etwas, das ich selbst nur durch Zufall aus den Berliner Akten erfahren habe. Von mir haben Sie das also nicht.»

«Ist klar.»

«Die DNA-Spur im Fall Wagner stammt von einer Frau.»

Düsseldorf – Freitag, 14. Oktober

114

Sarah schlug die Augen auf. Sie lag in einem ganz in Weiß gehaltenen Kabuff. Aus dem Fenster ging der Blick auf die hässliche Rückfront eines Bürohauses. An der gegenüberliegenden Wand hing ein großer Kalender, der eine Fjordlandschaft zeigte, viel Wasser und Grün.

Sie setzte sich auf. Ihr war schwindlig.

Langsam wich die Benommenheit. Ich befinde mich in Ricarda Bernaus Praxis. Es ist vermutlich schon Mittag. Ich bin jetzt wach und kann endlich abgeholt werden.

Neben ihrem Bett stand ein Stuhl, über den Sarah vor der Ausschabung ihre Klamotten gelegt hatte. Noch trug sie das Patientenhemd. Zuallererst wollte sie ihre Mutter anrufen, damit sie sich schon mal auf den Weg machte, um sie abzuholen.

Sarah suchte ihr Handy und fand es neben sich im Bett.

Während sie die Nummer eintippte, ging die Tür auf.

Petra Wolf.

«Kannst du Gedanken lesen?», fragte Sarah.

«Nein, du hast mich angerufen. Schon zwei Mal.»

Sarah ließ das Handy sinken und nickte wieder ein.

Als sie das nächste Mal erwachte, wunderte sie sich darüber, dass ihre Mutter bereits da war. Sie erzählte ihr von den Anrufen, die Sarah allesamt vergessen hatte. Sie mussten beide lachen.

Ricki schaute herein und sagte: «Lass dir Zeit, Sarah.»

Sie zog sich an und nahm sich vor, dieses Mal wach zu bleiben. Sie konnte nicht den halben Freitag verschlafen. Ricki erklärte ihr, dass der Routineeingriff ohne Komplikationen verlaufen sei. Sie gab Sarah ein Merkblatt.

Heute nicht Auto fahren, sondern sich schonen. Eine Woche lang kein Sport. Für drei Wochen auf Baden, Schwimmen, Sauna und Geschlechtsverkehr verzichten.

An Letzteres dachte Sarah ohnehin nicht.

«Wahnsinn, dass du deine Sendung gestern so souverän gemeistert hast», sagte ihre Mutter. «Auch wenn ich wirklich nicht weiß, wieso das nötig war, nach allem, was passiert ist»

«Wie geht es Sellin?»

«Unverändert.»

Auf dem Parkplatz wurde Sarah schwarz vor Augen. Sie musste sich für einen Moment auf den Bordstein setzen. Dann erholte sich ihr Kreislauf, und mit Hilfe ihrer Mutter gelangte sie zum Auto.

Während Petra Wolf im Schritttempo hinter einem Mülltransporter entlangfuhr, zog Sarah ihr Handy aus der Tasche und checkte routinemäßig auf dem Smartphone die Resonanz auf ihre Talkshow. *Quo Vadis, USA? – zahnloser Wolf-Talk im Ersten*, so titelte die Besprechung in der *Morgenpost*.

Egal, dachte Sarah. Die Besprechungen, die Quote, all das kam ihr unbedeutend vor.

«Jetzt schau doch nicht gleich schon wieder aufs Handy», schimpfte ihre Mutter und hielt an einer Ampel.

Der Klingelton. Sarah drückte auf das grüne Symbol.

Anna Winkler meldete sich, und mit einem Schlag war Sarah hellwach.

«Ein Nachtrag zu gestern», begann die Kripobeamtin. «Was ich Ihnen jetzt sage, haben Sie ebenfalls nicht von mir.»

«Keine Sorge. Sie fallen unter Quellenschutz.»

«Gerade habe ich die Bestätigung erhalten, dass Bastian Haage tatsächlich ein Beamter der Berliner Polizei war. Und raten Sie mal, was dort sein Job war?»

«Sagen Sie's mir.»

Sarah vernahm, wie die Kommissarin heftig und lange ausatmete, während irgendwo eine Straßenbahn rumpelte. Als stünde sie vor dem Präsidium und rauchte.

«Er war Personenschützer. Und in den letzten zwölf Monaten gehörte er zu dem Team, das auf Heinz Benrath aufpasst.»

Sarahs Puls beschleunigte sich. «Der Vizekanzler.»

Erneut stieß die Kommissarin Rauch aus. «Genau der.»

Sarah deckte das Handymikro ab. «Kursänderung, Mama.»

«Was?»

«Nicht nach Hause, sondern ins Büro.»

«Unmöglich. Du musst dich schonen.»

«Ich bitte dich. Lierenfelder Straße. Und du darfst gern ein bisschen Gas geben.»

115

Während sie vor dem ehemaligen Fabrikgebäude ausstiegen, registrierte Sarah, wie sich Petras Augen weiteten, als sie das Schild wahrnahm: *Sarah Wolf Media*. Das brachte Sarah auf eine Idee.

«Komm mal mit rein, Mama», schlug sie vor.

Oben angekommen, klopfte sie bei Max, stellte ihn ihrer Mutter vor und bat ihn, Petra Wolf die Firma zu zeigen. Worauf er sich, ohne zu murren, einließ. Als Erstes führte er sie in den Konferenzraum.

Sarah nahm unterdessen Laura beiseite, die gerade ins Wochenende verschwinden wollte.

«Die heiße Phase steht an», sagte Sarah.

«Und ich dachte, die hättest du schon am Mittwochabend erlebt.»

Sie brachte die junge Kollegin auf ihren Wissensstand, ohne Anna Winklers Namen zu nennen.

«Was hast du jetzt vor?», fragte Laura.

Sarah griff nach dem Handy und wählte eine Nummer in Münster. «Drück mir die Daumen, dass sie mitspielt», sagte sie dabei zu ihrer Kollegin.

Das Freizeichen.

«Nadine Fischer.»

Im Hintergrund bellte schon wieder der Hund.

«Sarah Wolf. Ich war am Dienstag bei Ihnen, erinnern Sie sich?»

«Na klar. Inzwischen weiß ich auch, wer Sie sind. Tut mir leid, dass ich so kurz angebunden war.»

«Ich brauche Ihre Hilfe.»

«Es geht um meine verdammte Schwester, stimmt's?»

Ihre Mutter erklärte sich bereit, Sarah und Laura nach Münster zu fahren. Unterwegs löcherte sie Sarah mit Hunderten von Fragen zu ihrer Sendung. Von ihrer ewigen Skepsis war plötzlich nichts mehr zu spüren. Offenbar hatte Max ihr den Floh ins Ohr gesetzt, ihre Tochter sei der strahlendste Stern am Fernsehfirmament.

Fast war Sarah eifersüchtig auf ihren Redaktionsleiter. Wieso schafft er bei Mama in einer halben Stunde, was ich in Jahren nicht hingekriegt habe?

Nach gut zweistündiger Fahrt erreichten sie das Wohngebiet im Süden Münsters. Nadine Fischer bat sie alle drei ins Haus. Sie trug eine Strickjacke, deren Muster skandinavisch anmutete. Weder der Hund noch die Tochter, die sie beim ersten Besuch erwähnt hatte, ließen sich blicken.

«Tut mir leid, dass ich Sie neulich so abgefertigt habe, Frau Wolf. Hab Sie einfach nicht erkannt. Lag vielleicht an Ihrer Baseballkappe.»

Sie führte ihren Besuch in das Wohnzimmer. Ein großer, lichtdurchfluteter Raum. Puppen und Bilderbücher lagen herum. Das Sofa war voller Hundehaare.

Laura und Sarah stellten Player und Monitor auf. Sie spielten einige Szenen der Reportage in der bisherigen Rohschnittversion ab. Danach herrschte zunächst Schweigen.

Petra Wolf war die Erste, die reagierte. «Haben die wirklich auf euch geschossen?»

Laura nickte.

Nadine Fischer fingerte am Kragen ihrer Strickjacke herum. «Habe ich mich strafbar gemacht, als ich Nicole meinen Pass überlassen habe?»

«Weiß ich nicht», antwortete Sarah. «Ist auch völlig egal.»

«Wenn ich gewusst hätte, woher diese zweite Spenderniere stammte, hätte ich mich nie und nimmer darauf eingelassen.»

«Ihre Schwester ist also wegen einer Transplantation nach Mombasa geflogen?»

«Sie war seit Jahren krank. Heinz, ihr Mann, hat ihr eine Niere gespendet, doch trotz all der Hammermedikamente drohte ihr Körper das Organ wieder abzustoßen. Ich dachte, ich tu etwas Gutes, verstehen Sie?» Sie vergrub ihr Gesicht in den Händen. Dann stieß sie hervor: «Ich hasse Nicole dafür, dass sie mich in diese Sache hineingezogen hat!»

«Ich muss mit Ihrer Schwester reden, aber ich fürchte, mir würde sie gar nicht erst zuhören. Stehen Sie in Kontakt mit ihr?»

«Zumindest gelegentlich.»

«Könnten Sie ein Wort für mich einlegen und ein Treffen in Berlin arrangieren, an einem neutralen, öffentlichen Ort, zum Beispiel in einem Café, nur unter vier Augen und rein privat?»

«Was wollen Sie von ihr?»

«Haben Sie von dem Mord an Christian Wagner gehört?»

Ein knappes Nicken.

«Christian und ich waren zusammen», sagte Sarah.

«Da haben wir beide etwas gemeinsam.»

Sarah blickte Nadine Fischer überrascht an. «Seine Ex hat mir erzählt, es sei Ihre Schwester gewesen.»

«Nicole hat ihn mir ausgespannt. Das ging ruck, zuck. Dabei bin ich damals so verliebt gewesen. Was habe ich meine Schwester gehasst!»

«Verstehe.»

«Kennen Sie *Jolene*, das Lied?»

Sarah zitierte aus dem Text: «Please don't take him, because you can.»

«Ganz genau. Ich dachte, es wäre so. Dass sie ihn nur zum Spaß verführt hätte. Doch es war tatsächlich die große Liebe für Nicole.»

«Bis sie Heinz Benrath kennenlernte.»

Nadine lachte auf. «Nach der Heirat dauerte es kein halbes Jahr, dann traf sie sich wieder mit Christian. Die beiden konnten die Finger nicht voneinander lassen. Bis irgendwann in diesem Frühjahr etwas vorgefallen ist. Nicole war plötzlich ganz außer sich. Aber den Grund dafür hat sie ihrer kleinen Schwester natürlich nicht verraten.»

Auf der Heimfahrt von Münster begann Sarahs Mutter erneut Fragen zu stellen. Zu Dadaab, zur Arbeit an der Reportage und wie es mit der Talkshow weitergehe. Sogar der Begriff des Umschaltpunkts schien ihr geläufig zu sein.

Sarah nahm sich vor, sich bei Max zu bedanken.

«Aber warum zum Teufel musst du dir den Sendeplatz mit diesem alten Kerl teilen?», fragte Petra. «Das brauchst du dir doch nicht gefallen zu lassen, mein Schatz!»

In diesem Moment klingelte Sarahs Handy.

«Entschuldige, Mama.»

Sie nahm das Gespräch an. Nadine Fischer. Mit einer so raschen Rückmeldung hatte Sarah nicht gerechnet.

«Es war viel einfacher, als ich dachte. Sie ist tatsächlich bereit, sich mit Ihnen zu treffen.»

Sarah wandte sich zu Laura um und zeigte den erhobenen Daumen. Die Kollegin verstand sofort.

«Sind Sie noch dran?»

«Ja, ich höre Sie gut, sprechen Sie weiter.»

«Ich habe Nicole erzählt, dass Sie und Christian zuletzt ein Paar waren. Daraufhin hat sie sofort angebissen. Ich kenne keine eitlere Frau als meine Schwester. Sie brennt darauf, ihre Nachfolgerin kennenzulernen.»

«Und ich bin neugierig auf meine Vorgängerin», erwiderte Sarah.

Berlin – Dienstag, 18. Oktober

116

Es war so weit.

Sarah hatte das Café im Bezirk Schöneberg vorgeschlagen, das sie von ihrem Treffen mit Christians Büroleiterin Lisette Hanke her kannte. Es war ruhig, der Kaffee schmeckte, nur der Kellner starrte für Sarahs Empfinden zu oft herüber. Aber er spielte mit.

Obwohl sie sich privat nicht gern in der Öffentlichkeit exponierte, hatte sie dieses Mal einen Tisch am Fenster gewählt. Aus guten Gründen.

Vier neue Gäste betraten das Café. Sarah erkannte Karsow und Wernicke. Sie waren in Begleitung zweier Frauen. Ebenfalls Kripo-Leute, vermutete Sarah. Keiner der vier schien von ihr Notiz zu nehmen.

Sarah blickte auf die Uhr. Noch eine halbe Stunde bis zur vereinbarten Zeit.

Sie holte sich eine Tageszeitung vom Tresen. Auf der Seite für die bunten Meldungen fand sie einen längeren Artikel über den Mord an Deniz Tekin. Sein Rang innerhalb der Samax AG wurde nicht erwähnt, dafür seine Vergangenheit im Rockerverein Bandidos, die er mit dem Mann teilte, den er für zwei Morde angeheuert hatte und der in der Nacht zum Donnerstag nach einer Schießerei mit Polizisten in der Düsseldorfer Innenstadt festgenommen worden war.

Im Wirtschaftsteil war umso ausführlicher vom Krankenhauskonzern die Rede. Der Vizekanzler hatte gestern die Genehmigung zur Fusion mit dem größten Konkurrenten erteilt. In harten Verhandlungen habe Benrath der Samax das Zugeständnis abgetrotzt, in den nächsten drei Jahren auf betriebsbedingte Kündigungen zu verzichten, und die betroffenen Gewerkschaften äußerten sich zufrieden.

Unterdessen wuchs die Klinikgruppe weiter – der griechische Staat habe gegen alle Proteste aus der Bevölkerung den Verkauf von zweiundvierzig Krankenhäusern an das deutsche Unternehmen beschlossen.

Sarah legte die Zeitung zurück. Punkt vierzehn Uhr. Die Frau, die Sarah erwartete, war ab jetzt überfällig.

Sie ließ ihren Blick nach draußen schweifen. Am Straßenrand parkte Nils' präparierter SUV. Eine Kamera war auf das Café-Fenster gerichtet. Die Mühle war ebenso wenig zu ahnen wie Nils und Laura selbst, die hinter den abgedunkelten Scheiben im Fond Platz genommen hatten und das Geschehen auf einem Monitor mitverfolgen konnten.

Falls sich etwas tat.

Am Wochenende hatte Sarah noch einmal ausführlich mit Nadine Fischer gesprochen. Christian hatte sie im Frühjahr überredet, ihren Pass Nicole zu leihen, damit diese inkognito nach Kenia reisen konnte. Fischer war noch immer außer sich. Die Ausschnitte des Dadaab-Films hatten ihr die Augen geöffnet.

Wenn ich geahnt hätte, dass für Nicoles Niere ein somalischer Flüchtling …

Sarah wusste nun, was der Auslöser für den Mord an Jana Bergowitz gewesen war. Gesundheitsminister Werremeyer hatte nichts damit zu tun. Es war ihr eigener Anruf bei Fischer gewesen, getarnt als Umfrage zur Kundenzufriedenheit. Nadine hatte sich danach sofort an ihre Schwester gewandt – voller Sorge, sich mit dem Überlassen des Reisepasses strafbar gemacht zu haben.

Nicole Benrath musste daraufhin in Panik ausgebrochen sein. Und als Sarah am Dienstag letzter Woche persönlich in Münster aufkreuzte, rief Nadine erneut bei Nicole an.

Glaub bloß nicht, dass ich für dich lüge, falls die Polizei zu mir kommt!

Was die nächsten Todesurteile besiegelt hat, dachte Sarah. Wenige Stunden später sollten sie und Aisha aus dem Weg geräumt werden. Ohne es zu wollen, hatte Nadine ihre Schwester gewarnt und die Gewaltspirale in Gang gehalten.

Sarah fragte sich, ob sich die Frau des Vizekanzlers selbst an den Exbandido Deniz Tekin gewandt hatte. Oder direkt an Bastian Haage, den Personenschützer ihres Mannes?

Vielleicht lief das aber auch über Heinz Benrath und die Samax AG?

Alles werde ich vermutlich nie erfahren.

Zwanzig nach zwei. Wo blieb Nicole Benrath?

Sarah bestellte einen Espresso und blätterte unkonzentriert eine zweite Zeitung durch. Dabei musste sie an ihren Vater denken, die piepsenden Maschinen auf der Intensivstation und ihr Gespräch mit dem zuständigen Oberarzt.

Für morgen war geplant, Sellin aus dem Koma aufwachen zu lassen. Sie würde bei ihm sein, wie jeden Tag. Der Arzt hatte keine Prognose gewagt, ob die Schussverletzung am Hals bleibende Schäden hinterlassen würde. Wahrscheinlich würde eine zweite Operation nötig sein.

Über Sellins Bauchfellkrebs hatten sie kein Wort verloren.

Sarahs Handy gab einen Signalton von sich.

Eine SMS von Laura, die draußen im SUV saß.

Sie kommt.

Sarah stand auf und reichte Nicole Benrath die Hand. Die Frau des Vizekanzlers trug zur Jeans einen Kaschmirpulli und eine leichte Wildlederjacke, um den Hals ein Tuch mit indisch anmutendem Muster. Sie war groß und brünett wie ihre Schwester, das Haar kunstvoll in Wellen gelegt, und auch sonst sahen sie sich ähnlich, zumindest auf den ersten Blick.

Auf den zweiten jedoch musste Sarah das Urteil von Christians Exfrau Britta bestätigen: Nicole war die wesentlich Attraktivere der Gronewald-Sisters. Die Gäste im Café wurden sofort auf sie aufmerksam, wie Sarah registrierte.

Die Frau des SPD-Vorsitzenden zögerte, sich zu setzen. Ihr war anzusehen, dass ihr der Tisch am Fenster nicht behagte. Doch Karsow und seine Leute hatten sich so im Raum verteilt, dass kein anderer mehr frei war.

«Schön, dass wir miteinander reden können», sagte Sarah.

«Sie sehen ganz anders aus als im Fernsehen», antwortete Nicole Benrath.

«Meinen Sie das hier?» Sarah deutete auf das Veilchen, das inzwischen ins Grünliche changierte. Ihr selbst aufgetragenes Make-up konnte es nicht ganz kaschieren.

«Nein, allgemein. In echt wirken Sie jünger und weniger gekünstelt.»

Ein zweischneidiges Kompliment, dachte Sarah und machte sich auf weitere Attacken gefasst.

Der Kellner trat an den Tisch. Nicole Benrath bestellte einen Cappuccino.

Dann sagte sie zu Sarah: «Als Erstes muss ich Sie bitten, mit mir die Toilette aufzusuchen.»

«Wie bitte?»

«Es richtet sich nicht gegen Sie persönlich, Frau Wolf, aber es muss sein.»

117

Benrath schloss die Tür ab. «Bitte ziehen Sie sich aus.»

«Ist das Ihr Ernst?»

«Den Slip können Sie anbehalten.»

«Ich bin nicht verdrahtet, falls Sie das vermuten.»

Nicole Benrath lächelte. «Ich glaube Ihnen, Frau Wolf, aber

mein Anwalt besteht darauf, dass ich es überprüfe. Er ist das Misstrauen in Person.»

«Ihre Schwester hat Ihnen doch gesagt, warum ich um das Treffen gebeten habe.»

«Und ich bin ebenso neugierig auf Sie. Aber ich befolge lieber, wozu mir mein Anwalt rät.»

Sarah legte ihre Kleidung auf dem Waschbecken ab. Sie kam sich vor wie in einem amerikanischen Mafiafilm.

Im Spiegel bemerkte sie Nicole Benraths prüfenden Blick auf ihre nackten Brüste.

Sarah drehte sich einmal um ihre Achse. «Voilà. Kein Mikro, kein Kabel.»

«Ich wusste gar nicht, dass Christian auch auf kleinen Busen stand», antwortete die Frau des Vizekanzlers und zog die Mundwinkel missbilligend nach unten.

Sarah zog sich rasch wieder an. Sie verließen die Damentoilette und kehrten an ihren Tisch zurück. Beim Hinsetzen spürte Sarah einen Stich im Unterleib. Leichte Schmerzen waren laut Ricki ein paar Tage lang normal.

Am liebsten hätte Sarah der selbstzufriedenen, aufgeblasenen Politikergattin unter die Nase gerieben, dass sie beinahe ein Kind von Christian bekommen hätte. Ruhig bleiben, schärfte sie sich ein.

Es geht hier nicht um die Eitelkeiten zweier Witwen, zumindest nicht für mich.

Der Cappuccino stand bereits auf dem Tisch. Nicole Benrath schüttete Zucker auf den Milchschaum und rührte ausgiebig. Das Klappern des Löffels verursachte Störgeräusche, schätzte Sarah. Nils hatte sich dagegen entschieden, sie zu verkabeln, und stattdessen die Mikros und Sender gut verborgen im Blumentopf auf dem Fensterbrett und in der Lampe über dem Tisch angebracht.

Sicher ist sicher.

«Wie haben Sie Christian kennengelernt?», begann Sarah das Gespräch.

«Wie haben *Sie* ihn kennengelernt?», erwiderte ihr Gegenüber.

Sarah erzählte von der Talkshow im Juni. Von Wagners Werben um sie und seiner Einladung ins Konzert seines Bruders.

«Das wird vermutlich das einzige Mal gewesen sein, dass er Daniel zugehört hat», kommentierte Nicole Benrath. «Christian machte sich nichts aus Musik. Schon gar nicht aus Klassik. Und seinen Bruder hielt er für einen Schwächling, weil er der brotlosen Kunst nachging, statt Geld zu verdienen.»

«War das so?»

«Offenbar meinte er, Ihnen gegenüber mit seinem Bruder angeben zu können.» Wieder verzog Benrath das Gesicht. «Wahrscheinlich hat er den Wikipedia-Eintrag über Sie gelesen, in dem steht, dass Sie eine Ausbildung in klassischer Gitarre genossen haben.»

«Ihre Schwester sagt, Sie hätten ihr Christian damals in Münster ausgespannt.»

«Sie ist deshalb noch immer etwas nachtragend, fürchte ich. Dabei hätte er wegen Nadine niemals seine Frau verlassen. Wegen mir schon. Es war echte Liebe.»

«Die auch anhielt, nachdem Sie Heinz Benrath geheiratet haben.»

Die Frau des SPD-Chefs hob den Zeigefinger. «Mein Anwalt würde Sie umgehend verklagen, sobald Sie so etwas in Ihrer Sendung behaupten. Er ist bekannt dafür, vor Gericht die höchsten Schadensersatzforderungen durchzusetzen. Nichts, was ich Ihnen sage, werden Sie je in der Öffentlichkeit behaupten können. Ich würde jeden Satz dementieren. Sogar, dass Sie hinterher meinen Cappuccino bezahlt haben, verstanden?»

«Ist klar.»

«Für Christian war ich die Liebe seines Lebens. Und, ja, ich habe ihn auch weiterhin geliebt. Natürlich ging das tiefer, als wenn man sich wie Sie über die Sommermonate hinweg ein paarmal trifft.»

Natürlich, dachte Sarah. Lass dich nicht provozieren. Denk dran, wozu du hier bist.

«Wusste Ihr Mann davon?», fragte sie.

«Das ist eine Sache zwischen ihm und mir und geht Sie nichts an.»

«Sie haben recht, sorry.»

«Unsere Ehe beruht auf Respekt und Ehrlichkeit. Und auf klaren Regeln, die es ermöglichen, dass jeder von uns sein eigenes Leben führt, ohne den anderen zu verletzen. Christian musste sich damit zurechtfinden, dass die Verbindung mit Heinz Benrath immer unantastbar war.»

«Was seine Liebe zu Ihnen schließlich zum Erlöschen brachte.»

«Wie kommen Sie darauf?»

«Immerhin hat Christian im Frühjahr die Affäre beendet.»

Fast belustigt fragte die Vizekanzler-Gattin: «Hat er das behauptet?»

«Nein, er hat nie über Sie gesprochen.»

Nicole Benrath warf ihr Haar zurück und lächelte. «Regel Nummer eins.»

Sarah war versucht, den Rest aus ihrer Espressotasse zu trinken, aber sie ließ es sein, um jedes störende Klappern zu vermeiden.

«*Ich* habe mit ihm Schluss gemacht», sagte die Politikerfrau. «Während Sie glaubten, mit ihm im siebten Himmel zu sein, Frau Wolf, lief er mir noch immer hinterher. Aber ohne Erfolg. Da konnte er noch so oft anrufen und rote Rosen schicken.»

Sarah bemühte sich, gelassen zu wirken. «Und warum war Schluss?»

«Weil er ein Schwein war.»

Die Härte des Urteils und die Bestimmtheit, mit der es vorgetragen wurde, beeindruckten Sarah. «Wie kam es zu dem Sinneswandel?»

«Manchmal bedarf es einer Krise, um das wahre Wesen eines Menschen zu erkennen.»

«Zum Beispiel ein drohendes dauerhaftes Nierenversagen, weil Ihr Körper die gespendete Niere Ihres Mannes abstoßen wollte.»

«Hat Ihnen Nadine das erzählt?»

Sarah nickte.

Benrath rückte näher und beugte sich vor. Es wirkte, als wolle sie zu einer längeren Beichte ansetzen, doch dann lehnte sie sich wieder zurück.

«Das dumme Miststück redet zu viel», sagte sie nur.

«Wenn Ihnen dieses Thema unangenehm ist, lassen wir es beiseite», antwortete Sarah. «Ich hätte nur gern mehr über Christian erfahren.»

«Ich merke Ihnen an, Frau Wolf, dass Sie noch immer an ihm hängen. Sie kannten ihn nicht wirklich. Mir hat er dagegen sein wahres Gesicht offenbart.»

Sarah nickte, um ihr Gegenüber zum Weiterreden zu ermuntern.

«Auch ich hatte zunächst Illusionen wie Sie. Und nichts führt uns tiefer ins Verderben als das. Gerade, wenn es um die Liebe geht.»

«Dann rauben Sie mir bitte meine Illusionen, Frau Benrath.»

«Christian ging es stets nur um sich selbst. Ich habe nie jemanden kennengelernt, der berechnender gewesen wäre als dieser Mensch. Das wurde mir leider viel zu spät bewusst.»

«In der Krise, die Sie erwähnt haben.»

Sie beugte sich vor und senkte die Stimme. «Als es mir richtig mies ging, hat er das ausgenutzt.»

Sarah hoffte, dass die Aufnahme auch noch verständlich sein würde, wenn ihr Gegenüber fast flüsterte. Nils hatte die bestmöglichen Mikrophone ausgewählt. Das Lokal war ruhig, der Kellner hatte eingewilligt, für eine Stunde auf Musikberieselung zu verzichten.

«Das kann ich mir nicht vorstellen. Er war kein schlechter Mensch.»

«Für eine Journalistin sind Sie erstaunlich naiv, Frau Wolf. Ich weiß nicht, was meine Schwester Ihnen erzählt hat. Jedenfalls hat Christian mir eine OP in Mombasa empfohlen. Er wusste, dass man dort auf unkomplizierte Art Spendernieren bekommen kann. Ich hätte nicht noch länger warten können, und eigentlich lief dort alles wie am Schnürchen. Aber kaum war ich zurück, begann Christian uns zu bedrängen. Er stellte Forderungen, die weder ich noch Heinz erfüllen konnten.»

Nicole Benrath zog ihren Schal vom Hals und hängte ihn über den Stuhl. Sie hatte sich in Rage geredet. Sarah behielt sie fest im Blick. Bloß nicht aus dem Fenster schauen. Auch nicht hinüber zu Karsow oder Wernicke.

«Welche Forderungen sollen das gewesen sein?»

«Privater und politischer Art. Ich muss jetzt nicht ins Detail gehen, oder? Nur so viel: Er wollte ein Ministeramt übernehmen, und das noch in diesem Jahr. Mein Mann konnte dem unmöglich zustimmen. Wer weiß, was Christian als Nächstes verlangt hätte. Sie haben ja keine Ahnung, welchen Druck er ausgeübt hat.»

«Und privat?»

«Er wollte sämtliche Regeln über den Haufen werfen. Jede andere Frau hätte sich vermutlich geschmeichelt gefühlt, von einem gut aussehenden Staatssekretär so umworben zu werden, nicht wahr, Frau Wolf? Aber ich wollte meine Ehe nicht aufgeben. Nicht nach allem, was Heinz für mich getan hat.»

«Aber Ihre große Liebe …»

«Ich will Ihnen etwas verraten, Frau Wolf.»

«Bitte.»

«Ich habe einen Test machen lassen.»

«Einen Test?»

«Sein Drängen hat mich misstrauisch gemacht, und mir ist es gelungen, heimlich eine Probe von Christians Blut analysieren zu lassen. Und raten Sie, was ich dadurch erfuhr!»

Sarah bemühte sich um ihren fragend-mitfühlenden Talkshow-Blick, mit dem sie den Redefluss ihrer Gäste herausforderte.

Nicole Benrath zog ihre rehbraune Jacke aus und hängte sie ebenfalls über die Stuhllehne. In ihrem Blick war purer Zorn. «Dieses Arschloch wäre ein idealer Spender für eine Niere gewesen. Ein weit besserer als mein Mann!» Sie winkte dem Kellner.

Der Mann stand sofort am Tisch.

«Ein Glas Chablis. Sie auch, Frau Wolf?»

«Gern.»

«Zwei Gläser. Sie haben doch Chablis?»

«Nur flaschenweise, tut mir leid.»

«Dann eben eine Flasche mit zwei Gläsern. Das ist doch finanziell drin, Frau Wolf, oder?»

«Kein Problem. Chablis ist fein.»

Der Mann in der weißen Schürze ging.

«Jetzt wird mir einiges klar», sagte Sarah.

«Nicht wahr?»

«Wie sauer Sie gewesen sein müssen!»

«Sauer ist gar kein Ausdruck.»

«Das verstehe ich.»

«Schon vor zwei Jahren hätte er mir eine Niere abgeben

können. Meinem Mann wäre die vergebliche Spende erspart geblieben und mir eine lange Leidenszeit. Sie machen sich keinen Begriff, was ich durchgemacht habe. Womöglich wäre ich dann sogar bereit gewesen, Heinz zu verlassen, wie Christian es immer wollte. Aber stattdessen hat das Schwein meine Krankheit benutzt, um uns zu erpressen.»

«Ich weiß nicht, wie ich da reagiert hätte», sagte Sarah.

Der Kellner brachte den Wein. Er stellte einen Kühler neben den Tisch und schenkte ein. Sarah stieß mit Nicole an. Der Wein schmeckte frisch und entspannte. Nicoles Glas war rasch zur Hälfte geleert.

«Natürlich habe ich ihn sofort in die Wüste geschickt, als ich das Testergebnis hatte. Und Heinz hat ihm klargemacht, dass er sich sämtliche Karriereträume abschminken kann. Aus, basta, vorbei. Ein für alle Mal.»

«Doch Christian hat nicht lockergelassen.»

«Sie haben's erfasst, Frau Wolf. Allmählich durchschauen Sie ihn. Dieser Mann ist es nicht wert, dass wir um ihn trauern.»

«Welche Rolle spielte dabei die Samax AG?»

«Der Krankenhauskonzern?»

«Ja.»

«Das weiß ich nicht. Ich denke, Christian hat auch in deren Interesse gehandelt. Vielleicht war es sogar von Anfang an ein abgekartetes Spiel.»

«Was meinen Sie damit?»

«Dass Christian mir Mombasa empfohlen hat, weil die Samax es so wollte, wer weiß.»

«Ich glaube, ich hätte ihn ebenfalls getötet.»

Nicole Benrath schwieg. Hastig trank sie ihr Glas leer. Ihre Finger drehten es nervös auf der Tischplatte. Ihr Blick, als sie Sarah ansah, sprach Bände.

«Weiß Ihr Mann, was Sie getan haben?»

«Kein Kommentar.»

«Wer hat seinen Personenschützer angesprochen, er oder Sie?»

«Auch das tut nichts zur Sache. Aber jetzt sehen Sie Christian Wagner, wie er wirklich war. Und trauern ihm hoffentlich nicht länger hinterher.»

«Ja, Sie haben mir die Augen geöffnet. Ich bin Ihnen dankbar. Und wissen Sie was?»

«Was denn?»

«Ich hätte ihn ebenfalls angespuckt.»

«Bitte?»

«Ich hätte ihn ebenfalls angespuckt, als er da zappelnd in der Schlinge hing.»

Benrath lachte unsicher. «Sie glauben, das habe ich getan?»

Sarah nickte.

«Sie haben wohl eine blühende Fantasie.»

«Die Polizei hat Speichelpartikel in Christians Gesicht gefunden. Mit Ihrer DNA, wie der Vergleich ergeben wird.»

Wernicke und eine Kollegin von ihm waren an den Tisch getreten. Die Hand der Kommissarin steckte in einer Tüte, die sie über Nicole Benraths Glas stülpte und verschloss. Wernicke räusperte sich und zeigte seine Marke. «Landeskriminalamt Berlin. Frau Benrath?»

«Ja, und?» Nicoles Stimme war brüchig geworden.

«Ich muss Sie bitten, uns zu unserer Dienststelle in der Keithstraße zu begleiten. Sie haben das Recht zu schweigen. Und Ihrem Anwalt geben wir Bescheid, denn Sie wollen ihn sicher dabeihaben, wenn wir Sie vernehmen.»

Wernicke legte der Politikerfrau Handschellen an. Seine Kollegin nahm Tuch und Jacke von der Lehne und legte beides über Nicole Benraths Schultern.

Sarah zog ihr Handy aus der Tasche und rief Nils an. «Sie kommen jetzt nach draußen.»

Die Frau des Vizekanzlers blickte wütend. «Ich dachte, wir hätten eine Vereinbarung.»

«Es gibt Regeln, die wichtiger sind als Ihre», antwortete Sarah.

Nicole Benrath wollte auf sie losgehen, doch die beiden Kripoleute führten sie hinaus.

Durch das Fenster beobachtete Sarah ihren Kameramann, der die Canon geschultert hatte und filmte, wie die Festgenommene in ein Zivilfahrzeug der Polizei bugsiert wurde.

Dann ging Sarah zu Karsow und der Frau neben ihm hinüber, die sich beide von ihren Stühlen erhoben. Händeschütteln, zufriedene Gesichter.

Der Kommissar machte eine Handbewegung. «Darf ich Ihnen Dr. Claudia Meister von der hiesigen Staatsanwaltschaft vorstellen?»

«Vielen Dank, Frau Wolf», sagte die Staatsanwältin und nahm sich einen Knopf aus dem Ohr. «Gegen diese Aufnahme kann auch der teuerste Anwalt nichts mehr ausrichten.»

«Gute Arbeit», lobte Karsow.

«Sie ist noch nicht beendet.»

«Das stimmt. Jetzt geht es vor Gericht.»

«Nein, ich meine die Ermittlungen.»

«Inwiefern?»

«Wir müssen Heinz Benrath auf die Pelle rücken», sagte Sarah. «Und dem Vorstand der Samax AG. Sollen diese Leute etwa ungeschoren davonkommen?»

Das Lächeln der Staatsanwältin wirkte gönnerhaft. «Natürlich werden wir zu der Sache auch den Vizekanzler anhören. Aber stellen Sie sich darauf ein, liebe Frau Wolf, dass man nicht immer alles kriegen kann, was man sich so vorstellt.»

Die Musik setzte wieder ein. Der Kellner fragte, ob sie noch etwas bestellen wollten.

Sarah ging nach draußen, wo sie von Laura und Nils empfangen wurde. Beide strahlten und lobten ihren Einsatz, doch Sarah konnte sich nicht freuen.

Während der langen Rückfahrt nach Düsseldorf sichteten Sarah und Laura das Material, hörten sich noch einmal das Gespräch mit Nicole Benrath an und notierten den Timecode der wichtigsten Stellen.

«Hättest du das wirklich?», wollte die Kollegin wissen, als sie damit fertig waren.

«Das habe ich mich auch gefragt», sagte Nils und suchte im Rückspiegel Blickkontakt.

«Was meint ihr?»

«Hättest du echt den Staatssekretär angespuckt, als er zappelnd in der Schlinge hing? Dachtest du das ernsthaft, als du das gesagt hast?»

Sarah lauschte tief in sich hinein, um eine ehrliche Antwort zu geben. Tatsächlich hatte sich ihr Bild von Christian seit seinem Tod gründlich gewandelt, aber da war kein Hass. Im Unterschied zu Nicole Benrath hatte sie keinen Grund dafür. So wenig schmeichelhaft auch war, was die Frau des Vizekanzlers über Christian erzählt hatte, Sarah hatte einen anderen Menschen kennengelernt.

Sie schüttelte den Kopf. «Während des gesamten Interviews dachte ich nur eines: Wie bekomme ich diese aufgeblasene Tussi dazu, dass sie einen Mord gesteht?»

Laura lachte. «Bei dir gestehen alle.»

Sarah fragte sich, ob Nicole Benrath wirklich die treibende Kraft gewesen war. Über die Ausführung der Tat hatte sie geschwiegen. Fakt war, dass Haage den Mord nicht ohne ihre Hilfe hätte begehen können. Sie hatte bei Christian geklingelt, ihm die K.-o.-Tropfen verabreicht und den Personenschützer ihres Mannes hereingelassen – so stellte sich Sarah das vor.

Aber hatte der Vizekanzler nicht ebenfalls ein starkes Motiv, seinen Nebenbuhler, der ihm mit schwer erfüllbaren Forderungen auf den Leib rückte, beseitigen zu wollen?

Womöglich hatte seine Frau nur ausgeführt, was er ihr aufgetragen hatte.

Der Gedanke daran ließ Sarah nicht los.

Düsseldorf – Montag, 24. Oktober

118

Sarah klopfte und trat ein. Ihr Vater war wach und lächelte ihr entgegen, als habe er auf sie gewartet. Noch immer deckte ein dickes Pflaster seinen Hals ab, und er durfte nicht reden. Ernährt wurde er über eine Magensonde.

«Wie geht's dir, Papa?», fragte sie.

Er formte Zeigefinger und Daumen zu einem O.

Vorzüglich.

Sarah wusste, dass man ihm Morphium gab.

Kein Arzt schlug ihm in seinem Stadium noch eine Therapie gegen den Krebs vor. Es ging lediglich darum, dass er die letzten Monate seines Lebens möglichst schmerzfrei verbrachte.

Paul Sellin hatte das Zimmer für sich allein. Der Blumenstrauß, den Sarah beim letzten Mal mitgebracht hatte, wirkte noch frisch. Auf dem ausgeklappten Beistelltisch lag die *Morgenpost*, ordentlich gefaltet, offenbar hatte ihr Vater sie bislang nicht angerührt.

Sarah berichtete ihm über die jüngsten Entwicklungen. Patrick Leibniz hatte in einer erneuten Vernehmung ein umfassendes Geständnis abgelegt. Er und sein Komplize hatten Johanna Kling und Jana Bergowitz gemeinschaftlich getötet.

Nicole Benrath schwieg seit ihrer Festnahme, wie ihr Anwalt es empfahl. Aber der positive Abgleich des Genmaterials sowie die Aussage ihrer Schwester belasteten sie schwer. Lebenslänglich war ihr sicher.

Aisha hatte gestern vor der Kamera ihre Geschichte erzählt. Im Rahmen des vorgeblichen Impfprogramms war sie den Ärzten in Dadaab als Kandidatin für eine Organspende aufgefallen. Ihre Eltern wollten die Operation verhindern. Männer in Polizeiuniform töteten sie vor Aishas Augen.

Sarah konnte ihre Reportage nun mit den übersetzten O-Tönen Aishas, den Aufnahmen der Nachbehandlung ihrer OP-Narbe und der Erklärung der Ultraschallbilder durch einen Spezialisten der Transplantationsmedizin komplettieren. Sie hatte dafür nur noch diesen Nachmittag Zeit. Für morgen früh war die Abnahme des Films angesetzt.

Das Ende war bereits geschnitten: Auszüge ihres verdeckt geführten Interviews mit Nicole Benrath und als bittere Pointe deren Festnahme. Der Film würde ein politisches Erdbeben auslösen, auch wenn Sarah mit dem Resultat nicht restlos zufrieden war.

In Düsseldorf waren am Wochenende die Büros von *Humanity First International* und in Köln die Räumlichkeiten der *Samax-Blue-Planet-Stiftung* durchsucht sowie Ermittlungen gegen die Führungskräfte der beiden Organisationen aufgenommen worden. Sarah fürchtete jedoch, dass der Vorstand der Samax AG sämtliche Verbindungen zum Organhandel gekappt hatte und ihm keine Beteiligung nachzuweisen sein würde, selbst wenn die Handlanger ihre Chefs belasteten.

«Ich soll dich übrigens von deiner Kollegin Anna Winkler ganz herzlich grüßen», sagte Sarah. «Sie will dich morgen besuchen kommen.»

Ihr Vater lächelte und nickte.

«Und morgen Abend läuft mein Film. Wegen des Medienrummels um Nicole Benrath wurde der Sendetermin um eine Woche vorverlegt. Wirst du ihn gucken?»

Er deutete auf seine weit geöffneten Augen, dann auf den Fernsehmonitor, der unter der Decke hing.

«Willst du auch noch Wirtschaftsnachrichten hören?», fragte Sarah.

Er winkte ab.

«Dann nur so viel: Der Aktienkurs der Samax AG ist innerhalb einer Woche um satte achtundfünfzig Prozent in die Höhe geschnellt. Wegen der Investitionen in den griechischen Markt.»

Sellin zog den Beistelltisch näher zu sich heran und schrieb etwas auf einen Zettel.

Heinz Benrath?

«Tut ganz erstaunt über die Machenschaften seiner Frau», antwortete Sarah. «Eigentlich habe ich damit gerechnet, dass er den Rücktritt von seinen politischen Ämtern verkündet, aber bis heute ist nichts dergleichen gemeldet worden.»

Ihr Vater nickte müde. Seine Konzentrationsfähigkeit schwankte von Tag zu Tag. Heute war die Spanne offenbar etwas kürzer als sonst.

«Ich glaube, ich werde noch eine zweite Reportage zu dem Thema dranhängen», sagte Sarah.

Ihr Vater nickte noch einmal, dann schloss er die Augen. Sein Atem ging ruhig und gleichmäßig, was ein gutes Zeichen war.

Sarah hielt seine Hand.

DANKSAGUNG

Mein Dank geht vor allem an:

Tina Adomako, Bastian Barenbrock, Georg Diedenhofen, Monika Dülge, Miriam Keilbach, Dorothea Radler, Achim Rode und Guido Schweers.

Meine Lektorin Friederike Ney, die aus einem guten Roman einen besseren macht.

Und wie immer an meine Frau Kathie Wewer und meinen Bruder Klaus Eckert.

In memoriam Klaus Dönecke (1955–2017).

Weitere Titel von Horst Eckert

Vincent Veih ermittelt

Schwarzlicht

Schattenboxer

Wolfsspinne

MIX
Papier aus verantwortungsvollen Quellen
FSC® C083411
www.fsc.org

Das für dieses Buch verwendete Papier ist FSC®-zertifiziert.